OS AMANTES

OS AMANTES

PARA FICAREM JUNTOS, ELES DESAFIARAM AS FAMÍLIAS, OS TERRORISTAS, O GOVERNO DO AFEGANISTÃO E A PRÓPRIA MORTE

ROD NORDLAND

HarperCollins *Brasil*

Rio de Janeiro, 2016

Título original: THE LOVERS

Copyright © Rod Nordland 2015

Direitos de edição da obra em língua portuguesa no Brasil adquiridos pela Casa dos Livros Editora LTDA. Todos os direitos reservados. Nenhuma parte desta obra pode ser apropriada e estocada em sistema de banco de dados ou processo similar, em qualquer forma ou meio, seja eletrônico, de fotocópia, gravação etc., sem a permissão do detentor do copirraite.

Esta é uma obra de ficção. Os nomes, personagens e incidentes nele retratados são frutos da imaginação da autora. Qualquer semelhança com pessoas reais, vivas ou não, eventos ou locais é uma coincidência.

Contatos:
Rua Nova Jerusalém, 345 — Bonsucesso — 21042-235
Rio de Janeiro — RJ — Brasil
Tel.: (21) 3882-8200 — Fax: (21) 3882-8212/831

CIP-Brasil. Catalogação na Publicação
Sindicato Nacional dos Editores de Livros, RJ

N763a

Nordland, Rod
  Os amantes : Para ficarem juntos, eles desafiaram as famílias, os terroristas, o governo do Afeganistão e a própria morte / Rod Nordland ; tradução Natalie Gerhardt. – 1. ed. – Rio de Janeiro : HarperCollins Brasil, 2016.
  368 p. ; 23 cm.

  Tradução de: The lovers
  ISBN 9788522030279

  1. Afeganistão – Usos e costumes. 2. Mulheres – Afeganistão – Condições sociais. 3. Homens – Afeganistão – Condições sociais. 4. Direitos humanos – Afeganistão. 5. Discriminação de sexo contra as mulheres – Afeganistão. I. Título.

15-29217

CDD: 958.1046
CDU: 94(581)

*Em memória de minha mãe,
Lorine Elizabeth Nordland.*

Com as asas do amor saltei o muro,
Pois não há pedra que impeça o amor;
E o que o amor pode o amor ousa tentar.
Portanto, seus parentes não me impedem.
Romeu e Julieta, ato 2, cena 2*

---

* Tradução disponível em: Shakespeare, W. *Romeu e Julieta & Hamlet*. Tradução de Ana Amélia de Queiroz C. de Mendonça e Barbara Heliodora. Rio de Janeiro: Editora Nova Fronteira, 2015.

SUMÁRIO

Dramatis personae	11
Mapa: em fuga pelo Afeganistão	13
Prólogo	17
1 Sob o olhar dos Budas	19
2 Filha de pai morto	37
3 Zakia entra em ação	65
4 Um rabino entre os mulás	85
5 Um lindo lugar para se esconder	101
6 Benfeitor misterioso	123
7 Caçadores de honra	141
8 Irreconciliáveis	157
9 Pássaros na gaiola	175
10 Celebridades relutantes	187
11 De volta ao Indocuche	203
12 Mulá Mohammad Jan	213
13 Na terra dos parasitas	237
14 Um cachorro sem nome	247
Epílogo	267
Apêndice I: A *jihad* contra as mulheres	269
Apêndice II: Outras batalhas na guerra dos sexos no Afeganistão	303
Agradecimentos	329
Notas	331

DRAMATIS PERSONAE

Zakia, amante de Ali, terceira filha de Zaman e Sabza,
e
Mohammad **Ali**, amante de Zakia, terceiro filho de Anwar e Chaman.

Ahmadis
Mohammad **Zaman**, *Ahmadi*, aldeia de Kham-e-Kalak, pai de Zakia;
Sabza, sua esposa e mãe de Zakia;
Gula Khan, seu segundo filho e irmão mais velho de Zakia;
Razak, seu quarto filho e irmão mais novo de Zakia.

Sarwaris
Mohammad **Anwar**, *Sarwari*, aldeia de Surkh Dar, pai de Ali;
Chaman, sua esposa e mãe de Ali;
Bismillah, seu filho mais velho e irmão de Ali;
Ismatullah, seu segundo filho e irmão de Ali;
Shah Hussein, seu sobrinho e primo de Ali.

Outros
Najeeba Ahmadi, superintendente do abrigo para mulheres em Bamiyan.
Fatima Kazimi, superintendente da Secretaria da Mulher na província de Bamiyan.
Manizha Naderi, diretora executiva, da ONG Women for Afghan Women (WAW).
Shukria Khaliqi, advogada, WAW.

MAPA: EM FUGA PELO AFEGANISTÃO

Zakia e Ali escaparam de ser presos, mas foram perseguidos pela polícia afegã e por parentes vingativos. O casal conseguiu se manter um passo à frente de seus perseguidores pelas montanhas irregulares do Afeganistão, viajando a pé, de carro e de ônibus, e até mesmo de avião até o Tadjiquistão.

Eles passaram a lua de mel em cavernas e seu primeiro aniversário de casamento ainda se escondendo.

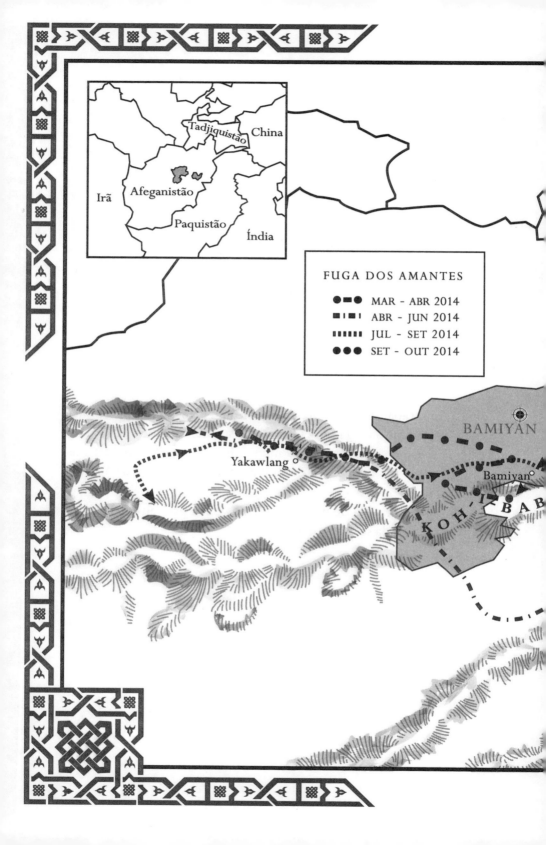

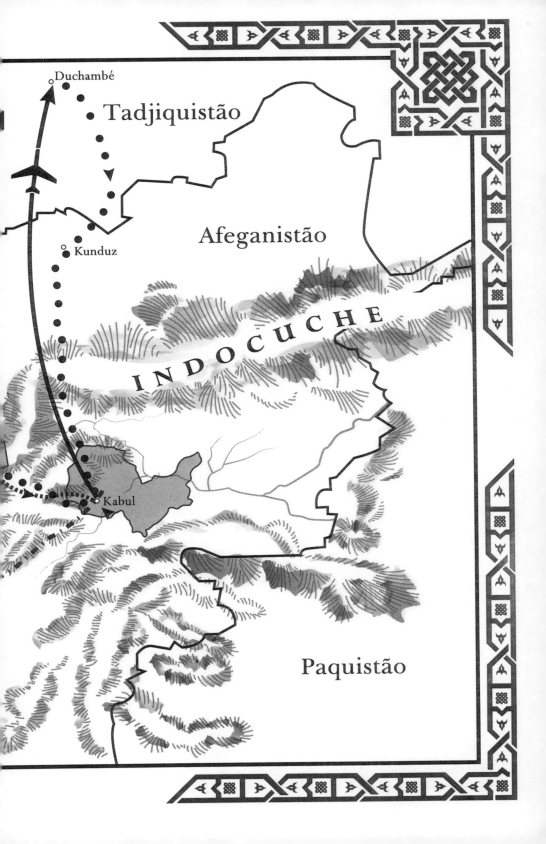

PRÓLOGO

Era um dia claro e frio de fevereiro quando chegou ao fim nossa primeira visita para conhecer os jovens amantes mais famosos do Afeganistão. Assim, seguimos para o que parecia ser o aeroporto da cidade de Bamiyan — uma ampla pista de concreto com uma excelente vista dos nichos nas falésias que outrora abrigaram os Grandes Budas. Havia uma cerca aramada em torno de alguns contêineres, um dos quais servia como sala de espera, e outro, como o escritório da administração do aeroporto. As Nações Unidas e uma empresa particular afegã, a East Horizon Airlines, que tinha alguns antigos aviões russos com turbopropulsores, voavam para cá apenas algumas vezes por semana; então não havia motivos para se construir uma infraestrutura de verdade. Lembro-me de estar sentado no contêiner que servia como sala de espera ao lado de um *bukhari*, o forno frágil e geralmente enferrujado que queima de tudo, desde madeira e pedaços de carvão até óleo diesel, em uma tentativa de me manter aquecido enquanto escrevia meu primeiro artigo sobre os amantes para o *The New York Times*. Achei a história maravilhosa, porém triste e com prenúncio de morte. Acreditei que meu artigo final seria sobre como a família da garota a arrancaria do abrigo em uma noite qualquer. Ou sobre como, por solidão e sofrimento ou por uma disposição equivocada a acreditar nas promessas de seus irmãos, ela seguiria o exemplo de tantas outras garotas afegãs que abandonavam os abrigos e voltavam para as próprias famílias, pensando que estariam seguras apenas para nunca mais voltarem a ser vistas com vida. Todos ficaríamos horrorizados e, depois, viraríamos a página.

É assim que essas histórias costumam acabar, mas eu estava errado, e a história deles estava apenas começando.

CAPÍTULO 1

SOB O OLHAR DOS BUDAS

Seu nome era Zakia. Pouco antes da meia-noite da gélida noite do Ano-novo persa de 1393, ela estava deitada, completamente vestida, sobre o colchão fino estendido no chão de concreto, pensando no que estava prestes a fazer. Ela havia colocado todas as suas camadas coloridas — um vestido longo com meias-calças por baixo, um suéter rosa esfarrapado e um longo cachecol laranja e roxo —, mas sem casaco, pois não tinha nenhum. As únicas peças que não usava eram seus sapatos de salto de dez centímetros com abertura para os dedos. Isso porque ninguém deveria usar sapatos dentro de casa no Afeganistão; em vez disso, eles estavam ao lado do seu colchão, bem alinhados, o pé esquerdo à esquerda e o direito à direita, ao lado de uma pequena fotografia que tinha de Ali, o rapaz que amava. Não era o melhor calçado para uma fuga, considerando o que estava prestes a fazer — escalar um muro e correr para as montanhas —, porém logo chegaria o dia do seu casamento, e ela queria estar bonita.

A noite de 20 de março de 2014 não fora a primeira vez que Zakia planejara escapar do abrigo para mulheres em Bamiyan que tinha se tornado seu lar, seu refúgio e sua prisão nos últimos seis meses, desde o dia que fugira de casa na esperança de se casar com Ali. Porém, o nervosismo sempre a impedia. Duas das outras garotas que dividiam o quarto com ela também estavam acordadas, mas não fariam nada, a não ser que ela agisse primeiro. Embora Zakia ainda estivesse aterrorizada e não soubesse se teria coragem de partir, ela sentia que estava ficando sem tempo e sem oportunidade.

Não era pouca coisa, apesar de Zakia já estar com 18 anos e ser legalmente uma adulta, uma residente voluntária do abrigo, e não uma prisioneira, e, aos olhos da justiça afegã, livre para ir e vir quando desejasse. Mas a lei é apenas o que os homens determinam, e em nenhum outro lugar isso é mais verdadeiro do que no Afeganistão. O que Zakia estava prestes a fazer não apenas mudaria sua própria vida e a de Ali, que aguardava sua ligação do outro lado do vale de Bamiyan, mas também a vida de quase todo mundo que eles conheciam. Seu pai, Zaman, e sua mãe, Sabza; seus vários irmãos; e seus primos de primeiro grau — todos eles desistiriam de sua fazenda e dedicariam as próprias vidas a caçar Zakia e Ali, jurando-os publicamente de morte pelo crime de terem se apaixonado. O pai de Ali, Anwar, seria forçado por tal dívida a deserdar o filho primogênito, e a maior parte de sua colheita seria confiscada por anos a fio. Outros seriam afetados de formas inesperadas. Uma mulher chamada Fatima Kazimi, responsável pela Secretaria da Mulher em Bamiyan e que recentemente salvara Zakia de ser assassinada pela família, teria de ser exilada para a África. Shmuley Boteach, um rabino de Nova Jersey que até aquela noite mal sabia pronunciar o nome de Zakia, acabaria consumido pelo caso dela, lutando nas mais altas esferas do governo norte-americano para que interviessem em nome da moça. Durante tudo isso, aquela garota pobre e analfabeta que não sabia nem contar até dez e nunca vira um aparelho de televisão se tornaria o rosto feminino mais reconhecido nas redes de transmissão afegãs. Ela se tornaria uma heroína para todas as jovens daquele país que sonhavam em se casar por amor em vez de entrarem em um casamento arranjado por suas famílias. Para os anciãos conservadores que comandavam o patriarcado do país, porém, Zakia se tornaria uma mulher pecadora, cujos atos ameaçavam a ordem social estabelecida, atos que eram ainda mais evidentes diante da deplorável intervenção dos estrangeiros na cultura tradicional do Afeganistão.

É exatamente aí que eu entro, porque os artigos[1] que escrevi para o *The New York Times* em 2014 lhes trariam fama e despertariam a ira do governo conservador afegão. Eu não sabia disso na época, mas em breve eu me tornaria a melhor esperança para eles sobreviverem, enredando-me em suas vidas de modo a ameaçar meus próprios valores e minha ética profissional. Naquela noite, porém, no equinócio de primavera e no Ano-novo persa,[2] eu não fazia ideia do que eles estavam planejando e me encontrava a três dias de viagem de onde estavam, em outro lugar no Afeganistão. E eram as últimas pessoas no meu pensamento, assim como eu no deles.

Eu os visitara em Bamiyan um mês antes. Então, quando fiquei sabendo o que havia acontecido, foi fácil imaginar a cena. Por algum motivo, as palavras do poema de Robert Browning "O amante de Porfíria" me vieram à mente, talvez porque fosse sobre um amante impaciente à espera do seu amor:

> *Chegou ligeira a chuva à noite,*
> *E alçou-se logo o triste vento,*
> *Que os olmos pune em seu açoite*
> *E vexa o lago com contento:*
> *Eu escutava em desalento.**

Substitua olmos pelos vidoeiros prateados que se erguem em fileiras duplas e orgulhosas, estendendo-se desde a região sul de Bamiyan, onde ficava o abrigo para mulheres, pelas veredas das terras agrícolas em direção ao rio que corta o vale. Altos e delgados, os vidoeiros são remanescentes dos ciprestes que ladeiam as veredas da Etrúria, mas a parte de trás de suas folhas é prateada, e o tronco semelhante à mica parece brilhar mesmo sob a luz das estrelas. A cidade de Bamiyan é a capital da província com o mesmo nome, uma região montanhosa do outro lado da cordilheira Indocuche, um lugar de vales verdes entre extensões inférteis e sombrias distantes de tudo. A cidade se estende por duas planícies amplas na parte sul do vale de Bamiyan; a mais baixa abriga a cidade antiga, uma coleção de construções de barro, não muito diferente das existentes há mais de mil anos, intercaladas com alguns prédios de concreto mais novos, com as portas de metal do comércio pintadas nas cores primárias e, logo abaixo, o rio, ainda com pedaços de gelo no meio e neve nas margens.

---

* Tradução de Adriano Scandolara, disponível em https://escamandro.wordpress.com/2012/11/19/o-amante-de-porfiria-robert-browning/. (N.T.)

Algumas centenas de metros acima e ainda mais ao sul, há um amplo planalto que abriga o pequeno aeroporto, com seu terminal de contêineres,[3] e vários edifícios recém-construídos, que eram em sua maioria escritórios do governo e de grupos de ajuda. Foram construídos com doações estrangeiras junto a estradas asfaltadas, maravilhas da engenharia doadas pelos governos do Japão ou da Coreia, que são totalmente retas e lisas, mas não levam a nenhum lugar específico. Entre esses prédios, está o abrigo do qual Zakia está se preparando para fugir.

Com sorte, a cidade de Bamiyan conseguia contar com quatro horas de eletricidade por dia. A energia não se alongava muito pela noite. Então, as ruas estavam escuras, iluminadas apenas pelo brilho do céu. Mais cedo, naquela noite, precipitara-se uma garoa fria, porém a temperatura caiu por volta da meia-noite, e ela se tornou uma leve neve ao vento.

Os vidoeiros se estendem desde a parte mais baixa do vale até o planalto, onde, mesmo na escuridão e a uma distância de pouco mais de três quilômetros das falésias, os nichos que outrora abrigaram os Grandes Budas de Bamiyan são impressionantes. O tamanho espantoso e as formas negras escancaradas ficam logo aparentes e, à primeira vista, são de tirar o fôlego, diferentes de qualquer outra coisa existente no mundo. As falésias ficam bem ao norte do rio. A estátua de Nelson da Trafalgar Square, em Londres, com seus cinco metros de altura, ficaria ofuscada, ainda que colocada no menor dos nichos, no lado oriental, que abrigara o Buda conhecido como Shamama; a parte oeste abrigara o Buda conhecido como Solsal, e engoliria a Estátua da Liberdade. Artesãos de tempos remotos escavaram esses nichos com martelos, picaretas e talhadeiras em um trabalho de amor que sobreviveu por séculos e séculos. Por toda a história, Solsal e Shamama foram os dois maiores Budas de pé existentes no planeta.[4] Eles tinham mais de 1.400 anos quando foram destruídos em poucos dias, em 2001, pelo Talibã, que usou tanques e, posteriormente, cargas altamente explosivas.[5] O Talibã devastou este vale durante seu regime, matando os *hazaras*, que viviam aos milhares nessa região, motivados pelo ódio àquela etnia (asiáticos, não caucasianos) e à sua religião (muçulmanos xiitas, e não sunitas). No entanto, o Talibã não conseguiu destruir a enorme falésia de arenito, com seu tom dourado de marrom-amarelado, que aparece mesmo na escuridão e continua sendo uma visão impressionante. Em torno dos nichos dos Grandes Budas, e por entre eles, há um emaranhado de passagens e cavernas antigas, consistindo em celas e túmulos de monges, algumas tão grandes quanto a nave de uma basílica europeia, outras tão pequenas quanto um minúsculo cubículo de um eremita do passado. As falésias em si parecem ter sido aplainadas por experientes mãos para produzirem telas lisas dos quais poderiam escavar seus relicários, há quase 1.500 anos.

Tudo isso é mais do que apenas o plano de fundo da história dos amantes Zakia e Ali, que, quando crianças, fugiram com suas famílias para as montanhas mais altas quando o Talibã ocupou o vale, só retornando após o fim dos massacres. O que aconteceu ali há muito tempo, e há não tanto tempo assim, tornou esses dois jovens quem eles são agora, delineando não apenas o destino que desafiaram, mas também outro que estavam prestes a mudar naquela noite, quando as montanhas à sua volta agarravam-se ao inverno e o Ano-novo persa estava para começar. De maneira estranha e completamente inesperada, o Talibã virou todo o mundo de Zakia e Ali de ponta-cabeça e, tanto pela sua derrota quanto pelo seu ressurgimento amargo, definiu o que viria a ser a história desses dois amantes. Sem o Talibã, não haveria intervenção ocidental; e, sem isso, a história de Zakia e Ali seria apenas um conto com fim sangrento.

No tocante às mulheres, os líderes militares que lutaram contra o Talibã e ajudaram posteriormente a formar o governo afegão que os substituiu foram tão cruéis e, às vezes, piores, do que o próprio Talibã. Apenas a insistência dos países ocidentais quanto a direitos iguais para as mulheres resultou em uma Constituição e em leis que as protegiam, pelo menos no papel. Culturalmente, porém, a história é bem diferente. Nos últimos anos, enquanto o Talibã ameaçava voltar ao poder, os líderes afegãos e seus aliados do Ocidente passaram a resistir em usar influência política para desafiar os conservadores culturais no governo. Como resultado, a maioria das conquistas para as mulheres foi conseguida nos anos seguintes à queda do Talibã, e muito pouca coisa foi feita após a ameaça mais potente do seu ressurgimento, a partir de 2012. A intervenção ocidental permitiu legalmente que Zakia escolhesse o próprio marido e até mesmo fugisse com ele, mas a timidez ocidental subsequente abandonou as afegãs em um limbo de incertezas e hostilidade oficial e cultural.

Zakia era tadjique, e Ali era *hazara*; ela era sunita, e ele, xiita. A família de Zakia era contra o seu casamento por questões culturais, étnicas e religiosas. Como ela fugiu, violou outro tabu cultural. Na cultura afegã, a esposa é propriedade do marido; uma filha é propriedade do pai; uma irmã é propriedade do irmão. São os homens na vida de uma mulher que decidem com quem ela se casará e, ao fugir com outra pessoa, Zakia não apenas estava desafiando a vontade deles, mas roubando o que eles acreditavam ser deles de direito.

Ali estava do lado de fora do muro de barro que cercava as construções baixas, também de barro, que formavam a granja de sua família, na aldeia de Surkh Dar, no extremo oposto do Vale de Bamiyan, onde ficava o abrigo de mulheres em que Zakia se encontrava. A aldeia ficava um pouco além dos limites da cidade de Bamiyan, a alguns quilômetros de distância dos maiores nichos dos Budas, na parte ocidental das falésias. Ali tinha 21 anos na época, três anos a mais que Zakia. Ele enfiou as mãos sem luvas nos bolsos da jaqueta de couro falso para aquecê-las, mas não adiantou muito. Também tinha escolhido as melhores roupas para se encontrar com a mulher que esperava logo transformar em esposa. Os pés estavam calçados em sapatos de couro marrom de bico fino, o único par que ele possuía além de sandálias de plástico. Se não fossem os furos de desgaste nas laterais e na parte superior e as solas rachadas, pareceriam mais adequados no pavimento de pedras de Verona do que nos campos barrentos de Bamiyan no fim do inverno. Ali batia os pés no chão, não apenas para se manter aquecido no frio, considerando a garoa congelante, mas também porque, como trabalhava o dia todo na lavoura, qualquer período longo de inatividade física o deixava irrequieto.

Imaginava como deveriam se cumprimentar quando finalmente se encontrassem pela primeira vez em meses, sem contar as cenas de gritos no tribunal da província de Bamiyan. Será que ela usaria seu nome completo, "Mohammad Ali", o som que sempre o satisfazia e o surpreendia quando ela o sussurrava no telefone durante os anos de conversas clandestinas do início do namoro? Zakia era a única mulher, além de suas irmãs e sua mãe, para quem revelara o próprio nome. Ou será que ela diria apenas *tu*, o "você" coloquial na língua deles (o dari, um dialeto do farsi ou do persa)? Ela ligara três horas antes, dizendo que aquela seria a noite na qual fugiria com ele, e que ligaria assim que pulasse o muro, mas não era a primeira vez que Zakia dissera isso. À medida que as horas se arrastavam e ultrapassavam a meia-noite e o telefone não tocava, Ali começou a perder a esperança. Mantinha o celular próximo ao coração, dentro do bolso interno da jaqueta, para protegê-lo da garoa fria. Uma imitação barata e gasta de um Samsung Galaxy, um smartphone feito na China, cheio de músicas românticas e toques gravados, carregava a história de sua vida.

Uma das músicas do seu longo namoro, que ele escolhera para o toque desta noite, não saía de sua cabeça. Era uma música de Bashir Wafa, um cantor popular afegão, que contava a história do profeta José e da esposa de Potifar, que, na versão islâmica desse conto da Antiguidade, têm o nome de Zuleikha e Yousef:

*Se Zuleikha se arrepender, lamentando-se do fundo do coração,
José ficará livre, livre dos grilhões que o prendem pelos tornozelos...*[6]

Um pouco depois da meia-noite do Ano-novo persa, ele desistiu. "Achei que ela devia estar brincando e que havia decidido não seguir adiante com o plano", dissera ele. Ele tentou ligar para ela, talvez pela décima vez, mas não ouviu o som da chamada, apenas a voz impessoal da mensagem da companhia telefônica: a mesma voz anasalada de mulher repetindo a mensagem em inglês e em dari, informando que o telefone de Zakia estava fora da área de serviço. Por via das dúvidas, pendurou o aparelho em um prego na parede do lado de fora, pois o sinal era fraco demais dentro de casa. Então, entrou e foi se deitar na cama, que, como a de Zakia, era apenas um colchão estendido no chão, só que, no caso dele, de terra batida. Apesar do frio, deixou a janela do quarto aberta para ouvir seu telefone tocar; a janela não passava de uma persiana de madeira sem vidro, apenas uma folha de plástico esticada sobre a abertura. Ele abriu a parte inferior para ouvir se ela ligasse.

Enquanto Ali ia desanimado para a cama, Zakia discutia com suas colegas de quarto, Abida e Safoora, do outro lado do vale.[7] As três tinham planejado sair rastejando de suas camas um pouco antes da meia-noite e aguardar, dentro da grande casa, perto da porta da frente, até que o guarda do lado de fora adormecesse. O abrigo para mulheres de Bamiyan, comandado pela organização de mulheres das Nações Unidas, com uma equipe totalmente afegã, contava, na época, com 15 garotas e jovens mulheres como elas. Todas estavam ali por causa da ameaça de surras ou assassinatos cometidos por familiares, ou por causa de casamentos forçados com pessoas que não suportavam, casamentos infantis ilegais ou por causa do velho e conhecido estupro. O caso de Safoora era particularmente devastador. Levada ao tribunal em um conflito entre duas famílias por causa dos termos do seu noivado aos 14 anos de idade, ela fora arrastada para um aposento nos fundos do tribunal, onde foi estuprada por um grupo de funcionários do local. Ela denunciou, mas os juízes obstruíram a instauração de qualquer processo contra os criminosos, e então ela estava no abrigo, fugindo de alguma retaliação e temendo a fúria da própria família contra ela. É bastante comum que famílias afegãs matem uma filha que tenha a falta de juízo ou a falta de sorte de ser estuprada; o estuprador costuma ser tratado com uma indulgência chocante. Eles chamam isso de "morte em nome da honra". Zakia também fugira para o abrigo para escapar de uma morte desse tipo, mas por um motivo diferente.

Dizem que no apogeu dos Budas de Bamiyan, quando este vale remoto no meio das montanhas era o centro de peregrinações e a capital espiritual do Império Greco-budista Cuchana, os olhos dos grandes Budas Solsal e Shamama eram cravejados de centenas de pedras preciosas, principalmente rubis e safiras, mas também diamantes e esmeraldas. Fogueiras eram mantidas acesas à noite atrás daquelas órbitas gigantes. As lentes das pedras ampliavam a luz, emitindo raios multicoloridos para o vale, onde eram vistos brilhando à noite por quilômetros de distância, principalmente do planalto superior, que ficava quase à mesma altura dos olhos dos titãs à sua frente.

Nessa noite, naquele mesmo planalto, um guarda estava a serviço no pátio do abrigo para mulheres em uma pequena guarita com tamanho suficiente para que ele se deitasse lá dentro. As garotas sabiam que ele estava doente e, provavelmente, tinha adormecido em seu turno, o que realmente acontecera. Zakia carregava consigo o cartão SIM do seu celular, mas o aparelho em si estava escondido em um armário de cozinha. Dentro do prédio, havia uma guarda que elas esperavam que também tivesse dormido, mas ainda estava acordada e questionou Zakia quando a ouviu saindo do quarto. Zakia apressou-se em ir para o banheiro, inventando uma história de que queria tomar mais um banho. Isso a atrasou por mais vinte ou trinta minutos, enquanto as duas outras garotas a aguardavam, e Ali tentava falar com ela por telefone, sem sucesso.

Safoora, mais nova do que Zakia, estava animada por ela, mas triste por vê-la partir — ela só as estava acompanhando para ajudá-las a escapar. Zakia, animada e ativa, não fora apenas uma irmã mais velha para Safoora, mas também o brilho que iluminou suas vidas miseráveis. Na privacidade da companhia das outras jovens, Zakia também era insolente em relação às regras sociais que levaram todas as moças a buscar refúgio ali. Abida, uma garota acima do peso e quase da mesma idade de Zakia, casara-se ainda criança com um marido que a maltratava e cujas surras a levaram para lá. Ela decidira no dia anterior que fugiria com Zakia e voltaria para o marido. Elas concordaram em se ajudar a pular o muro e correr juntas.

O abrigo era um refúgio contra o mal que as aguardava do lado de fora, mas também uma prisão. Um dos termos que esse tipo de instituição tinha de aceitar para poder trabalhar no Afeganistão era prometer não permitir que as garotas e mulheres deixassem o prédio até seus casos serem resolvidos, se isso fosse possível. Muitas delas permanecem indefinidamente nos abrigos, com poucas perspectivas para o futuro, a não ser retornar para o inferno familiar que as levara até ali.

Zakia estava determinada a não permitir que esse fosse seu destino. As meninas se abraçaram e se despediram de Safoora e, então, começaram a arrastar seus colchões até os fundos do pátio. Eles eram rígidos, forrados com tecido forte de algodão; quando dobrados ao meio e colocados um sobre o outro, formavam uma plataforma até a metade do muro de quase dois metros e meio de altura, para que Zakia conseguisse escalar até o topo. Mais tarde, ela insistiria, conforme combinado com as outras garotas, que ninguém a ajudara a escapar, que ela simplesmente passara pela porta da frente, que estava destrancada, quando todos estavam dormindo e escalara o muro sozinha. Lá de cima, ela esticou o braço para puxar Abida também, mas a garota era fraca demais para conseguir subir e pesada demais para Zakia. Mais tarde, Abida declarara que a amiga a tinha abandonado para salvar a própria pele. Zakia insistiu que a garota era pesada demais para conseguir subir, porém sabia que Abida queria voltar para um marido que a maltratava. Então, tudo provavelmente ficaria bem. Abida não tinha o estímulo do amor, mas sim do desespero, e poderia até acabar morta por sua atitude.

Olhando do alto do muro por um breve instante, Zakia percebeu que deixara a foto de Ali cair enquanto subia; ela a carregava na mão e estava muito amassada. Não hesitou, porém, e, por volta de uma hora da manhã, Zakia alcançou o chão do outro lado do muro, usando seus sapatos de salto alto e carregando uma sacola de plástico cheia de roupas. Ela correu, ligeira, montanha abaixo, em direção aos Grandes Budas, seguida pelo latido de uma matilha. Então, parou sob alguns vidoeiros em uma rotatória nos limites do planalto superior e ligou para Ali. Ele não atendeu. Ela enfiou a mão na bolsa, pegou um pão e o partiu em pedaços para atirar aos cães, a fim de que parassem de latir.

Na aldeia de Surkh Dar, Ali ouviu o telefone tocar do lado de fora, e saiu em disparada, mas, quando chegou, já tinha parado. Ligou de volta e, dessa vez, Zakia atendeu. A situação deles era perigosa. Passava de uma hora da manhã, ela era uma mulher sozinha e poderia ser presa, não apenas pela polícia, mas por qualquer homem que passasse e quisesse aplicar a lei com as próprias mãos — ou pior. Em uma sociedade na qual o estupro não era considerado crime se a mulher estivesse sozinha, o pior era o mais provável. Ali acordou o pai, Anwar, para dizer que a fuga tinha começado e, então, ligou para Rahmatullah, um amigo da aldeia que já se comprometera a ajudá-los a fugir e se casar, levando-os para um esconderijo no alto das montanhas.

O velho Toyota Corolla marrom de Rahmatullah não pegou na primeira tentativa por causa do frio, mas logo conseguiram ligá-lo. Ali batia o pé, impaciente, enquanto o amigo insistia em aquecer o motor por alguns minutos. O percurso era de apenas 15 ou vinte minutos descendo por uma estrada não asfaltada, em frente aos nichos dos Budas, passando pelo antigo bazar, e subindo até o planalto superior, onde Zakia aguardava. O bosque naquele ponto era esparso e com poucos vidoeiros para ocultá-la. Então, ela se deitou de bruços em uma vala rasa ao lado da rotatória. Para Zakia, pareceu que eles levaram quase uma hora para chegar e, a essa altura, ela conseguia imaginar a descoberta sendo feita no abrigo e ouvir a comoção, enquanto grupos de busca corriam em torno dos muros do lado de fora, apenas a algumas centenas de metros de seu esconderijo. Encolhida na vala, ela não viu Ali no carro de Rahmatullah logo de cara, até que ele a avisou por telefone.

Quando o carro parou perto dela, os cachorros começaram a latir de novo, e Ali saltou do veículo para ajudá-la a colocar a sacola no porta-malas. Ambos repetiram o nome do outro, e de certa forma, estavam —

como entendiam — declarando a própria rebeldia contra as restrições e os costumes de sua sociedade. Havia vários maridos no Afeganistão que nunca usavam o nome das esposas, nem mesmo quando falavam diretamente com elas. Quando se dirigem às próprias esposas, eles não costumam usar o "você" informal — *tu* em dari[8] — mas o "senhora" formal, *shuma*,[9] a mesma palavra usada para se dirigir a estranhas ou a funcionárias públicas. Eles jamais mencionam o nome das esposas com outras pessoas. Existem muitos homens afegãos que nem sabem o primeiro nome das esposas dos seus melhores amigos. É considerada uma ofensa perguntar a um homem o nome de suas filhas, ainda mais o de suas esposas.[10]

Ali ajudou Zakia a atravessar o caminho barrento, ela toda farfalhante com uma saia longa e *chador namaz*, um longo lenço esvoaçante, e ele com um cachecol leve de lã, um *patu*, enrolado no corpo para protegê-lo do frio, além da jaqueta de couro fino. A neve tinha parado de cair e o céu estava começando a ficar limpo, mas a lua era nova e, a noite, bastante escura. Enquanto entravam no carro, Zakia pegou sua mão e a segurou firme. Se o tivesse beijado, não seria tão inesperado e apenas um pouco mais subversivo.

Eles já vinham declarando o amor um pelo outro há anos em segredo e, depois, publicamente pelos últimos seis meses de reclusão de Zakia no abrigo. Nunca ficaram sozinhos em um aposento, ainda mais no banco de trás de um carro. Só tinham se visto de relance e em encontros clandestinos nos campos contíguos das granjas de suas famílias e, um dia, quando foram levados para apresentar o caso deles ao tribunal. A sentença de morte de Zakia fora decretada: implicitamente pelos juízes, e aos berros pela mãe, pelo pai e pelos irmãos. Por dois anos e meio antes disso, eles conseguiram se ver rapidamente e passarem alguns minutos juntos nas ruas da aldeia e nas trilhas da granja, e também conseguiram se falar por telefone, muitas, muitas e muitas vezes. Desde que fora para o abrigo, seis meses antes, entretanto, até mesmo as ligações ficaram difíceis; lá, telefones eram proibidos. Zakia e Ali puderam se encontrar apenas uma vez durante esse tempo e fora uma visita supervisionada. E, naquele momento, estavam de mãos dadas.

Pode parecer pouco, mas essas pessoas nunca ouviram os próprios pais se chamarem pelos respectivos nomes e, com certeza, nunca os viram de mãos dadas, mesmo em particular. O namoro, mesmo entre noivos, costuma ser proibido. Famílias afegãs mais modernas talvez permitam que noiva e noivo se encontrem, mas apenas na presença de acompanhantes, e eles nunca ficam sozinhos, nem têm qualquer contato físico; é mais comum que os casais se conheçam apenas na noite do casamento. Tanto a cerimônia quanto a festa de casamento são quase sempre separadas para homens e mulheres. Soldados afegãos costumam dar as mãos. Crianças dão as mãos. Jovens afegãos de sexo oposto, casados ou não, jamais fazem isso em público. De onde Zakia tirara essa ideia? Eles nunca tinham ido ao cinema — não existia nenhum em toda a província — e, em suas aldeias, não havia energia elétrica, quanto mais televisão. Embora aldeias maiores às vezes contassem com um aparelho de TV compartilhado, ele só era usado por homens, pois não era permitido que mulheres participassem de reuniões públicas. Como Zakia tivera a coragem de tomar as mãos dele nas suas? Será que dar as mãos é apenas um impulso humano inato? Isso, assim como tantas outras coisas na história desses amantes, permanece um mistério.

Talvez a explicação seja simples: tendo desafiado um conjunto de convenções grandiosas para declarar aberta e publicamente o seu amor por Ali, e agora prestes a fugir para se casar com ele, rebelando-se contra sua família, sua cultura, sua tribo e sua seita, Zakia não se dobraria mais a nenhuma das pequenas restrições da sua sociedade. Se quisesse ficar de mãos dadas com Ali, era exatamente o que faria. Quando tive a oportunidade de lhe perguntar, bem mais tarde, por que ela tinha feito isso, a resposta dela foi: "Por que não?".

Rahmatullah, no assento do motorista, estava surpreso por vê-los sentados de forma tão íntima. "Ele estava com medo, mas é meu amigo, e ficou conosco", dissera Ali. Os dois amantes no banco de trás, finalmente reunidos depois de tantos meses, não sabiam o que dizer um para o outro. "Não esperávamos que isso fosse acontecer — não sabíamos bem *o que* aconteceria", declarara Ali. A matilha cercou o carro, latindo furiosamente enquanto eles se afastavam. O casal se abaixou no banco de trás quando passaram diante do abrigo, seguindo o caminho para saírem da cidade.

A fuga fora tão inesperada que ainda tinham de planejar o que fariam em seguida. Dois dias depois, após o feriado do Ano-novo persa, o caso de Zakia seria transferido para o tribunal de Cabul. Bamiyan tem maioria *hazara*; então, eles se sentiam mais seguros ali — os tribunais eram dominados pelos tadjiques que simpatizavam com a família de Zakia, mas a polícia e o governador, a Secretaria de Mulheres e a maioria da população eram *hazara* e provavelmente simpatizariam com eles. Esse não seria o caso em Cabul e isso os preocupava: havia muito mais tadjiques e *pashtuns* do que *hazaras*. Eles temiam que lá Zakia seria rapidamente obrigada a voltar à família para enfrentar aqueles que seriam os seus últimos dias de vida.

Naquele instante, estavam a caminho da casa de um parente distante de Ali no vale de Foladi, que fica a sudoeste dos austeros montes Koh-i--Baba, com picos de mais de quatro mil metros de altitude, que se estendem de leste a oeste, emoldurando os limites ao sul do vale de Bamiyan. O nome de seu parente era Salman, e o pai e o tio de Ali tinham ligado para ele assim que saíra para buscar Zakia. Ali estava ligando para ele, no carro. Salman fora relutante a princípio, principalmente porque dividia a casa com quatro irmãos, e ele teria de fazer os fugitivos entrarem em casa sem que seus irmãos vissem Zakia.

— Por que você está fazendo isso? — perguntou Salman.

— Aconteceu, e agora que aconteceu, não podemos voltar atrás — respondeu Ali. — Aconteceu e já estamos com ela. Estamos fugindo.

Chegaram à casa de Salman, em Foladi, por volta da primeira chamada para oração, o *subh*, quando o mulá começa a entoar as orações pelos alto-falantes da torre da mesquita ao primeiro sinal da aurora, a qual, nessa época do ano, era por volta das cinco horas da manhã. Foi relativamente fácil esconder Zakia; Salman a levou até o alojamento das mulheres na sua parte da casa, uma área composta por várias construções cercadas por muros de barro, cada qual para um de seus irmãos. Apenas a esposa e as jovens filhas estavam lá, e nenhum homem entraria naquele lugar. Ali não poderia entrar; ficar com sua futura esposa antes do casamento seria um crime, e escondê-lo em outra parte da casa seria muito mais difícil com tantos irmãos e suas respectivas famílias por perto. Então, depois de um rápido desjejum de pão e chá, Salman e Ali saíram, caminhando penosamente por uma neve de 45 centímetros de altura, chegando à base da montanha para uma caminhada de noventa minutos até a aldeia de Koh-Sadat.

Anciãos de Koh-Sadat os encontraram do lado de fora da primeira casa da aldeia; os anciãos os viram enquanto eles subiam pelos últimos

15 minutos. Naquela paisagem infértil e sem árvores, era quase impossível se esconder de observadores a quilômetros de distância.

— Viemos comprar jumentos — explicou Ali.

Koh-Sadat era um lugar famoso por seus jumentos. Então, não se tratava de explicação implausível. Pelo resto da manhã, viram diversos animais. Um era pequeno demais, outro velho demais; e aquele outro, ótimo, mas caro demais. Àquela altura, já era hora do almoço, e ninguém poderia fazer uma visita a uma comunidade afegã sem ser convidado para o almoço. Eles enrolaram o máximo que conseguiram, os homens sentados de pernas cruzadas no chão de terra, pegando pequenos pedaços de pão no prato comunal de *pilaf* e falando sobre qualquer assunto que lhes viesse à mente.

Por fim, ao cair da tarde, eles foram embora pedindo desculpas, mas sem comprar nenhum jumento, e voltaram para a casa de Foladi e Salman.

— Eles ficaram loucos com todas as nossas negociações — disse Ali, rindo junto com Salman.

Quando chegaram, o pai de Ali, Anwar, já tinha chegado, e um mulá chamado Baba Khalilli viera da província vizinha de Wardak, cruzando os montes Koh-i-Baba, para casá-los. Um dos irmãos de Ali e o primo Salman serviriam como testemunhas quando eles celebrassem o *neka*: a assinatura de um documento concordando com os termos do casamento e atendendo ao requisito de ter dois homens como testemunhas e o mulá que realizava a cerimônia (era bastante significativo o fato de a noiva não precisar estar presente; na verdade, o mais comum era não estar). Como todos os presentes eram analfabetos, à exceção do mulá, eles umedeciam os polegares em tinta de carimbo e os pressionavam no papel, substituindo a assinatura. O *neka* especificava que Zakia, filha de Zaman da aldeia de Kham-e-Kalak, receberia como dote do casamento cem mil afeganes (cerca de 1.800 dólares na época) e um *jreeb* de terra (cerca de meio acre) pagos pela família de Ali. Normalmente, tal pagamento seria destinado ao pai *dela* como preço pela noiva, embora formalmente o valor fosse entregue à mulher, já que pagar por uma noiva é ilegal. Às vezes, uma pequena parte do dinheiro era usada para comprar joias para a mulher, mas isso era definido pelo pai. O pai de Zakia não estava presente e não tinha como receber os cem mil afeganes, o que não fazia a menor diferença, pois Ali e seu pai não tinham como pagar.

O mulá Baba Khalili cobrou trinta mil afeganes para realizar o *neka*, oficializando-o ao ler os versos do Corão e carimbar e assinar o documento. Era uma quantia exorbitante para tal serviço, cerca de 550 dólares, mas o mulá estava realizando a cerimônia sem a presença do pai da garota — e sem fazer muitas perguntas.

— Se eu não celebrar este *neka*, ninguém mais o fará — disse o mulá para Anwar quando este tentou negociar o preço.

A fama de gananciosos dos mulás é lendária no Afeganistão, um dos motivos para as inúmeras piadas sobre eles em uma terra que costuma ser bastante religiosa.[11]

— Se alguém contestá-lo, vou testemunhar a seu favor — prometeu o mulá.

O jovem casal passou a noite de núpcias no sótão ainda em construção da casa de Salman, um aposento de teto baixo, com pouco mais de nove metros de comprimento, sem forno. Estava frio demais para consumarem o casamento. "Demorou muito para termos nossa verdadeira noite de núpcias", explicou Ali. "Estávamos com tanto frio que tudo o que conseguimos foi ficarmos abraçados para nos aquecermos."

No dia seguinte, seguimos viagem, dessa vez em um táxi que Anwar conseguira e viera da cidade de Bamiyan, que ficava uns seiscentos metros abaixo. Eles subiriam ainda mais o vale de Foladi, em direção ao pico mais alto nos montes Koh-i-Baba, o Shah Foladi, com quase cinco mil metros de altitude. No meio do caminho, foram recebidos na casa de um parente distante, Sayed Akhlaqi. Dessa vez, podiam viajar juntos porque eram casados, mas ainda despertavam olhares de reprovação, mesmo entre os amigos, por ficarem de mãos dadas.

Ficaram por pouco tempo; no dia seguinte, o filho de Sayed Akhlaqi subiu correndo pela estrada que vinha de Bamiyan em uma bicicleta coberta de lama, contando, sem fôlego, que a polícia sabia que eles estavam em Foladi e estavam a caminho. O filho trabalhava como criado em um prédio do governo e ouvira quando a polícia estava tomando as providências, a pedido da família enraivecida de Zakia. A polícia chegaria à noite, e o sol já estava quase se pondo. O casal e Anwar entraram no táxi e subiram ainda mais a montanha. Enquanto seguiam pela estrada cheia de curvas, o telefone de Ali tocou. Era alguém o alertando de que a polícia já deixara a casa de Sayed Akhlaqi e logo os alcançaria. Olhando para trás, conseguiam ver a nuvem de poeira levantada pelo grande Ford Ranger verde-escuro da polícia enquanto eles subiam em seu encalço.

Eles não tinham esperanças de conseguir escapar com o táxi velho e gasto, então, pararam em uma clareira de árvores baixas e arbustos fechados, onde um riacho cortava a estrada. Os recém-casados fugiram pelo mato descendo a trilha ao longo do riacho que margeava a estrada, enquanto o pai de Ali, Anwar, seguia para o outro lado, subindo, esperando ser visto, distraindo a atenção da polícia dos amantes. O motorista seguiu em frente, mas a polícia logo o alcançou. Ele se recusou a entregá-los e negou que o casal tivesse estado com eles — embora não houvesse muitos lugares para se ir naquela estrada solitária em direção ao pico de Shah Foladi. A história que contou foi que tinha subido para pegar um passageiro que nunca apareceu.

Zakia e Ali se esconderam nos arbustos, ele atrás de um tronco e ela deitada no leito molhado próximo a ele. "O motorista nos protegeu. Disse que estava procurando a gente também, mas que não conseguiu nos encontrar." Os policiais desceram a montanha, pararam e acenderam as lanternas procurando por entre os arbustos. "Não sei como não nos encontraram", disse Zakia. "Parecia que sabiam onde estávamos." Por fim, a polícia escoltou o táxi de volta, mantendo o motorista preso por uma noite para ser interrogado, antes de liberá-lo.

Por um tempo, o casal procurou por Anwar, mas não faziam ideia de onde ele estava; Anwar também procurou por eles, igualmente sem sucesso. Estava escuro e não tinham lanternas. Ali e Zakia começaram a subir a montanha, seguindo a estrada, mas mantendo-se fora dela. Caminharam com dificuldade, molhados e com frio, por causa da neve e, às vezes, de poças de lama causadas por chuvas esporádicas. Seis horas depois, chegaram aos cumes mais baixos de Shah Foladi. Zakia teve de tirar os sapatos de salto após eles se quebrarem e passou a caminhar descalça.

Para se manterem aquecidos, contavam apenas com dois finos *patus* de lã — Sayed Akhlaqi os presenteara com um segundo —, e eles os usavam como cobertores e como casacos. A bateria de ambos os telefones já estava quase acabando, mas, no topo da montanha, Zakia conseguiu fazer uma ligação para o tio de Ali. "Estamos perdidos. Você pode dizer onde nós estamos?", pedira ela. Ele não conseguiu ajudá-los, mas compreendeu, por tudo que disseram, onde estavam e prometeu enviar ajuda assim que amanhecesse.

Naquela noite, estavam cansados demais até para acender uma fogueira e dormiram ao relento sobre o chão duro, frio e molhado, enrolados nos *patus*. "Não estávamos tão cansados para nos esquecermos da felicidade. Estávamos muito felizes por estarmos juntos. Tínhamos um ao outro", declarou Ali.

Zakia foi menos romântica quanto a isso: "Eu só estava com frio e com medo", contrapôs ela.

No dia seguinte, chegaram a outro cume falso. "Achamos que estávamos mortos, mas continuamos subindo. Meu tio disse para nos encontrarmos no topo da montanha e, quando chegamos lá, ouvi algumas vozes. Então, eu gritei 'Sattar!', mas ninguém respondeu", contou Ali. Sattar era o filho de seu tio e, como não houve resposta, o casal temeu que pudessem ser homens em seu encalço. Então, se esconderam até as vozes sumirem. Por fim, encontraram a aldeia de Azhdar, um lugar do qual Ali se lembrava por ter ido caçar perdizes com os irmãos e o pai. De lá, havia uma trilha que seguia de volta para sua própria aldeia, na periferia do vale de Bamiyan. Seriam 25 quilômetros em um caminho acidentado, mas que os levaria para longe dos picos gelados e perigosos de Shah Foladi.

Na segunda noite, dormiram também ao relento, mas conseguiram acender uma fogueira para se aquecerem e, no dia seguinte, chegaram aos arredores da aldeia de Ali, Surkh Dar. Mesmo assim, aguardaram dois dias. Dormiram nas cavernas dos monges, escavadas no arenito das encostas, um pouco acima na montanha. "Eles não conseguiram nos encontrar, mesmo com todo o departamento de polícia de uma das províncias procurando por nós", disse Ali.

Quando, por fim, entraram em contato com Anwar, no início da noite do quinto dia depois do casamento, o velho já estava de volta à aldeia; ele levara dois dias para encontrar o caminho para casa. Anwar tomou as providências para que Ali e Zakia ficassem com um conselheiro da província que tinha uma casa na aldeia deles. Foi bem a tempo. A essa altura, a polícia estava convencida de que o casal só poderia ter sobrevivido se tivesse voltado para Surkh Dar e estivessem se escondendo em algum lugar ali. Então, começaram a vasculhar todas as casas.

"Eles chegaram a contratar mulheres que não se davam bem com as mulheres da nossa família para entrarem nas casas e nos procurarem", contou Ali. Eles estavam em segurança na casa de um conselheiro *hazara* nas proximidades. Ninguém se atrevia a entrar na casa de um conselheiro; seria uma transgressão suspeitar de que ele daria abrigo para aqueles dois jovens lavradores em sua fuga para casa. Então, durante a semana seguinte, eles permaneceram escondidos a algumas centenas de metros da casa da família de Zakia.

As famílias dos amantes moravam uma de cada lado da estrada que seguia para oeste da cidade de Bamiyan e da cordilheira dos Grandes Budas em direção aos lagos Band-e Amir. A família dela ficava em Kham-e-Kalak, a aldeia mais baixa, no declive da estrada em direção ao rio Bamiyan. A aldeia era formada praticamente por famílias tadjiques, umas quarenta ou cinquenta. Zakia era uma entre 11 filhos, sete mulheres e quatro homens, com idade variando de cinco a 25 anos. Na família de Ali, eram oito filhos, cinco irmãos e três irmãs. Nenhum dos membros de ambas as famílias estudou por mais do que alguns poucos anos, e apenas dois deles sabiam ler e escrever. Eram lavradores pobres, talvez com pouco mais recursos do que os agricultores de subsistência, mas só um pouco, com pequenas faixas de terra para o cultivo de batata para vender e trigo e legumes para se alimentarem. Surkh Dar era a aldeia mais alta, acima da estrada, onde os *hazaras* viviam em choupanas bem mais pobres, feitas de armação e barro em vez de tijolos ou alvenaria, como em Kham-e-Kalak. A grande família de Ali dividia quatro aposentos quase sem janelas voltadas para um quintal improdutivo. Algumas dessas choupanas de barro eram construídas em saliências ou ladeiras, quase como cavernas. Entre elas, havia uma rede complexa e orgânica de passagens estreitas, muitas das quais com largura para apenas uma mula. As moradias eram próximas da estrada, enquanto os campos ficavam mais perto do rio, em geral, a certa distância da casa dos lavradores. Assim, os campos do pai de Ali, Anwar, e do pai de Zakia, Zaman, ficavam lado a lado nas terras mais baixas ao longo do rio. E foi lá que tudo isso começou, alguns anos antes.

CAPÍTULO 2

FILHA DE PAI MORTO

O passado pode ser seu verdadeiro destino, e o deles era confuso. Tanto Zakia quanto Ali eram jovens demais para se lembrar de quando o Talibã veio pela passagem de Shibar, atravessando a cordilheira Indocuche até chegar ao vale de Bamiyan, em 1998. Naquele ponto, já há dois anos na sua conquista do Afeganistão, o Talibã estava habituado a ganhar. Eles já controlavam toda a parte central, oeste e sul do Afeganistão e a maior parte do norte, exceto pelas regiões controladas pelas forças de Ahmad Shah Massoud e seus aliados, no extremo norte, e por Hezb-i-Wahdat, a milícia *hazara*, na região central montanhosa mais ao norte da província de Bamiyan e Hazarajat.[1] A relação dos tadjiques de Massoud e dos *hazaras* de Hezb-i-Wahdat era de ódio, principalmente porque as forças de Massoud foram responsáveis pelo famoso massacre de *hazaras* em Cabul durante a guerra civil alguns anos antes e, em parte, porque os *hazaras* dominantes tinham abusado da minoria tadjique na cidade de Bamiyan. No começo, os *hazaras* derrotaram o Talibã em 1998. No entanto, abandonados pelos mais numerosos e poderosos tadjiques, os *hazaras* em Bamiyan sucumbiram quando o Talibã voltou com força total no ano seguinte, cometendo massacres na cidade de Bamiyan e no vale de Yakawlang, onde mataram todos os homens com mais de 13 anos de idade que encontraram.

As duas famílias fugiram do vale naquela época. Primeiro a família tadjique de Zakia seguiu para o norte em direção à província de Baghlan para escapar dos *hazaras* e do Talibã. Depois, a família de Ali fugiu para os montes Koh-i-Baba, cruzando-os até chegar à província de Wardak ao sul, escapando tanto dos Talibãs *pashtuns* quanto dos tadjiques. A tensão religiosa sempre existiu entre os sunitas afegãos, incluindo os grupos étnicos tadjique, uzbeque e *pashtun*, e os xiitas, que são, na maioria, *hazara*. Os Talibã *deobandi*, uma versão mais extremista do islamismo, decretaram que todos os xiitas eram hereges, o que justificava sua matança, uma visão compartilhada com a Al-Qaeda. Havia também o aspecto racial do conflito, uma vez que os *hazaras* possuem uma aparência mais asiática, enquanto os tadjiques e *pashtuns* têm características mais caucasianas, embora existam muitas exceções. Os tadjiques e os *pashtuns* tradicionalmente ridicularizavam os *hazaras* como forasteiros, considerando-os descendentes dos exércitos invasores de Gengis Khan, de mais de oitocentos anos atrás;[2] os *hazaras* nunca perdoaram os *pashtuns* por tê-los escravizado no século XIX.

Depois que o Talibã conquistou a província, as famílias tadjiques e *hazaras* com filhos pequenos começaram a voltar para as suas casas, sem seus homens, principalmente aquelas cujas crianças eram pequenas demais para serem vistas como guerreiras, caso das famílias de Zakia e Ali. Ali tinha idade suficiente para se lembrar dos últimos dois anos do regime Talibã e sua ocupação do vale de Bamiyan. Em 2001, último ano em que ficaram no poder, ele devia ter sete ou oito anos. Seus irmãos mais velhos e seu pai tinham idade para serem considerados guerreiros. Então, eles fugiram, deixando-o em casa com as mulheres. "Eles tratavam os xiitas muito mal, até mesmo as crianças", contou Ali. "Se você não fosse xiita, não era tratado mal, mas até mesmo as crianças xiitas eram maltratadas."

Com a invasão liderada pelos americanos, o Talibã recuou, e os homens desceram as montanhas. Para Ali, essa é a lembrança mais feliz da sua infância. "Meu pai e meus irmãos voltaram para casa, e achamos que tínhamos renascido. Ainda hoje, quando ele me liga algumas vezes, ele se lembra dessa época e pergunta: 'Como você conseguiu ficar longe de mim por tanto tempo?'"

A família de Zakia sofreu menos durante a ocupação talibã, já que eram muçulmanos sunitas, mas seu avô paterno, Ali Ahmad, passou por dificuldades durante a grande seca de Bamiyan. Tendo começado durante os últimos anos do reinado de Zahir Shah, pouco antes da ocupação soviética em 1979, a seca se estendeu durante os anos de guerra civil que perduraram pelas décadas de 1980 e 1990. Bamiyan é um deserto. A agricultura depende do degelo da neve das cordilheiras que envolvem o vale, e, naquele tempo, não havia obras hidráulicas nem reservas que os agricultores pudessem usar. Ali Ahmad ficou endividado e foi vendendo cada um dos seus campos, até que tudo o que restou para passar para seu filho Zaman, pai de Zakia, foram uma casa e uma área de residências na aldeia de Kham-e-Kalak — um lugar abastado para os padrões locais, com portas e janelas envidraçadas nas paredes de tijolos — e uma pequena horta de meio *jreeb*, cerca de mil metros quadrados, a qual ficou para o irmão de Zaman. Enquanto Zakia crescia, seu pai foi obrigado a arrendar terras, trabalhando em campos alugados de vizinhos mais prósperos e pagando ao irmão para poder usar a horta ao lado da casa.

O pai de Ali, Anwar, teve mais sorte. Dos seus modestos dez *jreebs* de terra (cerca de vinte mil metros quadrados), seis eram bem irrigados, fazendo com que suas colheitas sobrevivessem aos anos de seca; então, ele nunca precisou vender suas terras. Os *hazaras* em Surkh Dar costumavam ter mais dificuldades que os tadjiques em Kham-e-Kalak mais abaixo. A família de Anwar era pobre e até hoje conta com pouco mais que choupanas para morar. Mas, graças ao antigo sistema de irrigação da região, sobreviveram melhor à seca e eram mais prósperos que a família de Zakia. Anwar conseguiu liberar três filhos do trabalho na lavoura para que pudessem ir para a escola por alguns anos. Na família de Zakia, apenas o irmão mais novo, Razak, que tinha nove anos em 2014, frequentou a escola. Anwar continuava nas choupanas de barro voltadas para um quintal que não era nem cercado por um muro, como a maioria dos lares rurais no Afeganistão. Mas todo o lucro que obtinha com o cultivo de batata ele investia na educação dos filhos.[3]

Zakia via as outras garotas da aldeia, principalmente entre os *hazaras* em Surkh Dar, a aldeia na parte alta, seguindo para a escola com túnicas azuis e lenços brancos na cabeça; os *hazaras*, há tanto tempo considerados uma classe inferior no Afeganistão, investiam bastante na educação e foram um dos primeiros a simpatizarem e adotarem as escolas para meninas quando elas foram reinseridas no país após a intervenção ocidental em 2001. Quando Zakia perguntou ao pai se também poderia ir, sua resposta foi: "Não, somos pobres demais." Em vez disso, assim como seus irmãos, ela foi colocada para trabalhar nos campos, fazendo colheitas, arrancando ervas daninhas, juntando feno para os animais, e cuidando das ovelhas enquanto pastavam.

Quando era pequena, costumava brincar com os irmãos, e não com as irmãs. Ela era a líder e a criadora de bonecas. Sua infância foi feliz, e, nos feriados de *Eid*, Zakia e as outras crianças, meninos e meninas, desciam até o rio para tentar pegar o pequeno peixe que tinham visto nas águas claras. As diferenças de sexo não importavam muito quando eles eram crianças. Ela ensinara o irmão a fazer bonecas usando retalhos e palha, barbante e gravetos. "Éramos todos bons amigos naquela época, meus irmãos e minhas irmãs. A época mais feliz era quando havia festas de casamento, e nós podíamos correr de um lado para o outro, nos divertindo nos dois lados da festa." Ao contrário dos adultos, as crianças poderiam participar da festa das mulheres ou da dos homens, que eram separadas. Sempre havia muita dança, embora nunca entre pessoas de sexo diferente; na sua comunidade pobre, ninguém fazia o casamento em salões, mas usavam as próprias casas, ainda assim separando todos os convidados por gênero.

"Quando mais novos, éramos todos amigos íntimos e éramos legais uns com os outros, mas, depois, quando crescemos, meus irmãos começaram a ficar rígidos comigo", contou ela. Isso é muito comum entre as famílias afegãs; os irmãos costumam ser os mais interessados em tomar conta da pureza das irmãs, em parte porque a honra da família afeta as suas próprias perspectivas de casamento e às vezes pela culpa que sentem pela tensão sexual que pode existir entre irmãos de sexo oposto criados em lugares pequenos demais. "Meus irmãos me controlavam mais do que meu próprio pai. Sempre que me viam, pediam que eu entrasse ou me escondesse de estranhos. Pediam que eu usasse um lenço maior para me cobrir. Se eu fosse fazer compras, obrigavam-me a usar uma burca, que eu odiava."

Quando pude entrevistá-la meses depois, enquanto ainda estavam escondidos, Zakia, que sempre me pareceu uma jovem afegã tímida e modesta, como o esperado de uma mulher no Afeganistão, mudava ao se lembrar daqueles anos. "Eu odiava a burca antes, odiava naquela época e odeio até hoje. Foi algo criado para punir as mulheres." Feita de um material emborrachado sintético, a clássica burca azul afegã é uma roupa pesada, propositalmente sem forma, com uma tela para permitir a entrada de um pouco de ar e para a mulher enxergar. É quente e desconfortável ao extremo, muito pior do que um xador iraniano ou uma *abaya* árabe. Mesmo sem nenhuma evidência teológica, alguns afegãos insistem em que se trata de um artigo de vestuário santificado e religioso.[4]

A não ser pela sua amizade com a garota da aldeia tadjique do outro lado da estrada, a infância foi uma época solitária para Ali. Seus irmãos mais velhos dedicavam-se aos estudos ou ao trabalho no campo, como cavar túneis de irrigação; ele cuidava das ovelhas. Em certo ponto do drama que se desdobrou posteriormente por causa de seu caso de amor com Zakia, Ali apontou para o seu pai, Anwar, um homenzinho alegre com barba branca de duende e um turbante velho preto e prateado, e afirmou: "Já que ele não me deixou estudar e ter uma educação, fiz de propósito. Ele permitiu que meus irmãos continuassem os estudos — meu irmão Sharifullah estudou até o 11º ano. Fiz isso para dificultar as coisas para meu pai, porque ele me colocou para cuidar das ovelhas em vez de me mandar para a escola." Envergonhado, Anwar deu um sorriso torto. Não dava para saber se a piada do filho era séria ou não, mas o pai não retrucou.

Ali estudou um pouco quando fez 11 anos e foi matriculado no primeiro ano da escola local. Era uma escola primária de uma ONG — ninguém na família se lembra do nome —, mas agora se tornou uma escola do governo. "Tenho boas lembranças da época do colégio. Eu adorava pássaros quando eu era criança. Um dia, o professor pediu que eu me levantasse e repetisse a lição na frente da turma. Quando eu me levantei, a minha codorniz saiu voando de dentro da minha camisa. Todos riram. Mas o professor ficou muito zangado. Ele disse: 'Você veio estudar ou brincar com passarinhos na minha aula?' Eu amava pássaros naquela época." Ele estudou até o terceiro ano — alguns dos seus colegas daquela época estavam concluindo em 2014 o 12º ano. Estudou dari — o persa afegão —, matemática e desenho, mas não se lembra de muita coisa; ainda não consegue assinar o próprio nome, por exemplo, embora consiga digitar os números no telefone e contar de um a nove, seguido por zero, na ordem em que eles aparecem no teclado do celular.

A educação religiosa na mesquita local não foi muito melhor; ele a frequentou por um ano. Embora, como a maioria dos afegãos, ele declare ser religioso, Ali não aprendeu religião nas aulas com seu mulá. "O mulá sempre me batia, muito. Então eu não consegui aprender."

Um ano antes de começar a estudar, Ali foi a uma festa de casamento. Alguém tinha armado uma grande tela do lado de fora e um filme estava sendo exibido, um filme indiano, *Layla e Majnun*, dublado em dari. Ele nunca tinha assistido a um filme, nem em uma tela grande, nem em uma televisão. Era muito novo, nem sabia o que era o amor, mas se pegou assistindo, hipnotizado, sentando com as pernas cruzadas no chão, junto com as outras crianças. O nome Majnun pode ser traduzido como "o possuído" ou "o louco" — a palavra significa "pessoa maluca" em árabe e, originalmente, a história era um conto árabe. A loucura, ou determinação, de Majnun é o âmago de todas as diversas versões da história. Conhecendo Layla desde muito jovem, Majnun começa a recitar poesias em sua homenagem, de forma obsessiva e incessante; em algumas versões da história, essa loucura por si só é a sua ruína, pois ela faz com que o pai dela se volte contra ele, mas, em outras versões, ele já estava condenado de qualquer forma pela classe social e pelas diferenças econômicas que o tornavam inaceitável para o pai da moça. Então, quando Majnun morre, é claro que Layla também morre, de sofrimento por amor. "Eu não compreendia o amor quando assisti ao filme, mas me senti muito atraído pela história", disse ele.

Após parar de estudar, Ali tinha de levar as ovelhas para pastagens mais altas nas encostas das montanhas. "Costumávamos ir para as montanhas catar lenha e, na volta, eu recitava poemas para os outros meninos", contou ele. Riam dele. "Eles diziam: 'Você é maluco, endoidou de vez'; então, eu parava. Mas, depois de um tempo, eles pediam para eu recitar mais alguns, e eu respondia: 'Não, eu sou doido.' E eles me imploravam e eu cedia." Naquela época, um garoto mais velho da aldeia ensinou-lhe a tocar a flauta afegã, um tubo simples de bronze com seis orifícios, e ele tocava com frequência. "Quando eu me sentia sozinho e para aliviar a dor", explicou ele. Foi então que conheceu Zakia-*jan*, como ele se refere a ela; o sufixo *–jan* é um termo que indica amizade e carinho, sendo usado tanto por homens quanto por mulheres, cuja tradução para o português talvez fosse "Zakia-querida".

Cuidando das ovelhas, eles brincavam juntos enquanto os animais pastavam, algumas vezes a quilômetros de suas casas. Ela se sentiu atraída por aquele garoto taciturno e mais velho com uma flauta, mas apenas como um colega e ajudante, nada mais. Ela era sua única plateia; ele raramente tocava flauta, a não ser quando estava sozinho ou nos pastos altos com Zakia. A família dela tinha dez ovelhas; Ali tinha 25. "Quando éramos crianças, íamos ao deserto e levávamos os animais para pastar e costumávamos passar os dias na choupana com eles", contou Ali. Mas os dois eram novos ainda, pequenos demais para pensar em casos de amor. "Naquela época, não sabíamos nada dessas coisas", disse ele.

Então, Zakia começou a entrar na puberdade, e, como ele era três anos mais velho que ela, havia questões de decoro — ela era biologicamente uma mulher e, assim, de acordo com o costume afegão, tinha de ser separada de todos os homens, exceto seus irmãos e seu pai. Sua família começou a mantê-la dentro de casa, a não ser quando tinha trabalho para fazer e, mesmo assim, eles se certificavam de que ela sempre estivesse acompanhada por um dos irmãos. O pai de Ali vendeu as ovelhas, então ele não tinha mais motivo para se encontrar com ela nas pastagens altas, com privacidade.

Passou-se um tempo e, usando o eufemismo do próprio Ali, ele começou a pensar nela "daquele jeito". Certo dia, no início da primavera, estava montando armadilhas para pegar uma codorniz nos campos ainda não cultivados, e Zakia estava no campo vizinho, olhando para ele. Ele teve dificuldade de explicar por que aquilo tinha importância, mas talvez houvesse algo na possibilidade de que sua paixão particular por pássaros pudesse ser compartilhada com outra pessoa. Ou, quem sabe, fosse apenas porque ele tinha 17 anos e ela, 14.

O próprio Ali define o momento quando decidiu que estava apaixonado por ela. Era um dia em que ambas as famílias estavam nos campos vizinhos, como era bastante comum naquela época, ajudando-se mutuamente no trabalho. Ele e o irmão pegaram emprestados dois jumentos da família de Zakia para puxar sacos de pedra dos campos, e eles optaram por montar nos animais no caminho de volta, algo meio escandaloso; em Bamiyan, a garupa de um jumento deve ser reservada apenas para o trabalho e não para o divertimento.

"Morte a seus pais!", declarou Zakia quando os viu. "Vocês usam os burros para fazer o trabalho e, depois, acham que podem montá-los também? Amaldiçoados sejam!" Ali e o irmão ficaram tão assustados com injúrias da jovem que logo desceram dos animais, rindo nervosamente. "Acho que foi quando eu soube", disse ele, embora não soubesse explicar o porquê. Então, quando a encontrou sozinha por um instante, alguns dias mais tarde, sussurrou para ela: "Amo você." Ele estava apenas testando as palavras e não estava tão certo de seus sentimentos. Zakia o ignorou, mas não lhe rogou uma praga pela audácia. "A partir daquele momento, eu tinha 40% de certeza dos meus sentimentos por ela", disse o rapaz.

Começaram a se encontrar e a conversar mais nos caminhos tortuosos dos campos; alguns dias conseguiam se encontrar duas vezes. Depois de um tempo, Ali percebeu que aquilo era verdadeiro. "Eu sabia que estava apaixonado por ela." Não foram só os pássaros; não fora a idade; não foram as longas horas que passaram juntos na infância cuidando das ovelhas e amadurecendo, mas talvez a soma de todas essas coisas.

De vez em quando, Ali via Zakia cruzando os campos e a pegava olhando para ele e notava como ela se sobressaltava quando o via e mudava o caminho para passar mais perto dele sempre que podia. A essa altura, conforme ele conta, Ali já tinha 100% de certeza sobre os sentimentos dela. Era raro que conseguisse vê-la por mais do que poucos instantes sem levantar suspeitas e, em geral, ela estava acompanhada pelos irmãos mais novos. "Durante um mês, eu a estava procurando após me apaixonar por ela, e eu sabia que ela me amava, mas não sabia se concordaria em se casar comigo."

Finalmente, um dia, ele a encontrou sozinha, sem ninguém por perto para ouvir, e decidiu agir enquanto podia. "Rapidamente, porque não podíamos ficar ali por muito tempo."

Os dois estavam trabalhando, limpando os campos que ficavam bem ao lado de um muro de barro de quase um metro de altura, fingindo estarem concentrados no que faziam; vários dos irmãos mais novos de Zakia estavam brincando ou trabalhando não muito distante dali. "Eu teria me ajoelhado" — ele ouvira falar que era assim que os românticos faziam — "mas seus irmãos e irmãs estavam por perto e havia um muro entre nós dois." Em vez disso, ele apenas declarou suas intenções.

— Eu amo você e quero me casar com você — disse ele, sem olhá-la diretamente a não ser por um breve instante.

Ela também não olhou para ele, nem de relance.

— Isso não é possível. Somos de etnias diferentes, religiões diferentes. Ninguém vai permitir — respondeu ela. Zakia parecia altamente sensata, além do que seria esperado de alguém de sua idade. Ela devia ter uns 15 anos na época, e ele, 18.

— Podemos fugir se as nossas famílias não aceitarem — sugeriu ele.

— Então, não teríamos mais família — retrucou ela. — Não podemos fazer isso.

Ele ficou arrasado. "Ela me rejeitou, dizendo que éramos de etnias diferentes e que esse tipo de casamento nunca tinha acontecido antes e, assim, não seria possível. Ela jurou que um relacionamento entre nós jamais aconteceria. Foi realmente um não, e eu fiquei desiludido."

Zakia ficou surpresa e se deu conta de que deveria ter ficado ofendida com a insolência dele. "Ele agiu de forma muito imprudente e foi muito inteligente, tentando virar a minha cabeça quando eu ainda era tão nova. O pedido de casamento foi muito imprudente. Eu respondi que éramos muito jovens, mas também havia as questões étnicas e religiosas, não apenas a idade. Eu falei isso para ele." Apesar de ter lhe dito não, Zakia começou a pensar nele seriamente pela primeira vez. Todos os dias lembrava-se de sua proposta, durante um mês, até que decidiu, por fim, procurá-lo. Nas suas lembranças, sua rejeição não fora tão definitiva quanto para ele.

Ali vagueou pela aldeia durante aquele mês inteiro, esforçando-se para evitar os lugares onde talvez a visse e, então, como muitos jovens abandonados antes dele, decidiu se alistar no exército. Ele não tinha perspectiva de emprego, não tinha dinheiro e odiava o trabalho na lavoura; Zakia não queria se casar com ele, e o Talibã era o inimigo que todo *hazara* odiava. Todos os seus amigos estavam se alistando, inclusive um dos irmãos de Zakia.

Outros garotos de sua aldeia que já tinham se alistado disseram que prometeram a eles que seriam designados para algum lugar no oeste do país, onde os confrontos eram relativamente raros naquela época. Para não fazer nada, o pagamento era bastante atraente pelos padrões dos afegãos da zona rural: cerca de 250 dólares por mês. Ele acabaria na província ocidental de Farah, um lugar remoto, calmo e seguro.

A coragem do pedido de Ali e sua sinceridade tocaram o coração de Zakia, e ela percebeu que também estava se apaixonando por ele. No entanto, quando decidiu confessar seus sentimentos, ele já tinha se alistado e partido. "Fiquei chateada quando soube que ele tinha entrado para o exército, principalmente porque achei que o motivo tinha sido a minha recusa, e eu não queria que ele tivesse se alistado por causa disso", explicou Zakia. Agora que estava disposta a conversar sobre o assunto, ele tinha ido embora. Quanto mais tempo demorava para ele voltar, mais fortes seus sentimentos se tornavam.

O posto de Ali em Farah o expôs a grandes histórias persas de amor, pois, pela primeira vez na vida, estava entre jovens que tinham smartphones com filmes gravados, ou pequenos aparelhos de DVD, muito populares entre as tropas. Sempre que tinha a chance, mergulhava naquelas histórias agridoces; ele sentia que sabia algumas coisas sobre o amor trágico.

"Filmes? Eu nunca tinha assistindo a nenhum. TV na aldeia? Por Deus, não, nada disso na aldeia, mas, no exército, eu podia assistir a alguns vídeos no meu telefone. Alguns dos meus amigos tinham computadores, e eles tinham vídeos que compartilhavam comigo." Um desses soldados sabia como transferir vídeos do computador para o celular e, dessa forma, Ali assistiu à série de TV sobre a história de Yousef e Zuleikha. O que ele mais gostava, porém, eram os videoclipes musicais, e muitos deles eram de amor. "A música é um consolo para a dor. É um bálsamo para os apaixonados", disse ele.

Na adolescência, Zakia também conheceu histórias persas de amor, não nos filmes ou na música — eles tinham apenas um pequeno rádio transistorizado em casa, e seus pais praticamente só sintonizavam em programas religiosos —, mas com outras garotas. As histórias eram contadas em segredo entre as meninas que tinham aprendido com suas irmãs mais velhas.

"As meninas da minha idade contavam uma para as outras, mas nunca publicamente. Era um segredo que todas compartilhávamos", explicou ela.

"Existe um choque na sociedade afegã no que diz respeito ao amor", afirma o poeta Jawed Farhad, que dá aula de literatura persa em uma universidade em Cabul e compõe poemas de amor que provocam os mulás. Textos como estes:

> *Não sou extremista,*
> *Apenas um grande sentimentalista.*
> *Então por que impor leis tão implacáveis*
> *Nos meus assuntos de amor?*[5]

"De acordo com a lei charia e com os mulás, o amor romântico é proibido, e apaixonar-se sem o consentimento da família é errado", explica o sr. Farhad. Apesar da censura, as pessoas mantêm as histórias de amor vivas; são histórias antigas e com raízes na religião, o que as torna, até certo ponto, imbatíveis mesmo diante de sérios ataques. "Os mulás podem tentar, mas nunca conseguirão acabar com elas de vez. Todos aqueles impedimentos — diferenças de classe social ou econômica, diferenças familiares, religiosas, sectárias e étnicas —, o amor não entende essas coisas. Ele é capaz de cruzar fronteiras e superar todas essas diferenças."

Apesar de todos os esforços dos mulás e dos patriarcas, o que não falta no Afeganistão são histórias de amor; talvez a oposição oficial lhes confira ainda mais força e pungência.

Enquanto eu falava com estudiosos afegãos sobre a persistência das antigas histórias persas em uma cultura oficialmente contra o amor romântico, eu não parava de conhecer pessoas que não tinham vergonha de admitir que estavam apaixonadas. "Eu mesmo estou apaixonado", declarou Ahmad Naser Sarmast, chefe do Instituto Nacional de Música Afegã. "Estive apaixonado a minha vida inteira e tenho muito orgulho disso." A escola do dr. Sarmast é uma das poucas instituições verdadeiramente liberais no país, com grupos mistos de crianças com idade entre oito e 18 anos, e um playground misto no qual os lenços são opcionais, e cerca de metade das meninas não os usa. "Para expressar o amor, podemos usar símbolos, consultar a história e encontrar um equivalente. Há tantas histórias de amor neste país — ninguém vai nos impedir. Será que posso privar as minhas próprias filhas do amor? Estar apaixonado não é um crime em nenhuma nação. Deveríamos dar liberdade aos nossos filhos. Deveríamos dar liberdade a esta nação."

Atualmente, um dos programas de rádio mais populares na rádio afegã se chama *Noite do amor*, que vai ao ar semanalmente na Arman FM 98,1, a estação de rádio privada mais famosa do país. O formato é simples: jovens de ambos os sexos fazem uma ligação anônima para a rádio e desabafam sobre seus amores, em geral frustrados, perigosos ou proibidos. Eles gravam tais histórias pessoais de amor em um sistema de caixa postal, e o programa escolhe as melhores para irem ao ar. Foi o diretor da estação, Sameem Sadat, que teve a ideia para esse programa, quando estava em um engarrafamento um dia e viu os jovens em todos os outros carros à sua volta enviando mensagens de texto ou conversando, com expressões felizes e encantadas nos rostos. A maioria estava enviando mensagens de texto se houvesse outros adultos no carro. Mesmo engarrafados por meia hora ou mais, eles continuavam enviando mensagens sem parar. "Percebi que todos eles estavam apaixonados. Ninguém fica falando com outra pessoa por meia hora ou até por uma hora se não está apaixonado. Pensei então: 'Eles devem ter histórias para contar.'" O programa foi ao ar pela primeira vez no Dia dos Namorados em 2014. A princípio, era uma vez por semana durante uma hora, tarde da noite. O programa ficou tão popular que, em 2015, a Arman FM aumentou a duração para três horas, das nove horas até a meia-noite nas quartas-feiras. Depois de tocar cada uma das mensagens gravadas, os apresentadores (um homem e uma mulher) escolhiam uma música de amor adequada, transmitindo tudo isso sem dar qualquer conselho ou recomendação explícitos para evitar problemas com os mulás. Depois do programa, as histórias são postadas na página do programa no Facebook,[6] atraindo milhares de comentários todas as semanas. Em uma semana normal, *Noite do amor* recebe trezentas gravações de histórias de jovens de todo a Afeganistão, de cidades e aldeias, de pessoas educadas e analfabetas, e o programa transmite as vinte mais articuladas.

As histórias são quase sempre tristes. "Eu diria que, durante todo esse tempo,[7] tivemos apenas umas dez histórias felizes. Talvez os felizes no amor não compartilhem suas histórias. Não sei", disse o sr. Sadat. A apresentadora do programa, Hadiya Hamdard, vai uma vez a cada duas ou três semanas à prisão feminina de Badam Bagh em Cabul, a principal cadeia para mulheres do país, e recolhe histórias das detentas. Quando chega lá, é praticamente cercada pelas mulheres que fazem de tudo para conseguir contar suas histórias. Normalmente, 75%[8] das detentas de Badam Bagh foram presas por causa dos chamados crimes sociais ou morais, que, é claro, são crimes de amor — sexo fora do casamento, tentativa de *zina* (adultério) e assim por diante. Cada programa do *Noite do amor* transmite uma história de uma mulher que foi presa por amor.

É inevitável que, nas mensagens deixadas no programa, haja histórias tristes de traição, negação, rejeição e desejo não correspondido. Outro tema recorrente é a dificuldade, em uma sociedade que proíbe até mesmo o encontro rotineiro entre homens e mulheres, que os apaixonados encontrem para ficarem juntos e como é fácil que percam um ao outro.

Zakia estava exatamente nesta posição. Com Ali no exército, percebeu o quanto sentia sua falta e como se arrependia por tê-lo dispensado, mas não tinha como se comunicar com ele para lhe dizer tudo isso. Ela não tinha celular e nem saberia usar um, e mesmo que tivesse, não teria como descobrir discretamente o número dele. Mesmo se encontrasse alguém que pudesse escrever uma carta para ele, não havia serviço de correio na zona rural do Afeganistão. Ela se pegou tentando ouvir as conversas dos homens de sua família sempre que recebiam ligações de irmãos e primos que estavam no exército, mas não tinha notícias de Ali. Ela se sentia frustrada e impotente e, como veria mais tarde, justamente a impotência que sentiu durante aqueles meses lhe deu a coragem para que se arriscasse quando a oportunidade apareceu novamente.

Passaram-se quase dois anos desde que Ali se alistara. Durante todo esse tempo, ele e Zakia não tiveram notícias um do outro. Farah realmente era um local remoto e quase sem sinal de celular. Certa vez, houve um conflito com o Talibã, e a notícia chegou a Kham-e-Kalak. O telefone de Ali tocou, e ele ficou surpreso ao ouvir a voz do pai de Zakia do outro lado da linha; Zaman havia ligado para saber se o filho, Gula Khan, estava bem. Ali ficou sem ação por alguns momentos, queria perguntar sobre Zakia, mas não se atreveu. E, então, assegurou a Zaman que o filho não havia sido ferido.

— Como vai a família? — perguntou ele a Zaman.
— Graças a Deus, todos bem.
— Todos?
— Sim, todos. O que você quer dizer, garoto?

— Que bom, então! Estou feliz de saber que todo mundo está bem.

Então, um dia, o Humvee em que Ali estava caiu em uma vala, não por obra do Talibã, mas sim do motorista do Exército Nacional Afegão, que, como tantos dos seus companheiros, havia se drogado com haxixe ou ópio.[9] O motorista não tinha notado uma pequena cratera na estrada causada pela explosão de uma mina. Ali sofreu uma fratura grave na perna e foi transferido de um hospital para o outro. Levou nove meses para voltar a andar sem sentir dor e voltou para casa em Surkh Dar para terminar a recuperação. Era o início do verão de 2012, alguns meses depois do ano persa de 1391.

A essa altura, a maioria dos rapazes de Surkh Dar e Kham-e-Kalak que havia se alistado no exército desertara e tinha voltado para casa também.[10] O próprio irmão de Zakia, Gula Khan, estava entre os desertores, e contou para todos o que tinha acontecido com Ali — o único ferido na região em que ficaram. Desesperada para vê-lo, Zakia foi a todos os lugares em que costumavam se encontrar, mas ele não o encontrou em nenhum dos caminhos ou campos na aldeia. Ali estava se preservando, envergonhado por estar mancando. "Eu meio que tinha desistido do nosso amor e não queria vê-la naquela época", explicou ele. "Principalmente com a minha perna daquele jeito."

Por fim, Zakia viu Ali na estrada. Foi corajosamente até ele e disse:

— Então agora é a sua vez de me evitar? — Havia pessoas por perto, e ela devia ter tentado ser mais cautelosa, mas as palavras escaparam assim mesmo; Zakia se deu conta de que teriam apenas mais uns dois minutos para falarem sem levantar suspeitas, e havia muito a dizer. — Você se lembra do que conversamos da última vez, que eu disse para você que não seria possível? Pois é: agora é possível.

— Você já viu como estou? Minha perna quebrada? Você não vai me querer assim. Talvez eu nunca me recupere completamente — respondeu ele. Ele ainda manca um pouco, principalmente nos dias mais úmidos.

— Isso não importa. Nunca vai importar.

— O que você quer dizer com isso, Zakia-*jan*?

— Eu aceito o seu pedido — informou Zakia de forma direta.

Então, eles tentaram se afastar o mais rápido possível, demonstrando estar totalmente desinteressados um no outro, como se estivessem discutindo qual seria o melhor poço para pegar água. Eles sabiam que, no instante em que levantassem qualquer suspeita, suas famílias interviriam para se assegurar que nunca mais conseguissem ficar nem um segundo sozinhos.

Ali ficou tão surpreso com o que tinha acabado de acontecer que apenas após alguns meses da fuga para se casarem se atreveu a perguntar o que Zakia tinha visto nele. Ele perguntou:

— Eu nem sou bonito. O que fez você me amar?

— Você foi muito gentil — respondeu ela. — Falou comigo com gentileza.

No dia seguinte, Ali encontrou uma jovem para servir como sua mensageira e enviou um telefone celular para Zakia configurado no modo silencioso. Tudo o que ela precisava fazer era atender, mas logo ficou claro que ela não sabia como. Ele esperou, impaciente, até o momento chegar, quando a viu nas trilhas e conseguiu explicar a ela o que fazer. "Ela nem sabia como retornar a minha ligação", contou ele. Ela nem poderia ligar para mim porque, naquela época, ela não conhecia os números, mas eu programei o número e era o único na memória do telefone." Ele lhe mostrou que bastava apertar o botão verde até que ele começasse a discar e, depois, como desligar assim que tocasse. Então ela não precisaria usar nenhum crédito do chip pré-pago. Aquele seria o sinal de que era seguro ligar para ela, e tudo o que ela precisava fazer quando o telefone vibrasse era apertar o verde de novo. Alertou para que ela nunca tirasse o aparelho do silencioso. Ela também não tinha onde carregar a bateria, pois não havia eletricidade na casa em que morava, e, se houvesse, um telefone sendo carregado logo seria notado. Muitas lojinhas e quiosques em aldeias como a deles permitiam que os clientes carregassem a bateria dos seus celulares em troca de alguns afeganes ou negociavam baterias carregadas por descarregadas dos modelos mais populares. Como logo desconfiariam que uma mulher estaria tendo um romance secreto se fizesse isso, Ali sempre carregava uma bateria extra e, quando passavam um pelo outro nas ruas, eles faziam a troca.

Eles nunca brigaram nem discutiram naqueles dias do namoro secreto, até que um dia Ali decidiu testar o amor de Zakia. Normalmente, Zakia ligava para Ali às oito horas da noite, desligando ao primeiro sinal e, então, ele retornava a ligação para conversarem. Dessa vez, decidiu não retornar, mesmo depois de ela ter ligado uma segunda vez. Na terceira tentativa, ele atendeu e fingiu que não a conhecia.

— Encontrei este telefone com este número. Por favor, não me incomode — disse ele.

— Então, você achou esse telefone e esse número?

— Isso mesmo — respondeu ele.

Ela riu e desligou, esperando que ele ligasse de volta, mas Ali não fez isso. Por vários dias, ela tentou não falar com ele novamente e, quando por fim, telefonou, estava zangada.

— Por que você fez isso? — quis saber ela.

— Eu estava tentando descobrir se você me ama de verdade.

— Não foi uma maneira legal de fazer isso.

Ela ficou tão zangada que ficou sem falar com ele por mais uma semana. Quando por fim o fez, ele tinha aprendido a lição e prometeu nunca mais brincar com seus sentimentos daquela forma. "Depois disso, nunca mais brigamos nem discordamos em nada", contou Ali.

Os telefonemas marcados sempre seriam perigosos, em casas pequenas, cheias de familiares. "Um dia, eu estava subindo para ir a Qarghanatu em Yakawlang" — um local que eles viriam a conhecer durante a fuga — "e era inverno e havia neve em todos os lugares", contou Ali. Isso aconteceu no inverno de 2012-2013. "Fomos cobrar o pagamento de uma pessoa que estava devendo à nossa família. Recebi uma chamada perdida de Zakia-*jan*, mas não tinha créditos no meu telefone para ligar de volta. Então, corri até uma loja para comprar mais créditos." Isso levou uma hora e, àquela altura, Zakia não estava mais esperando o retorno da ligação e deixou o telefone de lado, esquecendo-se de escondê-lo bem. Quando ele ligou, o irmão dela, Gula Khan, encontrou o aparelho e o atendeu, mas, desconfiado, não disse o "alô" habitual.

— Zakia? — perguntou Ali.

— Quem está falando? — quis saber o irmão dela. Gula Khan servira no exército junto com Ali, e eles se conheciam bem.

— Desculpe, liguei para o número errado — disse Ali, esperando que Gula Khan não reconhecesse sua voz.

Eles desligaram, mas Gula Khan achou que tinha reconhecido a voz. Então, do próprio telefone, ligou para o número que tinha acabado de ligar para Zakia, e, quando digitou o número, o nome "Mohammad Ali" apareceu na tela. Gula Khan não sabia ler e escrever muito bem, mas reconhecia os nomes gravados no seu telefone.

Gula Khan ligou para Ali.

— É Mohammad Ali?

— Isso.

— Por que você ligou para a minha irmã?

— Foi engano.

Gula Khan não acreditou nele e berrou para que nunca mais voltasse a ligar. Depois que desligaram, ele se voltou para Zakia, que era três anos mais nova que ele. "Meu irmão veio me procurar e me bateu. Quebrou o meu telefone, bateu em mim, rogou-me pragas e avisou que eu nunca mais poderia falar com Ali", contou Zakia. "Eu não me importei com a surra, mas realmente não gostei de ele ter me xingado."

Depois de um tempo, Ali chamou a mesma menina que entregara o telefone para Zakia. A garota que não era de nenhuma das famílias e Ali lhe pagou dois afeganes para levar um pedaço de papel amassado para Zakia. Nele estava escrito o seu número de telefone. Zakia implorou que o pai lhe desse algum dinheiro para comprar roupas — ainda era a época em que ele lhe dava tudo o que podia, já que era a mais bonita entre as suas filhas. Em vez de comprar roupas, ela comprou um celular, usando novamente os serviços da menina, que era nova demais para alguém suspeitar que estivesse fazendo algo além de cumprir as tarefas delegadas pelos pais. A menina, que frequentava a escola, até mostrou para Zakia como usar o telefone e como inserir o número que Ali tinha lhe dado. Logo, estavam se falando quase todas as noites e até conseguiam se ver todos os dias nos caminhos da aldeia. "Na maioria das vezes, não nos encontrávamos realmente por acaso", disse Ali com um sorriso satisfeito.

Um dia, Zakia começou a futucar o telefone, tentando descobrir os seus mistérios e, por acidente, trocou do modo silencioso para o normal, sem se dar conta. Ela ligou para Ali e desligou, e, quando ele ligou de volta, para seu horror, o aparelho começou a tocar. Ela não conseguiu descobrir como fazê-lo parar, sacudiu, tentou tirar a bateria e falhou. Por fim, ela o escondeu debaixo de uma almofada. A essa altura, Zaman tinha entrado e logo o encontrou, ainda tocando. Ele atirou o aparelho contra a parede e retirou o chip e o destruiu. "Ele só pegou o telefone e me rogou pragas. Não me bateu. Meu pai nunca me batia naquela época. Só os meus irmãos, principalmente Gula Khan."

Os irmãos se voltaram contra ela. "Quando esse problema com Ali aconteceu e eles descobriram tudo, até mesmo os meus irmãos menores tentaram se distanciar de mim", contou ela. "Foi muito difícil. Todo mundo na minha família ficou contra mim". Até mesmo Razak, de nove anos, o irmão mais chegado a ela, não lhe dirigia a palavra.

Ali demorou alguns dias para perceber o que tinha acontecido. O inverno de 2013 foi rigoroso e frio demais, principalmente nos meses de fevereiro e março, para combinarem encontros pelos caminhos e campos congelados durante o dia. Em vez disso, ele apelou para visitas noturnas à casa dela. Naquele tempo, ele conseguira um emprego temporário em uma construção, trabalhando no turno da noite que terminava à meia-noite. Então, ia até a casa dela depois desse horário, quando as trilhas estavam desertas e as casas escuras. Havia uma horta cercada do lado de fora da janela do quarto dela, onde Ali ficava e a chamava, bem baixinho, porque ela dividia o quarto com as outras meninas e os meninos mais novos da família. Quando ela o ouvia, esgueirava-se para fora de casa e subia no telhado plano, de onde conseguia olhar para a horta e eles conseguiam conversar aos sussurros. A horta era improdutiva no inverno; havia cerca de uma dúzia de damasqueiros e macieiras sem folhas alinhados ao longo do muro de tijolos e em volta de longas fileiras de montes de terra para cultivo, congelados e duros. Em um dos cantos, havia duas gaiolas de bambu esfarrapadas nas quais o pai dela mantinha as perdizes — usadas na versão afegã da briga de galos — quando ele podia pagar por elas. Um pequeno riacho fora desviado para entrar por um buraco na base do muro e sair por outro no muro em frente. As visitas de Ali às duas ou três horas da manhã se tornaram acontecimentos comuns, até mesmo nas noites mais frias, mas, no início, ela não descia para encontrá-lo.

"Era perigoso para nós dois, e tudo era difícil demais", contou ele. "Eu ficava esperando do lado de fora. Às vezes, debaixo de chuva, às vezes de neve. Tinha noites tão frias que ela ficava preocupada com a minha saúde."

"Eu temia que ele pudesse ser pego e me preocupava", contou Zakia. Em uma noite particularmente fria, Ali ficou na horta, encharcado da chuva gelada que se transformara em chuva em neve, e recitou os famosos versos de um poema do poeta iraniano Malek o'Shoara Bahar, que acabou se tornando uma música popular afegã:

> *O amor é um rouxinol que transforma o coração em música
>   por uma rosa,
> Aguentando, paciente, as feridas provocadas pelos espinhos.*[11]

"Eu não sei ler e escrever, e é por isso que não sei nenhum poema inteiro de cor", explicou Ali. "Mas eu amo ouvir poemas dos outros e ouvi-los em forma de música." Ele sabia que existia um mundo lá fora em que a poesia existia de forma independente da música e até conhecia alguns versos de poemas famosos. Das músicas, porém, ele sabia a letra inteira. Decorar a letra era fácil, e ele não precisava ler nada. Na verdade, nem sabia que as letras vinham de poemas e não sabia que, quando as recitava sem a música, estava simplesmente declamando um poema. Tudo eram versos para ele, flechas na sua aljava.

O cantor favorito de Zakia era Mir Maftoon, um afegão da província montanhosa de Badakhshan, um lugar ainda mais remoto que Bamiyan. Em uma madrugada, bem antes do amanhecer, no início da primavera ainda com ar invernal, Ali recitou um dos versos de Maftoon enquanto ela estava deitada de bruços no telhado plano da casa, com o queixo apoiado nas mãos dobradas, olhando por sobre a beirada:

> *Seus olhos escuros são os de um afegão,
> Mas a compaixão do Islã não está no seu coração.
> Fora dos seus muros, passo noites que se tornam dia,
> Que tipo de sono é este do qual você nunca acorda?*[12]

Tocada pelos versos e pelo sofrimento dele no ar gelado, e ela mesma congelando de frio, Zakia finalmente decidiu descer e se juntar a Ali na horta. Então, a história de amor deles se tornou um caso de amor, como Ali descreve de forma bastante singela. Ele teria ficado lá apesar do frio congelante naquelas madrugadas, mas sempre vinha o primeiro chamado para a oração, o *subh*, que chegava bem antes de qualquer sinal do raiar do dia naquela região montanhosa, e as pessoas logo começavam a acordar, seguindo para a mesquita para rezar ou iniciando as atividades matinais nos currais e nos campos, e ele precisava estar bem longe da casa dela quando isso acontecesse.

"Se você ama alguém, essa pessoa deve ser corajosa para fazer tudo o que precisa ser feito", declarou Zakia. "Por um longo tempo, eu estava pensando em fazer isso, e por que eu deveria me arrepender agora? Aquele poema me emocionou e me deu coragem. Fazia muito frio naqueles dias, e ele vinha me encontrar mesmo assim, mesmo quando eu dizia para ele não vir, porque estava frio demais. Mas ele vinha mesmo assim e, então, recitou o poema".

Era apenas uma questão de tempo antes de serem pegos. Ali dividia o quarto com o irmão mais velho, Ismatullah, e suas escapadas noturnas não passaram despercebidas. "Mas o que você está fazendo?", gritava Ismatullah com ele. "Eu *sei* o que você está fazendo e é loucura!"

Certa noite, Ali saiu às três horas da manhã para se encontrar com ela. "Zakia-*jan* e eu estávamos na horta, e acho que acabamos perdendo a hora, porque sua mãe nos avistou. Ela não me reconheceu porque eu costumava usar roupas diferentes à noite — roupas que eu nunca usava durante o dia." Ele saiu correndo e saltou o muro.

"Quem estava aqui com você?", quis saber Sabza, olhando pela janela. Zakia respondeu que tinha acordado cedo para preparar a farinha e que havia um lavrador na horta implorando por um pedaço de pão. Então, ela saíra para lhe dar. Tratava-se de uma história muito improvável, e Sabza não acreditou na filha.

"Volte já para dentro, sua *filha de pai morto!*", sibilou a mãe. O xingamento cortou o coração de Zakia. É claro que seu pai ainda estava vivo, mas havia poucas coisas piores na sociedade afegã do que uma filha não ter um pai para determinar-lhe o futuro.

"Fico muito chateada quando alguém me xinga", explicou Zakia. "Eu odeio quando isso acontece. Quando minha mãe percebeu que eu estava tendo um romance proibido com alguém, começou a me tratar mal. Eu preferia que ela me batesse em vez de me xingar." Apesar disso, naquela época, a mãe dela estava sendo gentil. Se Sabza suspeitava que a filha havia consumado o caso, manteve a desconfiança para si — declarar tal suspeita seria o mesmo que declarar a sentença de morte de Zakia. Já era um insulto grave o suficiente ter interesse por um rapaz e ser descoberta, mas pior ainda seria ser pega a sós com ele; a suposição nesses casos era sempre que havia ocorrido relações sexuais. Parece que a mãe preferiu apresentar o caso à família como uma suspeita de algo que estava começando a acontecer ou a situação teria ficado ainda mais perigosa para os dois amantes. Além disso, ela não tinha visto quem era o homem, embora desconfiasse que fosse Ali.

Com ambas as famílias cientes e todos tomando conta, ficou ainda mais difícil para o jovem casal se encontrar. Era como se suas aldeias tivessem se tornado prisões, com suas respectivas famílias e os vizinhos como guardas e eles dois como os únicos prisioneiros.

A primavera chegou trazendo o Ano-novo persa de 1392, justamente aquele em que Zakia faria 18 anos, tornando-se adulta perante a lei. O dia do aniversário era desconhecido, uma vez que seu documento de identidade, assim como o da maioria dos afegãos, informava apenas o ano do nascimento; então, ela fez 18 anos assim que o ano de 1392 começou — 21 de março de 2013. Àquela altura, o pai dela já teria começado a exibi-la em busca de um marido cuja família estivesse disposta a pagar um preço adequado para uma noiva. Zakia era considerada uma jovem lindíssima, com pele clara e mãos que, de alguma forma, não tinham ficado ásperas e endurecidas pelo trabalho na lavoura. As garotas naquela aldeia costumavam se casar antes dos 18 anos, e o preço da noiva era calculado em número de cabeças de gado: quatro cabras ou seis ovelhas era o valor mais comum. Zakia conseguiria bem mais, talvez até o suficiente para ajudar Zaman a comprar terras; mais tarde, ele alegaria que tinha recusado uma proposta de 11 *lakhs* de afeganes — 1,1 milhão de afeganes, ou vinte mil dólares — pela filha. (Um *lakh* é igual a cem mil). Isso seria o equivalente a um pequeno rebanho de ovelhas ou a meio *jreeb* de terra.

A escolha do marido sempre cabe ao pai, e isso não acontece apenas nas áreas rurais e retrógradas. Trata-se de prática predominante em todo o Afeganistão que os pais determinem todos os aspectos da vida das filhas, mesmo depois de adultas. Os pais decidem se podem ir à escola, se podem ter um emprego, sair de casa, procurar um médico, usar uma burca ou apenas um lenço na cabeça. Assim que a mulher se casa, o marido assume o poder sobre ela. Ninguém questiona a autoridade masculina sobre as mulheres no Afeganistão. Se, por algum motivo, o pai está ausente ou o marido morre quando jovem, um dos irmãos assume a propriedade da mulher. Zakia poderia ser considerada uma garota de sorte por não ter se casado aos 16 anos — a idade mínima legal de acordo tanto com a lei afegã quanto com a charia no Afeganistão — ou até mesmo aos 14 anos, uma prática que continua muito difundida, embora proibida pela Constituição e sujeita a penas pesadas de acordo com a Lei de Eliminação da Violência contra Mulheres (LEVM).[13] O casamento de muitas meninas no Afeganistão seria considerado crime de abuso sexual na maioria dos países por causa da idade.[14]

Quando decidiram se casar, o primeiro instinto de Ali e Zakia foi de tentar fazer as coisas de acordo com a estrutura cultural da sociedade. Ali conseguiu convencer o pai a fazer uma proposta por Zakia em seu nome. Existem exceções na prática de os pais escolherem os maridos para as filhas, mas isso é encoberto sob um manto de segredo, com o objetivo de manter as aparências de que o marido foi escolhido pelo pai. Tais exceções, não comentadas abertamente, levam em conta a forma como as pessoas se sentem e se comportam. No modelo tradicional, a garota não se encontra com o marido até a noite de núpcias. Nas cidades e entre as elites e famílias mais modernas, as famílias do noivo e da noiva podem marcar para o casal se conhecer após os pais os escolherem. Dessa forma, eles começam a se conhecer melhor, mas supervisionados de perto; em alguns casos, eles celebram o *neka* antes, para que já os noivos estejam formalmente casados aos olhos do Islã, embora a festa de casamento e a noite de núpcias só ocorram mais tarde. Isso possibilita que eles se encontrem e tenham certo grau de intimidade, sem cometer nenhum crime religioso ou ato ilegal aos olhos da comunidade. No entanto, seria uma vergonha que uma garota ou um rapaz apresentassem abertamente para suas famílias a ideia de se casarem. O noivo, porém, pode tramar com o próprio pai para dar início à ideia ao apresentar uma proposta ao pai da noiva. E foi exatamente isso que Zakia e Ali tentaram fazer.

Foi uma agradável surpresa para eles ver que, no início, o pai de Ali, Anwar, se mostrou favorável à ideia.

"Àquela altura, todos sabiam, embora ninguém falasse abertamente", disse Anwar. Bastava que as pessoas vissem Ali caminhando pelas trilhas e tocando flauta para perceberem que estava apaixonado e, se também vissem Zakia cantando nos campos, como costumava fazer, não demoraria muito para que chegassem a uma conclusão. Esse tipo de intervenção também é feito por baixo dos panos nos casos em que todos já tivessem começado a desconfiar que a garota e o rapaz tinham, de alguma forma, encontrado o amor sozinhos.

Ali e Zakia combinaram entre si que dariam um pouco de tempo, primeiro para que todos se esquecessem das conversas telefônicas interceptadas e do incidente na horta, e também porque o próprio irmão de Zakia estava para se casar, e, depois daquela despesa — é a família do noivo que paga por tudo, incluindo o preço da noiva —, talvez o pai dela estivesse mais acessível a um acordo que lhe ajudasse a recuperar os gastos que tivera.

"Concordamos que esperaríamos dois meses, mas, depois de quarenta dias, eu não consegui mais aguentar", explicou Ali, que convenceu o pai a fazer a proposta.

A primeira vez que os dois se encontraram foi no fim do verão de 2013, e Zaman recebeu Anwar de forma educada e gentil, servindo chá-verde, bolos e nozes, grão-de-bico seco, passas e balas, tudo arrumado em bandejas no chão; sentaram-se de pernas cruzadas sobre finas almofadas, que também estavam no chão, um de frente para o outro. Eles se conheciam e eram vizinhos desde sempre, a não ser pelos poucos anos em que foram obrigados a fugir do Talibã e cada um seguiu para um lado. Seus campos compartilhavam os mesmos canais de irrigação e eles costumavam trabalhar juntos.

Anwar escolheu a frase habitual, conhecida como *khwast-gari*, passada de geração para geração, para abordar o assunto:[15]

— Por favor, aceite meu filho como escravo de sua família — pediu Anwar.

Zaman, que já esperava por isso, tinha uma resposta pronta:

— Não quero ser duro, mas sou obrigado a dizer que casamentos entre grupos étnicos nunca aconteceram e não são possíveis agora. Por favor, não volte a tocar nesse assunto.

Anwar ficou esperançoso, vendo aquilo como uma abertura para negociação. Então, no mês seguinte, voltou até lá mais duas vezes, por fim oferecendo parte dos seus campos — a herança de Ali —, assim como dinheiro e ouro como o preço da noiva.

— Você não possui seus próprios campos. Posso lhe dar campos e dinheiro se quiser, talvez o suficiente para construir uma casa para um de seus filhos — propôs Anwar.

— Eu não ligo para essas coisas. Meus parentes e os aldeões ficarão zangados comigo se eu casar a minha filha fora do seu grupo étnico e de sua religião.

Tendo pedido três vezes, Anwar considerou a questão encerrada. O romance teria que acabar, e foi exatamente o que disse ao filho. Suas famílias ficaram em lados opostos durante a amarga guerra civil afegã, embora ambas tenham sido perseguidas pelo Talibã, que chegou logo depois do seu fim. Embora a paz tenha reinado entre os tadjiques e os *hazaras* por mais de dez anos, as lembranças e os preconceitos tinham raízes antigas demais. Anwar não estava disposto a fomentar uma guerra, e ele aceitara o direito de Zaman de escolher o destino da própria filha.

Exemplos do que poderia acontecer caso o desejo do pai fosse desafiado existiam aos montes. Um caso semelhante entre tadjiques e *hazaras* acontecera em Bamiyan logo após o romance de Zakia e Ali ter apenas começado, e foi amplamente divulgado. Uma garota de 18 anos chamada Khadija, da aldeia de Qarawna, no distrito de Saighan, buscara refúgio no abrigo de Bamiyan em vez de se casar com o homem escolhido pelo seu pai. Khadija, uma tadjique como Zakia, também fugiu com um *hazara*, Mohammad Hadi, mas a polícia a prendeu depois que centenas de outros aldeões tadjiques protestaram — mesmo que ela já fosse maior de idade e já tivesse se casado formalmente com o sr. Hadi. Depois de passar meses no abrigo, Khadija ficou com saudade de casa e pediu para ver a família; com a supervisão de juízes tadjiques de Bamiyan, eles reuniram os anciãos da aldeia com os parentes da garota, incluindo o pai e os irmãos, os quais tinham carimbado suas respectivas impressões digitais em um documento prometendo não machucá-la. Fatima Kazimi, a superintendente da Secretaria da Mulher em Bamiyan na época, reuniu um comitê de assistentes sociais, guardas do abrigo e policiais para discutir o caso. O comitê se opôs que Khadija voltasse para a família, mas a decisão foi rejeitada pelo tribunal. Khadija nunca mais foi vista. Algumas semanas depois, quando representantes da Secretaria da Mulher pediram para ver a garota e verificar se ela estava bem, a família calmamente declarou que ela havia fugido de novo, contou Fatima. Dessa vez, porém, eles não mostraram o menor interesse em persegui-la. Na região montanhosa de Bamiyan, não existe lugar de fato para onde uma garota sozinha pudesse fugir; a polícia a teria prendido na mesma hora. "Tenho certeza de que eles a mataram e esconderam o corpo em um lugar onde ninguém jamais o encontrará", afirmou Fatima.[16]

Anwar conhecia bem os riscos, assim como todos os envolvidos. A família de Zakia se esforçou para que ela ficasse ainda mais enclausurada, e Ali caminhava em vão pelas trilhas da sua aldeia, cruzando repetidas vezes os campos, esperando vê-la, mesmo que de relance, e tentava ligar para ela, mas sem sucesso. Ela estava mantendo o telefone desligado, temendo ser pega novamente. Ali sentia que aquilo era muito errado. "Por que nossos pais têm de escolher com quem nos casamos? Não é o pai, nem a mãe, quem terá de passar a vida inteira ao lado da mulher, mas sim eu. Ninguém pode morar com o pai ou a mãe para sempre. São os maridos e as esposas que passam o resto da vida juntos." Ele jurou que, se um dia tivesse uma filha, ele se certificaria de que ela escolheria o próprio marido. "Eu senti na pele como é isso, e não desejo isso para ninguém."

Zakia ligou para ele e desligou em seguida. Quando ele retornou a ligação, estava quase chorando. Queria contar para ela a história de Layla e Majnun. "Ali-*jan*, eu conheço a história", disse ela. "Mas pode me contar de novo."

Layla e Majnun cresceram juntos, mas eram de diferentes classes e, quando o amor de infância floresceu, Majnun procurou o pai de Layla e foi rejeitado.[17] Ele enlouquece e fica vagando pelas ruas da cidade, compondo e recitando poemas de amor em homenagem à amada até que, por fim, Layla é obrigada a se casar com um homem escolhido pelo pai. Majnun foge para o exílio e passa a viver como um eremita e Layla recusa todas as investidas do marido, permanecendo pura durante todo o casamento. Ela e Majnun se encontram, mas não consumam o amor. Ela permanece fiel ao marido, embora mantenha a castidade. Por fim, o marido morre e Layla põe seu vestido de noiva e planeja se juntar a Majnun. A essa altura, ele estava vagando pelo deserto, enlouquecido de tristeza, e ninguém consegue encontrá-lo. Acreditando que o amor deles está condenado, Layla morre. Majnun fica sabendo o que aconteceu e vai até o seu túmulo, onde também morre. Eles se unem na morte, e o túmulo deles se torna um lugar de peregrinação.

Assim como com a história de Yousef e Zuleikha e da princesa Shirin e do talhador Farhar, a história de Layla e Majnun idealiza o amor romântico e é extremamente popular em uma sociedade na qual esse tipo de amor se trata de algo oficialmente contra a lei — talvez precisamente por isso. A história de Yousef e Zuleikha é recontada em uma minissérie de trinta capítulos todos os anos durante o mês sagrado do Ramadã — em parte porque, diferentemente dos outros grandes contos persas, também é uma história sagrada, presente no Corão. Dessa forma, os mulás não podem desaprovar, mesmo que a história seja repleta de elementos como adultério, amor romântico e um homem que deseja a mulher do próximo. A música popular afegã, tanto na versão pop mais ocidental quanto nas versões folclóricas, e a poesia têm raízes nos contos tradicionais românticos, principalmente desses três casais e suas diversas variações. Em uma sociedade na qual a maioria das mulheres é obrigada a entrar em casamentos arranjados pelos pais e não por livre escolha,[18] essas músicas e esses poemas despertam uma vida emocional que elas jamais terão a chance de vivenciar.

De vez em quando, mesmo no Afeganistão, uma história de amor verdadeiro aparece como um eco desses contos do passado, despertando reações em todo o país. A famosa história de Munira e Farhad em 1991 apareceu no fim do regime comunista e no início da guerra civil. A confusão reinava em Cabul enquanto os *mujahideen* lutavam uns contra os outros. Facções rivais usavam contêineres de caminhão para bloquearem as estradas e como proteção contra tiros. Assim, esses contêineres se tornaram uma característica onipresente na paisagem da cidade. Munira e Farhad eram jovens que tinham se apaixonado, mas um era sunita e outro xiita, o que tornava a união proibida. Estavam destinados a se casar com outras pessoas no mesmo dia, uma quinta-feira. Então, combinaram de se encontrar em segredo uma última vez na noite anterior ao casamento, mas o único lugar que conseguiram encontrar para ficarem sozinhos foi dentro de um dos contêineres. Enquanto ainda estavam lá dentro, o dono do contêiner apareceu e trancou a porta por fora. Eles ficaram com muito medo de gritar e acabar sendo descobertos.

Quando o dono abriu a porta novamente, o oxigênio tinha acabado, e ele encontrou os dois abraçados e mortos. As famílias desoladas, unidas como os Montecchios e os Capuletos na tragédia que viviam, vestiram ambos para o enterro nos trajes do casamento que jamais aconteceria.

A história despertou a imaginação do país e a fúria dos mulás. Nenhum dos clérigos aceitou realizar a cerimônia do enterro duplo e, assim, anciãos de ambas as famílias intervieram e realizaram o funeral — de acordo com o Islã, qualquer pessoa versada pode fazer isso.

Nem Zakia nem Ali poderiam ter imaginado isso, mas o próprio infortúnio deles logo ganharia fama bem semelhante. Munira e Farhad eram da geração dos pais deles. Uma geração mais jovem de afegãos encontraria na história de Zakia e Ali uma justificativa para expressarem o amor de forma aberta e orgulhosa, e os afegãos mais velhos que amaram em segredo e cheios de culpa seriam vindicados, sabendo que não estavam sozinhos.

CAPÍTULO 3

ZAKIA ENTRA EM AÇÃO

Quando Mohammad Anwar caminhou de volta para casa após um longo dia cuidando dos campos no fim do verão de 2013 e abriu a porta, Zakia estava sentada nas almofadas no chão, tomando chá com a nora dele.

A casa de Anwar era uma moradia pobre, mas extremamente limpa — o piso de terra batida estava bem varrido; os tapetes estavam batidos e sacudidos; e a latrina era isolada e pintada com cal. Era dividida em quatro cômodos, cada qual uma pequena construção em frente ao muro do quintal. Os afegãos adoram muros cercando suas casas; é como mantêm as mulheres longe dos olhares de estranhos. Anwar ficara sem dinheiro para comprar tijolos, e o muro estava inacabado, com um espaço aberto, no qual esperava colocar um portão um dia. Não havia água corrente — tinham de pegar em um poço a algumas centenas de metros de distância, perto da estrada principal. Também não contavam com energia elétrica, a não ser por uma pequena lâmpada em um dos quartos que poderia ser conectada com um cabo a uma bateria de nove volts, quando tinham dinheiro para comprar uma. Os colchões afegãos de cinco centímetros de espessura ficavam dobrados em quatro, empilhados e encostados na parede dos quartos durante o dia; esteiras de bambu ou de plástico eram usadas onde não conseguiam colocar tapetes. Não havia móveis; almofadas finas ficavam espalhadas pelo chão para eles se sentarem. Na hora das refeições, um plástico era esticado no chão, formando uma mesa de jantar, e as refeições eram feitas com todos juntos, comendo no mesmo prato com os próprios dedos, seguindo o costume afegão. Assim como as outras moradias na aldeia de Surkh Dar, a granja ficava em um vale estreito que se elevava da estrada em direção às montanhas ao norte; eles usaram a lateral acentuada da montanha como uma parede para alguns dos quatro cômodos da casa. Depois de uma subida de apenas dez minutos pelas ladeiras próximas, a casa de Anwar e o restante da aldeia pareciam desaparecer na paisagem; as paredes e os telhados feitos do mesmo marrom das ladeiras nuas do entorno. A casa de Anwar também era antiga, construída pelo seu avô, e décadas de ventos e tempestades haviam suavizado todos os cantos, de forma que ela não parecia ter sido construída ali, mas sim brotado da terra.

Anwar se sentou para tomar chá com Zakia, pasmo de surpresa. Zakia ficou sentada, retorcendo as mãos, como costumava fazer quando estava nervosa, mas mantinha a compostura. Anwar estava com muitas coisas na cabeça naquela época; estava chegando a hora da colheita de batatas, a mais importante para eles. Os preços estavam bons naquele ano, e, ao que tudo indicava, a colheita seria abundante, e o trabalho, intenso. Talvez até conseguisse começar a pagar algumas das dívidas que contraíra para pagar o casamento do filho mais velho, Bismillah, alguns anos antes, e do seu segundo filho, Ismatullah, um ano depois. Os filhos eram muito valorizados no Afeganistão; eram a medida do valor de um homem. Embora as filhas talvez conseguissem um bom dote para os pais, eram menosprezadas. Um homem com muitos filhos é considerado rico, não importa o quanto isso o torne pobre. Anwar tinha cinco filhos, mas apenas três filhas; então, era um homem orgulhoso, mas permanentemente falido.

Muitos afegãos nem sabem quantas filhas têm; por exemplo, se alguém lhes perguntar quantos filhos têm na família, provavelmente vão responder "cinco" se tiverem cinco filhos e cinco filhas, já que estas não contam. Se a pessoa insistir para saber o número de filhas, é bem comum que precisem perguntar a um dos filhos ou à esposa para se certificarem. Anwar, porém, não é um desses homens.

Como se fosse a coisa mais natural do mundo, Zakia calmamente serviu o chá para Anwar.

— O que você está fazendo aqui? — perguntou ele. — O que é isso, filha? — Ele usou o termo como um homem mais velho se dirigindo a uma jovem, nada mais.

Nos últimos meses, as coisas estavam alcançando um ponto crítico. Já fazia quase um ano desde o retorno de Ali do Exército e meses desde o noivado secreto. Zakia já estava no terceiro celular, mantendo este escondido nas roupas íntimas depois que o irmão e, posteriormente, o pai descobriram os anteriores. Embora Sabza não tivesse conseguido identificar Ali naquela madrugada quando pegara a filha com ele na horta, e Ali tivesse conseguido pular o muro e fugir, naquela época todos já desconfiavam do envolvimento do casal, mesmo que não conseguissem provar. Assim que Anwar pedira formalmente a mão de Zakia, aquilo deixou de ser um segredo em ambas as aldeias. "Todo mundo sabia. Eu simplesmente tomei a minha decisão: não tenho liberdade aqui em casa. Então, tenho de ir até ele, e foi o que eu fiz", explicou Zakia. "Eu simplesmente pensei em Ali e pensei: 'Eu tenho de ir até ele.' Eu esperava que ele me mantivesse a seu lado e me aceitasse, mas eu não sabia, eu simplesmente tinha de fazer isso, mesmo que não tivesse planejado nada."

O que ela não disse, e nem poderia dizer, é que eles tinham se tornado amantes, e ela não tinha outra escolha; nunca mais haveria outro marido afegão para ela.

Zakia disse a Anwar que queria ver Ali, e que o casal precisava discutir algo com ele. Infelizmente, Ali estava trabalhando por diária longe da aldeia e só estaria de volta na sexta-feira.

— Sinto muito, filha. Você não pode vê-lo — disse Anwar. Ele fingiu não saber o que estava prestes a acontecer, mas tudo ficara bastante claro. Só a presença dela na casa de outro homem, mesmo que acompanhada pela sua nora, era uma afronta à moral. Ele acompanhou Zakia até a metade do caminho para a sua casa, até a estrada que servia de fronteira entre as duas aldeias.

Quando voltou, viu os vizinhos reunidos nas trilhas, cochichando entre si, e ficou evidente que Zakia fora vista do lado errado da estrada. Um dos vizinhos de Anwar se aproximou para conversar sobre o assunto. Então, ele decidiu se antecipar às fofocas e ligou para Zaman, pai de

Zakia. Um dos seus filhos teclou o número para ele, já que Anwar não sabia fazer isso.

— Sua filha veio à minha casa, e acho que ela pode querer fugir com meu filho — contou Anwar. — Seria melhor se você concordasse com o casamento, porque se eles fugirem vai ser tarde demais.

— Se eles fugirem, vou exigir quinhentos mil afeganes, e sei que você já está endividado. Você está à beira de um precipício, e esse será o seu fim — respondeu Zaman.

Tratava-se de uma quantia exorbitante; mais de nove mil dólares.

— Minhas dívidas não são da sua conta, mas, se eles fugirem, não haverá nada para você.

Ainda assim Zaman se recusou.

Nos meses que se seguiram, o casal mal conseguiu se falar, porque a família de Zakia estava de olho nela. Quando conseguiram, ela lhe disse rapidamente que iria até a casa dele de novo e que, se a família dele não a acolhesse, eles fugiriam. Ela disse que já era maior de idade e que ninguém poderia impedi-la. "Concordamos que, se a família de Ali não aceitasse isso, iríamos para algum lugar secreto que ninguém conhecia — um lugar qualquer, mas não fazíamos ideia de onde. Depois da primeira vez que fui à casa deles, eu disse que eles poderiam me mandar de volta dez vezes e, ainda assim, eu voltaria, porque o amava de verdade. Eu estava determinada. Amava Ali, e a minha decisão era definitiva. Foi uma decisão forte."

Na próxima vez que teve oportunidade, ela entrou em ação, seguindo para a casa do tio de Ali, em vez de ir para a dele, pensando que isso despistaria seus perseguidores. O tio ligou para Anwar, enquanto Ismatullah impedia que Ali saísse para se encontrar com ela. Ali brigou com o irmão mais velho e bem maior que ele. Por fim, Ismatullah, furioso, acertou uma pedrada no rosto do irmão para contê-lo, deixando uma contusão que levou meses para curar. (Ainda estava proeminente quando conheci Ali, em fevereiro.)

Anwar chegou à casa do irmão e confrontou Zakia.

— Você não pode fazer isso — disse ele. — O que você está pensando? Filha, por que você está fazendo isso?

Zakia implorou para que ele a aceitasse no seio da família a fim de se casar com seu filho.

— A gente se ama e quer se casar e ninguém vai nos impedir. — Seus olhos estavam secos, pois estava determinada a não chorar.

— Essa decisão não está em suas mãos. E nunca vai estar — respondeu Anwar.

Ele a pegou pelo braço e a levou a força para casa com a ajuda de dois dos seus filhos, enquanto Ismatullah impedia que Ali interviesse. Já era quase meia-noite e a casa de Zaman já estava em polvorosa, todos cientes de que Zakia fugira. Gula Khan estava no telhado com outro irmão.

— Vamos logo, antes que eles nos ataquem — disse Anwar para os filhos, enquanto deixava Zakia na frente de sua casa. — Dá para perceber que estão com muita raiva.

Quando voltou para casa, Anwar também bateu no filho, gritando com ele que estava trazendo desgraça para a família e humilhando-os diante dos parentes e vizinhos. "Não queríamos que a família deles caísse em desgraça", disse Ali. Meses depois, concordava em parte com a punição que recebera, mas por outro lado ainda sentia raiva por aquilo.

"Aquela noite foi muito ruim", contou Zakia. O dia seguinte foi o primeiro de colheita de batata, e todos teriam de ir para o campo, mas a família inteira tinha ficado acordada até tarde gritando com ela. "Naquela noite, apanhei da minha mãe e do meu pai", disse Zakia. "Foi a primeira vez que fizeram isso." Gula Khan e seus outros irmãos sempre foram os defensores da sua virtude. Durante a surra que levou dos pais, Zakia percebeu como sua situação era desesperadora. "Enquanto batiam em mim, diziam: 'A gente vai matar você se não nos obedecer. A gente vai ter que fazer isso. A gente vai ter que matar você.'"

No dia seguinte, as duas famílias estavam nos campos, lado a lado. Tanto Zakia quanto Ali estavam machucados. Colher batatas com as mãos acaba com a coluna das pessoas, e ninguém falava ao longo dos muros de barro que separavam os dois terrenos. Zakia não arriscava olhar para Ali, nem ele para ela.

Ninguém esperava que ela se atrevesse a fugir de novo naquela mesma noite, mas foi exatamente o que fez. Quando a família adormeceu, exausta depois de um dia de trabalho duro, ela se esgueirou por volta das 11 horas da noite e seguiu para a casa de Anwar. Dessa vez, Ali meio que estava esperando por ela e ainda acordado quando ela chegou.

"Toda a minha família queria mandá-la de volta", contou Ali. "Eles não entravam em acordo. Percebi que não havia nenhum lugar para irmos, então eu a levei até a Secretaria da Mulher." Era tarde da noite, mas os guardas de lá chamaram uma mulher que chefiava o Gabinete de Direitos Humanos da província, Aziza Ahmadi, que chegou e tomou as providências para Zakia ser aceita no abrigo de Bamiyan para mulheres, que não ficava muito longe dali.

"No início, eu era feliz no abrigo porque sabia que corria perigo de vida e queria ver o meu caso resolvido na Justiça", declarou Zakia.

Em outubro de 2013, ela não fazia ideia de que ainda estaria lá quase seis meses depois.

No começo, Zakia chorava copiosamente. "Ela chorava direto durante uma ou duas horas, mesmo tarde da noite", contou a diretora do abrigo, Najeeba Ahmadi. Além de uma pequena sacola de plástico com algumas roupas que levara consigo para a casa de Anwar, a única coisa que tinha era uma fotografia amassada de Ali que mantinha ao lado do colchão fino no chão. A mãe de Ali lhe dera quando viera visitá-la no abrigo, tanto porque Chaman queria deixar claro para as autoridades do abrigo que Zakia tinha o apoio da família de Ali e quanto para renovar a confiança da jovem e consolá-la. Mais tarde, a polícia confiscaria a foto no abrigo e tiraria cópias dela para distribuir pelos postos de controle durante a perseguição aos amantes.

Os assistentes do abrigo ficavam com ela naqueles primeiros dias, tentando acalmá-la.

— Você é uma garota corajosa, precisa parar de chorar — disseram eles. — Foi você quem teve a coragem de lutar pelos seus direitos.

— Estou com pena dos meus pais — respondia Zakia. — Sinto saudade, mas me preocupo com que eles vão fazer.

Najeeba já vira aquilo diversas vezes. "Na sociedade afegã, as famílias repudiam os filhos e não os perdoam", explicou ela. "Quando Zakia pensava nessas coisas, ficava nervosa e começava a chorar."

— Eu o amo, e não vou desistir dele — declarava ela, entre um soluço e outro. — Não sei o que fazer. De um lado, tenho o meu amor e, do outro, a minha família.

Zakia recorreu à orientação de Najeeba, mas tudo o que a mulher poderia dizer-lhe era para seguir o próprio coração. "Nós não podíamos dizer para que lado ela deveria seguir", explicou Najeeba. "A decisão cabia a ela. Mas sempre dissemos: 'Pense bem antes de tomar qualquer decisão.'"

Zakia sempre dava a mesma resposta:

— Quero me casar com ele.

— Se é isso que deseja, é o que deve fazer — respondeu Najeeba.

— Você acha que é errado?

— Se é o que o seu coração deseja, não pode ser errado — reforçou Najeeba. — Agora que você se apaixonou, deve lutar até o fim, até conseguir o que deseja. Quando estiverem casados, você talvez se reconcilie com sua família. Pode levar alguns anos, quatro, cinco, talvez até oito. Pode acontecer logo, ou pode demorar muito tempo.

A forma mais fácil de acalmá-la era pedir que falasse sobre Ali.

— Conte quais são as qualidades dele. O que fez você querer se casar com ele? — perguntou Najeeba.

— Ele me apoia, e isso é tudo o que você pode querer na vida. Você sempre busca alguém que fique a seu lado e apoie suas decisões o tempo todo. E ele tem todas essas qualidades. Ele é muito gentil, ativo e pertence a uma família igualmente gentil — respondeu ela. — Eu o amo muito e sinto que ele me ama tanto quanto eu o amo. Ele é trabalhador e está disposto a sacrificar tudo por mim — disse Zakia.

Depois acrescentou, sorrindo:

— Além disso, ele é bonito.

Quando se acalmava, ela se dava bem com as outras mulheres e moças do abrigo, muitas das quais com a mesma idade que ela. Ela compreendia bem os seus direitos como pessoa e falava sobre isso com as outras garotas. Sem dúvida a mais bela entre as sete filhas de Zaman, Zakia cresceu sendo adorada pelo pai e admirada ou invejada pelos irmãos, e isso lhe deu uma força de vontade pouco comum entre as jovens afegãs, uma força que se transformou em raiva e ressentimento quando seus irmãos tentaram controlá-la quando ficou mais velha. "Embora não tivesse recebido educação formal, ela mantinha todos ocupados. Costumava contar piadas, contar histórias, recitar poemas", contou Najeeba. "Ela era dona de uma personalidade engraçada e charmosa. Era boa, ativa, corajosa e divertida."

À medida que as semanas se transformaram em meses, porém, ela começou a se sentir desiludida. "No início, eu estava feliz no abrigo", contou Zakia. "Depois eu percebi que eles não tinham como resolver o meu caso." Começou, então, a pedir permissão para sair do abrigo a fim de poder se encontrar com Ali. Tecnicamente, abrigos femininos não são prisões, mas, na prática, funcionam dessa forma em decorrência de um acordo entre os tribunais e a polícia, grupos de mulheres e as próprias mulheres. Os funcionários do abrigo convocaram diversas vezes um comitê de representantes desses grupos para discutir se era seguro liberar Zakia, como ela havia pedido.

"Os membros do comitê perguntavam: 'Se permitirmos que ela saia daqui, para onde ela poderia ir?'", contou Najeeba. Sempre havia um membro da família de Zakia esperando do lado de fora do abrigo ou, se fossem ao tribunal, do lado de fora do prédio. O comitê sempre recusava o seu pedido.

Esses grupos são um dos resultados louváveis da Lei de Eliminação da Violência contra as Mulheres (LEVM) — mas Zakia logo descobriu que também eram exemplos das próprias limitações de tal lei. Quando a LEVM foi promulgada em 2009, foi considerada uma referência legal em nome das mulheres oprimidas em muitos países subdesenvolvidos. À primeira vista, a Constituição afegã a adotou após a queda do Talibã sacramentar os direitos da mulher.[1] Escrita com a ajuda de especialistas norte-americanos e europeus, declarava que as mulheres deveriam ter os mesmos direitos que os homens; que uma moça se tornava maior de idade e detentora de todos os seus direitos civis aos 18 anos; que nenhuma jovem poderia ser obrigada a se casar antes dos 16 anos e deveria estar de acordo com o casamento; e assim por diante. O problema era que não havia qualquer punição pela violação de tais declarações de igualdade, nem uma legislação que possibilitasse, por exemplo, punir o pai que obrigasse a filha a se casar aos 14 anos ou que batesse na esposa por ter olhado para outro homem. De acordo com o código penal afegão, nem mesmo o estupro era considerado um crime — não era mencionado nem no direito penal, nem no civil, sendo tratado apenas como uma questão familiar, sob a jurisdição dos tribunais religiosos da charia. De forma semelhante, a lei charia era a única usada quando um marido batia na esposa, mesmo que a espancasse até a morte. Era bastante comum que o tribunal da charia aprovasse tal crime se este tivesse como base a crença de que a mulher transgredira algum dos direitos patriarcais do marido.

A LEVM mudou isso. Estupro, lesão corporal à esposa e obrigar uma criança a se casar estavam sujeitos à punição. Muitas práticas comuns passaram a ser ilícitas. Uma delas era o que a LEVM chamava "negação de relacionamento", a prática das famílias de controlar a escolha do cônjuge da pessoa. Antes dessa lei, Zakia não tinha o direito legal de se casar com Ali; a escolha era única e exclusivamente de seu pai, não importando sua idade. Antes da LEVM, os amantes teriam sido presos e julgados por, no mínimo, tentativa de adultério e possivelmente por adultério se houvesse a suspeita da ocorrência de relações sexuais. O adultério estava sujeito a penas que variavam de açoitamento a dez anos de prisão, ou até mesmo morte por apedrejamento.[2] Sem a LEVM, os abrigos para mulheres não desempenhariam o papel de proteger as mulheres contra a violência que nem era considerada um crime antes da aprovação dessa lei, e sem os abrigos, como o de Bamiyan, Zakia já teria morrido há muito tempo. Uma das coisas mais importantes para tornar a história de Zakia e Ali possível foi a LEVM. De certa forma, eles deviam agradecer ao Talibã. A opressão contra as mulheres durante os seis anos de seu governo horrorizou o mundo inteiro e, depois de sua queda, a promoção de um tratamento decente para as mulheres se tornou a base da política ocidental no Afeganistão. A LEVM foi o resultado direto da intervenção do Ocidente e uma resposta aos excessos do regime talibã que a precedeu.

Ainda assim, Zakia e Ali tinham sorte de ter sobrevivido por tanto tempo. A LEVM também era imperfeita, principalmente no tocante à sua implementação em uma sociedade retrógrada e com fortes raízes patriarcais, em regiões rurais, nas quais a maioria dos juízes não era graduada nem em direito, nem em qualquer outra coisa; muitos acreditavam que o mundo era plano e que era absurdo ou blasfêmia dizer qualquer coisa diferente.

Em outra comunidade *hazara*, um ano e meio antes, na província de Ghazni, uma menina de 16 anos chamada Sabira recebeu 101 chibatadas após ter sido acusada de adultério — embora depois tenha provado ainda ser virgem, seu único crime foi ficar sozinha em uma loja com um homem que ela dissera que a tinha estuprado. Ao que tudo indica, ela era inocente demais para saber o que era um estupro.[3] A LEVM não significou nada para sua defesa. Os juízes locais se recusaram a aplicá-la, e os mulás e antigos chefes do *jihad* que ordenaram o açoitamento não receberam nenhum tipo de punição, mesmo depois dos protestos que se espalharam pelo país.

Enquanto não houvesse juízes em Bamiyan dispostos a punir a família de Zakia por ficarem de vigia no abrigo de mulheres e nos tribunais, ameaçando de forma implícita, porém clara, praticar atos de violência contra ela, as limitações da LEVM ficavam novamente bem claras. Apenas a intervenção de pessoas como Fatima Kazimi, a superintendente da Secretaria da Mulher em Bamiyan, e os funcionários do abrigo a protegiam contra a vingança de sua família.

Apesar da ameaça que representavam para ela, os familiares de Zakia tinham direito à visitação, e a mãe e o pai costumavam visitá-la, assim como suas irmãs. "Eles insistiam que eu voltasse para casa, mas eu respondia: 'Isso não é bom, não é justo que estejam aqui'", contou Zakia. "Eles não me rogavam pragas, apenas tentavam me fazer compreender. Eles diziam: 'Não precisa ter medo da gente. Não vamos fazer nada contra você.' Mas eu sabia que eles não podiam me forçar a voltar para casa com eles, e eu sabia muito bem o que fariam comigo. Eu tinha certeza absoluta de que eles me matariam mesmo antes de chegarmos em casa. Antes de vir para o abrigo, só por estar tendo um romance, eles me ameaçaram e me bateram. Agora que eu tinha feito algo bem mais grave e vindo para o abrigo, eu sabia que fariam algo terrível comigo", declarou ela.

O caso de Zakia foi ao tribunal diversas vezes, e todos os juízes, que eram tadjiques, como a família de Zakia, insistiam que ela só poderia se casar com Ali com o consentimento do pai. A família de Ali alegava que Zaman e seus filhos tinham subornado os juízes para que ficassem a favor deles, e Zaman alegava que Anwar e seus filhos tinham subornado a Secretaria da Mulher, a polícia e os funcionários do governo para apoiarem Zakia. É possível que todos estivessem certos; a corrupção é uma prática difundida no Afeganistão, principalmente em Bamiyan. Ainda assim, ambos os lados teriam aceitado suborno para agirem de acordo com suas próprias alianças étnicas.

Assim como a maioria dos juízes afegãos, o principal juiz do tribunal de primeira instância da província de Bamiyan, o juiz Ataullah Tamkeen, não era formado em direito.[4] Sua única experiência jurídica era o estudo da lei charia na Universidade de Balkh, de acordo com seu colega, o juiz Saif-ul-Rahman, que integrava o grupo participante da audiência de Zakia e também não era formado em direito. Alguns juízes afegãos têm um nível de educação formal ainda menor, tendo se formado apenas em madraçais, escolas religiosas nas quais os alunos passam a maior parte do tempo recitando o Corão inteiro de cabeça. Em uma sociedade que venera os anciãos, a maioria dos juízes é idosa, e qualquer conhecimento legal que tenham data de antes da Constituição atual do Afeganistão e de qualquer legislação da última década que dava direitos às mulheres, principalmente a lei LEVM. Se os juízes tivessem apenas um conhecimento superficial da Constituição afegã, saberiam que Zakia já era considerada maior de idade e tinha o direito de escolher o próprio marido. A LEVM tornou os direitos dela mais explícitos e tornou crime os atos de sua família, embora a "negação de relacionamento" talvez seja o crime menos julgado em todo o Afeganistão.

"Em qualquer sociedade, não é a lei que molda tudo", disse Rubina Hamdard, uma advogada que trabalha na ONG Afghan Women's Network, que acompanhou o caso bem de perto. "É o comportamento dos juízes e como eles aplicam a lei. Aqui no Afeganistão, e neste caso especificamente, é certo que os juízes constituam uma limitação para a lei. Os juízes resolvem os casos de fuga de casa sentenciando as moças a um ano de prisão, mesmo que elas já tenham mais de 18 anos e não exista uma lei contra fugir de casa — mas existe uma lei contra a punição para quem foge de casa."

Com o apoio do tribunal de Bamiyan, a persistência de sua família acabou desgastando Zakia, e, em 2 de fevereiro de 2014, ela foi tirada do abrigo para se encontrar com a mãe, o pai e três dos juízes, além de uns seis anciãos de sua aldeia. A versão deles é que ela havia pedido para ser liberada e entregue a eles; sua versão é que ela pedira para ser liberada sem ser entregue a ninguém, uma vez que já tinha 18 anos. Na audiência, o juiz Tamkeen chamou os membros de sua família e tentou chegar a um acordo. A família de Zakia alegou que não a mataria nem a castigaria por ter fugido de casa e retiraria todas as acusações contra ela (esse tribunal ainda tratava a fuga como se fosse um crime). O pai, o tio e muitos outros anciãos carimbaram seus polegares em um documento aprovado pelo juiz Tamkeen, confirmando o acordo de tirá-la do abrigo, levá-la para casa e não lhe fazer nenhum mal, e o consentimento dela para isso. Chamada diante do juiz e cercada por seus parentes cheios de raiva, Zakia concordou.

Promessas como a assinada pela família de Zakia têm valor duvidoso. Apesar de toda conversa sobre a honra afegã, o conceito de honra como é aplicado no país não tem nada a ver com manter a palavra dada, principalmente quando se trata de uma promessa para não matar uma mulher.

Gul Meena era uma jovem de 18 anos que fora obrigada a se casar ainda na pré-adolescência com um marido que a maltratava. Ela fugiu com um vizinho, que se tornara seu amante, um homem chamado Qari Zakir, e ambos fugiram de sua aldeia na província de Kunar em 2012. Eles conseguiram se casar porque o casamento infantil de Gul era ilegal. De alguma forma, seu irmão e seu pai a encontraram um ano depois e fizeram uma visita com a desculpa de que desejavam se reconciliar com ela.[5] Quando foram embora, Zakir estava morto na cama; a cabeça quase separada do pescoço com uma faca. Meena estava gravemente ferida no chão ao lado da cama, com a cabeça destroçada por 15 machadadas; a polícia procurou o irmão por ter realizado pessoalmente o ataque. Essa violência extrema costuma estar presente nas mortes em nome da honra[6] no Afeganistão. Raramente são assassinatos "limpos", o que revela a profundidade do ódio e da paixão despertada pela transgressão dessas mulheres. Por milagre e graças ao trabalho dos médicos do hospital de Jalalabad, Gul Meena conseguiu sobreviver; jornalistas solidários e trabalhadores da ajuda humanitária fizeram doações para financiar o tratamento e pagar pela medicação e pela alimentação,[7] uma vez que a família não estava disposta a fazer isso.

É comum que as famílias usem esse subterfúgio para pegar a fugitiva de volta. Em 2010, em uma aldeia no distrito de Dashte Archi, em Kunduz, um homem de 25 anos chamado Khayyam e uma jovem de 19 anos chamada Siddiqa queriam se casar, mas a família dela já a havia prometido para outra pessoa. O casal fugiu para a província de Kunar, mas pessoas de ambas as famílias foram até eles para convencê-los de que estavam perdoados e poderiam voltar para a própria aldeia a fim de se casarem de forma adequada. Em vez disso, quando lá chegaram, toda a população masculina da aldeia tinha se reunido para assistir ao comandante talibã condená-los por adultério e sentenciá-los à morte por apedrejamento. O casal foi colocado em buracos diferentes enquanto seus vizinhos e membros da família começaram a lhes atirar pedras. Em uma entrevista depois do acontecido, Nadir Khan, um morador da aldeia, disse que não foi contra o apedrejamento, embora ele mesmo não tenha atirado pedras. "Enquanto tudo começava, eles disseram: 'Nós nos amamos, aconteça o que acontecer'", contou ele.[8] O apedrejamento foi passional, e alguns moradores chegaram a pegar pedras tão pesadas que eram difíceis de erguer, acertando o casal a uma curta distância. A animação da multidão durante as execuções ficou muito clara nos vídeos gravados nos celulares de vários moradores, e diversas cópias começaram a circular nas redes sociais do país.[9] Siddiqa foi vista caindo lentamente de joelhos e, depois de ser atingida na cabeça por uma pedra bem grande, caiu no fundo do buraco em que a tinham enfiado, parecendo inconsciente; seu sofrimento foi obscurecido pela burca azul que usava. Quando se recuperou e tentou sair do buraco, um dos homens lhe deu três tiros na cabeça com seu AK-47. Seu amante, Khayyam, não foi visto no vídeo, já que muitos dos seus vizinhos tinham se reunido à sua volta; ele foi apedrejado até a morte em questão de minutos.[10] Embora os apedrejamentos tivessem sido realizados pelo Talibã, após a aldeia voltar para as mãos do governo, a polícia afegã ficou relutante em processar os criminosos, apesar das abundantes evidências em vídeo de sua boa-vontade em participar do crime.[11]

Assim como qualquer jovem na sociedade afegã, Zakia sabia muito bem o que esperava por ela se saísse da linha. No entanto, era difícil acreditar que seus parentes mais próximos fossem capazes de se transformar em assassinos, e ela disse vacilar entre a vontade desesperada de acreditar nas promessas deles e a certeza de estar perdida se acreditasse. "Eles me pressionaram para dizer que eu queria ir com os meus pais. Eu tinha de dizer isso. Eu não tinha como dizer não", contou Zakia.

O juiz Tamkeen a puxou de lado e lhe passou um sermão sobre lealdade étnica.

"Não se case com aquele rapaz ou você desonrará a mim e a todo o nosso grupo étnico", disse o juiz, de acordo com o relato de Zakia.

Assim como a maioria dos juízes em Bamiyan, ele era tadjique e muçulmano sunita. Ali, assim como Fatima e a maioria dos outros funcionários em Bamiyan, incluindo a polícia, eram *hazaras* e muçulmanos xiitas.

Nenhum dos representantes do abrigo de mulheres estava presente durante aquela audiência — Najeeba Ahmadi tinha ido a Cabul resolver questões pessoais, e só voltou ao final do dia, e Fatima Kazimi não fora informada sobre aquilo. Mais tarde naquele dia, após horas de pressão de um monte de funcionários e da própria família, Zakia concordou em carimbar o polegar no documento que consentia seu retorno para o seio da família. A essa altura, Najeeba, a chefe do abrigo, já estava de volta e ficou sabendo do acordo. Ela tentou ganhar tempo, dizendo que já era tarde e havia muitos documentos para assinar, antes de poder liberar Zakia oficialmente, e que eles deviam voltar no dia seguinte. A moça passou a noite inteira fazendo ligações, alertando as outras líderes e funcionários favoráveis sobre o que estava prestes a acontecer.

Na manhã seguinte, 3 de fevereiro, Najeeba levou Zakia do abrigo para o tribunal, onde sua família se reunira de novo. Dessa vez, o grupo estava maior e incluía seu irmão Gula Khan, dois primos, seus pais, Sabza e Zaman, e os seis anciãos da aldeia, além do painel formado por três juízes, liderados pelo juiz Tamkeen. Fatima Kazimi também estava presente, apoiada pelo vice-governador, Asif Mubaligh, e pelo subdelegado, Ali Lagzi.

Fatima Kazimi tinha muita presença. Grande e um pouco arredondada, costumava usar um lenço roxo na cabeça e um *trench coat* simples e escuro. Ela transmitia autoconfiança e autoridade. Fatima e o vice-governador chamaram Zakia para conversar a sós, apesar dos veementes protestos da família da jovem.

— Você compreende que assinou um acordo para voltar para casa com sua família? — perguntou Fatima.

— Compreendo — respondeu Zakia, baixinho.

— Você não precisa fazer isso — disse Fatima. — Você pode mudar de ideia, e nós vamos protegê-la. Você só precisa dizer no tribunal, na frente de todos os juízes, que você não quer ir.

Quando voltaram, Zakia disse que queria continuar no abrigo. O juiz Tamkeen se ergueu e ordenou que os policiais a pegassem à força e a entregassem para a família.

— Eu não quero ir para casa! — gritou Zakia.

O juiz ameaçou mandar prender todo mundo.

— Essa é uma violência contra a vontade dela e uma violência contra todas as mulheres — retrucou Fatima. — O senhor não pode fazer isso.

Ela pediu que o subdelegado interviesse, e ele ordenou que os policiais levassem Zakia de volta para o abrigo. No fim das contas, eles obedeceram a seus superiores, que eram *hazaras*, e não aos juízes, que eram tadjiques.

A família de Zakia, então, abandonou qualquer fingimento de não desejar machucá-la. Seu pai e seu irmão tentaram arrancá-la de Fatima e da polícia, mas a mãe foi a pior de todos eles.

— Sua prostituta! — berrou Sabza para filha, um dos piores xingamentos que uma mãe afegã (ou de qualquer outra nacionalidade) poderia dizer para uma filha.

Um dos homens gritou:

— Você nunca vai viver em paz! Nós vamos matar você!

"Minha mãe estava gritando e me xingando, meus irmãos e o filho da minha tia tentaram me bater, meu pai e minha mãe estavam rasgando as minhas roupas. Chegaram a arrancá-las", contou Zakia. "Senti que, se eles tivessem me tirado de lá, eu nem teria chegado em casa. Eles teriam me matado no caminho."

"Eles agiram de forma selvagem", declarou Fatima. Não havia dúvida — é claro que eles a teriam matado se tivessem conseguido colocar as mãos nela.

O lenço foi arrancado da cabeça da jovem, e Sabza arrancou o casaco da filha enquanto a família lutava com a polícia para pegar Zakia.

— Essa garota deve ser enforcada! — berrou Zaman.

"Esse era o plano deles. A decisão que tinham tomado", disse Zakia. "Pelo menos a polícia também descobriu que eles planejavam me matar. Então eles me prometeram que não iam me entregar para eles."

Zaman e seu irmão foram algemados e presos até se acalmarem, enquanto a polícia empurrava Sabza para fora do tribunal, ainda berrando e rogando pragas.

O vice-governador e o subdelegado, assim como Najeeba Ahmadi, Fatima Kazimi e sua chefe do gabinete de direitos humanos, Aziza Ahmadi, foram todos testemunhas da explosão de ódio e dos juramentos exaltados de morte a Zakia. Isso poderia ser refutado como algo dito no calor do momento, o tipo de coisa dita durante um conflito familiar que estava longe de ser resolvido, a não ser pelo fato da raiva deles não ter se dissipado. Semanas, aliás, meses mais tarde, Najeeba ainda recebia ligações da família de Zakia, ameaçando-a de morte, e, por fim, eles acabariam desistindo de sua granja, seu sustento e seus lares em prol do objetivo único de se vingar de Zakia e Ali.

Depois da confusão no tribunal de Bamiyan, o furioso juiz Tamkeen emitiu uma ordem de suspensão contra Fatima Kazimi e Aziza Ahmadi. Ele chegou a pedir a prisão de Fatima por questionar o gabinete do procurador-geral. "O procurador-geral nos pediu para trazê-la para um interrogatório", contou o delegado da província de Bamiyan, general Khudayar Qudsi. "Mas não havia base para tal ação. Então, nós não reconhecemos tais pedidos." O governador simplesmente disse para a polícia ignorar tal ordem, e Fatima continuou trabalhando.[12]

Zakia estava segura no abrigo, mas seu problema não estava mais próximo de ser resolvido. Fatima aceitou o pedido de Ali para ter permissão de visitar Zakia no abrigo, algo que *não* costumava ser permitido, e, mais tarde, Fatima alegou saber que ele traria um celular escondido para dar a Zakia. No entanto, preferiu fingir que não sabia de nada. A essa altura, o casal já era perito em ligações clandestinas e começou a planejar a fuga de Zakia.

Não havia mais motivos para ela continuar no abrigo. Até onde entendiam, ele não oferecia nenhuma solução, apenas uma segurança temporária, que poderia acabar a qualquer momento e sem aviso. Os juízes e a família de Zakia contavam com o peso dos costumes e das práticas sociais afegãs, além da autoridade do governo central. Muitos dos companheiros *hazaras* de Ali, inclusive, reprovavam as ações do casal.

Eles também estavam cientes dos muitos exemplos do destino que aguardava uma moça afegã que seguisse pelo mau caminho e fosse devolvida para uma família zangada. "Tenho certeza absoluta de que eles me matariam", declarou Zakia. E quem poderia conhecer a família melhor do que ela mesma? Não fosse a intervenção de Fatima para impedir que Zakia voltasse para casa, ela teria acabado como Amina, uma adolescente da região norte da província de Baghlan, que não tinha nem 15, nem 18 anos.[13] Filha de um homem chamado Khuda Bakhsh, Amina fugiu da casa da família quando o pai propôs que ela se casasse com um homem muito mais velho da sua aldeia no distrito de Tala Wa Barfak.[14] A polícia a encontrou vagando pelo mercado na capital da província, Pul-e-Khumri, perguntando às pessoas onde poderia encontrar a Secretaria da Mulher. Ela foi presa simplesmente por ser mulher e estar sozinha.

A polícia não a levou para a prisão, encaminhando-a diretamente para a Secretaria da Mulher no dia 20 de março de 2014 — um dia antes de Zakia ter fugido do abrigo, na verdade — e entregando-a para a sra. Uranus Atifi, chefe do departamento legal. A menina foi levada para um abrigo em Pul-e-Khumri, permanecendo lá por todo o mês seguinte. Então, um membro do conselho da província, Samay Faisal, ligou para a sra. Atifi e disse que o irmão e o tio de Amina tinham vindo até Pul-e--Khumri e queriam levar a menina de volta para casa. Sr. Faisal disse que ele mesmo serviria como testemunha do caráter dos homens da família, contou sra. Atifi. Então, ela concordou em levar a família até o abrigo, e todos assinaram os documentos com a promessa de não machucarem a menina se ela voltasse para casa e de não a obrigarem a se casar com o noivo que rejeitara.

"Antes de entregá-la à família, conversamos com Amina em particular e perguntamos se ela queria voltar para casa", contou sra. Atifi. "Ela disse que queria voltar, porque não queria que seu caso ficasse ainda maior e criasse mais problemas." A sra. Atifi tomou a precaução de gravar um vídeo com as alegações da família de que não machucariam a menina, e Amina concordou em voltar para casa. Ainda assim, a sra. Atifi ficou preocupada e conseguiu o telefone do irmão e pediu para falar com Amina enquanto estavam voltando para casa.

"Naquela mesma noite, liguei às oito horas e conversei com ela e perguntei se estava tudo bem. Ela me disse que ainda estavam no carro. Às dez horas, voltei a ligar, mas, dessa vez, não consegui falar com ela", contou a sra. Atifi.

Na manhã seguinte, Atifi ligou para o irmão de Amina, e este relatou friamente que um grupo com nove homens armados usando máscaras pararam o carro deles, arrastaram Amina para fora e atiraram nela, mas não feriram mais ninguém. A família nem se preocupou em dar queixa do crime. O irmão parecia estranhamente calmo com relação ao assassinato da irmã.

Ninguém acreditou na história da família, a qual dizia que os parentes do noivo rejeitado deviam ser os responsáveis. Se esse fosse o caso, perguntaram os céticos, por que os parentes ultrajados do noivo não mataram também o irmão, o tio e o primo que também estavam lá e, supostamente, tinham aceitado a menina de volta e tinham cancelado o noivado?

"Sabia que, se um marido pegar a esposa na cama com um estranho e a matar, ele é condenado a, no máximo, um ano de prisão?", disse Shahla Farid, uma professora de direito que faz parte da diretoria da Afghan Women's Network. "No entanto, se ela matar o marido pelo mesmo motivo, pode ser condenada à morte. Isso está escrito no código penal afegão."[15] O mais provável em um caso assim é que o marido nem vá a julgamento e não receba qualquer punição.[16]

"Acho que as duas famílias chegaram a um acordo, mas não tenho certeza", declarou Khadija Yaqeen, superintendente da Secretaria da Mulher na província de Baghlan. "Não nos importamos com o acordo que é feito, ou será feito, entre as famílias. Alguém foi assassinado, e deve haver uma investigação e um julgamento para que a justiça seja feita." No caso de Amina, assim como tantos outros parecidos, ao que tudo indica, isso nunca aconteceu.[17]

Em Bamiyan, quase dois meses se passaram desde a audiência no tribunal. No fim, o pai de Zakia forçou as coisas ao requerer formalmente que o tribunal de Bamiyan transferisse o caso de Zakia para Cabul. Ele acreditava que lá eles teriam uma recepção melhor, pois a polícia e os funcionários do governo não seriam *hazaras*, mas sim tadjiques ou *pashtuns*, e, se um juiz ordenasse que Zakia fosse enviada para casa, a polícia obedeceria. "Conversamos com a garota e conseguimos seu consentimento para transferir o caso para Cabul", declarou Zaman. Zakia, é claro, disse que não tinha concordado com nada daquilo e que a transferência iminente apressou seu plano de fuga, o qual ela pôs em prática na véspera da data marcada.

Para ter acontecido tão próximo da data de transferência, Zaman desconfiou que a fuga para se casarem tinha acontecido com o auxílio dos funcionários do abrigo. "Nós nem tínhamos permissão para visitá-la, então conversamos com ela por telefone e conseguimos seu consentimento", explicou Zaman. "Ela concordou em voltar para casa. Ela não tem culpa. É aquela diretora que achava que podia ter problemas por causa do seu envolvimento com o caso e a ajudou a fugir. Caso contrário, de que forma uma garota de um abrigo vigiado pela polícia[18] conseguiria escapar? Aquela mulher e as outras devem ter tido algum envolvimento direto na fuga." Fatima Kazimi e Najeeba Ahmadi negaram isso, assim como Ali e Zakia posteriormente.

O que nenhum deles sabia, porém, é que os pedidos de Zaman para transferir o caso para Cabul não tinham nada a ver com a transferência iminente. Shukria Khaliqi, advogada do grupo Women for Afghan Women (WAW), ouvira falar do caso e pediu formalmente que ele fosse transferido para a capital, com a aprovação dos funcionários da Secretaria da Mulher em Cabul, assim como as defensoras das mulheres no gabinete do procurador-geral. Eles acreditavam que conseguiriam encontrar juízes formados em direito e que conhecessem a lei em Cabul. A sra. Khaliqi estava convencida de que ganharia o caso para o casal. Então, embora ainda existisse o risco de serem atacados pela família de Zakia, não haveria impedimentos legais para seu casamento e nenhuma justificativa para manter Zakia no abrigo.

No entanto, antes que a organização WAW conseguisse entrar em contato com Zakia para dizer isso a ela, o casal fugiu. O pai da moça prestou queixa de sequestro contra Ali. Então, eles se tornaram fugitivos não apenas da vingança da família dela, mas também da lei. Eles estavam juntos, mas, no que dizia respeito à polícia afegã — inclusive a de Bamiyan —, eram criminosos procurados e deviam ser caçados. O companheirismo entre os *hazaras* tem limites; aos olhos da lei afegã, uma fugitiva sempre seria considerada uma criminosa, não importando sua etnia.

Quando Zakia e Ali estavam fugindo, porém, eles também se tornaram heróis para muitos afegãos, principalmente mulheres e jovens. Najeeba Ahmadi, embora insistisse que não participara de forma alguma na fuga de Zakia, aplaudiu mesmo assim os atos da moça. "Suas ações mostram que todos têm o direito de se casar com quem quiserem. Ela tentou realizar seus próprios desejos. Sua resistência e sua coragem são bons exemplos para todas as mulheres e moças que desejam proteger os seus direitos. Quando as mulheres resistem e lutam por seus direitos, elas têm a capacidade de conquistar seus objetivos. Eu não acredito que Zakia tenha feito nada de errado. Seus atos foram admiráveis, e esteja ela onde estiver, desejo toda sorte e sucesso para a sua vida."

Zakia e Ali tinham objetivos bem simples. Eles sabiam que a maioria dos casais que fugia para se casar acabava sendo pega e sofrendo as terríveis consequências. Nunca esperaram chegar tão longe, mas estavam determinados a aproveitar o tempo que conseguissem, mesmo que isso significasse a morte de ambos.

CAPÍTULO 4

UM RABINO ENTRE OS MULÁS

O e-mail do rabino Shmuley Boteach, de 25 de março de 2014, era enigmático e urgente. "Acabei de receber informações importantes sobre o caso. Será que podemos conversar?" Shmuley era um entre centenas de leitores que entraram em contato comigo depois que escrevi sobre a situação de Zakia e Ali no *The New York Times*. Na época daquele primeiro artigo,[1] Zakia já estava no abrigo de Bamiyan havia quatro meses e ainda ficaria por mais um. A desastrosa audiência já tinha passado, e Ali estava vagando pelo vale, tentando pensar em um plano de fuga.

Muitos desses leitores queriam ajudar o casal; o rabino Shmuley era apenas um pouco mais insistente do que a maioria, e eu lhe dera meu e-mail pessoal e meu telefone. Então, ele não iria desistir. Com certo cansaço, retornei a ligação, porque sabia que ele não sossegaria até eu responder. Parte de mim já tinha desistido de Zakia e Ali depois que escrevi o primeiro artigo; eu simplesmente não conseguia ver como a história deles poderia terminar bem, a não ser que o presidente da época, Hamid Karzai, decidisse intervir e resolver tudo por meio de um decreto. Ele era capaz de fazer isso se quisesse, mas, nesse caso, qualquer de suas intenções seria negativa. Os esforços determinados e bem-intencionados do rabino de Nova Jersey não iriam influenciar o presidente da República Islâmica do Afeganistão, um país no qual a maior parte das outras religiões era proibida e a única igreja cristã é uma pequena capela dentro da Embaixada Italiana, e a única sinagoga conta com apenas um congregante sobrevivente. Além disso, naquela época de sua administração, o presidente Karzai mal estava negociando com os funcionários norte-americanos, apesar da dependência afegã da ajuda dos Estados Unidos.[2] Assim, mesmo não esperando muita coisa, fui a um escritório de Cabul e teclei um número da região norte de Nova Jersey para falar com Shmuley.

Seu assistente logo transferiu minha ligação, e o rabino foi direto ao ponto, conversando comigo, como fizera em diversas das nossos contatos anteriores, como se fôssemos velhos amigos.

— Rod, ela fugiu.
— Quem?
— Zina... Zophia... Qual é mesmo o nome dela?
— Zakia?
— Isso. Ela fugiu umas duas noites atrás. Acabei de saber.
— Quem lhe contou?
— Fatima.
— Sério?

Eu não sabia que Fatima Kazimi e o rabino Shmuley tinham contato; ele era cheio de surpresas e, como eu veria mais tarde, bastante determinado. Foi por meio de Fatima que eu fiquei sabendo da história de Zakia e Ali — e, de certo modo, ela era a única razão pela qual Zakia ainda estava viva.

Todo o caso do jovem casal chamara a minha atenção alguns meses antes, quando, em 9 de fevereiro, Fatima enviou um e-mail para todos os jornalistas que estavam no Afeganistão trabalhando para publicações de grande circulação nos Estados Unidos. Ela ditou o e-mail para o filho, que sabia inglês, e o enviou ao clicar no meu link no www.nytimes.com:

Prezado sr. Nordland:[3]
  Meu nome é Fatima Kazimi, superintendente do Departamento de Assuntos Relacionados com os Direitos da Mulher (DADM), a filial da província do Ministério de Assuntos da Mulher (MAM). Somos os principais líderes de defensores dos direitos da mulher na província de Bamiyan, Afeganistão.

Vou direto ao ponto: o caso de uma jovem (de etnia tadjique) e um rapaz (de etnia *hazara*) que fugiram de suas casas e procuraram o DADM e a Comissão Independente de Direitos Humanos de Bamiyan em busca de segurança e proteção e para poderem, finalmente, transformar seu sonho em realidade: o casamento. Estamos acompanhando esse caso desde o começo, há três meses, e gravamos a confissão dos amantes.

Como o casamento entre pessoas de etnias diferentes é considerado um tabu no Afeganistão, principalmente em Bamiyan, a família da moça insiste que a filha volte para casa, assim como muitas outras pessoas envolvidas nesse caso. Além disso, como a moça não quer voltar para a família, pelo grande risco de ser assassinada (conforme já vimos em casos anteriores), o DADM e outras instituições de proteção dos direitos da mulher, incluindo o Gabinete do Governador, a Comissão Independente de Direitos Humanos e o Fórum de Sociedade Civil, continuam agindo em defesa do casal.

Entretanto, em vez de apoiar e proteger os direitos da mulher em Bamiyan, o Tribunal da Província ordenou minha suspensão e a de duas outras pessoas, assim como um julgamento contra nós apenas porque estamos acompanhando o caso de perto e pelo fato de a maioria dos juízes no tribunal da província ser da etnia tadjique.

O senhor pode entrar em contato com o Gabinete do Governador em Bamiyan e com a Comissão Independente de Direitos Humanos para verificar essas informações, assim como muitas outras que temos. Eu gostaria de saber se o senhor estaria disposto a divulgar essa notícia, uma vez que isso protegeria a vida desse casal e que estamos sendo ameaçados de morte.

Aguardamos sua resposta.

Atenciosamente.
Fatima Kazimi

Liguei imediatamente para ela e fiz algumas perguntas — principalmente se eles aceitariam conversar comigo e tirar fotografias. Fatima respondeu "sim" para a primeira pergunta e um "talvez" para a segunda. Isso era o suficiente para mim. Pegamos o voo seguinte para Bamiyan, da companhia aérea East Horizon, que faz voos para lá, às vezes duas vezes por semana, às vezes nenhum durante meses seguidos. Levei comigo o fotojornalista Mauricio Lima e nosso colega afegão Jawad Sukhanyar. Um ou dois anos antes, poderíamos ter feito o trajeto de seis a oito horas de carro por uma das duas estradas que cortam o Indocuche, levando até Bamiyan, mas ambas foram efetivamente interrompidas, pelo menos para estrangeiros, por causa das emboscadas dos talibãs.

Eu já estava preparado para aproveitar esse tipo de história e vinha buscando esse tipo de oportunidade. Os assassinatos em nome da honra costumam fazer parte dos segredinhos sujos do Afeganistão. Os exemplos de quando são feitos de forma aberta são raros, e ainda mais raro é ter uma chance de escrever sobre como impedir um desses assassinatos, principalmente quando as partes envolvidas estavam dispostas a falar e, talvez, até serem fotografadas. Estávamos a caminho antes que Fatima pudesse ter a chance de mudar de ideia. Nem voltei a ligar para ela, temendo que ela pudesse reconsiderar, e Fatima só voltou a ter notícias nossas quando batemos na porta do seu escritório no prédio do governo de Bamiyan, não muito distante da pista de pouso.

Fatima estava sentada a uma mesa cara com tampo de vidro, diante de janelas amplas, pela qual entrava o brilho da neve iluminada pelo sol, em uma sala com cadeiras destinadas aos solicitantes. Depois de resumir o que tinha acontecido com Zakia e Ali, Fatima saiu para buscar Zakia no abrigo de mulheres, trazendo-a consigo para seu escritório, protegida por grande escolta policial em duas caminhonetes Ford Ranger cheias de guardas. Zakia usava um xale, mas vestia cores berrantes, que eram seu estilo, como logo eu viria a descobrir mais tarde, um lenço rosa na cabeça e um suéter laranja. Ela causou rebuliço entre os policiais e funcionários do governo que formaram uma fila nos corredores enquanto ela era levada até a sala; os afegãos a consideram bonita, com grandes olhos cor de âmbar.

Ela se manteve silenciosa no início. Não somente por ser a primeira vez que ela via um jornalista, mas também por ser a primeira vez que via um estrangeiro e que falava com um homem estranho — o primeiro homem com que falara sem ser Ali, os irmãos e o pai. "Devido a tudo o que estava acontecendo no meu caso, eu precisava ter coragem de falar. Eu percebi isso", disse ela muito tempo depois, lembrando-se de como estava aterrorizada naquele dia. Expressar o que pensava e sentia parecia ser doloroso, mas, com Fatima estimulando-a de forma gentil, ela contou sua história enquanto Jawad traduzia suas palavras.

— Minha família inteira é contra o casamento — contou ela. — Quis seguir em frente assim mesmo. Eu peço a você: não quero ficar em Bamiyan. Posso morar em qualquer lugar, menos em Bamiyan. Tudo o que quero é o meu amor. Os juízes me disseram: "Nós somos tadjiques e você trará desonra para todos nós se decidir se casar com um *hazara*." Os juízes, minha mãe e meu pai, todos dizem isso para mim, mas eu disse para eles que não importa o que Ali seja, ainda é um muçulmano. Eu me preocupo muito com a segurança dele. Meu pai e seus parentes ameaçaram Ali. Dizem que, se eu me casar com ele, não vão permitir que a gente continue vivo e, se eu voltar para casa, minha mãe e meu pai não vão me deixar viver.

Até sua irmã se voltara contra ela.

— Durante uma visita ao abrigo, ela começou a gritar palavras ofensivas para mim. Todos no prédio a ouviram.

Ela também afirmou:

— Eu amo Ali e, agora, mesmo que não me case com ele, eu não poderia morar aqui, não posso voltar e ficar aqui. Preciso ir embora para sempre. Confio nele. Conheço suas atitudes e seu bom caráter. Quero viver a seu lado.

No tribunal, Zaman não alegava que a filha tinha fugido de casa ou escolhido um noivo inadequado, pois nada disso constitui um crime. No entanto, o rompimento de um noivado *é* uma questão para ser resolvida nos tribunais afegãos. Assim, o pai dela começou um processo alegando que ela estava formalmente comprometida com seu sobrinho, mas Zakia afirmou que era a primeira vez que ouvia falar daquilo.

— Mas eles sempre acabavam misturando as coisas — explicou Fatima, rindo. — Em um minuto, diziam que ela estava noiva do filho da irmã do pai e, no instante seguinte, era com o filho da irmã da mãe. Eles deveriam ter decidido antes de mentir dessa forma.

O relato de Zakia veio de forma intermitente e lenta no início, com longos e estranhos silêncios e respostas monossilábicas. O mais extraordinário nela era como seu raro sorriso iluminava de repente todo seu rosto — os olhos, os lábios, o nariz. Ele aparecia como a luz do sol que encontra uma brecha por entre as nuvens para desaparecer logo em seguida. Seu sorriso a transformava de forma tão completa e encantadora que dava vontade de encontrar maneiras de despertar seu sorriso de novo.

Expliquei a ela as possíveis consequências de um artigo que citasse abertamente suas palavras. O povo de Bamiyan poderia ver o artigo usando conexões locais de internet, mesmo que fossem fracas. Todas as notícias são globais, principalmente as publicadas no *The New York Times*. Agências locais de notícias poderiam muito bem aproveitar o artigo e publicá-lo também. Era bastante provável que tudo o que ela nos dissesse fosse lido e ouvido por todos que ela conhecia; mesmo que seus parentes não soubessem ler, alguém *poderia* ler e contar para eles.

A única resposta de Zakia foi que ela já estava no abrigo em Bamiyan havia quase cinco meses. Ela estava certa. Durante todo aquele tempo, o único esforço feito para resolver a questão tinha sido malogrado na audiência de 3 de fevereiro.

Por sugestão de Fatima, conversamos um pouco sobre o abrigo e as outras moças e jovens que moravam lá. Algumas já moravam lá havia anos, sem conseguirem um amparo legal, como proteção contra um marido que as maltratasse e não podiam partir por temerem a vingança dos homens de suas famílias — em geral, dos dois lados dela. Na época, o caso mais grave do abrigo era o de uma jovem de 14 anos chamada Safoora, a garota *hazara* que ajudara Zakia a fugir. Surpreendida em um tribunal miserável de Bamiyan enquanto sua família negociava os termos de seu casamento arranjado, Safoora fora levada para uma despensa e estuprada por quatro tadjiques que trabalhavam no tribunal. A polícia, que era *hazara*, prendeu os acusados; os juízes, tadjiques, anularam o caso contra todos eles, exceto um — foi acusado de adultério, um crime no Afeganistão, em vez de estupro. Os juízes também acusaram Safoora de adultério. A situação toda era absurda, porque, até mesmo no Afeganistão, uma criança jamais poderia dar seu consentimento legal para um ato sexual, mesmo que o sexo tivesse sido em algum nível "consensual" — por mais improvável que isso fosse em um caso de estupro coletivo dentro de um tribunal. Enquanto as defensoras das mulheres tentavam anular as acusações contra a menina, Safoora era mantida no abrigo — principalmente para assegurar que sua família não a assassinasse em nome da honra e apagar a vergonha que sentiam.

Fatima repetiu nossos avisos sobre levar a história a público para Zakia.

— O que você acha que devo fazer? — quis saber a jovem.

— Essa é uma decisão que só você pode tomar. — Fatima parecia preocupada, como se fosse uma tia querida.

— Isso vai nos ajudar a ficar juntos? — perguntou-me Zakia.

— Talvez — respondi, de forma não muito convincente. — Talvez alguém como o presidente desse país leia o que aconteceu e interfira a seu favor. Mas, sinceramente, isso é pouco provável. Por outro lado, quais são as suas alternativas agora?

Era uma jovem que nunca tinha ido à escola, que não sabia ler nem escrever, e cujos conhecimentos dos caracteres alfanuméricos se resumiam apenas aos dez dígitos, de zero a nove, do teclado do telefone. Apenas um entre os 11 filhos da família de Zakia, Razak, de nove anos, frequentara a escola. Zakia estava sentada com a coluna reta e recostada na parede, seu nariz ainda estava machucado por causa da briga no tribunal. As camadas coloridas de tecido sintético, a túnica e a pantalona, brilhando sob a luz, pareciam baratos e espalhafatosos quando analisados individualmente, pequenos furos e rasgos aparecendo ali e acolá, mas o efeito geral era o enaltecimento de sua beleza. Ela mantinha os olhos baixos durante a maior parte da conversa, e senti que ela devia estar se perguntando: "Por que será que esses estrangeiros estão interessados em mim?"

Ela pensou na minha resposta por um tempo. Então, ergueu a cabeça pela primeira vez e olhou para mim.

— Eu não me importo. — Ela deu um leve sorriso.

Mauricio estava meio que cochilando, como os fotógrafos costumam fazer durante entrevistas quando não havia nada para fotografar; agora era sua vez de pedir permissão para fotografá-la. Essa era uma questão ainda mais delicada do que a entrevista em si. Fotografar mulheres afegãs é proibido, apesar de algumas imagens famosas — a refugiada icônica de olhos verdes, Sharbat Gula, fotografada por Steve McCurry para a *National Geographic*,[4] por exemplo. Como Sharbat era criança, com apenas 12 anos na época, a fotografia fora permitida, assim como seria nos casos de mulheres mais velhas, em geral, viúvas desesperadas e, dessa forma, dispensadas das restrições de costume. Caso contrário, fotografar uma mulher, mesmo que esteja completamente coberta por uma burca, poderia fazer com que os homens nos arredores, fossem eles parentes da mulher ou não, atacassem o profissional. Ao receberem um pedido para serem fotografadas, a maioria das jovens afegãs responde que não, o que é bastante compreensível.[5]

Dessa vez, porém, Zakia não pensou muito:

— Eu não me importo.

Mauricio logo começou a trabalhar. Eu realmente achava que ele fosse voltar para Cabul decepcionado. Todas as interações entre fotógrafo e modelo constituem um tipo de sedução, de um lado ou de outro, e isso aconteceu de fato entre Zakia e Mauricio, um fotógrafo talentoso mais parecido com um segurança de boate, o qual tem a crença inabalável de que as melhores fotos são as tiradas de perto. Nesse caso, ele ficou a uns 15 centímetros do rosto dela, em um esforço para compensar a forte luz do sol. Zakia aceitou aquilo com serenidade. Em retrospecto, isso até pareceu conferir a ela um estranho ar de poder por causa da atenção. Ela era uma mulher bonita que, provavelmente, nunca tinha sido fotografada de forma adequada, se é que já tinha sido alguma vez.[6] Naquele momento, estava sendo fotografada por um profissional e pareceu gostar disso.

Levemos em conta que Zakia tinha pouco a perder. Um pouco antes, descrevera o tamanho de sua família e como todos eram próximos. Além dos quatro irmãos, havia muitos primos, que, no Afeganistão, costumam ser tão próximos quanto os irmãos. No total, a tribo de sua família contava com 35 lares na região. Todos deviam estar atrás de Ali agora, já que não poderiam tirá-la do abrigo.

— Eu até poderia esperar para procurar o meu amor, não importa quanto tempo. Mas estou muito preocupada porque acho que minha família está tentando prejudicar a dele, e isso me preocupa muito. Se ele morrer, eu morro também.

— Tem certeza? — interrompeu Fatima, dirigindo-se à moça, um pouco surpresa com a declaração.

Zakia a olhou diretamente nos olhos.

— É claro.

Fatima franziu o cenho. Ela até podia aprovar o amor romântico ou, pelo menos, o direito legal de buscá-lo, mas tinha uma opinião muito negativa sobre os homens, reforçada, sem dúvida, pelos dois anos que trabalhou defendendo casos de violência contra a mulher, na forma da LEVM, e não acreditava que valesse a pena morrer por nenhum deles. Ela pediu que Mauricio tirasse uma fotografia dela também. E assim ele o fez.

— Essa história é minha também — declarou ela. — Não se esqueça de que tem de escrever sobre mim. — Ela me lançou um olhar rigoroso, e eu não fiz nenhum comentário.

Depois, Mauricio levou Zakia e Fatima para o lado de fora. Enquanto Fatima e Zakia atravessavam a rua, Mauricio ficou agachado, tirando fotos. A escolta policial ficou nervosa e começou a gritar e a xingá-lo. Um dos policiais chegou a sacar o rifle automático e apontar para ele. Eles não achavam certo fotografar mulheres, mesmo que as duas tivessem concordado. Afinal de contas, como poderia uma mulher dar consentimento sem ter um homem para falar por ela?

Para os policiais e muitas outras pessoas na sociedade afegã, é provável que tal encontro resuma a lacuna entre a cultura afegã e a ocidental. Mas aquilo significava uma coisa totalmente diferente para Zakia.

"Eu senti esperança", contou ela posteriormente. "Eu estava feliz porque agora sabia que existiam pessoas que queriam nos ajudar e que se preocupavam conosco". O mundo lá fora poderia ser misterioso para Zakia e Ali, mas eles sentiram que aquilo era algo importante, e que o interesse do Ocidente no caso deles validava, de alguma forma, seu amor. Como bem sabiam, aos olhos da sua própria sociedade, de acordo com as regras e restrições de sua cultura, eles agora eram párias. O fato de aqueles estrangeiros aparentemente importantes os aceitarem como eram e parecerem acreditar que o desejo dos amantes não era nem um pouco irracional — e que era algo até louvável — pareceu dar ao jovem e isolado casal forças para seguir adiante.

Já tínhamos entrado em contato com o celular de Ali, mas ele se sentiu mais seguro de nos encontrar na Secretaria da Mulher. Fatima achou melhor tal entrevista não acontecer no mesmo dia da visita de Zakia. Isso para que os espiões da família dela no governo não alegassem que Fatima estava intermediando encontros entre eles.

Ali veio no dia seguinte, e não foi surpresa ver que era um jovem bonito e um pouco convencido por causa disso. O exuberante cabelo negro estava penteado para trás formando um topete; a barba estava bem feita. Usava calça justa e sapatos de bico fino, que tinham alguns furos. Assim como Zakia, ele era pobre, mas tinha estilo. Seus olhos tinham um tom impressionante de âmbar-dourado e, o mais marcante — eu tive de conferir as fotos de Zakia de novo para me certificar — é que eram quase da mesma cor rara dos dela. Na bochecha, havia uma contusão inchada e proeminente, e eu lhe perguntei sobre aquilo.

— Desde que essa história de amor começou, sofri dois acidentes graves — contou ele.

Desde que essa história de amor começou. Eu logo perceberia que Ali costumava a se referir a Zakia e a si mesmo como personagens de uma história de amor, como se algum poder superior a tivesse escrito, e eles fossem meros mortais representando seu papel.

O primeiro acidente a que ele se referia foi quando o jipe no qual estava enquanto servia ao Exército, capotou, três anos antes, acabando com sua perna. O segundo "acidente" foi a contusão a qual seu irmão Ismatullah lhe causou quando Ali tentou chegar até Zakia enquanto ela implorava que o pai dele a acolhesse.

Diferentemente de Zakia, Ali nunca se surpreendia com o interesse das pessoas em sua história e no que tinha acontecido com eles. A ele, parecia algo natural e inevitável.

— Nossa história é igual a de Shirin e Farhad — disse ele. — Estamos presos nesta história.

Trata-se de uma antiga história persa, bastante popular no Afeganistão e recontada em diversos formatos na cultura popular, mas principalmente em canções populares e folclóricas. Shirin, a bela princesa, diz para o talhador de pedras que tinha sido prometida em casamento a um príncipe, mas que, se ele conseguisse mover uma montanha por ela com sua picareta, ela se casaria com ele. Então, ele começa a escavar uma montanha próxima e, quando o príncipe percebe que Farhad estava quase terminando um feito praticamente impossível, envia uma bruxa para informar ao talhador que a princesa já havia se casado com o príncipe. Desesperado, Farhad se mata e, quando Shirin descobre, também se mata.

— E de que forma essa história é semelhante à de vocês? — perguntei a Ali.

— Se neste mundo temporário eles não conseguem ficar juntos, então Deus saberá que os dois talvez possam ficar juntos no próximo mundo — explicou o rapaz.

— Para você, todo grande amor é fadado a ter o seu final feliz na vida depois da morte? Sejam Romeu e Julieta ou Shirin e Farhad? — perguntei.

Ele não conhecia a história de Romeu e Julieta e nós a resumimos para ele, que gostou principalmente do final.

— Meu desejo é esse. Mesmo que eu seja assassinado junto com minha noiva, eu terei alcançado meu desejo. Se eles nos separarem, eu me mato.

Um padrão começou a surgir nas paixões deste jovem pobre e sério com olhos âmbar brilhantes que pareciam se iluminar quando começava a contar histórias, fossem as suas mais recentes ou antigos contos. Quando ligamos para eles no dia anterior para marcar o nosso encontro, o toque do seu celular era um verso de amor de uma música que reconta a história de amor de Yousef e Zuleikha. Hoje, eram alguns versos de uma música indiana sobre Layla e Majnum. O épico do poeta persa Nezami que reconta a antiga história árabe circula em diversas versões por todo o subcontinente e, tradicionalmente, inclui os seguintes versos árabes:

> *Atravesso as terras de Layla,*
> *Beijando agora este muro, agora aquele outro:*
> *Não são essas terras que eu amo,*
> *Mas aquela que aqui reside.*[7]

É claro que Ali nunca leu poesia, mas o fato de ser analfabeto por certo não lhe roubou o amor pela literatura. Estava tudo lá, transformado em música.

Foi assim que seu namoro progrediu, naquelas inúmeras e longas conversas por telefone, que começaram quando ela havia acabado de sair da infância e ainda não era adulta. Diversas vezes, eles recontaram um para o outro o momento em que se apaixonaram, o momento em que souberam que se amavam e como souberam. Ali falava sobre o que todos aqueles meses no Exército tinham significado e seu medo de ser rejeitado por causa de sua deformidade (como ele considerava). Zakia falava sobre os meses durante os quais deseja ter dito a ele algo diferente quando ele, com um muro entre eles, lhe propôs casamento. Quando não tinham mais fofocas sobre as pessoas que conheciam ou não tinham mais o que falar sobre o trabalho no campo ou as artes das crianças ou animais, ele lhe contava uma história, em geral, uma que já havia contado antes. A favorita de Zakia era a de Yousef e Zuleikha, a versão islâmica da história bíblica do patriarca José. Na versão islâmica, Yousef é vendido como escravo para Potifar e se apaixona pela esposa do seu dono, Zuleikha (que só recebe um nome na versão islâmica, não na bíblica), mas é banido. Ele encontra sua amada trinta anos mais tarde, quando já conquistara liberdade, prestígio e poder, e ela se tornara uma idosa, mas ainda apaixonada por ele. Depois de um beijo, ela se tornava jovem e bonita de novo. Não se trata apenas de uma história popular entre os afegãos e muitas sociedades muçulmanas, mas também uma história sagrada, recontada e aprovada no Corão — apesar do tema que envolve o triunfo do amor romântico sobre a retidão matrimonial, o que é explicado teologicamente como um tipo mais elevado de amor do que o romântico e carnal.

— Perguntei se ela havia gostado — contou Ali. — E a resposta foi que estava disposta a me esperar por cinquenta anos.

Depois que o *The New York Times* publicou o primeiro artigo sobre eles, alguns leitores ficaram tão tocados que me escreveram perguntando se poderiam fazer alguma coisa para ajudar o casal, e eu não tinha muita coisa para responder. Quando o rabino Shmuley me avisou que Zakia tinha fugido do abrigo, fiz um acompanhamento da história e escrevi um novo artigo,[8] publicado em 31 de março, sobre o casamento e a perseguição da polícia por causa da acusação de bigamia feita pelo pai dela (posteriormente corrigida para sequestro). O interesse aumentou, e muitos leitores queriam saber o que tinha sido feito para ajudá-los. Não foram poucos os que me repreenderam também. "Você chamou atenção para o caso. Agora precisa fazer alguma coisa para ajudá-los", escreveu um deles. Mal sabia eu que aquelas palavras seriam proféticas. "Será que o *The New York Times* não pode simplesmente mandar um avião e resgatá-los?" Ah, se as coisas fossem tão simples assim... Nenhum dos leitores, porém, foi tão insistente quanto o rabino de Nova Jersey e, diferentemente de muitos outros, ele tinha um plano, ou, pelo menos, parte de um plano. Ele contava com uma benfeitora rica que estava determinada a gastar o que fosse necessário para salvar a vida dos jovens. Isso, é claro, significava tirá-los do Afeganistão e levá-los para um lugar seguro. Uma benfeitora muito rica. Shmuley não era apenas um rabino, mas sim um "rabino dos Estados Unidos", como seu próprio site e outros registros[9] o descreviam. Ele fora o rabino do cantor Michael Jackson, era uma personalidade da televisão, um colunista, um defensor passional de Israel, uma pessoa que sabia se autopromover, um republicano, amigo pessoal do ator Sean Penn e da apresentadora Oprah Winfrey. Ele dirige uma organização chamada World Values Network,[10] a qual busca promover os valores judaicos na comunidade geral, e tem amigos políticos famosos em ambos os lados ideológicos que dividem os Estados Unidos. Ele sabe cultivar e ampliar sua rede de contatos, um talento que desenvolveu nos anos em que foi rabino residente na universidade de Cambridge,[11] quando convidava ativamente pessoas interessantes e poderosas para dar palestras e participar de debates, fazendo amigos para a vida inteira. Também escreveu livros, sendo o mais conhecido *Kosher Sex* e o mais recente *Kosher Lust*.[12] As duas obras são mais sérias do que seus títulos sugerem e, entre outras coisas, promovem a visão de Shmuley de que os judeus devem ter mais filhos — ele mesmo tem nove.

O rabino Shmuley conseguiu descobrir os contatos de Fatima Kazimi por meio de alguma rede social após ler o nome dela no jornal, e entrou em contato de forma independente. Depois que aquele primeiro artigo sobre Zakia e Ali foi publicado, Fatima ficou decepcionada com o fato de a história não ter se concentrado nela e em seus esforços para salvar o casal e, por um tempo, parou de falar com a gente. Mas mantinha conversas com Shmuley. O rabino de Nova Jersey tornou-se meu canal de comunicação com uma ativista dos direitos da mulher em Indocuche, que ficava apenas a algumas montanhas de distância do meu escritório em Cabul.

A expansão do interesse e das ofertas de ajuda fez com que eu me sentisse culpado com relação às diversas forças que eu liberara. Será que toda essa publicidade realmente os ajudaria? "Você é responsável por eles agora. Espero que saiba disso", escreveu um dos leitores. Ele estava certo.

De formas difíceis de imaginar, toda publicidade deu ao casal a coragem de que precisavam para fazerem alguma coisa. Posteriormente, quando tive oportunidade de perguntar a Zakia o que lhes dera a coragem para fugirem juntos, ela me lançou um olhar surpreso. "Porque sabíamos que havia pessoas que se preocupavam com a gente. Sabíamos que você ia nos ajudar." Aquele tinha sido um tremendo salto de fé, mas, para eles, era como se não estivessem mais sozinhos; se estávamos interessados, então muitos outros estariam também e, de alguma maneira — de formas que ainda não tinham pensando muito bem ainda —, tudo se resolveria. Não eram mais apenas Zakia e Ali; eles eram a *história* de Zakia e Ali, que era maior do que eles mesmos e cheia de promessas e de perigo.

Não seria a primeira vez que o brilho da publicidade salvaria uma afegã de um destino infeliz. Em 2012, uma jovem chamada Lal Bibi tinha sido sequestrada por um membro de uma unidade da Polícia Local Afegã (PLA), em Kunduz. As PLA eram milícias irregulares treinadas pelas tropas das forças especiais norte-americanas para proteger a comunidade. Na melhor das hipóteses, poderiam ser considerados vigias bem armados do bairro; na pior, poderiam constituir um grupo criminoso nas comunidades que deveriam proteger. Um dos milicianos da PLA, chamado Khudaidad, alegou ter o direito de pegar Lal Bibi e se casar com ela por causa de um antigo contrato *baad*, um acordo feito quando ela era muito jovem como resultado de uma controvérsia entre suas famílias. O *baad* é uma prática comum, na qual jovens são usadas como compensação por infidelidade matrimonial, assassinato ou algum outro crime, ou apenas como pagamento de uma dívida. Lal Bibi e sua família alegavam que nunca tinham feito tal acordo e deram queixa contra Khudaidad por tê-la estuprado e acusaram três membros da sua unidade, inclusive o comandante, de ajudá-lo a sequestrá-la e estuprá-la. Ele calmamente se defendeu da acusação ao dizer que tinha se casado com ela pouco antes do estupro e declarou ao *The New York Times*:[13] "Uma vez o contrato de casamento sendo assinado, qualquer relação sexual não é considerada estupro."

Lal Bibi pode ter sido contra o casamento, mas um casamento feito à força é um crime bem menor do que estupro, disse ele. O policial conseguiu um mulá que confirmou ter realizado os ritos do casamento antes de a relação sexual acontecer. O extraordinário no caso de Lal Bibi não foi tanto o que aconteceu com ela, mas o fato de seus familiares terem levado a história a público. Depois de um clamor nacional, o presidente Hamid Karzai interveio e ordenou que a unidade da PLA fosse desfeita. Ela foi rapidamente substituída por outra comandada pelo irmão do comandante da primeira unidade. (Novamente, uma unidade que alegava ter sido treinada e orientada pelas tropas norte-americanas de operações especiais.) Desafiando as ameaças e a intimidação dos *arbakai* e seus amigos, a família de Lal Bibi viajou para Cabul, onde os promotores conseguiram condenar os quatro policiais envolvidos a 16 anos de prisão. Durante o julgamento, Khudaidad desistiu de usar o casamento como defesa e criou uma história mais novelesca. Pediu que o véu de Lal Bibi fosse removido durante o julgamento para que, disse ele, o tribunal pudesse ver que ela não era nada feia e que todos iriam querer estuprá-la.[14]

As defensoras dos direitos das mulheres fizeram um forte lobby para conseguirem apoio para Lal Bibi e sua família, e aquela foi uma rara vitória para uma mulher vítima de violência.

Se a família pobre e vulnerável de Lal Bibi tinha conseguido vencer os milicianos, acostumados à impunidade por seus atos, talvez o caso de Zakia e Ali não fosse totalmente impossível. Agora que estavam livres, tudo tinha mudado. O tipo de dinheiro e apoio que as pessoas ofereciam para eles poderia muito bem ser decisivo para descobrirem uma solução para o caso, fosse pagando uma alta quantia para a família dela como preço da noiva, suficiente para que fossem embora e os deixasse em paz, fosse financiando a fuga do país. A história deles não precisava acabar em alguma fétida prisão afegã ou na ponta do cassetete vingador de alguém. Infelizmente, Zakia e Ali pareciam ter realmente ido embora. Por ora, pelo menos, eles tinham decidido que desaparecer era mais seguro do que ficar esperando por ajuda, mesmo que isso significasse que ninguém conseguiria encontrá-los para oferecê-la.

CAPÍTULO 5

UM LINDO LUGAR PARA SE ESCONDER

Ficar exposto é uma ótima maneira de ocultar-se até se tornar o único lugar que os perseguidores percebem não ter procurado. Zakia e Ali estavam cientes de que não poderiam continuar se escondendo na casa do cidadão mais proeminente da aldeia deles por muito mais tempo. Ao final de março, o país inteiro parecia atiçado pela busca dos amantes fugitivos. A polícia de Bamiyan talvez fosse indulgente com a situação deles, e era natural que tendessem a ficar do lado dos *hazaras*. No entanto, quando Zakia fugiu do abrigo, ela se tornou uma fugitiva, uma das coisas que a sociedade afegã mais desprezava. O ministro de Assuntos Internos em Cabul estava pressionando a polícia de Bamiyan para resolver a questão. No Afeganistão, a história do casal era transmitida o tempo todo na televisão e no rádio, além de nos jornais e sites — e muitos deles não demonstravam o menor pudor em pegar as fotos de Mauricio do site do *The New York Times* e publicá-las novamente. A polícia questionou a equipe do abrigo e prendeu dois dos seus guardas, mantendo-os sob custódia para investigação, embora tenham acabado sendo liberados, já que não tinham nenhuma culpa, a não ser dormir no trabalho e não prestar atenção. Fatima foi cercada no próprio escritório pelo pai de Zakia e mais de dez homens da família da moça, os quais a acusavam de ter planejado a fuga. Bismillah, irmão de Ali, ficou preso por quatro dias; o primo Sattar, por dois; e Ismatullah, o irmão policial, foi pressionado por seus superiores para revelar o esconderijo dos fugitivos.

Najeeba Ahmadi, diretora do abrigo em Bamiyan, sentiu na pele a raiva oficial. "Acredito que a família de Zakia estava disposta a fazer qualquer coisa com ela", disse ela. "Eles não paravam de me ligar, usando números diferentes e fazendo ameaças se não a conseguissem de volta. Diziam que iam me expulsar de Bamiyan ou me matar para se vingarem pelo que tinha acontecido. Eu sempre tentei manter a calma durante essas ligações, mas eles não se importavam."

Ouviu uma voz masculina pelo celular: "Você pegou nossa filha e a escondeu em algum lugar. Você sabe onde ela está, mas se recusa a nos contar. Então, para nós, você e a garota são da mesma laia, e vocês duas terão de enfrentar as consequências.

Enquanto tudo isso acontecia em Bamiyan, eu estava em Cabul, dedicando uma hora todas as manhãs para ler os e-mails enviados pelos leitores, principalmente norte-americanos preocupados, presumindo que eu deveria saber como encontrar o casal e ajudá-los. O rabino Shmuley acompanhava o caso de forma bastante ativa. Ele me perguntou se eu poderia agir como intermediário nas comunicações com o casal, a fim de saberem que havia pessoas dispostas a resgatá-los.

"Gostaríamos de entrar em contato com eles, dizer que poderíamos ajudá-los a sair do país e formar uma nova vida em um lugar onde não corressem perigo", escreveu Shmuley em um e-mail. "Mas não temos como nos comunicar com eles. Se você puder nos ajudar com isso, ficaríamos muito gratos. Por favor, peça permissão para que possamos entrar em contato."

Eu não me sentia muito à vontade em agir como intermediário de alguém, mas também senti que não deveria rejeitar a preocupação entusiasmada e sincera pelo casal. Meu editor em Nova York, Doug Schorzman, levou a questão até Phil Corbett, o editor dos padrões do jornal, e Phil concordou que eu poderia apresentar Shmuley a um *fixer* e tradutor afegão, a fim de ele ter alguém que pudesse procurar Zakia e Ali independentemente de nós. Também ficou decidido que poderíamos dar o telefone dos envolvidos, desde que tivéssemos permissão para isso. Usando nossa equipe no Afeganistão, chegamos a Aimal Yaqubi, um *fixer* freelance conhecido pela sua integridade e que trabalhara na Rádio Pública Nacional.

Mas tudo foi em vão. Ali não atendia ao telefone, que continuava "fora da área de cobertura". Então, não conseguimos sua permissão para informar seu telefone. Seu pai e seus irmãos alegavam que não faziam ideia de onde os dois amantes estavam, mas que era em algum lugar nas montanhas, e disseram que também não estavam conseguindo entrar em contato com Ali. Posteriormente, ficamos sabendo que a família não podia falar nada sobre a localização do casal porque Zakia e Ali não queriam que fizessem isso.

O pai de Zakia também estava seguindo as pistas deles. Quando o entrevistamos, ficou claro que ele já tinha um profundo conhecimento dos movimentos do casal nos dias seguintes à fuga de Zakia do abrigo. Ele nos contou onde o casal passara a primeira e a segunda noites após a fuga, o nome do mulá que celebrara o *neka* para eles, o lugar onde ficaram no vale Foladi a caminho de Shah Foladi, e como a polícia perdera as pistas na estrada próxima à aldeia de Azhdar.

O que não suspeitava, pelo menos não ainda, é que eles não estavam mais nas montanhas, mas tinham voltado para a aldeia, onde estavam escondidos a quase trezentos metros de distância do lugar no qual Zaman conversava conosco naquele momento.

— Eu não vou desistir — declarou ele, sentando com as pernas cruzadas no chão de casa, os filhos mais novos acomodados um de cada lado; do mais velho para o mais novo, sua prole se estendia por quase três décadas, com apenas uma esposa. — Juro por Deus, mesmo que eu perca tudo, vou trazer minha filha de volta para casa. Ela faz parte do meu corpo como um dos meus membros... Como é que posso deixá-la partir com aquele rapaz? Além disso, ela já é casada, e é impensável se casar com a esposa de outra pessoa. Isso é contra todas as leis e a charia. Não há como eu permitir que ela se case com aquele rapaz.

Essa acusação de bigamia caiu como uma bomba. Anteriormente, Zaman alegara no tribunal que Zakia era noiva de seu sobrinho — e ficou conhecido por ficar mudando o sobrinho em questão. Agora que a filha tinha se casado com Ali, ele estava aumentando a aposta ao alegar que um casamento anterior já tinha acontecido e que um *neka* já havia sido realizado entre Zakia e seu primo. Era plausível, e até mesmo comum, para um pai celebrar um *neka* sem a presença da filha — ou seja, casá-la formalmente com alguém. Tudo o que precisava fazer era jurar, diante de um mulá e de outras testemunhas, que ela estava de acordo com o casamento. O consentimento da mulher é exigido por lei, mas, na prática, não é necessário que haja provas de tal consentimento, a não ser pelo juramento do pai. Então, para apoiar a acusação de bigamia, tudo o que Zaman precisava fazer era encontrar um mulá amigável à causa deles e testemunhas e, depois, usar uma data retroativa no *neka*. Mesmo com esse novo relato, ele se confundia ao contar a história: em um momento ela havia fugido com o rapaz. Depois, ele dizia que o rapaz a tinha sequestrado. Ela fugira do abrigo; Ali tinha tirado Zakia de lá a força. E assim por diante.

A princípio, Zaman não parecia ser tão impiedoso. Ele parecia mais velho que seus quase sessenta anos de idade, com a pele tão enrugada quanto uma fruta seca; era magro e curvado. Cinco dos seus 11 filhos eram mais jovens que Zakia, alguns bem mais novos; o menor parecia não ter completado quatro anos ainda. Ele era obviamente pobre, mas também tinha filhos, primos e genros, e estavam todos na sala para lhe dar apoio.

— Eu não desisto facilmente — continuou ele. — Se alguém perde suas galinhas, sai em busca delas para trazê-las para casa. Como é que eu posso desistir de procurar minha filha, que é parte do meu próprio corpo? Eu vou fazer tudo o que estiver a meu alcance para trazê-la de volta. Vou tentar falar com o presidente e, se isso não funcionar, eu mesmo vou tomar as devidas providências. Não somos fracos quanto a isso.

Ele negou que estivesse ameaçando cometer qualquer ato de violência — não tinha nem mesmo uma lixa de unha para usar como arma, disse ele — mas a cusparada que acompanhou suas palavras e o tom duro sugeriam uma coisa completamente diferente, assim como as ameaças de morte que seus filhos fizeram diante de testemunhas no tribunal de Bamiyan. Zaman não se parecia em nada com o pai de uma filha morta.

Gula Khan, irmão de Zakia que tinha uns 21 anos, não fingiu se sentir impotente. Quando consegui falar com ele, dessa vez por telefone, ele gritou comigo. Seu tom disse muito mais do que suas palavras, que, por si só, eram tão brutas e profanas que deixaram Jawad, meu colega afegão, chocado e envergonhado. Foi só depois de eu insistir muito que ele concordou em traduzir todas as respostas de Gula Khan para as minhas perguntas.

— Se fôssemos homens de verdade, já teríamos feito alguma coisa a essa altura — berrou ele. — Se todos nós tivéssemos colhões, já teríamos nos vingado. Como é possível que roubem a esposa de alguém e nem percebam o quando estamos sofrendo? Ela trouxe desonra para nossa família, e o homem para quem foi prometida está pedindo uma compensação. Ele nos disse que precisamos encontrar a esposa dele ou devolvermos os dez *lakhs* de rúpias.[1]

"O mundo deles foi virado de ponta-cabeça quando a filha deles fugiu com um homem", explicou a diretora executiva da ONG Women for Afghan Women, Manizha Naderi. Sua organização é responsável por sete abrigos de mulheres, menos o de Bamiyan,[2] e Manizha é de longe a mulher mais eficiente na defesa das mulheres no Afeganistão. "Isso realmente destruiu o senso de honra dentro da própria família e perante a comunidade. Eles não têm credibilidade para manter as cabeças erguidas diante de ninguém por causa de Zakia. E, para recuperarem a própria honra, acham que precisam matar Ali e, principalmente, Zakia. Dessa forma, podem dizer para os parentes: 'Somos homens de honra. Nós a matamos. Nossa honra é mais importante do que a nossa filha que cobriu a nossa família de vergonha.' É realmente trágico, mas a maioria das famílias pensa dessa forma no Afeganistão. Eles preferem matar as mulheres de suas famílias se acreditarem que elas cometeram alguma transgressão do que perder a honra na comunidade."

A palavra "honra" não é usada pelos afegãos com o mesmo sentido que usamos, ou seja, um comportamento caracterizado pela decência e pela honestidade que resulta em respeito e valor para uma pessoa. Eles nem a usam como uma conotação de pureza e castidade com relação às mulheres (acepção 4 no *Dicionário Contemporâneo da Língua Portuguesa Caldas Aulete*). Para os afegãos, honra é muito mais um sinônimo para mulheres como propriedade de homens, principalmente as que estão na idade reprodutiva. O sentido adicional de tratar uma mulher de forma honrada — ou seja, não traí-la sexual ou romanticamente — não existe, o que é um pouco surpreendente, considerando o número de vezes que se invoca a honra no tratamento das mulheres no Afeganistão.

A palavra em dari para "honra", *namoos*,³ com o sentido que usamos não existe no dicionário persa, o *Dekhoda*. Em vez disso, o único uso da palavra que significa "honra" para os afegãos naquele dicionário significa respeito e consideração dado por sustentar e defender a fé religiosa. Afegãos combinam honra com religião e mulheres, uma vez que usam a religião para justificar a maneira como tratam as mulheres (em geral, interpretando erroneamente os fundamentos religiosos). No entanto, o peso desse significado costuma se perder na forma como os afegãos usam a palavra "honra" atualmente. Considere o famoso artigo 398 do Código Penal Afegão, que limita a pena para *homens* a apenas dois anos de prisão por homicídios passionais contra mulheres de sua família. (Não existe limitação de punição semelhante para mulheres que cometem crimes passionais). Shahla Farid, professora de direito da Universidade de Cabul e ativista do direito das mulheres, explica que o artigo 398 dispõe que a punição dos homens por homicídio é limitada se as ações da vítima afetam a honra do homem, definindo implicitamente "sua honra" como "incluindo esposas, irmãs, filhas, sobrinhas, tias, mães e outras parentes". Em outras palavras, como a dra. Farid traduz no artigo 398, "honra" é legalmente definido como as mulheres na vida de um homem e sobre as quais eles têm direito de posse ou controle. E é assim que os afegãos usam o termo.⁴

Quando afegãos dizem: "Somos um povo pobre, e tudo o que temos é a nossa honra", o que realmente estão dizendo é: "Somos um povo pobre, e tudo o que temos são nossas mulheres." Isso explica o *purdah* e a obsessão fanática que os afegãos têm de manter suas mulheres longe dos olhos públicos. Explica sua atitude de não considerar o estupro um crime, já que as mulheres jamais devem se submeter a uma situação em que poderiam ser estupradas. Se o estupro acontece, deve haver algum problema comportamental na família da vítima; ou a família não a mantinha em segurança ou ela saiu do seu círculo de segurança.

Ouvi palavras semelhantes da boca de Zaman diversas vezes: "Eu sou pobre. Tudo o que tenho é a minha honra." É por isso que parecia lógico para ele equiparar a perda da filha com o roubo de uma de suas galinhas; ela era apenas um bem um pouco mais precioso.

Um pouco após nos encontrarmos com Zaman, seguimos para a aldeia de Surkh Dar, que ficava ali perto, e também conversamos com

Anwar, pai de Ali. Contamos a ele sobre o profundo conhecimento de Zaman sobre os primeiros dias da fuga. Depois, Anwar passou essa informação para Zakia e Ali, o que os convenceu a fugirem de novo. Ficou claro para eles que o pai de Zakia conhecia alguém que os tinha visto ao longo do caminho. Então, ele talvez não demorasse muito para descobrir que pegar a estrada em direção ao norte na aldeia de Azhdar e voltar para o vale seria algo muito mais fácil para um casal de fugitivos com poucos recursos do que continuar subindo as montanhas cobertas de neve até chegar a Shah Foladi, a quase cinco mil metros de altitude.

Anwar foi firme ao afirmar que não acontecera nenhum casamento anterior, que se tratava apenas de um subterfúgio criado por um pai amargurado depois do fato consumado, mas ele se preocupava com as implicações. Bigamia não era apenas um crime, mas também um terrível pecado (para a mulher, não para o homem, que, tradicionalmente, poderia ter até quatro esposas no Afeganistão), e Ali seria acusado também por sequestro, um crime sujeito a pena capital. Em tese, ambos poderiam ser apedrejados até a morte, porque bigamia equivale a adultério.

Anwar puxava sua barba branca parecendo nervoso e perguntou se teríamos como ajudá-los. Talvez, se conseguíssemos encontrá-los.

Jawad tinha certeza de que o velho sabia onde o casal se encontrava e provavelmente também tinha o telefone atual de Ali. Mas deixara de confiar na gente quando percebeu que também tínhamos conversado com a família de Zakia. Ele deixara de ser aquele pai zangado em defesa do *status quo*, que surrara o próprio filho por tentar trazer desonra para a comunidade; ainda levaríamos um tempo para descobrir o que havia provocado tal transformação, mas ele certamente estava do lado de Ali e Zakia agora.

Os apelos dos leitores do *The New York Times* tinham me convencido de que precisávamos atualizar a história, levando-a além de apenas um relato biográfico. Os editores concordaram e perceberam que, agora que os amantes estavam juntos, conseguir fotografias deles juntos seria importante para manter o interesse dos leitores. As pessoas precisavam vê-los juntos para que a história se tornasse real; uma história que não era apenas de amor, mas também uma jornada pelo coração negro de uma sociedade profundamente perturbada e pelos obstáculos sociais e culturais que impediram um progresso significativo nos direitos da mulher no Afeganistão. Sem fotografias, a história de amor continuaria sendo algo abstrato, sem a força de emocionar as pessoas — talvez até alguém que realmente pudesse ajudá-los. Tudo o que tínhamos eram os retratos de ambos tirados separadamente por Mauricio Lima. Então, o jornal mandou outro fotógrafo, para o caso de encontrarmos o casal de novo, e um cinegrafista para que fizéssemos uma matéria do romance e da fuga.[5]

Isso tudo era muito bom em teoria, já que não teríamos imagens, a menos que conseguíssemos encontrá-los, e ninguém nos contava onde eles estavam. Eles deixaram em segredo a aldeia natal, Surkh Dar, logo depois da entrevista que fizemos com Zaman e Anwar. Primeiro Zakia, à noite, usando um xale comprido, acompanhada pela mãe de Ali. Elas pegaram um táxi até a cidade de Nayak Bazar, o centro administrativo do distrito montanhoso de Yakawlang. Um parente concordara em acolher Zakia e Chaman por uma noite, mas não o casal, já que eles poderiam ser facilmente reconhecidos. Na noite seguinte, Ali e o pai também pegaram um táxi para Nayak Bazar, e Anwar deixou o casal lá. Acharam que encontrariam facilmente um lugar para ficar, mas rapidamente perceberam que as pessoas estavam começando a lançar olhares desconfiados. Separados, conseguiam passar despercebidos, mas juntos eram Zakia e Ali, e as pessoas facilmente chegariam a essa conclusão. Naquelas montanhas remotas, todos os estranhos chamavam atenção.

A estrada que tomaram para Nayak Bazar era novinha em folha, construída por japoneses, e estendia-se por mais de sessenta quilômetros e, provavelmente, era a melhor do país. A quantidade de neve foi extraordinariamente grande no fim daquele inverno, e, durante a fuga, passaram pelas pistas de esqui recém-feitas nas descidas dos montes Koh-i-Baba, que, na época, ainda eram defendidas por esquiadores ocidentais ao término da temporada.[6] A estrada entre Bamiyan e Band-e--Amir é tão boa que existe até uma ONG ocidental[7] dedicada a promover o ciclismo feminino, usando-a para o turismo de bicicleta, uma modalidade antes desconhecida para as afegãs e bastante estranho quando praticado por alguém usando uma burca.

A estrada pavimentada chegava ao fim logo depois de Nayak Bazar. Com Zakia carregando duas sacolas plásticas de roupas, e Ali, uma pequena mochila, eles caminharam pela estrada de terra, saindo da cidade e seguindo a trilha que levava às montanhas. Naquela noite, acabaram dormindo ao relento, acendendo uma fogueira ao lado do caminho e, no dia seguinte, caminharam até a aldeia de Kham-e Bazargan, onde sabiam que tinham alguns parentes distantes que, muito tempo atrás, foram seus vizinhos na aldeia de Surkh Dar. Eles não sabiam que Kham-e Bazargan era grande, estendendo-se ao longo da estrada e cortando o espetacular desfiladeiro de Yakawlang por quilômetros e quilômetros, e a região do mercado era distante da casa que procuravam. Ali já estivera lá uma vez, mas muitos anos antes, e de carro, não a pé. Naquela noite, em vez de entrar no mercado e encontrar a pessoa errada, eles se refugiaram em uma caverna em uma região tão estéril que nem conseguiram encontrar galhos suficientes para acender uma fogueira. Essas montanhas não eram tão altas quanto Koh-i-Baba, mas alcançavam pouco mais de quatro mil metros de altitude e, naquelas primeiras semanas de abril, ainda estavam parcialmente cobertas de neve. Os dias eram ensolarados com uma temperatura amena, mas as noites eram geladas. Depois da segunda noite na caverna, finalmente encontraram a casa de Zahra e Haji Abdul Hamid, que ficava em uma escarpa acima do rio Yakawlang, em um desfiladeiro íngreme com montanhas altas dos dois lados.

Tratava-se de uma casa típica da zona rural afegã, um conjunto de construções cercadas por um muro de barro que envolvia jardins e quintais, exibindo várias estruturas com paredes de barro interconectadas, fornecendo áreas particulares para as esposas dos filhos e áreas comunais para uso dos homens. Havia três outras casas nas proximidades na pequena aldeia daquela colina, mas todos eram parentes próximos. A aldeia podia ser vista da estrada principal, de terra bem íngreme, mas a uma caminhada de quase dois quilômetros de distância das margens do rio, passando por uma ponte instável de troncos de madeira, e subindo um pouco mais até chegar às casas.

Não era a primeira vez que Zakia e Ali chegavam a uma casa sem garantias de como seriam recebidos. Aquelas pessoas tinham sido suas vizinhas e eram parentes distantes como quase todos na aldeia deles. Mesmo assim, não tinham como saber com certeza como aquelas pessoas reagiriam. Felizmente, quando o casal contou para Haji e Zahra o que tinha acontecido com eles nas últimas duas semanas, o casal mais velho rapidamente concordou em acolhê-los.

"Em qualquer casa, quando estávamos fugindo, nós batíamos na porta e declarávamos: 'Estamos fugindo porque estamos apaixonados', e as pessoas costumavam nos aceitar e nos ajudar", contou Ali. "Não era porque éramos *hazaras* e eles também. Era porque todos já vivenciaram o amor no início de suas vidas, e sabiam o que significava estar apaixonado, mesmo se não tivessem conseguido ficar com o seu amor. Até mesmo a governadora, quando Zakia-*jan* ainda estava no abrigo, disse: 'Não é porque você é *hazara* que estou ajudando você, mas sim porque ela o ama e ela não deveria ter de viver sem você.'"[8]

A casa de Zahra e Haji foi o único lugar no qual Zakia e Ali se sentiram seguros desde a fuga de Bamiyan. Também era uma casa de tijolos de barro, mas as janelas eram feitas de madeira cerrada, pintadas de azul-celeste; a construção estava bem varrida e tão limpa quanto possível para uma casa com chão de terra batida. O teto era sustentado por batentes feitos com troncos tortos de vidoeiro. Na parte baixa, a plantação de trigo e batata estava começando a florescer, o verde estabelecendo um contraste surpreendente com o marrom e as cores arenosas dos declives de terra. Um pouco mais acima na montanha, outra mancha verde estava começando a aparecer; alguns brotos de grama, regados pela neve que ainda estava derretendo. "Foi bom começar a ver a nova vida começando a surgir", declarou Ali mais tarde. Eles passeavam pelos pastos íngremes, que faziam com que se lembrassem das colinas onde passaram a infância cuidando das ovelhas. Foi o mais próximo de uma lua de mel que poderiam ter. "Eles pareciam bastante felizes juntos", contou Zahra. "Durante a semana em que ficaram aqui, nunca brigaram nem se zangaram um com o outro."

Então, um dia, os filhos de Zahra chegaram da escola e disseram que as outras crianças tinham começado a perguntar quem eles estavam escondendo. Outra parente deles, já uma senhora, que também viera de Surkh Dar, ouviu o que as crianças estavam falando. Ela deu uma passada na casa de Zahra quando estava a caminho de casa e viu os jovens amantes.

Haji avisou que eles teriam de partir logo; seria uma questão de tempo até que a senhora conseguisse fazer a notícia chegar a Surkh Dar e aos ouvidos da família de Zakia em Kham-e-Kalak ou das autoridades de Bamiyan. Naquela noite, Ali subiu até o alto da montanha para conseguir sinal de celular e ligou para o pai. Ele e Zakia tinham apenas mil afeganes — cerca de vinte dólares — e não tinham mais para onde ir. Anwar também estava quase falido e não tinha como pagar um táxi para ir se encontrar com eles. "Ligue para os jornalistas", pediu Ali. "Talvez eles possam trazer você até aqui." Seu pai disse que ia tentar, mas que não tinha certeza se éramos confiáveis. Também disse que tentaria conseguir dinheiro com alguns parentes.

Meu colega Jawar telefonava diligentemente todos os dias para Anwar pedindo notícias do casal, e este o procurou logo depois de falar com o filho. Anwar disse que não sabia ao certo onde o casal estava, mas sabia que os dois estavam ficando sem dinheiro e que ele queria tentar encontrá-lo. Ele concordou em nos ajudar a procurá-los esperando que nosso envolvimento no caso pudesse ajudar a tirar o casal do país. Pegamos o voo seguinte para Bamiyan. Na pista de pouso, fomos recebidos pelos dois motoristas mais experientes do *Times*, Fareed e Kabir, que já tinham atravessado o Indocuche de carro em uma noite, saindo de Cabul. O risco de encontrar barreiras talibãs era grande demais para qualquer um, mas principalmente para estrangeiros imprudentes que viajavam por terra. Fareed e Kabir tomavam as precauções de tirar de seus carros, de si mesmos e dos celulares qualquer vestígio de associação a estrangeiros. Já houve casos em que o Talibã assassinou viajantes que seguiam do vale de Ghorband para a passagem de Shibar simplesmente porque em suas carteiras havia dólares, e não afeganes.

Saímos bem cedo de manhã, pegando Anwar e o filho Bismillah a quase dois quilômetros da fronteira de Surkh Dar. Tomamos essa precaução para que a família de Zaman não nos visse e começasse a nos seguir para a região montanhosa central. Estávamos em dois carros, com oito pessoas, incluindo os motoristas. Além de mim e Jawad, estavam conosco também Ben C. Solomon, cinegrafista do *Times*[9] e Diego Ibarra Sánchez, um fotógrafo que estava fazendo um trabalho conosco. Anwar estava com medo de nos dizer para onde estávamos indo, e Jawad disse que era óbvio que ele não tinha certeza se poderia confiar em nós e estava tentando decidir se deveria fazer isso ou não. Trocamos os lugares para que Jawad e eu ficássemos sentados juntos com Anwar e seu filho Bismillah e, nas horas que se seguiram, ficamos tentando conquistar a confiança do pai. Asseguramos a ele que jamais revelaríamos o esconderijo de Zakia e Ali nem divulgaríamos seu papel e o dos seus outros filhos para ajudar na fuga.

Paramos em Nayak Bazar para tomar um café da manhã que consistia em pão árabe fresco e ovos gordurosos, em um cômodo baixo e comprido com plástico esticado nas janelas para manter o calor lá dentro, como uma estufa. Nossa presença no mercado, composto por apenas uma fileira de lojas de menos de um quilômetro ao longo da estrada de terra, causou comoção. Dois carros cheios de estrangeiros dificilmente é algo discreto; poderíamos muito bem estar viajando com um circo itinerante. Bolamos um plano com Anwar de manter os fotógrafos longe do esconderijo do casal, quando o encontrássemos, até que conseguíssemos decidir se era seguro ou não para o casal se juntar a nós — e se eles estariam dispostos a cooperar.

Eu estava profundamente preocupado e com uma sensação crescente de culpa; parecia que íamos expor o casal se nós o encontrássemos, sem qualquer garantia de que uma história mais visual ajudaria a salvar suas vidas. Na verdade, poderia acontecer justamente o oposto. Talvez aquilo tornasse ainda mais fácil para os perseguidores os encontrarem. Pensei em desistir da missão, mas então pensei que, se o pai dele quis que viéssemos, talvez fosse a coisa certa a se fazer. Esse talvez não fosse um bom país para ser um fugitivo por muito tempo; não havia lugares suficientes para se esconder, a não ser que você realmente ficasse em cavernas. E por quanto tempo eles conseguiriam isso? Os cantos mais remotos do Afeganistão eram povoados, mesmo que parcamente, e eles teriam de sair para pegar água e comida.

É particularmente difícil para uma mulher se esconder em qualquer lugar nesta sociedade. Amina, a adolescente assassinada depois de fugir do casamento arranjado pelo pai na província de Balkh,[10] foi pega pela polícia apenas uma hora após sua chegada, em plena luz do dia, no mercado da capital provincial, Pul-e-Khumri. Bibi Aisha, vendida como noiva infantil a um comandante talibã, fugiu quando seu marido estava fora lutando e seguiu para a cidade mais próxima, onde a polícia logo a capturou e a devolveu para a família, mesmo que estivesse claro que naquela região só poderia se tratar de uma família talibã. Ela é a menina que teve o nariz decepado pelo marido como punição por ter fugido, tornando-se, mais tarde, capa da revista *Time*.[11] Estar acompanhada por um homem só é um bom disfarce se ele for confundido com um irmão ou um marido, e os afegãos são rápidos em detectar os que não são. Quando Soheila,[12] de 16 anos, oferecida em casamento antes de nascer para um homem de idade avançada, fugiu com o seu primo Niaz Mohammad, os dois foram parados várias vezes pela polícia, mesmo antes de a família sair em seu encalço. De alguma forma, os policiais percebiam que eles não eram casados.

Qual seria o grau de dificuldade que os amantes enfrentariam para conseguirem fugir com estrangeiros naquela região? Durante nossa busca, nós chamávamos atenção sendo, provavelmente, os únicos ocidentais em centenas de quilômetros. Por muitas horas, seguimos o caminho para o desfiladeiro de Yakawlang, um lugar com vistas espetaculares, mas hostis, e apenas essa única estrada poeirenta, sem qualquer outra estrada secundária por muitos quilômetros. Quando chegamos a Kham-e Bazargan e à casa em que estavam se escondendo, Anwar continuou insistindo que não sabia onde o casal estava. Em vez disso, disse que iria pedir informações naquela casa distante na pequena colina, a quase dois quilômetros da estrada principal. Preocupado que, se eles *estivessem* se escondendo ali, nossa presença poderia denunciá-los, pedi aos motoristas para separarem um pouco os carros, parando-os a quase dois quilômetros de distância um do outro, e convenci o fotógrafo e o cinegrafista a manterem o equipamento guardado e ficarem fora de vista. Para eles, essa longa viagem sem a perspectiva de capturarem uma única imagem era difícil de engolir, e tanto Ben quanto Diego encararam isso com um misto de tranquilidade e frustração.

Anwar e Bismillah voltaram correndo. Aquele realmente era o esconderijo do casal, e Zakia ainda estava lá — mas não Ali. Na noite anterior, Haji dissera que eles teriam de partir naquele dia mesmo; Ali saiu antes do amanhecer — eles não sabiam bem para onde iriam, mas ele provavelmente pediu carona até a aldeia mais próxima, a cerca de três horas de carro. Haji saíra atrás dele, furioso porque Ali não levara Zakia com ele, como pedira. Ele pegou o micro-ônibus, que passa pelas estradas montanhosas como um serviço de ônibus informal e particular. Por pior que fosse, aquilo foi um presente dos deuses que resolvia nossa preocupação: a de que inadvertidamente revelássemos a localização do casal, comprometendo sua segurança. Nós os encontramos quando estavam sendo expulsos, e isso não tinha nada a ver com nossa presença.

Zakia, porém, se recusou a sair para falar conosco até que seu marido voltasse — mesmo com Anwar, seu sogro, estando presente. Nós nos sentamos com Anwar e Zahra para aguardar e discutir o que tinha vazado.

— Estou muito preocupada. Eles têm de ir agora. Eu só fiz isso por amor a Deus para ajudá-los — explicou Zahra. — Eu apoio o que fizeram. O amor que sentem um pelo outro. Mas o problema é que, se isso se tornar uma rixa entre as famílias, eles podem acabar sendo mortos, e talvez nos matem também. Eles talvez os matem e os cortem em pedacinhos.

Haji voltou, sem ter conseguido encontrar Ali, mas amigos tinham ligado para ele falando sobre rumores de que o casal estava escondido em sua casa tinham se espalhado por Nayak Bazar e a polícia devia estar a caminho para pegá-los.

— A polícia pode prender todos nós por causa disso — declarou Haji em tom de desculpas, mas firme. — Agora estão dizendo que foi um sequestro.

Ele queria que partíssemos imediatamente, levando Zakia com a gente. Mas ela se recusou a sair dos aposentos das mulheres; Zahra não ia forçá-la a sair, e nenhum dos homens se atrevia a entrar. Prometi a Haji que levaríamos o casal conosco assim que Ali voltasse, o que nos colocou na desagradável posição de fornecer carros de fuga para eles, mas aquela parecia ser a única alternativa. Tentei justificar isso dizendo que usaríamos o carro de viagem como um lugar seguro para entrevistá-los e fotografá-los, o que não poderíamos mais fazer na casa de Haji sem fazer com que corressem o risco de serem presos. Eu também tinha consciência de que estávamos cruzando a fronteira que separa os jornalistas de suas matérias. Estávamos nos tornando parte da história, não importava o que estivéssemos tentando dizer para nós mesmos; ou, mais precisamente, o que *eu* estava tentando dizer para mim mesmo e, como o líder da expedição, insistir que os outros seguissem comigo.

Enquanto aguardávamos, Zahra nos contou sobre suas esperanças para os seis filhos. Todos frequentavam a escola. O mais velho, um rapaz de 18 anos chamado Ahmed Zia, tinha se formado em primeiro lugar na sua turma e queria ir para a faculdade estudar engenharia e estava muito orgulhoso por ter podido votar pela primeira vez em uma eleição presidencial. (Quando conversei mais tarde com Ahmed Zia, ele se mostrou desdenhoso em relação a Ali e Zakia. "O que fizeram foi errado", declarou ele. Ahmed disse que jamais toleraria tal comportamento por parte de suas irmãs, porém jamais denunciaria Zakia e Ali por respeito aos pais.) A própria Zahra sabia ler e escrever, mas estudara por muito pouco tempo; o marido era professor e também proprietário de terras. Nada disso teria sido possível no Afeganistão dez anos atrás. Na verdade, a história de Zakia e Ali não teria sido possível, segundo afirmou Zahra. Se hoje eles estão sendo perseguidos por uma sociedade e suas leis, era por culpa das pessoas ignorantes e mal-educadas, como sua vizinha. "Aquela estúpida", repetia ela.

"Tanta coisa tinha mudado desde a época do regime talibã", refletiu Zahra, quando era obrigada a ensinar às filhas em segredo em casa, já que o Talibã fechara todas as escolas para meninas.[13] Agora elas podiam estudar abertamente, e as meninas *hazaras* na sua comunidade faziam isso. Elas podiam assistir às histórias de amor de Bollywood na televisão e ouvir músicas românticas nos rádios e nos celulares, o que também era proibido antes. Ainda assim, eles ainda viviam à sombra daquele tempo. O Talibã insinuara algo novo e malévolo na cultura extremamente particular do Afeganistão: o conceito de honra, como era aplicado às mulheres, não ser um assunto que dizia apenas respeito ao homem cuja honra fora manchada, o homem que era dono daquelas mulheres. Em vez disso, era algo que dizia respeito a todos; não apenas o Estado, mas todo homem tinha a obrigação de defender a honra, como achasse adequado. O Talibã se fora, mas deixara ali a atitude invasiva do seu famoso Ministério da Promoção da Virtude e Supressão do Vício entre as pessoas como "aquela mulher odiosa", como Zahra se referia à vizinha. Ou, na verdade, entre a polícia de Bamiyan, que estava perseguindo uma jovem de 18 anos pelo suposto crime de fugir de um lugar onde fora colocada de forma legal e voluntária.

Anwar estava sentando de pernas cruzadas, alternando o olhar entre o celular, quando tentava ligar para o filho, e a janela. O fotógrafo, Diego, estava agitado e tinha desaparecido; depois, descobrimos que ele fora até a cozinha, um dos aposentos destinados às mulheres, e encontrara Zakia e a colocara sob um raio de sol que entrava pelo buraco da chaminé do teto de barro. Diego gostava muito da luz do sol e estava sempre tentando encontrá-las nas moradias escuras do Afeganistão. Ele disse que não tinha entendido que os homens não podiam entrar nos aposentos das mulheres. Aquela era uma séria transgressão cultural, que poderia até provocar a morte de homem na casa errada. Diego não era totalmente fluente em inglês e cometia alguns erros; era difícil ter certeza se ele não tinha entendido ou se tinha escolhido não entender só para conseguir uma foto.

Perguntei a Anwar como, depois de ter batido no filho por ter começado o caso com Zakia, ele tinha superado tudo e agora estava disposto a ir até o fim do mundo por ele.

— É verdade que eu o puni naquela época, mas, agora, mudei de ideia. Isso aconteceu porque percebi que minha nora apoia meu filho e teve coragem suficiente para declarar que o ama. Agora, é uma honra para nós darmos todo o apoio a ela — disse ele.

Zahra ficou com os olhos marejados ao ouvi-lo.

— Agora, ela faz parte da minha família. Tornou-se minha própria filha. É parte da minha família, e eu faria qualquer coisa por ela, assim como por ele. Até mais por ela.

Como resposta para a minha pergunta, essas declarações foram bastante insatisfatórias, um pouco melhores do que um *slogan* sincero. O mais provável é que, quando a família de Zakia começou a acusar aberta e publicamente Ali e ameaçar a vida dele, o orgulho de Anwar e de seus filhos foi desafiado. Assim, talvez os tenha obrigado a se juntar a Ali. O orgulho de Zaman fazia com que quisesse ver a própria filha morta; o de Anwar fazia com que quisesse honrar a nora.

Mais ou menos no meio da tarde, Ali finalmente apareceu, anunciado por umas seis crianças que moravam ali e que estavam de olho no caminho que vinha da estrada. Novamente, ele pedira carona. Na verdade, tinha ido para a aldeia mais distante onde achou que conseguiria entrar em contanto conosco por telefone; em vez disso, nós conseguimos chegar a seu esconderijo, onde os *nossos* celulares estavam fora da área de cobertura.

O toque dele naquele dia, o qual já tínhamos ouvido algumas vezes enquanto tentávamos contato, rezando para conseguirmos falar com ele antes que a polícia chegasse, era uma música de Latif Nangarhari sobre o amor de Pashto:

> *Venha aqui, minha florzinha, venha sim!*
> *Vou abrir meu coração*
> *Desnudá-lo e mostrar tudo enfim*[14]

Foram alguns minutos cheios de emoção enquanto Zakia arrumava a mochila de Ali para ele e suas próprias sacolas de plástico em uma bolsa maior. Explicamos que poderíamos lhes dar uma carona até o próximo esconderijo e que queríamos entrevistá-los e fotografá-los no caminho, desde que pudéssemos fazer isso sem comprometê-los ainda mais. Eles estavam surpreendentemente quietos e calmos, até mesmo estranhamente animados com a próxima parte da jornada, enquanto todos estavam bastante tensos. Eles compreendiam que não havia outra coisa que pudessem fazer; todos os outros se sentiam cúmplices ao forçá-los a partir.

Perguntei a Zakia por que ela não usava uma burca completa como disfarce durante a fuga. Ela riu com desdém:

— Eu jamais usaria uma coisa dessas — afirmou ela.

Do mesmo modo, também fiquei surpreso ao perceber que Ali não tinha mudado sua aparência. Seu cabelo ainda estava cheio e penteado para trás formando um topete alto, e ele não tinha deixado a barba crescer muito, uma das coisas mais fáceis para se fazer em uma sociedade na qual barbas são muito comuns. Ele riu:

— Ela nem ia olhar para mim se eu fizesse uma coisa dessas.

Foi um momento alegre demais. Dava vontade de agarrar esses jovens e dizer: "Ei, vocês não vão poder escolher o corte de cabelo e suas roupas na prisão". No entanto, eles concordaram em mudar as roupas que usavam nos próximos dias, para que suas roupas coloridas, principalmente as dela, não fossem facilmente reconhecidas por qualquer uma das fotos publicadas.

Diego viu outro raio de sol passando por um buraco em algum lugar do teto e queria atrasar nossa partida para pedir que o casal posasse ali, mas nós insistimos em não lhe dar nada além de um minuto e, então, saímos. Ben já tinha partido na frente para conseguir imagens deles descendo as escarpas, finalmente juntos e em fuga. Os amantes estavam espontaneamente de mãos dadas enquanto caminhavam e, quando passaram pela ponte rústica para pedestres — três troncos delgados e finos de vidoeiro sobre um córrego, tão finos que balançavam a cada passo —, eles cruzaram um atrás do outro, sendo que Zakia nem se preocupou em tirar os sapatos de salto alto. O restante de nós cruzou o percurso de forma cautelosa e estranha em nossas botas impermeáveis, preocupados que caíssemos nas correntes geladas com todos os telefones e câmeras que carregávamos conosco.

Antes de entrarmos nos carros, passei para Ali mil dólares quando ninguém estava olhando. Ele não pediu nada, mas também não questionou. Apenas enfiou o dinheiro dentro da camisa. Fiz isso por impulso, embora já tivesse pensando sobre isso antes; certifiquei-me de que nenhum dos meus colegas visse o que tinha feito. Foi todo o dinheiro que vários leitores prometeram enviar, chegando a implorar que eu entregasse para o casal, raciocinei, e eles cumpririam essas promessas quando pudessem, sem dúvida. E se não cumprissem... Bem, era o mínimo que eu poderia fazer. Os últimos mil afeganes de Ali não os levariam muito longe, com certeza.

Em termos jornalísticos, era muito mais complexo ajudar diretamente na fuga do que lhes dar dinheiro. Uma coisa era conversar com eles e fotografá-los durante a fuga, e outra era fornecer os carros para escaparem dos seus perseguidores. Assim que os colocamos no carro, a sorte foi lançada; eu não era mais apenas um observador, mas sim um participante muito importante, de certa forma. O dinheiro poderia ser considerado apenas um gesto humanitário, como uma doação para uma família faminta ao cobrir um campo miserável de refugiados — quem não doaria? Isso, porém, era ajudar pessoas a fugir de acusações criminais feitas pelo governo do país. Eu não tinha como perguntar para meus superiores o que eles achavam disso, mas tudo bem, pois eu tinha fortes suspeitas quanto à resposta que eu receberia. Além disso, eu sabia que não estaria disposto a obedecê-los. Zakia e Ali estavam naquela situação em parte — eu logo perceberia o quanto — por causa de nós. Como dissera o leitor, "você é responsável por eles agora". O que mais poderíamos fazer? Nossos carros eram os únicos disponíveis em Kham-e Bazargan; O micro-ônibus de Haji estava a serviço. Então, deveríamos ter ficado aguardando a chegada da polícia e, então, fazer a cobertura da prisão do casal? Estaríamos sendo hipócritas e explorando a situação. Tínhamos apenas duas opções: abandonar nossos princípios e seguir nosso lado humanitário ou seguir nossos princípios e abandonar nosso lado humanitário. Verdade seja dita: documentar a prisão do casal teria sido uma história melhor, em termos de dramaticidade, mas quem poderia conviver com isso? Estávamos todos apreensivos com a decisão, mas eu disse para Ben e Diego:

— Vejam bem, se nós ficarmos aqui, eles não vão querer cooperar, porque precisam fugir. Se eles seguirem para as montanhas, não vamos poder ficar muito tempo com eles. Se nós os colocarmos em nossos carros, vamos conseguir trabalhar com eles com privacidade e segurança.

Tudo isso era verdade até certo ponto, mas não deixava de ser um equívoco.

Ficaríamos sabendo depois que a polícia chegara à casa de Haji e Zahra naquela noite e estava apenas algumas horas atrás de nós. Talvez tivesse até passado por nós na estrada, sem conseguir nos ver por causa da poeira levantada pelos carros.

Durante o longo percurso até Nayak Bazar, tivemos tempo para conversar com o casal sobre sua fuga até aquele momento e perguntar se tinha valido a pena, fugir do abrigo e se casar.

— Valeu a pena porque nós nos amamos — declarou Ali.

— Mesmo que só tivéssemos tido um dia juntos, teria valido a pena — afirmou Zakia. — Como eu poderia estar triste? Estamos juntos. Eu estou com meu amor.

Uma coisa ficou clara para os dois enquanto fugiam: não teriam um futuro longo pela frente se permanecessem no país. Eles disseram que tinham decidido que a solução dos problemas deles seria fugir para o exterior.

Então, Jawad e eu trocamos de carro, deixando que o fotógrafo e o cinegrafista passassem um tempo com eles durante o restante do percurso. Ben ficou feliz em entrevistá-los e gravá-los dentro do carro, mas Diego os queria ao ar livre, contra um cenário dramático da paisagem montanhosa e árida.

— Veja bem, Diego, nós estamos fugindo — expliquei. — A polícia está atrás deles. Metade do país está falando sobre eles. Não vai dar para você fotografá-los fora do carro.

Ele insistiu, e eu acabei cedendo um pouco.

— Só se a estrada estiver vazia e só por três minutos. Não mais que isso.

Nosso carro estava na frente, a certa distância do deles, e, quando chegamos aos arredores de Nayak Bazar, percebemos que o carro com Zakia, Ali e Diego não vinha logo atrás de nós, e que eles estavam a bem mais que três minutos de distância. Nós voltamos apenas para encontrar Diego fotografando-os no topo de um pequeno morro, um pouco longe da estrada, mas bem à vista de qualquer um que passasse por lá. Eu sempre imagino como as coisas poderiam ter terminado de forma muito diferente se eles tivessem sido capturados ali por um carro cheio de policiais voltando do lugar que tínhamos deixado porque um de nós tinha sido ávido demais por outra história.

Fiquei no carro com o casal e mandei Diego para o outro. Entramos na cidade e os deixamos no alto de uma rua secundária que terminava em uma trilha para as montanhas. Já estava escurecendo. Uma caminhada de duas horas os levaria para outro esconderijo, um que eles já haviam usado antes e, após isso, eles cruzariam as montanhas até Wardak, agora que tinham dinheiro suficiente para encontrar um motorista com um jipe e, depois, um ônibus para os levarem para a província de Ghazni, ao sul, uma das comunidades *hazaras* naquela perigosa província. Ben Solomon queria segui-los.

— Isso está completamente fora de questão — disse eu. — Como é que eles conseguiriam fugir com um norte-americano grandalhão e branco acompanhando os passos deles?

Minha reportagem foi publicada no The New York Times três dias depois, no dia 22 de abril, junto com o vídeo[15] de Ben no nosso site, e as fotografias de Diego[16] ficaram tão boas que sua irresponsabilidade foi perdoada. O efeito cumulativo foi pegar uma história que já havia gerado muito interesse e multiplicá-lo em muitas vezes.

Como era de se esperar, a reportagem impressa[17] não especificou nem as datas nem os locais em que foi feita, apenas que fora nas cordilheiras Indocuche, no Afeganistão, uma região extensa que corta mais de um terço do país. A história terminava da seguinte forma:

"Eles esperavam estar a centenas de quilômetros de distância no sábado de manhã, mas não tinham certeza do caminho que tomariam em seguida. A estrada para o norte cortava o território controlado pelos talibãs; para o oeste, era uma região infestada de bandidos, e eles corriam o risco de serem roubados — ou pior. A estrada para o sul ainda tinha trechos bloqueados pela neve. Não havia estrada para o leste, mas eles sempre podiam caminhar."

Tratava-se de um subterfúgio para protegê-los. O plano deles era aguardar que a neve derretesse e seguir para o sul, cruzando a província de Wardak: o território dos talibãs, mas também dos *hazaras*. Antes de partirem, eu disse para eles que achava que não conseguiriam continuar se escondendo por aquelas montanhas áridas e sem vegetação por muito tempo. Qualquer estranho era considerado suspeito. Dois jovens estranhos e apaixonados em fuga seriam logo percebidos.

— Esperem algumas semanas e sigam para Cabul — disse eu.

A população da cidade chegava a cinco milhões de pessoas. Tinha de existir um lugar lá onde poderiam desaparecer. Mas que direito tinha eu de lhes dar conselhos?

CAPÍTULO 6

BENFEITOR MISTERIOSO

Zakia e Ali foram salvos diversas vezes pela bondade de estranhos. Aldeões que os acolheram durante a fuga. Pessoas que passavam por eles na rua e os viam, mas optavam por não chamar a polícia. Jornalistas que escreviam sobre eles, tornando mais difícil que as pessoas os esquecessem — não apenas nós, mas muitos jornalistas afegãos que cobriam a história. Defensoras do direito da mulher que trabalhavam em nome deles diante da desaprovação oficial. E também havia os estranhos espalhados mundo afora, mas principalmente nos Estados Unidos, que se emocionaram muito com sua história, o suficiente para tentarem fazer alguma coisa a respeito. Leitores que os encorajavam e, às vezes, me chamavam a atenção por continuar escrevendo sobre eles. Mais tarde, tornaram-se contribuintes, cujo dinheiro, na maioria das vezes doações modestas, possibilitou que o casal continuasse seguindo em frente. Quando se está em fuga, a pobreza pode ser um grande inimigo.

Centenas de leitores me procuraram. Um norte-americano chamado Walker Moore queria saber se ele não poderia pagar um dote que tornasse o casamento de Zakia e Ali aceitável para ambas as famílias. Walker Moore, na verdade, era um pseudônimo formado a partir do nome de dois pintores que trabalhavam juntos: John Walker e Roxann

Moore. A história de amor de Zakia e Ali era muito parecida com a deles, que enfrentaram forte e amarga oposição da família dela, batistas sulistas conservadores do Texas, contou-me o sr. Walker. Adele Goldberg, uma professora de psicologia da universidade de Princeton, ofereceu-se para fazer uma doação para ajudá-los a se estabelecer em algum lugar. Dr. Douglas Fleming, um médico pesquisador de Princeton, ofereceu-se para doar cem dólares por mês durante um ano para ajudar a cobrir as despesas com a fuga, e suas doações posteriores foram fundamentais para o casal. E. Jean Carroll, que escrevia uma coluna de conselhos amorosos na revista *Elle* e era diretora do serviço de namoro on-line Tawkify.com, ofereceu a eles "passagens aéreas para os Estados Unidos, uma acompanhante para Zakia e um lugar para eles ficarem — ou dois lugares separados para ficarem — indefinidamente". Ela também enviou doações que ajudaram na fuga. Além disso, Beth Goodman dispôs-se a recebê-los nos Estados Unidos. Muitos também faziam ofertas menos concretas, mas sinceras. "Sou francesa, mulher e vivo no mesmo planeta que eles", escreveu-me Louisa Roque. "Como posso ajudar a fazer com que os pais dela abram suas mentes e seus corações?"

Tivemos uma explosão de respostas quando finalmente conseguimos preparar os vídeos e as fotografias para acompanhar a história do casal. Foi gratificante perceber que comovemos e emocionamos tantas pessoas. Eu já não acreditava mais que o caso deles ultrapassava as barreiras da esperança. Ao mesmo tempo, era frustrante. Ajudá-los a continuar fugindo não era mais sustentável a longo prazo do que as muitas outras ações bem-intencionadas que os ocidentais vinham fazendo para os afegãos, fosse pagar salários dez vezes maiores do que o habitual no Afeganistão,[1] ou subsidiar o fornecimento de combustível para as Forças Armadas do país. Tal subsídio acabava sendo, em grande parte, desviado para o mercado negro.[2] Havia pouca coisa que as pessoas podiam fazer para ajudar o casal de alguma forma permanente. A não ser que um governo interviesse e tornasse possível a saída deles do país. Para os países que talvez estivessem inclinados a fazer isso, a ação seria politicamente difícil — tanto por causa das reações populares contra imigrações em muitos países ocidentais quanto porque muitos desses países precisavam se manter céticos quanto à melhora do Afeganistão em termos de direitos humanos e reconhecer os contínuos investimentos nacionais. Com acusações criminais pairando sobre os amantes, seria uma questão diplomática delicada e contraditória se os países que fizeram tantas doações para a formação do estado de direito no Afeganistão se virassem e dissessem não ter a menor confiança no sistema de justiça afegão, embora muitos dos juízes do país ainda acreditassem que a Terra fosse plana. Só os Estados Unidos investiram mais de 1,2 bilhão de dólares em programas de formação do Estado de direito.[3] Esses programas treinavam juízes e promoviam direitos igualitários para homens e mulheres.

O presidente Karzai poderia optar por intervir, perdoando o casal e ordenando que as acusações fossem retiradas. Mas isso era ainda mais difícil. A esposa de Karzai, que era obstetra antes de se casar, raramente aparecia em público e não praticava mais sua profissão.[4] Antes visto como um defensor dos direitos da mulher, o sr. Karzai agora era considerado pela maioria das ativistas do direito da mulher como um traidor da causa.

Embora esses leitores pudessem fazer pouco para ajudar diretamente o casal, suas doações poderiam lhes dar mais tempo, e logo o dinheiro começou a se acumular na conta bancária da ONG Women for Afghan Women[5] depois que eu comecei a responder aos e-mails dos leitores com a mensagem a seguir:

Prezado(a) leitor(a),
   Peço desculpas pelo e-mail impessoal, mas tantas pessoas estão escrevendo sobre os amantes afegãos que é impossível responder rapidamente a todos, embora planeje fazer isso em algum momento.
   Muitos de vocês já me perguntaram como poderiam fazer para ajudar, e eu não tinha uma resposta satisfatória para dar.
   Entretanto, agora, uma organização conhecida, a ONG Women for Afghan Women (WAW), decidiu abrir uma conta destinada a ajudar o casal. A diretora executiva do grupo, Manizha Naderi, nos assegurou que 100% das doações feitas nessa conta irão diretamente para o casal.
   ....
   Tenho certeza de que a WAW tem os meios e a capacidade para, pessoalmente, fazer com que as doações cheguem até eles.

Atenciosamente.

* * *

Algumas pessoas já tiveram essa iniciativa antes e enviaram dinheiro para um contador de confiança que entregaria o dinheiro para o casal. Eu havia afirmado discretamente a alguns dos mais insistentes que isso era algo seguro de se fazer. Antes que tal dinheiro conseguisse sair do banco e chegar às mãos do contador, porém, tivemos nossa aventura apressada com Zakia e Ali nas montanhas de Yakawlang. Então, o dinheiro dado a eles por mim saiu do meu próprio bolso, dizendo para mim mesmo que se tratava apenas de um adiantamento temporário. A WAW mais tarde fez as doações chegarem até eles de forma fácil e eficiente, e o grupo agiu de forma irrepreensível, sendo, sem dúvida, a mais eficaz entre as ONG que lutavam pelos direitos da mulher em um nível prático e a maior gestora de abrigos para mulheres.[6] Os sete principais abrigos da WAW estão localizados nas regiões mais difíceis do país. A organização também dirige centros de reconciliação e aconselhamento familiar, além de lares para crianças cujas mães estão presas. Por fim, o *The New York Times* publicou uma notícia em seu site, explicando como as pessoas poderiam fazer doações para ajudar o casal. Não foi uma grande soma de dinheiro, apenas alguns milhares de dólares, em parte porque aconselhei os doadores que me perguntavam quanto deveriam doar, que não seria necessário um valor muito alto e que isso poderia distorcer ou causar problemas paralelos. Para os padrões afegãos, as doações foram adequadas para manter o casal vivo e ajudá-lo a pagar os esconderijos em que ficou. Acredito que essa foi a primeira vez em que o *The New York Times* estimulou seus leitores a enviarem dinheiro para criminosos. Em termos técnicos e legais, era exatamente o que eram, mesmo as acusações contra eles sendo falsas. Os editores em Nova York também estavam comovidos como a história dos amantes afegãos.

Se ao menos conseguíssemos encontrar Zakia e Ali para contar a eles sobre todas aquelas ofertas de ajuda... Por um bom tempo, não souberam sobre a arrecadação de fundos que estava acontecendo em nome deles. Desde que os deixamos em Nayak Bazar ao final de abril, não tivemos mais nenhuma notícia deles, e Ali não atendia ao telefone, que não tinha mais um toque tão apaixonado. O pai e os irmãos dele disseram que receberam notícias e que achavam que ele estava na província de Ghazni ou talvez de Wardak, mas não tinham certeza. Ali ligava quando conseguia sinal. Não podiam ligar para ele e, obviamente, nós também não. Eu estava começando a achar que eles tinham ido para o Irã, e, se esse fosse o caso, a história terminaria lá. Minha história e, possivelmente, a deles também. De diversas formas, o Irã era um beco sem saída. Embora existam 950 mil refugiados afegãos registrados no Irã, de acordo com o ACNUR,[7] o número verdadeiro deve ser umas três vezes maior, sendo que muitos deles vivem ilegalmente no país.[8] O governo iraniano não dá mais certidão de refugiados para os recém-chegados. Então, todos os que chegaram nos últimos anos vivem ilegalmente no país, não possuindo documentos e sem os direitos limitados dados aos refugiados e garantidos pelas convenções internacionais de agências das Nações Unidas. Eles não podem trabalhar legalmente, não têm direitos civis, não podem mandar os filhos para a escola — e nunca poderiam ser alocados em outro país.[9] A qualquer momento, eles poderiam ser deportados à força para o Afeganistão, o que costumava acontecer. Alguns são assassinados e seus corpos, entregues no posto fronteiriço mais próximo sem qualquer explicação por parte das autoridades iranianas. Para eles, até mesmo chegar ao Irã seria uma jornada perigosa cruzando desertos hostis, bem piores do que qualquer coisa que imigrantes mexicanos ou da América Central enfrentam no sudoeste americano. Um jornalista norte-americano não poderia segui-los até o Irã. Então, muito provavelmente, eu não poderia fazer muito mais por eles, a não ser continuar escrevendo. A única coisa que o Irã tinha a seu favor como destino era o idioma; farsi ou persa, a língua falada no Irã, e o dari, falado por Zakia e Ali, são tão compreensíveis entre si quanto o inglês norte-americano e o britânico.

Finalmente, ao final de abril, Ali entrou em contato conosco; chegariam a Cabul no dia seguinte, explicou ele, se estivéssemos de acordo. Ele queria garantias de que estaria seguro, e nós dissemos que uma cidade grande poderia lhes dar o anonimato não encontrado em nenhum outro lugar. Além disso, havia o dinheiro das doações para ajudá-los com as despesas. Dois dias depois, Zakia e Ali chegaram com o irmão dele, Bismillah, e se mudaram para a casa de uma tia, irmã de Anwar, que não morava muito longe da cidade antiga no centro de Cabul, um bairro repleto de imóveis irregulares construídos nas encostas íngremes do morro Chindawul.

Historicamente, Cabul era um assentamento em um planalto salpicado por pequenas montanhas que se erguem a partir da planície. Na última década, a população da cidade passou de menos de um milhão para mais de cinco milhões de habitantes, e as habitações irregulares começaram a ser construídas cada vez mais para cima nas encostas íngremes, formando lugares como Chindawul, que outrora eram considerados inabitáveis. Os moradores escavavam pequenas partes das rochas e preenchiam os espaços abertos com construções grosseiras feitas com blocos de barro ou de cinzas.

Sem contar com nenhum serviço público, a não ser a eletricidade, quando muito, as moradias mais altas eram as mais baratas. A casa da tia era um barraco de um aposento feita somente de barro e concreto. Para se chegar lá, era necessário subir por 15 minutos uma ladeira acentuada de terra, a qual, em alguns pontos, era tão íngreme que fora substituída por uma escada quase vertical, contando com 250 degraus até a casa da tia. A moradia não era muito maior do que um quarto de uma casa normal e contava com uma latrina primitiva e um fogareiro a gás e uma tigela como cozinha. Eles penduraram uma cortina para dar um pouco de privacidade ao casal. Guardaram as poucas posses, na maior parte apenas roupas, nas sacolas plásticas que carregavam. No início, nem tinham colchões para dormir, apenas esteiras de bambu falso. O lugar mais próximo para conseguirem água era ao pé do morro. Pegavam dois grandes recipientes de plástico, como os usados para gasolina, e prendiam em cada um dos lados de uma haste, que apoiavam nos ombros.

Embora Chindawul fosse um bairro seguro e *hazara*, Jawad e eu decidimos não chamar a atenção para Zakia e Ali encontrando-os lá. Em vez disso, marcamos de nos encontrar sozinhos com Ali, explicando ser mais fácil que fossem identificados como um casal do que ele sozinho. Nós o pegaríamos na porta do cinema Pamir, ao pé do morro, um dos poucos lugares que ele conhecia na cidade. Meia hora antes do encontro, Ali ligou para dizer que seu irmão Bismillah tinha descido para verificar o local de encontro e vira um dos irmãos mais velhos de Zakia em uma rua próxima. Será que sabíamos alguma coisa sobre isso?

É claro que não, mas o encontro foi cancelado, e Ali parou de nos atender quando telefonávamos. Outra semana se passou antes que conseguíssemos planejar um novo encontro. E apenas porque ligamos para Anwar e o convencemos de que não tínhamos motivos para fazer o casal correr riscos. Ver o irmão de Zakia lá fora apenas falta de sorte — ou talvez sorte que eles o viram primeiro e nenhum dos dois estava por perto. Se aquele irmão estava em Cabul provavelmente fazia algum trabalho de diarista, e o cinema Pamir era um ponto de encontro conhecido de diaristas. Então, deveriam evitar esse lugar.

Na noite anterior, E. Jean Carroll, a colunista de conselhos, enviou-me um e-mail dizendo que havia feito algo que nunca me ocorrera antes — ela enviara dinheiro para Ali por meio da corretora de câmbio Western Union. Ela me informou o código da transferência para eu passar para Ali e ele conseguir sacar o valor. Passamos esses detalhes para Anwar, na esperança de que a perspectiva de receber algum dinheiro mostrasse para Ali que estávamos do lado deles.

Contei para o rabino Shmuley que Ali viera para Cabul, assim como diversos outros simpatizantes do casal. Shmuley entrou em contato com o mediador que havíamos indicado antes, Aimal Yaqubi, o qual não teve mais sorte do que nós para falar com Ali. Enquanto aguardávamos para encontrar o jovem, porém, Shmuley bolou um plano. Ele estava chateado ao ver como tudo estava sendo difícil. Então, ele procurou diretamente Samantha Power, a representante dos Estados Unidos nas Nações Unidas, e tentou convencê-la de que ela precisava obrigar o governo norte-americano a salvar o casal. Shmuley disse que Samantha, então, procurou o Secretário de Estado dos Estados Unidos, John Kerry, para ele tentar fazer alguma coisa. Mas, apesar de seus esforços, ambos chegaram à conclusão de que não poderiam coagir o governo norte-americano a mudar suas diretrizes e dar um visto humanitário para o casal a fim de salvá-los da perseguição. Com acusações criminais contra eles, e os Estados Unidos supostamente um aliado do Afeganistão, tirar o casal diretamente do país significaria que o sistema de vistos estava sendo usado para ajudar afegãos a fugirem do próprio sistema judiciário criminal patrocinado pelos norte-americanos. Primeiro, teriam de resolver o caso deles na Justiça ou ir para outro país e requerer um visto lá, um processo que, segundo informaram a Shmuley, levaria seis meses ou mais, mesmo com a ajuda de Samantha Power.

Shmuley, então, bolou outro plano para contornar a situação. Ele disse ter entrado em contato com seu bom amigo Paul Kagame, presidente de Ruanda, e que o sr. Kagame daria vistos para Ali e Zakia e os deixaria ficar em seu país como seus convidados pessoais pelo tempo necessário até sair os vistos para os Estados Unidos, um processo o qual o rabino Shmuley falou que Samantha Power iria acelerar — desde que eles estivessem fora do Afeganistão. Tudo isso seria financiado pela organização do sr. Shmuley, World Values Network, usando o dinheiro da misteriosa benfeitora: uma mulher muito rica, como ele dissera.

Aquilo não apenas parecia uma solução bizarra, mas também uma séria complicação. Na época, apenas Ali tinha seu documento de identidade, ou *tazkera*, o qual era necessário para se tirar o passaporte; o *tazkera* de Zakia estava com o pai dela, que não estava disposto a entregar o documento. Então, ela nem poderia tirar um passaporte, e Ali correria um risco muito grande de ser preso sob acusação de bigamia e sequestro se tentasse.

— Não deve ser tão difícil conseguir passaportes.

— Não é nem um pouco difícil se você não estiver preocupado com a FCPA.

O significado dessas iniciais logo ficou claro: a Foreign Corrupt Practices Act ou Lei Norte-americana sobre Práticas de Corrupção no Exterior, que torna crime federal a prática de suborno por cidadãos norte-americanos em países estrangeiros, mesmo em um lugar onde é uma atividade local padrão e aceita. A benfeitora misteriosa não queria se envolver em uma coisa dessas, segundo Shmuley. O casal teria de encontrar uma forma de tirar os passaportes de forma legal, sem serem pegos por causa das acusações contra eles.

Isso não seria completamente impossível, uma vez ambos tinham nomes bem comuns — ele, Mohammad Ali, sem sobrenome, como muitos afegãos da zona rural. Zakia também não tinha sobrenome,[10] o que era ainda mais comum entre as mulheres. (Mantidas sob a *purdah*, as mulheres tinham ainda menos necessidade de um nome completo do que os homens.) Então, se o casal fosse tirar o passaporte separadamente, talvez conseguissem. Havia um risco nisso, com certeza, principalmente se nenhum dos funcionários aceitasse suborno.

Por fim, após duas semanas nos evitando, Ali, já sem dinheiro, concordou em nos encontrar perto de um hospital em uma parte movimentada da cidade. Nós o pegamos e o levamos até o restaurante Ché, no bairro de Kart-e-Seh, considerado sofisticado em Cabul. O Ché é um tipo de restaurante afegão raramente frequentado por estrangeiros, no qual as mesas são plataformas tradicionais elevadas, e com almofadas para as pessoas se sentarem; cada mesa é colocada em uma área fechada em volta de um jardim central. Cada uma dessas áreas comporta seis pessoas; com telhados de palha, cercas grossas e telas dos lados, têm espaços bem privativos. O objetivo óbvio é oferecer um lugar para as famílias jantarem de forma isolada, para que as mulheres não sejam vistas por estranhos, e eles funcionam assim. Com a ajuda da gerência, também fornecem um lugar privado para casais e grupos mistos sem parentesco, e geralmente estão cheios de jovens dispostos a desafiar as convenções sociais, namorando e, às vezes, até se beijando. Aquele era o lugar perfeito para nos reunirmos com Ali longe de olhares curiosos.

Ali não mudara muito desde a última vez que o vimos, quase um mês antes; ainda estava sem barba, e o cabelo ainda tinha um topete, um estilo que se sobressaía em Cabul. Estava agitado e nervoso, e seu telefone tocava em intervalos pequenos e ele lançava um olhar preocupado ao aparelho. Eu lhe contei tudo o que sabíamos. Havia um funcionário afegão na embaixada norte-americana que tinha sido designado para conversar com ele sobre seu caso, e nós programamos o número do telefone dele no celular de Ali a fim de ele o reconhecer quando recebesse a ligação e soubesse que poderia atender. Contamos a ele que havia uma norte-americana rica que queria ajudá-los e tinha contratado um *fixer* afegão para servir de intermediário. Nós também programamos o telefone dele, Aimal Yaqubi, no aparelho de Ali. Teve dificuldades para entender por que Aimal estava entrando na situação, embora eu tenha explicado que, como jornalista, não poderia agir em nome de alguém para tentar achar uma solução para ele.

— Mas nós confiamos em você e só queremos falar com você. Sabemos que vai nos ajudar — disse ele.

Foi difícil explicar o conceito de distância profissional de uma forma que fizesse sentido para ele, até porque aquilo tinha começado a soar falso a meus ouvidos.

Enquanto conversávamos, Ali estava nervoso e mal tocou na comida que pedimos. Quando lhe contamos o plano de Shmuley para levá-los para Ruanda, como uma rota para os Estados Unidos, ele nos olhou sem entender. Percebi que teríamos de voltar alguns passos e dar uma aula de geografia básica. Ele tinha apenas uma vaga noção dos outros países, que dirá dos continentes. Um mapa para ele nada mais era do que um pedaço de papel sem o menor significado e algumas linhas estranhas desenhadas. Ele jamais vira um africano nem qualquer pessoa negra. Os únicos estrangeiros que já tinha visto foram os soldados das tropas europeias que treinaram seu pelotão em Farah, e o primeiro estrangeiro que realmente via de perto era eu. De vez em quando, eu notava que ele me lançava olhares de esguelha, como se estivesse tentando descobrir que tipo de monstro eu era ou se eu estava planejando alguma coisa. Depois de uma longa explicação sobre a África — a distância que ficava, a diferença climática, a cultura e o idioma, onde ficava em relação aos Estados Unidos —, ele disse que compreendia, mas ficou claro que esse não era o caso. Nem tentei começar a explicar as especificidades de Ruanda.

— Seja lá o que a África for, deve ser melhor do que se esconder em cavernas — disse ele.

Contamos a ele que a WAW estava recebendo doações de pessoas que tinham lido sobre o caso deles nos Estados Unidos e queriam ajudá-los. A ONG estava interessada em providenciar um advogado para ele que poderia defendê-lo das acusações criminais. Será que ele estaria disposto a conversar com um advogado? Ele recusou; para ele, a WAW era uma organização que administrava abrigos, e abrigos eram ruins. Eles iam tentar levar Zakia para um, e ela viraria prisioneira de novo sem perspectivas de sair. Nesse ponto, não conseguimos argumentar com ele. Não adiantava dizermos que, sem o abrigo de Bamiyan, Zakia estaria morta, apesar das queixas dela. Não aceitou ir pessoalmente ao escritório da WAW para pegar o dinheiro das doações por medo de que, de alguma forma, eles o detivessem; queria que nós agíssemos em nome dele, mas nós nos recusamos. Seu telefone tocou de novo. Dessa vez, ele atendeu e teve uma conversa tensa com Zakia. Estava preocupada com ele, explicou Ali, e quando ele não atendera às suas ligações anteriores, ficara assustada, achando que havia acontecido alguma coisa. Ela sabia que os seus irmãos estavam na cidade e, embora fosse uma cidade com mais de cinco milhões de habitantes, um tamanho além da capacidade de imaginação deles, era uma cidade tão remota e estranha para eles quanto a África seria.

Perguntamos se ele tinha pego os trezentos dólares que E. Jean Carroll enviara para ele, aos cuidados da agência de câmbio Western Union em Cabul, mas ele não tinha. Percebemos que Anwar não sabia reconhecer números, embora ele tenha dito, por educação e vergonha, que poderia anotar o código necessário para sacar o dinheiro. Então, anotamos o número para Ali e dissemos que ele poderia levá-lo a uma das agências para pegar o dinheiro; havia várias delas anexas aos bancos afegãos. Ali entendia bem os números no teclado de um telefone, mas escritos em um pedaço de papel não passavam de hieróglifos. Jawad teria de ir com ele para ajudá-lo.

Escolhemos a agência da Western Union que ficava na estrada Darulman porque era uma rua movimentada, mas afastada da estrada. Esse banco em particular fora atacado por um homem-bomba um ano antes, em uma ação que matara mais de dez pessoas; muitas das paredes ainda tinham buracos dos estilhaços, e as janelas estavam cobertas com madeira. Estava pronta para o próximo ataque; diferentemente dos raios, homens-bombas atacavam um lugar mais de uma vez, e a entrada da agência estava oculta por sacos de areia e barreiras Hesco, estruturas de metal também cheias de areia. Era ameaçador, mas discreto. O atendente confirmou que eles tinham o dinheiro depositado com o código que informaram, mas que, para eles, a sra. Carroll havia enviado o dinheiro a uma pessoa cujo primeiro nome era Mohammad e o sobrenome era Ali, e os documentos dele diziam que seu primeiro nome era Mohammad Ali, sem sobrenome. Trata-se de um problema bastante comum no Afeganistão, onde mais da metade da população possui apenas um nome.[11] Entrei em contato com a sra. Carroll, que corrigiu a primeira transferência, enviando um segundo pagamento imediatamente. No dia seguinte, Zakia e Ali tinham trezentos dólares, o suficiente para viverem. Uma cortesia de uma norte-americana que não conheciam que simplesmente tinha ficado comovida com a história deles. Do ponto de vista de Ali e Zakia, trezentos dólares eram o suficiente para passarem um mês inteiro, e eles insistiam que não procurariam a ONG WAW, embora a organização já tivesse alguns milhares de dólares para o casal.

Ali também não estava cooperando em termos jornalísticos. Nosso departamento de vídeos queria gravar algumas cenas com eles como um complemento das que Ben Solomon gravara em Yakawlang. O departamento de fotografia também queria tirar mais fotos do casal para ilustrar as atualizações do caso deles. Éramos constantemente bombardeados de pedidos de jornalistas afegãos que também queriam acompanhar o caso; não gostávamos de negar ajuda a colegas e aquela era uma história sobre a sociedade afegã que o povo do país precisava ouvir. Ali, porém, foi inflexível, dizendo que não queria mais que a esposa conversasse conosco. Também não queriam papo com a imprensa afegã. Achavam que seria perigoso demais, e foi difícil argumentar contra isso.

A atitude dele não ia nos ajudar a manter o interesse neles forte o suficiente para obrigar algum tipo de resolução. No jornalismo, as grandes histórias são aquelas que podem provocar uma mudança. Essa história poderia mudar a vida de duas pessoas que, de outra forma, não teriam qualquer perspectiva e talvez encorajar outros como eles. No entanto, os envolvidos pareciam cada vez mais não querer nada conosco se não conseguissem ver algum benefício prático imediato. Tentei fazê-los mudar de ideia, mostrando que casos como os deles raramente acabavam bem quando eram mantidos longe do público. Mas eu não conseguiria manter a história deles viva se a outra metade dela, Zakia, não pudesse mais falar comigo. Ali dizia que compreendia isso, mas ele só concordou, relutante, em permitir que Zakia conversasse conosco pelo telefone para permanecer no esconderijo. Foi aí que tivemos que nos afastar do caso por um tempo.

Shmuley me ligava quase todas as noites naquela época, preocupado com as dificuldades e com o fato de seu mediador não conseguir convencer Ali a se encontrar com ele. Eu disse que havia feito o possível. Sugeri que Aimal atuasse com moderação; que nós também tínhamos sido obrigados a retroceder a fim de Zakia e Ali não se sentirem pressionados. Nesse ínterim, Shmuley também mantivera contato com Fatima Kazimi, assim como E. Jean Carroll; e Fatima os entretinha com sua própria história infeliz.

Ouvi isso pela primeira vez quando Fatima chegou a Cabul ao final de abril. Ela foi até o escritório do *The New York Times* em Wazir Akbar Khan, o quarteirão diplomático em Cabul, usando o habitual lenço roxo na cabeça e o simples *trench coat* que tantas funcionárias afegãs pareciam adorar. Fatima não estava nada satisfeita. Ela havia acabado de ler a tradução do meu último artigo sobre os amantes, publicado em 22 de abril,[12] e estava ofendidíssima porque o foco era no casal e não havia qualquer menção a seu papel no caso. "Eu esperava que você escrevesse sobre mim", declarou ela. "Eu os trouxe a você." Na verdade, o primeiro artigo dava bastante destaque a Fatima, com citações longas sobre seu papel ao levar Zakia para a segurança do abrigo — todas as coisas comprovadas por muitas testemunhas em Bamiyan, incluindo diversas pessoas que as viram no tribunal. Fatima simplesmente não era a figura central naquele artigo nem deveria ter sido. Ela já havia reclamado comigo que tinha ficado decepcionada com o fato de o primeiro artigo ter sido transformado em uma história de amor tipo Romeu e Julieta e não em uma história de heroísmo de Fatima Kazimi. Então, quando eles fugiram e se casaram, meu artigo de 31 de março[13] revisitou a questão do papel de Fatima de forma bastante adequada, uma vez que alguns a acusavam de ter planejado a fuga de Zakia. Novamente, Fatima não fora o foco, mas sim o casal.

Então, Fatima queria que escrevêssemos um artigo para corrigir as coisas, mostrando como ela havia sido injustiçada em todo aquele caso. Ela alegava que tinha fugido para Cabul com toda a sua família porque não conseguia mais conviver com as ameaças que recebia em Bamiyan. Alegava que perdera o emprego na Secretaria da Mulher. "Toda a aldeia do pai da moça fez uma reclamação contra mim, acusando-me de ter ajudado Zakia a fugir — ou Ali a raptá-la, como eles dizem", relatou ela. "Eu não fiz nada disso." Ela supostamente ajudou quando permitiu que Zakia recebesse um telefone de Ali enquanto a moça ainda estava no abrigo,[14] mas tanto Zakia quanto Ali negavam que ela tivesse qualquer participação — embora ela tenha permitido que eles se encontrassem sob supervisão naquela época. "Não importa se eu digo que ajudei ou não, tudo volta para mim desde o início", afirmou Fatima. "Eu intervim e impedi que o tribunal fizesse algo terrível. Ontem, os parentes dela foram até a minha antiga casa em Bamiyan procurando por mim, mas eu me mudei. Minha vida está em perigo, e estou sendo ameaçada. Se eu não deixar o país, alguma coisa pode acontecer comigo ou com a minha família." Fatima tinha quatro filhos adolescentes e no início da vida adulta, e um marido. "Você tem de escrever sobre isso."

Eu estava começando a ter dificuldades em acreditar em qualquer coisa que ela dizia, achando que talvez Fatima tivesse planejado tudo desde o início. Fiquei chocado ao descobrir que ela convencera E. Jean Carroll a enviar dinheiro para protegê-la. Fatima estava se esforçando para apresentar a própria situação como se fosse pior — e mais importante — do que a de Zakia e Ali, que *realmente estavam* em perigo de serem assassinados (como a própria Fatima nos mostrou desde o início). "Só conto agora com o apoio do governador. E por quanto tempo ele conseguirá me defender?", perguntou ela.

O governador de Bamiyan tem autoridade executiva sobre todos os gabinetes governamentais da província, menos sobre os tribunais. Ele controla a força policial; então, pode evitar prisões, ordenar intervenções, providenciar guarda-costas etc. Ele é *hazara*, como Fatima, e aquele é um lugar de maioria absoluta *hazara*; se alguém estivesse em perigo lá, seriam os familiares tadjiques de Zakia, cuja oposição ao casamento se baseava em questões étnicas e religiosas, expondo-os à raiva dos seus vizinhos *hazaras*, mais numerosos. Zakia e Ali corriam risco de sofrer violência se caíssem nas mãos deles, sem dúvida... Mas Fatima?

No entanto, ela foi insistente e eu disse que voltaria a escrever sobre o caso e, provavelmente, a mencionaria também. Em um artigo publicado alguns dias depois,[15] mencionei o papel que ela teve ao nos alertar sobre o caso. Quem era eu para dizer qual era a verdade na questão? Talvez ela tivesse *realmente* sofrido ameaças de morte e, àquela altura, estava com medo e acreditava sinceramente que sua única esperança era sair do Afeganistão.

Certamente, era verdade que qualquer pessoa ligada ao abrigo de mulheres no Afeganistão estava sob forte pressão. Um ano antes, o caso de Bibi Aisha tinha contribuído para um movimento contra os abrigos para mulheres após sua foto ser publicada na capa da revista *Time* com o nariz decepado. Bibi Aisha foi muito criticada no Afeganistão depois daquela foto de capa[16] — inclusive por funcionários do gabinete do presidente Hamid Karzai — por cobrir seu país de vergonha. Agora, ela vive com uma família adotiva na Virgnia, menosprezada pela sua terra natal e não apenas pelo Talibã. A severa sanção contra os abrigos para mulheres foi liderada por conservadores poderosos[17] que acusaram os abrigos de arruinarem lentamente os valores tradicionais, promovendo comportamentos adúlteros e até mesmo servindo como fachada para a prostituição. Um canal de televisão, a Noorin TV, enviou seu principal "repórter investigativo", Nastoh Naderi, a um dos abrigos dirigidos pela Women for Afghan Women.[18] Ele teve a entrada negada e ficou na frente dos portões, filmando os homens que entravam. Os guardas eram empregados do abrigo, os quais trabalhavam no complexo de construções, mas não no prédio que abrigava as mulheres. No programa, o sr. Naderi descreveu os guardas como sujeitos que iam até lá prostituir as mulheres. O governo, então, tentou assumir o controle dos abrigos para mulheres, os quais eram todos administrados por instituições de caridade privadas ou pela ONU, mas foi forçado pela reação internacional a retroceder, criando apenas regulamentos para controlar as atividades, sob a supervisão do Ministério de Assuntos da Mulher.[19]

Fatima também insistia que estava sofrendo ameaças da família de Zakia. Eu tinha conversado com os parentes da moça, conheci alguns de seus irmãos e primos e seu pai, e sua determinação em busca de vingança os tornava bastante perigosos. Em nenhum momento, porém, expressaram o desejo de se vingar de Fatima, e a raiva deles parecia muito mais concentrada em Najeeba, e, é claro, na própria Zakia, acima de tudo e de todos.

Shmuley me ligara aquela noite e estava eufórico. Acabara de participar de uma conferência contra o genocídio em Kigali com o presidente Kagame, que tinha aceitado o plano de resgate de Shmuley. Para mim, ele já tinha concordado com tudo, mas só agora, aparentemente, ele realmente aceitara. "Nossa doadora quer educá-los, dar-lhes emprego, trazê-los para os Estados Unidos", explicou Shmuley. Temos o apoio do Departamento de Estado, está tudo pronto para seguirmos. Só precisamos dos passaportes." A benfeitora norte-americana, uma pessoa com um grande patrimônio, estava disposta a pagar os custos de levá-los para Ruanda, além de todas as despesas do casal; o presidente Kagame os trataria como seus hóspedes pessoais.

O entusiasmo de Shmuley era contagiante, e ele tinha conseguido a atenção do Departamento de Estado, embora eu não tivesse tanta certeza até onde o apoio a seu plano realmente ia. Era o suficiente, porém, para fazer com que a embaixada norte-americana procurasse Ali e Zakia por intermédio de um funcionário afegão chamado Zmaryalai Farahi. Depois de uma conversa telefônica, ele dissera ao casal que os dois teriam de ir até a embaixada para discutirem o assunto pessoalmente. No entanto, quando Ali tentou visitar a embaixada norte-americana, ele só conseguiu chegar até a rotatória de Massoud em Wazir Akbar Khan antes de perceber que teriam de passar por duas ou três barreiras policiais, além de guardas, apenas para chegar à estrada que os levaria até o destino. Suspeitando de que se tratava de uma armadilha para prendê-los, Ali se afastou e parou de atender às ligações de Zmaryalai.

Por volta da mesma época, Aimal Yaqubi começara a ligar insistentemente para Ali, como o rapaz nos conta, ordenando que se encontrassem para que ele pudesse entregar ao casal os mil dólares que Shmuley havia enviado. A insistência do *fixer* os assustou, e Ali também parou de atender às suas ligações. Ali agora não estava mais em contato com as duas pessoas que talvez pudessem levá-los para algum lugar seguro, e ele mal falava comigo ou com Jawad.

Shmuley ficou perplexo. "Eu disse para Aimal que ele receberia um bônus de cinco mil dólares se os tirasse do país." Talvez aquele fosse o problema. Em uma sociedade na qual duzentos dólares parecia um salário decente, cinco mil dólares é muito dinheiro. Mesmo comparados com os honorários de Aimal como *fixer*, duzentos dólares por dia, cinco mil eram um incentivo grande demais. De certa forma, aquela era uma pequena metáfora para todo o empreendimento norte-americano malsucedido no Afeganistão: oferecer dinheiro para resolver o problema, por melhor que as intenções fossem, costumava piorar a situação.

Não faltam exemplos para esse fenômeno. Considere um programa de 35 milhões de dólares chamados "Solte uma pipa pelo Estado de direito", sonhado e financiado por uma firma terceirizada contratada pela Agência dos Estados Unidos para o Desenvolvimento Internacional (USAID, na sigla em inglês). Essa firma agora é conhecida como Tetra

Tech DPK.[20] A ideia era organizar um evento público no qual distribuiriam pipas, histórias em quadrinhos e pôsteres com slogans impressos estimulando direitos iguais para mulheres e o respeito pelo Estado de direito. Centenas de crianças e alguns adultos apareceram. Como o evento tinha sido organizado por uma empresa norte-americana, havia um grande contingente policial a postos para proteger os funcionários. A primeira questão foi que ninguém sabia ler os *slogans* nas pipas e nos pôsteres, que dirá os quadrinhos; a maioria das crianças era nova demais, e a maior parte dos adultos que vieram ou não tinha empregos ou era composta por policiais — nenhum dos grupos com um alto índice de alfabetização.[21] A entrega das pipas deu muito errado quando os policiais começaram a roubá-las sistematicamente das crianças que foram ao evento, para levá-las para casa a fim de presentear os próprios filhos, chegando a bater em alguns dos participantes com cassetetes se não cooperassem. Por fim, a igualdade entre os sexos foi difícil de se conseguir. Nas poucas vezes em que alguma menina conseguia pegar uma das pipas gratuitas, seus pais as tiravam delas e as davam para os filhos. Apesar da forte crítica[22] que tornou o programa "Solte uma Pipa pelo Estado de Direito" uma piada na comunidade de ajuda humanitária, a firma considerou o empreendimento um sucesso tão grande que o repetiu depois em Hertat, e a empresa continuou a planejar outros métodos de sensibilização pública financiada com o dinheiro dos contribuintes.

De forma semelhante, podemos citar doações norte-americanas indiscriminadas liberadas pela embaixada para financiar shows de rock em um país onde o gênero não é muito conhecido, enfurecendo os mulás; uma instituição de caridade de ioga com o objetivo de deixar o Talibã em paz por meio do tapete de ioga; e uma adaptação afegã da *Vila Sésamo*[23] pelo canal Tolo Television, exibindo o embaixador norte-americano posando para uma foto em Cabul com Grover, em um lugar que era indubitavelmente uma zona de guerra.[24] A embaixada norte-americana também injetou 100 milhões de dólares em concessões de estações de televisão locais, para que qualquer pequena coletiva de imprensa em Cabul tivesse mais câmeras de TV[25] do que a maioria dos grandes eventos em Nova York ou Washington D.C. Nada disso foi mais duradouro do que soltar pipa. Tudo desmoronaria assim que os financiamentos norte-americanos acabassem.

* * *

Naquele mês de maio, quando liguei para o número de Ali, ouvimos o toque de uma música de amor. Ele mudava a música a cada poucos dias, mas nunca atendia. Uma música frequente era "Seu cabelo indomável", do famoso cantor Ahmad Zahir.

As mulheres afegãs raramente eram vistas em público sem ao menos um lenço cobrindo os cabelos.

Se a brisa da manhã
Agitar seu cabelo indomável
Todos os corações serão conquistados
Na armadilha de amor e de sofrimento[26]

CAPÍTULO 7

CAÇADORES DE HONRA

Os amantes não tinham a menor ideia de quantos amigos tinham. No entanto, ao final daquele mês de maio e início de junho, foi difícil convencê-los de que tinham algum. Tudo parecia estar dando errado para eles. A família de Zakia continuava procurando o casal. Zakia e Ali estavam infelizes nos esconderijos. Fugir para fora do país parecia impossível. Estavam ficando sem dinheiro. Diante de uma situação desesperadora, suas suspeitas e sua recusa de aceitar ajuda pioravam tudo.

Embora o esconderijo na casa da tia de Ali no morro de Chindawul parecesse seguro, era um lugar pequeno para o número de pessoas que vivia ali, e era muito difícil para qualquer um que precisasse ficar muito tempo. Continuar escondidos estava ficando cada vez mais difícil, principalmente para Ali, mas, se qualquer um deles queria fugir para fora do país, eles tinham um jeito estranho de mostrar isso. Simplesmente não atendiam mais ao telefone — nem às ligações do mediador do rabino Shmuley, Aimal, nem do funcionário de direitos humanos da embaixada norte-americana, nem mesmo as nossas do *The New York Times*. Eles não tinham muitas perspectivas e estavam quase sem esperanças.

Seus perseguidores tinham vindo em peso para a cidade. Os irmãos e primos de Zakia estavam sendo vistos com certa frequência. O pai de

Zakia, Zaman, tinha deixado Bamiyan e realocado a família em Cabul. Isso se deveu muito ao fato de terem sido bastante menosprezados pelos vizinhos *hazaras* depois de terem se tornado famosos vilões nacionais por perseguirem Zakia e Ali e também porque Zaman não conseguia aguentar a humilhação de encarar os vizinhos tadjiques após perder a própria honra. Mas o maior motivo, como falaram para todos que quisessem ouvir, é que queriam se vingar dos amantes a todo custo. Zaman e seus filhos desistiram do arrendamento da granja em Bamiyan e procuraram trabalho como diaristas em Cabul, na esperança de encontrar o casal lá.

"Honra e desonra é assim: de acordo com o islamismo e a charia, a moça não pode fugir de casa", explicou Najibullah, primo de Zakia, um lavrador sem educação formal. "A pessoas veem isso assim: 'Ah, sua filha fugiu! Você não deveria mais morar nesta aldeia. Se ela não tivesse fugido, o pai dela não precisaria ter deixado a aldeia. Ele saiu de lá porque foi coberto com tanta desonra que não consegue mais morar aqui'", continuou ele. "Todos debocham e zombam dele, dizendo coisas do tipo: 'Se você é homem mesmo, como é que sua filha fugiu? Por que você não a impediu? Eles ficam dizendo essas coisas; então não podemos desistir. Ele é o pai, e eu sou filho do tio dela, mas isso também fere nossa honra. Eu mesmo não consigo mais viver em Bamiyan quando dizem que a filha do meu tio fugiu, que não conseguimos trazê-la de volta. Então, as pessoas nos dizem: 'Se vocês são homens e têm coragem, por que não conseguiram tirar sua filha das mãos do governo?'"

Mirajuddin, outro primo de Zakia, estava sentado com Najibullah; os dois jovens estavam entre os parentes que ficaram em Kham-e-Kalak, embora não trabalhassem mais como lavradores e logo partissem para se juntar a Zaman e seus filhos em Cabul para caçar o casal. Eles estiveram presentes no tribunal no dia da confusão, embora Zakia diga que nenhum dos dois estava entre os familiares que a agrediram fisicamente. Eles não eram parentes tão próximos para se sentirem no direito de rasgar suas roupas e tocá-la, mesmo para um ato violento. "Sua vida é sua honra, assim como sua esposa é sua honra. Se você perde sua honra para outra pessoa, então sua vida não vale nada", explicou Mirajuddin. "Se alguém pega sua esposa, sua vida não vale mais a pena ser vivida." Os primos acreditavam que a posição deles refletia uma preocupação social maior. "Se hoje o governo não fizer nada quanto a isso, então amanhã a esposa de um lavrador vai fugir com um estudante ou um empresário e vai dizer que não pode viver com o próprio marido. Dessa forma, depois que se deixa uma fazer o que quer, outras seguirão logo atrás." Para resumir, Zakia tinha desafiado toda a estrutura da sociedade patriarcal afegã. Assim, se não fosse detida, todas as mulheres abandonariam os maridos que foram escolhidos para elas. ("O primeiro quer liberdade/ Então, toda a porcaria do mundo quer liberdade também", como Gil Scott-Heron escreveu em sua música "B Movie".)

Na verdade, existe muita coisa em jogo no movimento pelos direitos da mulher no Afeganistão, indo muito além de suas fronteiras. Em decorrência de seu envolvimento com o Ocidente desde 2001, o Afeganistão é o único país onde estão sendo feitos sérios esforços para melhorar a vida das mulheres. "O Afeganistão ainda é um grande campo de batalha na luta pelos direitos da mulher no século XXI", disse Nasrine Gross, socióloga afegã e defensora das mulheres. Se elas ganhassem um pouco de igualdade e tratamento igualitário perante a lei em um país tão retrógrado e violento quanto o Afeganistão, esse seria um exemplo estimulante para as mulheres privadas dos próprios direitos em todos os outros países, como a Arábia Saudita e a Somália, o Paquistão e o Iêmen, províncias do Golfo e o Irã. "Existem alguns países que são muito poderosos de certas formas, e o direito da mulher não é algo que tenham interesse em discutir", continua a sra. Gross. Quando diz "de certas formas", ela quer dizer poder decorrente da posse de muitas riquezas do petróleo. "Eles usam a falta de direitos da mulher como um meio de controlar os próprios países e querem manter o Afeganistão sob controle em termos de direitos da mulher, para que o país não se torne um modelo para as suas sociedades. Eles não conseguiriam aceitar que um lugar tão pobre, com alto índice de analfabetismo e tão retrógrado pudesse ser um modelo de direitos da mulher.[1]

Internamente, o Afeganistão já é há muito tempo um campo de batalha dos direitos das mulheres, mas se trata de uma luta que as mulheres e seus defensores sempre perderam. Talvez nenhum outro país[2] tenha tido tantos governantes dedicados a esse assunto específico, desde os tempos do rei Habibullah, que abriu as primeiras escolas para meninas e concedeu alguns direitos para as mulheres, antes de ser assassinado em 1919. Seu filho, o rei Amanullah Khan, foi ainda além, banindo o uso do véu pelas mulheres e instituindo escolas de meninas em áreas rurais e transformando a poligamia em crime. O rei Amanullah começou seu reinado como um líder popular, com o mérito de ter derrotado os britânicos na Terceira Guerra Anglo-afegã. Quando retornou de uma visita à Europa com sua esposa de pensamento liberal, Soraya Tarzi, o rei declarou em um evento público que o Islã não exigia que as mulheres ficassem cobertas. Ao ouvir isso, a rainha Tarzi tirou o véu, e todas as outras esposas presentes fizeram o mesmo. No seu reinado, as mulheres ganharam o direito ao divórcio e à escolha dos próprios maridos, os dotes foram banidos, e as mulheres foram encorajadas a trabalhar e a estudar. Mas, em um país sem estradas e com muito pouca infraestrutura e um governo central fraco e com muita burocracia, Amanullah não conseguiu convencer seus seguidores a aceitarem as reformas e, em vez disso, elas provocaram uma revolta dos mulás e dos conservadores que o tirou do poder em 1929.[3]

Essa revolta foi estimulada em parte por agentes britânicos, cujo país estava ávido para se vingar do rei Amanullah pela recente humilhação. Eles distribuíram fotografias da rainha Tarzi usando um vestido que deixava os ombros de fora em uma festa oficial e permitindo que sua mão fosse beijada durante a viagem pela Europa. Até mesmo nos dias atuais, a maioria das mulheres com educação formal não troca apertos de mão com homens, e sair em público com uma roupa sem mangas provocaria um tumulto nas ruas de Cabul.

O sucessor de Amanullah, Nadir Shah, tentou instituir reformas, mas foi assassinado. Governantes afegãos posteriores foram muito mais cuidadosos em relação às questões ligadas aos direitos das mulheres. Até a era comunista na década de 1970, nenhum esforço bem-sucedido foi feito para ampliar os diretos das mulheres, e o progresso impetuoso decretado pelos comunistas quanto à igualdade dos sexos foi um dos maiores motivos da rebelião contra eles pelos *mujahideen* e seus seguidores.[4] O problema deles era com o feminismo e não com o comunismo. Seu *jihad* era primeiramente contra os direitos das mulheres, contra escolas para meninas, o direito ao divórcio, ao trabalho e à uma vida pública. Eles não faziam objeções ao comunismo como sistema político e econômico; eram os direitos das mulheres que os incomodava.[5] Quando muitos desses líderes *mujahideen* se uniram aos norte-americanos para expulsar o Talibã, a aliança não foi motivada pelas políticas sociais do Talibã; na maioria dos casos, os líderes militares afegãos eram tão duros nos assuntos relativos às mulheres quanto o próprio Talibã, e, em geral, até mais retrógrados. O Talibã pelo menos baniu o *baad* e desaprovava oficialmente os assassinatos em nome da honra que não tivessem base em seus próprios processos judiciais.[6]

O conceito de honra e assassinato de mulheres em nome da honra não é algo exclusivo do Afeganistão. Na Roma antiga, o chefe da família ou homem dominante em um lar tinha o direito legal de matar uma irmã ou uma filha que tivesse tido relações sexuais fora dos laços do casamento ou a esposa adúltera.[7] O assassinato de Desdêmona por Otelo foi cometido em nome da honra e é apresentado de forma bastante típica, uma vez que a mulher não tem nenhum recurso para se defender. A inocência ou a culpa da vítima se tornam ligadas ao sentimento do homem em relação à violação da própria honra. De certa forma, isso explica o assassinato de vítimas de estupro pelas próprias famílias no Afeganistão.

O célebre antropólogo Thomas Barfield,[8] da Universidade de Boston e presidente do Instituto Americano de Estudos do Afeganistão, afirma que existe um tipo de cinturão de vendetas, em que os assassinatos de mulheres em nome da honra são historicamente endêmicos. Esse cinturão se estende desde a Espanha, corta a Bacia do Mar Mediterrâneo, cruzando o Oriente Médio, a Arábia, o Irã e o Afeganistão, e termina no Paquistão. Ao leste, ao norte e ao sul desse cinturão — na China ou na Mongólia, no sudeste asiático ou na África subsaariana, no norte da Europa ou na Rússia —, o conceito de assassinato em nome da honra é patológico e raro, em vez de socialmente aceitável e difundido.

Com a notável exceção da Arábia Saudita,[9] porém, a maioria das sociedades modernas dentro da área de assassinatos em nome da honra, incluindo as islâmicas, foi bem-sucedida na criminalização dessa prática, uma vez que praticamente todas elas superaram o conceito de que os homens são donos das mulheres. Até mesmo o aiatolá Ali Khamenei no Irã fundamentalista condenou a prática de assassinatos em nome da honra e, assim como aconteceu com a maioria dos estudiosos islâmicos, sunitas ou xiitas, ele insiste que esse tipo de assassinato não tem base teológica no Islã.[10]

Um governo central fraco no decorrer da história moderna do Afeganistão, três décadas e meia de guerras e baixos níveis de educação formal e alfabetismo[11] ajudaram a sustentar práticas costumeiras e abusivas como assassinados em nome da honra.[12] "Lidar com o status da mulher derrubou mais regimes no Afeganistão do que em qualquer outro lugar do mundo", afirma o professor Barfield. Tanto as reformas prematuras do rei Amanullah quanto os ambiciosos esforços dos comunistas provocaram fortes revoltas, contribuíram para prolongar costumes violentos e fizeram com que a maioria dos líderes modernos relutassem em confrontar os conservadores nos assuntos mais controversos. Até mesmo hoje em dia, grupos de mulheres que protestam contra assassinatos em nome da honra costumam se abster de confrontar o conceito subjacente à prática, ou seja, de que as mulheres são propriedades dos homens, os quais têm total e absoluto controle sobre seu comportamento.

No antigo cinturão da honra, o Afeganistão é um dos mais resistentes a abandonar a prática.[13] "O Estado afegão não foi capaz de criar leis para resolver assuntos de família. Os afegãos acham que essa não é uma responsabilidade do Estado", explica o professor Barfield. Outros países do cinturão desenvolveram fortes sistemas legais nos quais o Estado pode intervir, e de fato intervém, em assuntos familiares e sociais. "O Estado no restante do mundo estendeu seu poder até o nível familiar, mas, no Afeganistão, até hoje, ele hesita muito em regulamentar temas de âmbito familiar. Se ocorre um assassinato em nome da vingança, eles agem quando o caso chega à Justiça. Caso não chegue, eles não procuram saber."

Considerando as atitudes da família de Zakia, ela e Ali estavam se esforçando para continuarem escondidos, mas, na pequena casa entulhada na encosta do morro de Chindawul, Ali estava ficando cada vez mais irritadiço. Contando a tia e seus filhos, oito pessoas dividiam um espaço que talvez não chegasse a quarenta metros quadrados, além de um pequeno quintal. Sair para comprar comida ou pegar um balde de água envolvia a subida exaustiva do morro. Para complicar as coisas, Zakia não estava se sentindo bem, reclamando constantemente de cólicas e dor de barriga e náusea — a disenteria é bem comum naquela cidade cuja população cresceu muito mais do que a capacidade de seu primitivo sistema de esgoto.

Ela não sofria tanto com o fato de não poder sair, mas percebia que a tia se ressentia da presença deles e que não aprovava o casamento com Ali. A tia só os tolerava porque seu irmão Anwar lhe pedira isso. Zakia também se sentia sozinha. Sentia saudade da mãe e do pai, dos irmãos e das irmãs, da casa cheia em que passara toda a sua vida, mesmo que eles quisessem matá-la. Ela sentia muita saudade de Razak, seu animado irmão de nove anos de idade, o adorado caçula entre os filhos homens. "Eu o adoro", disse ela para Ali. "É difícil imaginar que jamais vou vê-lo de novo."

Zakia e Ali começaram a discutir por pequenas coisas, e Ali ficou confuso e na defensiva. Não era assim que esperava que sua vida seria. Os longos dias escondido em casa eram desconfortáveis, mas, quando ele saía, Zakia não parava de se preocupar que sua família ou a polícia os encontrariam. De repente um dia, impulsivamente, ele decidiu voltar para o Exército. Ele ainda tinha um ano para cumprir e poderia voltar sem sofrer nenhuma punição como desertor. Zakia foi contra, e os dois discutiram, mas ela acabou concordando.

"Eu não poderia ficar sem emprego para sempre", explicou ele. "Preciso fazer alguma coisa para pagar o dinheiro que as pessoas nos emprestaram. Elas não vão permitir que a gente fique devendo para sempre. Um dia vão cobrar." Ele tivera dois meses de liberdade com a esposa e chegara a hora de trabalhar, como ele explicava. Mas o salário de aproximadamente 250 dólares do Exército não ajudaria muito no pagamento das dívidas. Havia um motivo mais prático: uma vez que estivesse no Exército, em uma base militar, ele ficaria praticamente imune à polícia. "Eu estava saindo muito, e aquilo não era bom para mim — era perigoso — e eu pensei: 'Por que não voltar para o Exército e ficar em segurança além de ganhar um dinheiro?'" Ele conseguiu, por meio do tio do marido de uma de suas irmãs, receber autorização para voltar como guarda-costas de um comandante *hazara* do Exército Nacional Afegão. O comandante trabalhava no Aeroporto Internacional de Cabul; então, Ali não ficaria longe de Zakia e poderia visitá-la nos fins de semana. Até mesmo o uniforme o ajudaria a se esconder, embora ele tivesse de cortar a cabeleira negra em estilo militar. O novo corte não foi um disfarce ruim. Um dia, quando estava voltando para casa para passar o fim de semana com Zakia, Ali passou pelo sogro, sem ser notado por ele.

Nessa época, tínhamos retomado as conversas com eles, e decidimos que já era hora de convencer Ali e Zakia quanto à opção de Ruanda. Tudo indicava que os dois nunca negociariam diretamente com Aimal Yaqubi, e Shmuley insistia que devíamos oferecer ao casal a oportunidade de sair. Isso me colocava em uma posição desconfortável, mas eu não me sentia bem por deixá-los perder a oportunidade por não haver um intermediário. Jawad e eu conseguimos nos reunir com Ali, seu pai e sua esposa para conversarmos sobre o assunto. Novamente explicamos o que eles poderiam esperar na África: seis meses de isolamento em Ruanda enquanto aguardavam os vistos para os Estados Unidos e, mesmo sem garantias, as chances eram boas. Ficou claro que não gostaram muito da ideia. De qualquer forma, a inexistência de passaportes poria tudo a perder. A essa altura, Zakia tinha um novo *tazkera*, mas eles não estavam dispostos a correr o risco de tentar tirar o passaporte tendo sobre eles acusações criminais e, sem passaportes, Ruanda deixava de ser uma opção. O rabino Shmuley ficou decepcionado, mas não esmoreceu. Alguns dias depois, ele me ligou para dizer que estava pronto para entrar em ação e que queria o meu conselho: o que deveria fazer em relação a Fatima Kazimi.

— Nós somos amigos, não somos?
— Claro.
— Então, diga-me a verdade.
— Claro.
— A gente deve salvar a Fatima?

Tentei enrolar um pouco para organizar os pensamentos, percebendo o que ele devia estar pensando.

— Como assim?
— Tirá-la daí, salvá-la. Levá-la para Ruanda.
— Entendi. Posso responder depois?

Durante o mês de junho, estávamos todos ficando frustrados e ansiosos para entrar em ação. A estagnação não era boa para ninguém, principalmente para Zakia e Ali, que continuavam esquivos e imprevisíveis mesmo em relação a mim e a Jawad. Aimal Yaqubi e a embaixada norte-americana estavam tendo ainda mais dificuldades de falar com Ali. A embaixada começou a me ligar para pedir que eu convencesse Ali a atendê-los, e Aimal nos ligava para reclamar que não estava conseguindo chegar a lugar nenhum. Em certo momento, Aimal chegou a nos acusar de usar nossa influência com o casal para minar seus esforços. Aimal tinha quinhentos dólares para entregar ao casal como uma doação da benfeitora misteriosa do rabino Shmuley, explicou ele. Mesmo assim, o casal não cooperava (o valor tinha diminuído desde a primeira vez que eu ouvira falar naquilo).

Shmuley estava mais frustrado com essa inércia do que qualquer outra pessoa. Ele me contou sobre uma longa conversa que tivera com um funcionário da embaixada, o sr. Robert Hilton, da área de assuntos públicos, sobre o caso. "Temos aqui uma história que resume por que estamos lá, uma história que acendeu a imaginação dos norte-americanos, e vocês nem querem se envolver e ajudar. Vocês deixaram tudo nas mãos de um bando de leigos como nós, que não sabe o que está fazendo."

O sr. Hilton disse a Shmuley, o qual me contou posteriormente, que a embaixada tinha de pensar nas sensibilidades do país em que se encontravam. Isso exasperou o rabino. "E quanto à sensibilidade dos leitores norte-americanos? E quanto à sensibilidade das 100 mil tropas que foram enviadas para lá e os trilhões de dólares que gastamos, e vocês não conseguem tirar do país uma mulher que será assassinada? Repito: são trilhões de dólares."

Hilton argumentou que havia acusações criminais contra o casal, e que isso deveria ser resolvido de alguma forma, e os Estados Unidos não poderiam burlar o sistema legal do país, no qual tinham investido mais de um bilhão de dólares na última década.

"Você está me dizendo que vai aceitar a decisão de um juiz corrupto e mandá-la de volta para a família para ser assassinada ou estuprada?" — Shmuley no meio de um discurso exaltado era um páreo duro. — "Isso é ridículo. A história é clara. Nós estamos aqui para proteger pessoas como Zakia." Agora ele já sabia o nome dela. "Tudo o que precisamos fazer é arranjar um passaporte para essa mulher."

Shmuley me telefonou para contar a conversa. "Eu não acho que a embaixada vai ajudar, mas, de uma forma ou de outra, nós vamos tirá-los daí, e vai ser uma história e tanto quando conseguirmos isso, e o governo norte-americano não vai ter nos ajudado", disse ele. "Depois de um trilhão de dólares, não conseguimos salvar uma mulher de um assassinato em nome da honra porque estamos preocupados em magoar os sentimentos de alguém no governo afegão? O governo norte-americano não pode fazer isso? O governo norte-americano tem medo do governo afegão? Pois que tenham mais medo do povo norte-americano. O que estamos fazendo aí? O que conseguimos mudar? Não podemos permitir que essas pessoas morram e não consigamos nada. Então, agora dois jovens de Nova Jersey vão fazer o que o governo norte-americano não pode fazer. Eles parecem estar sob ordens rígidas: vamos sair discretamente do Afeganistão e não causar problemas."

Esse tipo de situação tornou-se frequente nos dias finais da intervenção ocidental no Afeganistão. O caso de uma jovem chamada Gulnaz, que tinha sido obrigada a se casar com o homem que a estuprara, é um bom exemplo. A União Europeia (UE) escondeu um filme que tinha encomendado mostrando a situação da moça, preocupada que isso pudesse envergonhar o governo afegão. A produtora de cinema Clementine Malpas, que morava na Grã-bretanha, encontrou Gulnaz, então com apenas 19 anos, em uma prisão feminina de Cabul, e fez um documentário financiado pela UE sobre a moça e sobre a situação das mulheres no Afeganistão, o qual chamou de *In-Justiça*. No filme, a sra. Malpas conta como Gulnaz ficara presa por três anos depois de ter sido estuprada por um primo chamado Assadullah Sher Mohammad; Gulnaz deu à luz enquanto estava na prisão. Quando solicitou que o caso fosse revisto, foram acrescidos 12 anos na sua sentença,[14] mas um juiz afegão ofereceu-lhe a liberdade se aceitasse se casar com o estuprador.

Quando funcionários da missão da União Europeia em Cabul assistiram ao filme, decidiram adiar o lançamento, ameaçando a produtora de processos se permitisse que o documentário fosse exibido. Aparentemente, o motivo era proteger as mulheres no filme, Gulnaz e duas outras vítimas, contra qualquer vingança. A UE rejeitou os documentos fornecidos para produtora do filme com o consentimento de Gulnaz e das duas outras vítimas. Aquela foi uma rendição dos diplomatas da UE às sensibilidades culturais afegãs. Isso foi confirmado quando o *The New York Times* relatou que e-mails da diplomata da UE acerca do Estado de direito e direitos humanos, Zoe Leffler, diziam que a UE "tinha de levar em conta suas relações com as instituições de Justiça ligadas a outros trabalhos que estavam sendo realizados no setor".

Na exaltação que se seguiu, o presidente Hamid Karzai ordenou que a moça fosse solta — mas deixou bem claro que esperava que ela se casasse com o estuprador de acordo com a sentença do tribunal, conforme artigo de Alissa J. Rubin, publicado na revista *Times*.[15]

"Gulnaz disse: 'Meu estuprador destruiu meu futuro'", relatou a sra. Malpas, reproduzindo uma conversa. "'Ninguém vai se casar comigo depois do que ele fez. Então, sou obrigada a me casar com ele pelo bem da minha filha. Não quero que a chamem de bastarda e que maltratem meus irmãos. Eles não terão honra na nossa sociedade até que eu me case com ele.'"

Grupos de mulheres protestaram e tentaram levar Gulnaz para um abrigo. Então, surgiram novas notícias, e todos perderam o interesse no caso; o documentário nunca foi lançado oficialmente — mais 50 mil euros jogados pelo ralo da UE, parte dos 18,2 milhões de euros que a UE gasta por ano em programas com foco na igualdade entre os sexos,[16] isso sem contar o dinheiro de doações bilaterais das nações-membros.

Em 2014, a história do caso de Gulnaz estava sendo reescrita. Mary Akrami, diretora de uma organização chamada Afghan Women Skills Development Center, que afirma ter sido a primeira a instalar um abrigo para mulheres no Afeganistão (supostamente financiado por organizações de mulheres da ONU, como é o caso do abrigo em Bamiyan), alega que a imprensa internacional e principalmente sua advogada, Kimberley Motley (que assumiu o caso após a controvérsia do documentário), deliberadamente distorceram o que tinha acontecido com ela. "O tribunal realizou o casamento com o consentimento dela", disse a sra. Akrami. "Ela não foi estuprada. Na verdade, estava apaixonada pelo rapaz e teve um caso com ele. Então, ela concordou em se casar com ele. As famílias se reconciliaram e agora eles vivem juntos e felizes. Eles têm uma filha e moram em Cabul."

Não é assim que Kim Motley vê o caso. Ela visitou Gulnaz em meados de 2014. A jovem, agora com 22 ou 23 anos de idade, realmente se casou com o estuprador e não nega que ele é exatamente isso. O marido a trata de forma decente, contou ela a sra. Motley, não bate nela e a sustenta, assim como sua filha. Kim disse que, depois da controvérsia com o documentário, ela recebeu ofertas de mais de dez países ocidentais dispostos a dar asilo a Gulnaz. Na época, a moça estava no abrigo de

Mary Akrami. "O ministro de Assuntos da Mulher e o abrigo impediram que eu tirasse o passaporte dela", acusou. Consideraram o casamento com o estuprador como a única solução interessante para a vítima, e a história foi reescrita para tornar aquilo possível. "Ela nunca negou que o primo foi o estuprador. Tinha 15 anos quando aconteceu. Chegou a ser amarrada quando foi estuprada. Nunca houve dúvidas quanto a isso. Por fim, ela se casou com ele, apenas por ser a única forma que encontrou de sair daquela porcaria de abrigo."

As ofertas de asilo que Gulnaz recebera sumiram em 2014, conforme crescia o número de mulheres que viam a fuga do país como sua única alternativa de salvação. Os países ocidentais começaram a se preocupar que o asilo, nesses casos, pudesse minar seus esforços para promover os direitos da mulher no país.

Era esse tipo de atitude que tornava um resgate de Zakia e Ali pela embaixada altamente improvável. Ainda mais em relação a um casal com acusações criminais. A questão levantada pelas acusações enfurecia o rabino Shmuley. "Essa é a maior farsa de todas. Você se apaixona por alguém e isso é um crime? Espero que você escreva alguma coisa sobre os americanos mortos e sobre o trilhão de dólares no tesouro para o nosso governo respeitar um governo bárbaro. É isso que chamam de Estado de direito? Nem sei como eles têm a cara de pau de dizer isso. Fazê-los passar vergonha na mídia é a única coisa que vai funcionar. Essas pessoas são obrigadas a viver como ratos. Vamos libertá-los."

Mesmo assim, ele não poderia tirar Ali e Zakia do país, uma vez que eles não tinham passaporte — e também não havia nenhum outro meio legal de deixá-los em segurança. Mas ele poderia salvar alguém — e a misteriosa benfeitora estava disposta a financiar isso. O governo de Ruanda também estava disposto a cooperar e eles estavam prontos para isso, disse-me Shmuley. Eles salvariam Fatima Kazimi. Mas havia uma coisa incomodando o rabino. Então, ele queria que eu fosse sincero e dissesse se eu achava que Fatima realmente tinha motivos para temer pela própria vida. "Estou preocupado que ela só esteja tirando vantagem da situação e nos manipulando um pouco." Sim, isso realmente era do feitio de Fatima, mas não expressei minha opinião. Responder à pergunta dele me colocaria em uma posição ética difícil. Se eu fosse dar a minha opinião direta e honesta, eu diria "Não, realmente acho que ela não está correndo nenhum risco de vida." E se minha resposta acabasse com a chance que Shmuley estava dando a ela para fugir do Afeganistão e ela estivesse mesmo em perigo? Que direito eu tinha de determinar o destino dela e provavelmente o de sua família apenas por expressar minha opinião, principalmente se eu estivesse errado? Eu disse que voltaríamos a falar sobre o assunto, e mesmo isso já era errado.

Em Bamiyan, até mesmo os aliados de Fatima diziam que ela não estava correndo perigo de vida. "Não há qualquer ameaça contra ela de outras pessoas. Nem contra ela, nem contra sua família. Não permitiríamos que algo assim acontecesse", disse o delegado de polícia de Bamiyan, o general Khudayar Qudsi.

Quando o gabinete do procurador-geral tentou interrogá-la, segundo ele, a polícia interveio e não permitiu. "Não havia fundamento para isso, e não vamos reconhecer tal ação. O pedido do procurador geral da província baseou seu pedido nas acusações da família de Zakia, mas não há provas do envolvimento de Fatima Kazimi na fuga do abrigo", explicou o delegado Qudsi. E quanto aos riscos que ela corria por causa da família de Zakia? "Não é verdade. Ela conta com os próprios guarda-costas pessoais que cuidam da segurança dela, guarda-costas da polícia. Esse é nosso dever, nossa obrigação. Acho que é apenas uma desculpa para ela deixar o país."

Parecia ficar claro que Fatima Kazimi queria o mesmo que muitos afegãos, ou seja, uma vida melhor, e ela perdera as esperanças de conseguir isso no Afeganistão. Isso, porém, não se qualifica como "um medo de perseguição bem fundamentado" ou qualquer outra base geralmente aceita para concessão de asilo ou de refúgio.

Senti que eu não tinha escolha a não ser compartilhar essas informações com Shmuley. Meu artigo fizera com que ela se tornasse uma das heroínas da história, e ele estava prestes a premiá-la por isso. Antes que eu tivesse a chance de falar com Shmuley, porém, Fatima ligou para dizer que partiria naquele dia para Índia, onde tiraria um visto para seguir para Ruanda. Ela tentara viajar na noite anterior pelo Aeroporto Internacional de Cabul com um visto emitido on-line pelo governo ruandês. No entanto, as autoridades afegãs nunca tinham se deparado com um visto eletrônico antes e impediram sua partida.

Shmuley agira rapidamente. Telefonei para ele mais tarde naquele dia, e o homem estava animado. "Fatima chegou a Nova Délhi. Já saiu do Afeganistão, graças a Deus, e eu espero que nós tenhamos lhes dado segurança. Eles estão a caminho de Ruanda. Muito obrigado por tudo."

Contei ao rabino que eu tinha chegado tardiamente à conclusão de que ela estava enganando todo mundo. Em retrospecto, acho que ela já havia planejado tudo isso desde aquele primeiro e-mail.

"Estamos muito satisfeitos", disse Shmuley. "Conseguimos tirá-la daí, graças a Deus. Algumas pessoas podem não acreditar que eles estavam em perigo, mas nós fizemos o que era certo". Shmuley me lembrava um pouco o fotógrafo Diego quando encontrava um raio de sol passando pelo teto e não ouvia mais ninguém.

Além do direito de permanecer em Ruanda — e, possivelmente, tornarem-se os primeiros afegãos da história a pisarem naquele país —, Fatima, seu marido e os filhos receberiam moradia como cortesia do presidente Kagame. A benfeitora do rabino Shmuley lhes daria a soma de 20 mil dólares para viverem por um ano, um valor mais do que adequado para Ruanda. "Queremos evitar uma dependência prejudicial", explicou ele.

Finalmente estava disposto a me contar quem era a benfeitora. "Ela está preparada para revelar o próprio nome, mas com uma condição: desde que isso não represente mais perigos para o casal." Era Miriam Adelson, a esposa do magnata dos cassinos e multibilionário Sheldon Adelson.

A sra. Adelson não queria créditos como uma judia ajudando a salvar o casal muçulmano da sociedade retrógrada em que viviam. Ela apenas havia ficado comovida com a história e queria ajudá-los, e a qualquer pessoa afetada pela história deles também. Não havia segundas intenções ali. Os motivos de Miriam eram puramente humanitários, de acordo com ele. O verdadeiro herói da história não sou eu, mas Miriam Adelson, que me deixou interessado no caso deles. Depois de um tempo, fiquei pessoalmente envolvido. Passei a realmente me importar com a direção que aquilo estava tomando.

Fatima passou uns dois dias na Índia, que coincidiram com um jantar de gala que a World Values Network tinha organizado em Nova Jersey, com a presença de várias celebridades e políticos importantes, como o ator Sean Penn, o governador Rick Perry, do Texas, o governador Chris Christie, de Nova Jersey e o ativista político Elie Wiesel.[17] Seus contatos organizaram uma chamada com vídeo de Nova Délhi para que Fatima pudesse agradecer a Miriam e ao presidente Kagame por a terem resgatado.

Miriam talvez não tivesse nenhuma segunda intenção, mas certamente esse não era o caso do presidente Paul Kagame. Considerado um herói pelo Ocidente no passado, por ter conseguido superar o genocídio de Ruanda, o sr. Kagame precisava passar uma imagem positiva na imprensa após ter sido acusado de assassinar seus oponentes, reprimir a oposição e transformar Ruanda, outrora a grande esperança negra da África, em mais uma ditadura governada por um poderoso africano.[18] Assim como Shmuley, Miriam Adelson era uma leal defensora de Israel, que, por sua vez, era um leal aliado de Ruanda. Os partidários dos dois países viam a experiência compartilhada de genocídios como um vínculo entre eles. Seus críticos viam os governos com registros igualmente terríveis de direitos humanos que lutam contra um status crescente como estados párias, apesar dos respectivos passados nobres.

No dia seguinte, Fatima começava a longa viagem, pegando um avião de Nova Délhi para Dubai e de Dubai para Kigali.

Na nossa conversa seguinte com Ali, sempre por telefone, contamos que Fatima fugira para a África, após dizer para as pessoas que queriam ajudar o casal que ela também precisava ser salva. Ele ficou surpreso.

"Fatima foi para a África?" Riu por alguns minutos e, então, recobrou a compostura. Segundo ele, aquele era mais um motivo para não considerar a África uma solução. Ele não queria estar em um lugar cuja única pessoa que falava o idioma deles era Fatima Kazimi.

Sua veemência me surpreendeu, e eu perguntei por que ele se sentia assim. "Ela não nos ajudou", afirmou ele. "Ela não me ajudou e não ajudou Zakia a fugir. Não fez nada por nós. Um dia a gente vai se encontrar e conversar." Foi um desabafo emotivo.

Argumentei que era inegável que Fatima evitara que a família de Zakia a tirasse do tribunal naquele dia provavelmente para matá-la. "Isso foi tudo o que ela fez, e eu respeito isso, mas ela não fez nada mais." Isso era desvalorizar um pouco o que Fatima fizera, tenha ela usado ou não a situação deles em benefício próprio. Não entendi aquela atitude dele e ficaria sem entender por um tempo.

CAPÍTULO 8

IRRECONCILIÁVEIS

Esperança não é um bom plano, mas era o único que tinham. "Este mundo é mantido com as nossas esperanças. O passado é construído pelas nossas esperanças. Você passa a vida com esperanças", disse Ali, com seu jeito sonhador, em uma das poucas vezes em que conseguimos falar com ele no mês de maio. "E eu espero que Deus nos ajude." Quando Ali optava por atender ao telefone, mal nos escutava ou, de repente, fazia apelos para que tomássemos as decisões por eles. O pior de tudo era que Ali não estava disposto a aceitar a realidade e levar a sério a questão da segurança. Considerando o número de vezes em que os homens da família de Zakia estavam sendo vistos não muito longe da região de Chindawul, onde eles se escondiam com a tia dele, ficou claro que o local não era mais seguro. Como a tia era a irmã de Anwar, não seria muito difícil para a família de Zakia descobrir onde ela morava, pelo menos por alto, e então ficarem vigiando até um deles aparecer. Poderia ser muito bem o que estava acontecendo com os quase encontros. Ali sempre concordava conosco quando o repreendíamos quanto a isso, mas parecia que estávamos falando com a parede.

Um dia, Jawad e eu nos sentamos e escrevemos uma lista de assuntos que queríamos discutir com Ali na próxima vez que conseguíssemos que ele atendesse ao telefone e estivesse minimamente disposto a ouvir ou se conseguíssemos falar com ele quando estivesse saindo do trabalho no Exército.

- Eles não podem ficar se escondendo para sempre. Mais cedo ou mais tarde, serão pegos. Isso é o que todo mundo que trabalha com essas rixas familiares diz.
- Se forem pegos, os dois vão ser levados para a cadeia. Isso pode significar que Zakia sofrerá violência sexual enquanto estiver sob custódia, o que é muito comum. A prisão feminina é muito pior do que os abrigos, os quais pelo menos são administrados por mulheres.
- Os dois deveriam pensar em, pelo menos, conversar com as pessoas que administram o abrigo da ONG Women for Afghan Women. Ele não precisa fazer o que disserem; apenas ouvi-los.
- Os advogados de lá são muito bons e eles ganharam recentemente um caso muito parecido com o de Zakia e Ali, e, enquanto o caso estava sendo julgado no tribunal, a mulher teve de permanecer no abrigo por apenas um mês.
- Os advogados dizem que o caso deles é forte e estão certos de que podem vencer em termos legais. Mas não podem fazer isso, a não ser que Zakia deixe de ser uma fugitiva e esteja em um lugar e possa ser apresentada ao tribunal.
- A diretora da WAW, Manizha Naderi, está disposta a falar com Ali, e, embora esteja nos Estados Unidos agora, ela telefonaria naquela noite. Informaremos a Ali o número que ela usaria.
- O abrigo da WAW não é nem um pouco parecido com o de Bamiyan. Se decidirem ir até lá para discutir o caso com os advogados, poderíamos ir com eles e garantir que iriam embora caso assim quisessem.
- Se mudassem de ideia e decidissem deixar o Afeganistão, iriam precisar de passaportes, e eles não conseguiriam fazer isso em segurança enquanto houvesse acusações criminais contra eles. Eles precisam resolver a questão legal. Os únicos países para o qual poderiam ir sem passaporte eram o Irã, perigoso demais, e o Paquistão, difícil demais.

- Se eles não quisessem usar os advogados do abrigo, eles deveriam ir até lá e conversar com eles. Nós até o levaríamos lá e garantiríamos que estariam livres para partir depois da reunião.

Repetíamos esses pontos todas as vezes que Jawad conseguia falar com Ali no telefone, e com o pai e os irmãos dele também, mas ele não concordava nem em ir ao abrigo para ouvir o que tinham a dizer nem em permitir que Zakia entrasse no abrigo a fim de o caso deles poder ir a julgamento. Quando falamos com Zakia, ela deixou que Ali tomasse a decisão.

Mais de uma semana se passou sem nenhuma resposta, apenas a mensagem de fora de área de serviço e, então, finalmente ouvimos um dos toques familiares, do cantor iraniano cego e sua música "Passado":

> *Não tenha tristezas do passado,*
> *Pois o passado passou*
> *A tristeza nunca refaz o passado.*
> *Pense no futuro, na vida, na alegria.*
> *E, se a sede não encontrar nenhum rio,*
> *Beba apenas uma gota e sinta-se satisfeito.*[1]

Dessa vez, Jawad conseguiu avançar um pouco, e Ali concordou em nos encontrar na sexta-feira. O comandante lhe dera três dias de folga. "Ele estava com medo", disse Jawad. "Eu disse para ele: 'Veja bem, nós não fizemos nada contra você. Fomos à sua casa, conversamos com o seu pai, poderíamos ter entregado vocês a qualquer momento. Você tem de confiar na gente.'"

"Eu nem contei para a minha mulher que eu ia me encontrar com vocês porque ela talvez dissesse não", disse Ali. "Na última vez que vocês vieram nos ver..." Quando o irmão dela fora visto perto do cinema Pamir. "...Bem, ela fica muito nervosa e não quer que eu saia de jeito nenhum. Ela acha que eu vou ser preso. Então, ela estará em apuros."

Novamente, sugerimos que aquele era mais um motivo para considerar o abrigo para ela até que o processo criminal estivesse resolvido. Para facilitar as coisas para os dois, Manizha Naderi ofereceu um trabalho para Ali como guarda no abrigo. Trabalharia tomando conta do muro externo e não poderia entrar, já que os abrigos são espaços exclusivos para mulheres, mas ele saberia que ela estava em segurança, e o casal poderia ter visitas supervisionadas de vez em quando. Nada o convencia. "Minha mulher disse que não consegue ficar lá nem por um dia. Ela não pode ficar separada de mim nem por um dia", afirmou ele, e eu me perguntei se aquelas palavras eram da esposa ou dele.

Manizha e a sua melhor advogada na época, Shukria Khaliqi, encontraram uma solução. Shukria descobriu uma forma de levar o caso deles ao tribunal sem que Zakia precisasse ficar no abrigo. "Tudo o que eles precisam fazer é nos dar permissão para assumir o caso", explicou Manizha. "Os dois precisam se encontrar com Shukria. Ela irá encontrá-los no lugar que escolherem para pegar o testemunho deles. Então, depois que o caso for a julgamento, Zakia teria de ir ao tribunal para testemunhar. Eu realmente me preocupo que eles acabem, de alguma forma, sendo pegos pela polícia." Se isso acontecer, será tarde demais para Zakia optar por ser colocada em um abrigo; as mulheres podem ficar em abrigos por livre e espontânea vontade enquanto os casos criminais contra elas estão sendo julgados, mas só se elas vierem por vontade própria. Se forem presas, ficam na cadeia até o dia do julgamento.

Movido pela necessidade de mais dinheiro, Ali finalmente concordou em se encontrar com Shukria, mas sem Zakia. Eles estavam sem dinheiro de novo, e só poderiam receber as doações da WAW se fossem lá pessoalmente, para que os contadores da ONG pudessem comprovar que a pessoa certa havia recebido. Em uma sociedade na qual a corrupção é a norma, as pessoas precisam ir a extremos para provar que suas ações não são desonestas. Ali insistia que pegássemos o dinheiro para ele. Mas não era certo entrar no meio de tudo aquilo; além disso, queríamos que ele se encontrasse com as competentes advogadas da WAW.

Dura e articulada, Shukria é bastante forte e logo dominou Ali, insistindo que ele deveria confiar nela.

— Vou resolver este caso em um mês — afirmou ela. — Vou trabalhar nisso até conseguirmos. Vou usar meus contatos no Ministério de Assuntos Internos e pressionar os anciãos lá e farei isso com absoluta confiança. Nem vou registrar o caso, de modo a nem minha equipe ficar sabendo disso.

Ali, sentando no sofá ao lado da mesa da advogada, tentava inclinar o corpo, afastando-se dela, enquanto ela falava, parecendo diminuir sob o peso do discurso dela.

Então, o contador chegou e entregou a ele mais de mil dólares de doações que a WAW recebera, seguindo o ritual bastante usado quando uma pessoa analfabeta está envolvida em uma transação formal. O contador leu em voz alta o documento dizendo que Ali confirmava ter recebido o pagamento. Ali confirmava verbalmente que tinha entendido, carimbava o polegar no documento e o entregava em troca do dinheiro; durante toda a transação, um auxiliar gravava todas as etapas.

Depois disso, Ali se animou.

— Desde que não peçam para afastar Zakia de mim novamente, tudo bem, podem pegar o caso — disse ele. — Quem quer que defenda a verdade, terá a minha ajuda.

Estava tão bem-humorado que concordou em organizar um encontro para conversarmos com Zakia para levá-la até Shukria para ela também concordar formalmente em ser representada pela WAW.

Ali se empertigou ainda mais quando soube que Jawad tinha recebido uma ligação de um dos anciãos de Kham-e-Kalak, a aldeia de Zakia, e que este queria vir conversar conosco sobre o caso. O ancião achava que o *The New York Times* era algum tipo de ONG e que talvez pudéssemos agir como intermediários entre a família dela e o casal. Seu nome era Abdul Rab Rastagar, e nós marcamos de encontrar com ele no restaurante Herat, em Shar-e-Naw, no centro comercial de Cabul. Era um lugar grande e lotado, com as tradicionais plataformas elevadas para se comer espalhadas por entre árvores em torno de um jardim, mas sem as telas privativas. Os clientes deixavam os sapatos embaixo da plataforma e se sentavam com as pernas cruzadas em esteiras e almofadas. Comer em esteiras no chão é a norma nos lares afegãos; isso era um refinamento da prática, provavelmente originado da necessidade de manter os animais longe da mesa. Um pavão caminhava por entre as plataformas balançado a cauda de quase dois metros de altura e soltando altos grasnidos. Fomos mais cedo e escolhemos um lugar do qual pudéssemos ver a entrada da frente, no caso de o sr. Rastagar chegar fortemente acompanhado. Sabíamos que ele estava em contato com Gula Khan. Na última vez que falamos com o irmão de Zakia no telefone, ele parecia muito zangado conosco e com sua irmã. Ao que tudo indicava, alguém lera ou contara para eles sobre os artigos do *Times* sobre o caso.

O sr. Rastagar chegou sozinho e parecia inofensivo. Tratava-se de um homem mais velho, com mais de cinquenta anos, mas bem seguro de si. O termo "ancião", como os afegãos o empregam, pode significar ou um homem muito velho, reverenciado pela idade avançada, ou um homem um pouco mais velho com status social, reverenciado pelo seu poder. O sr. Rastagar era um exemplo de avanço pessoal em decorrência da maciça ajuda estrangeira. Nos primeiros dois anos após a queda do Talibã, ele trabalhou para uma organização chamada UN-Habitat, que realizava programas de desenvolvimento rural em Bamiyan. Depois, passou a trabalhar como supervisor do centro de detenção juvenil, uma instituição dirigida pelo governo e também financiada por doações internacionais. Seu imponente cargo lhe conferia uma posição que impressionava muito a família de Zakia, fazendo com que confiassem a ele a importante missão de entrar em contato com a ONG conhecida como *The New York Times* que eles acreditavam estar em contato com o casal. Mais tarde, descobrimos que o sr. Rastagar era apenas um guarda enaltecido, o supervisor de turnos.

Quando o sr. Rastagar tirou os sapatos, havia furos nas solas das meias. Ele se sentou com as pernas cruzadas na plataforma, usando um *shalwar kameez* marrom e um *pakol* afegão, o chapéu de feltro arredondado de uso bastante comum no país. Ele foi direto ao assunto:

— Ninguém está dizendo a verdade sobre esse caso — declarou ele. — Mohammad Zaman teve de deixar tudo para trás e vir para Cabul, trabalhar como um operário comum por causa do ocorrido. A verdade é que a moça foi traída pela irmã de Ali. Ela foi compelida a sair de casa para que Mohammad Ali a estuprasse. Então, a irmã disse para ela: "Zakia, agora seu noivo não vai mais se casar com você." — O sr. Rastagar estava se referindo ao suposto noivo que Zaman arranjara para ela, um dos seus sobrinhos. — Veja bem... A irmã queria se casar com o noivo de Zakia, e foi por isso que fez isso tudo. Então ela disse: "Eu me caso com ele, e você pode se casar com Mohammad Ali." Mas Zakia não queria saber de Mohammad Ali. Ela havia sido estuprada, e foi por isso que a levaram para o abrigo. Não permitiram que o pai ou a mãe a visitassem porque ela estava triste com o que tinha acontecido e queria vir para casa.

O sr. Rastagar fez uma pausa, esforçando-se para nos encarar, para ver se estávamos caindo na conversa.

— E tem mais...

— É mesmo?

— Sim. Ali tem duas irmãs mais velhas que são prostitutas. Sabemos que são, e temos certeza de que a culpa de tudo isso é delas.

— Como o senhor sabe disso?

— Eu trabalhei com elas na UN-Habitat — disse ele. — É claro que são prostitutas. Elas trabalhavam lá para estrangeiros.

— Como o senhor?

— Isso. Mas elas eram moças. Todo mundo na aldeia sabe que elas eram prostitutas. Quando um estranho chegava à aldeia, todos nós sabíamos para que casa estavam indo.

Essa narrativa foi feita com segurança e suavidade, como se aquela fosse a explicação mais óbvia possível e, depois de contada, qualquer ouvinte veria como o pai de Zakia tinha razão naquele caso.

Sugeri, então, que Zakia não teria escalado um muro para fugir do abrigo de Bamiyan e se casar às escondidas com Ali se ele a tivesse estuprado.

— O governo armou aquela fuga — afirmou ele. — Ela não queria. Ela está escondida. Ninguém sabe onde ela está. Ou se ela está com ele nas montanhas, tudo bem, ela está lá com ele, mas não queria estar. Para ser sincero, o pai tem sido oprimido por esse caso.

O pai de Zakia era a verdadeira vítima de toda a história, segundo ele.

— Zaman agora mora em Cabul quase como um mendigo porque ele perdeu tudo. Tudo — disse ele. — Ele não tomou conta dos filhos, principalmente das filhas. Ele não foi bom para elas, é verdade. Não aprovo o homem por isso. Ele não deveria ter permitido que a filha saísse pelos campos e tivesse um caso.

— Mas o senhor não disse que tinha sido estupro?

— Ou estupro. Isso não teria acontecido se ele não tivesse deixado a filha sair sem supervisão. Eu mesmo queria bater em Zaman. Fiquei muito zangado com ele.

Ele ficou mais exaltado quando falou sobre o abrigo deixar uma moça fugir daquela forma.

— O abrigo deve ter ajudado na fuga — afirmou ele. — Eu tinha 25 crianças sob a minha supervisão. Por que *elas* não fugiram? Simplesmente porque era impossível.

Era fácil imaginar o sr. Rastagar dominando um bando de crianças.

As autoridades em Bamiyan pioraram tudo quando não deram ouvidos ao velho Zaman e aos seus filhos, arrancando-os de seus escritórios quando ele vinha reclamar, o que ele fazia com frequência.

— O governador disse para Zaman: "Não fale mais comigo, ou vamos mandar prender você" — contou o sr. Rastagar.

Isso gerou uma situação instável, um furo no tecido da ordem social que poderia provocar grandes consequências.

— O desfecho vai ser ruim. O marido vai fazer alguma coisa. O primeiro marido. — Aquele que ele descrevera antes como noivo. — Ele está armado agora, e ele vai matar todos os envolvidos. Eu vi o pai. Ele quer se matar. O pai, Zaman, é fraco, uma pessoa fraca, mas está dizendo que vai se matar ou se juntar ao Talibã e seguir para Ghorband. — Era um distrito notoriamente controlado pelo Talibã, transversal à estrada entre Cabul e Bamiyan. — E, se ele encontrar qualquer *hazara* na estrada, vai matá-lo.

Em outras palavras, suicídio e matança, a execução aleatória de estranhos da etnia errada — é o tipo de coisa que normalmente acontece quando duas pessoas são tolas o suficiente para se apaixonarem.

— Eu não gosto do pai. Ele não criou bem os filhos — repetiu o sr. Rastagar. Agora ele parecia ansioso para estabelecer as credenciais de um negociante honesto. — Ele não mandou os filhos para a escola. Por isso, cresceram cegos. E quando uma pessoa cega sai na rua acaba arrumando confusão.

— O que o senhor acha de cinco mil dólares? Essa quantia seria suficiente para satisfazer Zaman? Só uma pergunta hipotética.

— Vou me esforçar muito para resolver esse caso. — O sr. Rastagar ignorou a quantia.

Sete mil?

— O pai não vai voltar para Bamiyan. Não há mais nada para ele lá. Todos lhe deram as costas. Temos um provérbio afegão: "Quando você está precisando, seus amigos se tornam estranhos."

Dez mil?

— O desfecho vai ser muito ruim. O primeiro marido vai fazer alguma coisa, e uma coisa que ninguém poderá desfazer.

O sr. Rastagar disse que ia falar com o pai. Ele acrescentou que já sabia que o primeiro marido tinha gasto 20 mil dólares como resultado da fuga e do casamento com Zakia para pagar o preço de uma noiva que ele nunca vira e a festa de casamento que não acontecera. Ele falaria com Zaman. Na verdade, os dois se encontrariam naquela tarde mesmo. Dissemos que poderíamos encontrar alguém que estivesse autorizado a negociar em nome da noiva, algo que nós não poderíamos fazer. Nossas perguntas tinham sido meramente especulativas e hipotéticas.

Quando nos separamos, seu último comentário foi peculiar:

— Se eles realmente se amam, tudo bem.

A reunião foi um desenvolvimento ligeiramente encorajador. Apesar da narrativa fantasiosa e mal-intencionada do sr. Rastagar, ficou claro que ele estava pronto para negociar e provavelmente estava agindo em nome do pai de Zakia. Acrescentar acusações de prostituição e estupro era apenas um meio de aumentar as apostas e melhorar a posição de negociação de Zaman. Ali e Zakia ficaram muito felizes com a perspectiva de negociar um acordo com a família dela. Embora estivessem cientes de que havia o risco de a família dela pegar o dinheiro e, ainda assim, tentar matá-los. Mesmo assim, significaria que as acusações criminais contra eles seriam retiradas, eles não seriam mais procurados pela Justiça e estariam livres para tirar os passaportes. Ali zombou quando ouviu a quantia de 20 mil dólares. "Isso é mais que dez *lakhs* de rúpias", disse ele. Mas, na verdade, eram afegãnes. "Na nossa aldeia, o dote costuma ser menos de três *lakhs*. Dá para casar com três esposas com dez *lakhs*."

Sem dúvida, Jawad e eu não nos envolveríamos em qualquer negociação real. Então, com a aprovação do casal, entramos em contato com a WAW e com Shukria. Contamos a ela o que o sr. Rastagar tinha mencionado o valor de 20 mil dólares e ela riu. Ela ficaria surpresa se a família não aceitasse cinco mil dólares, valor que estava dentro das doações arrecadadas para o casal. Contamos a ela que havia alguns doadores dispostos a pagar o dote se o valor recebido não fosse suficiente.

Estávamos no escritório de Shukria quando esta ligou para o sr. Rastagar e começou a falar com ele sobre o caso. Ela rapidamente formou uma opinião sobre ele e começou a lhe dar ordens. Ele pegaria o pai de

Zakia e o levaria até o escritório dela para discutirem o caso. Não, não na próxima semana, mas em dois dias, no sábado, definiu a mulher. Ele prometeu fazer isso. "Não se atrase. Sou uma pessoa muito ocupada", avisou ela.

"Isso é ótimo", disse Manizha Naderi. "Não se preocupem sobre o que o ancião está dizendo agora. Sempre fazem isso. Era o que as pessoas estavam dizendo sobre o meu sobrinho — que ele tinha estuprado e sequestrado a mulher. Isso é ótimo, na verdade. Talvez a gente tenha uma chance de resolver essa história."

Manizha estava se referindo ao caso do próprio sobrinho e sua esposa, que era bastante semelhante ao de Ali e Zakia. O casal fugiu para se casar contra os desejos da família da moça, que era contra a união não por causa de diferenças étnicas ou religiosas, mas por causa de diferenças de classe social. A moça era de uma família de *sayeds*, pessoas que acreditavam ser descendentes diretos do profeta Maomé, um tipo de nobreza islâmica. Eles tendem a desejar que os filhos se casem com outros *sayeds*. Depois de fugirem e se casarem, a família da moça alegou que ela já era casada com um primo de primeiro grau, e chegaram a levar um mulá e testemunhas que afirmaram estar presentes quando o pai dela (embora não a própria) celebrara o *neka* em seu nome; mostraram também o documento do *neka*. Manizha convenceu o sobrinho a levar a moça para o abrigo, e ela permaneceu lá enquanto Shukria levava o caso ao tribunal. Ela ganhou com uma estratégia simples: desafiou a família e as testemunhas a mostrarem uma imagem que fosse da suposta cerimônia de casamento. Já que atualmente quase todo mundo com um pouco de recursos têm uma câmera no telefone, costumam ser feitos vídeos e fotos de cerimônias de casamento por muitos dos convidados. Quando ninguém foi capaz de mostrar tal imagem, o juiz invalidou o *neka* mostrado pela família e legalizou o casamento do casal. Era esse caso que dava tanta certeza a Shukria de que ela poderia ganhar o caso de Ali e Zakia, pois poderiam confirmar que, até a fuga e o casamento, o pai de Zakia apenas alegava que ela estava noiva, e não casada — e que ele mudara a história quanto ao primo com quem ela deveria se casar.

As boas notícias sobre uma possível reconciliação deram um estímulo para Zakia e Ali, bem quando a situação da moradia começou a degringolar. O relacionamento com a tia de Ali se tornara tenso, e não apenas porque o apartamento tinha muita gente. "Eles também sentem que estão em perigo. Até a gente sente", explicou Ali. "Até negociarmos e chegarmos a um acordo, sentimos o perigo. É ainda mais perigoso quando você está com amigos. Um amigo pode prejudicar mais do que alguém que nem conhece você. Ele pode não perceber que está contando alguma coisa para alguém. Se ele for muito próximo, pode ser perigoso para você."

Certo dia, Ali ligou para Jawad profundamente agitado. Nós lhes entregáramos uma carta escrita em papel timbrado do *The New York Times* escrita em dari e em inglês. Demos uma cópia para ele e uma para Zakia. A carta endereçada "A quem interessar possa" pedia que quem a lesse, por favor, entrasse em contato com o nosso escritório em Cabul, e incluímos o meu telefone e o de Jawad. Minha ideia era que, se um dos amantes caísse nas mãos da polícia, a prova do interesse estrangeiro no caso deles poderia evitar que o pior lhes acontecesse — principalmente com Zakia — e talvez ficássemos sabendo mais rápido da situação. Agora Ali estava ligando do seu trabalho para perguntar se a carta protegeria Zakia da prisão se ela saísse sozinha e fosse parada.

Não, não protegeria, respondemos. Nossa esperança é que a protegesse contra um estupro imediato e, mesmo assim, o resultado era incerto. A maioria dos policiais não sabe ler nem escrever. Então, ela teria de ter a sorte de encontrar alguém que soubesse ler e fosse esperto o suficiente para se preocupar com o que os estrangeiros poderiam pensar. Era um tiro no escuro.

Perguntamos a ele o que estava acontecendo. Ele tinha sido transferido para a base aérea de Bagram, uma grande base militar norte-americana, a umas duas horas da capital. "Minha mulher me ligou e reclamou que minha tia e a nora a estão maltratando. Ela estava muito chateada e pediu para eu mandá-la de volta para Bamiyan. Achei que eu poderia confiar na minha tia e esperava que nos dessem refúgio, mas parece que ela me deu uma bofetada e minha esposa não pode ficar com ela. Não sei o que fazer. Às vezes, acho que seria melhor se eu me matasse."

O país estava em um estado de suspense aguardando os resultados da acirrada e amarga eleição presidencial de abril, e ficou claro que aconteceria um segundo turno em julho. Como resultado, a unidade de Ali fora ativada para se prepararem para serem enviados para alguma província para proteger as zonas eleitorais, o que explica a transferência para Bagram. Não havia mais como ter folga todo fim de semana; agora ele e Zakia precisavam se contentar em conversar por telefone de novo, e a próxima folga dele seria apenas depois das eleições, dali a muitas semanas.

As coisas ficaram problemáticas no esconderijo, e a tia exigiu que Zakia partisse o mais rápido possível. Zakia vinha se sentindo mal havia dias e queria que Ali a levasse ao hospital. As relações com a tia de Ali azedaram a tal ponto de ela se recusar a levar Zakia, e a moça não saberia chegar lá sozinha. Mudar-se dali também exigia que um homem a acompanhasse; as normas sociais tornavam praticamente impossível para ela encontrar um lugar sozinha e, de qualquer forma, Ali não agira de forma sensata — mas típica — e levara quase todo o dinheiro com ele.

Ali disse que tentaria conseguir uma permissão para sair da base, mas, no dia seguinte, quando falamos com o rapaz, ele estava ainda mais desesperado. Com a folga negada por causa da preparação para missão, ele tentara fazer com que um dos guardas do perímetro o ajudasse a sair da base, mas fora rejeitado. Tinha ligado para o pai para vir de Bamiyan para cuidar de sua esposa, mas Anwar precisava de uns dois dias para viajar, e Zakia estava cada vez mais desesperada para ir embora. "É por causa da minha falta de sorte que essas coisas continuam acontecendo", declarou Ali. Para ela, ao telefone, disse que tentaria fugir. Em um momento mais equilibrado bem mais tarde, ele foi mais honesto quanto à situação: "Você se coloca em perigo por causa das coisas que decide fazer."

Imploramos a Ali que não tentasse fugir de Bagram, dizendo que a história poderia acabar mal. Ele talvez não conhecesse bem aquela base, mas eu conhecia. Maior base norte-americana no país, Bagram era bem vigiada, com patrulhas, monitores de alta tecnologia, sensores de pressão, câmeras de vídeo, dirigíveis de vigilância e cercas dentro de cercas. Os quartéis do Exército Nacional Afegão ficavam dentro do perímetro norte-americano mais amplo. Fugir dali não apenas seria impossível, mas Ali estaria se arriscando a levar um tiro se tentasse.

Em vez disso, nós nos oferecemos para levar Zakia para outro lugar seguro, talvez para uma hospedaria ou a casa de alguma mulher. Liguei para uma mulher afegã-americana que morava fora de Cabul com sua família afegã, pessoas educadas e ocidentalizadas que eram solidárias à situação de Zakia e Ali, e ela concordou em receber Zakia até que Ali pudesse se juntar a ela. Ali recusou categoricamente a oferta, e nós discutimos quanto a isso. Perguntei por que ele não confiava na gente. "Confio em vocês. Até mesmo nos seus cães", disse ele. Essa é uma expressão comum, evocando o total desprezo que os afegãos sentem por cães. "Mas Zakia nunca concordaria em ficar com alguém que não conhece." Isso significava que nunca concordaria em permitir que ela fosse. Sugerimos que Zakia fosse para o abrigo da WAW até Ali se juntar a ela, mas ele também rejeitou essa ideia.

Ficamos sem notícias dele por dois dias. Seu telefone parou de receber chamadas, e desconfiamos, corretamente, que ele tinha seguido com o plano de fuga. Ele e dois amigos escalaram a cerca principal, carregando um cobertor para cobrirem o arame farpado que ficava do outro lado. Ali estava passando pela cerca quando uma patrulha chegou e o capturou.

"Eles quase atiraram quando me viram na cerca", contou ele quando conseguimos falar ao telefone. Ali foi colocado na solitária durante os dois dias que ficamos sem notícias. "Fui acusado de ser um espião. Disseram que eu não tinha passado nem um mês no Exército e já estava tentando fugir da base." Infiltração de talibãs era uma preocupação constante do Exército Nacional Afegão.

Na semana seguinte, ele tentou escapar da base mais duas vezes e foi punido por isso. "Eu disse para eles que poderiam me impedir cem vezes, e eu ainda tentaria fugir."

Depois de uma viagem perigosa que levou vários dias, Anwar conseguiu chegar a Cabul. Os *hazaras* precisavam tomar muito cuidado ao pegarem qualquer uma das duas estradas que ligavam Cabul ao vale de Bamiyan, uma pela província de Wardak, ligeiramente ao sul, e a outra por Parwan, mais ao norte. Ambas as estradas tinham trechos que cortavam o território talibã. Embora as estradas estejam sob o controle do governo, o Talibã às vezes consegue formar bloqueios flutuantes, como são chamados, e os *hazaras* não conseguem escapar vivos quando isso acontece. Relatos de bloqueios à frente o forçaram a voltar duas vezes. Anwar também ficou retido na aldeia por causa do funeral de um aldeão. Por mais que a súplica do filho e da nora fosse urgente, funerais tinham precedência sobre praticamente qualquer outra coisa, e Anwar era um velho e tendia a pensar nas consequências a longo prazo.

Quando chegou a Cabul, porém, ele acalmou a irmã, e ela concordou em dar mais alguns dias até que o casal encontrasse outro lugar para ficar. Dei um pouco de dinheiro para Anwar para ajudar com aquilo — Ali ainda estava preso no Exército e, dessa forma, não poderia ir pegar o dinheiro da WAW — e a última coisa que queríamos era ver Zakia e seu sogro vagando pelas ruas de Cabul, quase pedindo para serem presos.

Ali se acalmou quando soube que o pai tinha chegado, e acreditava que logo encontraria um jeito de ir se juntar a eles. Nesse meio tempo, ele tinha um pedido. Quando tirassem Zakia da casa da tia, que tal se pedíssemos para a WAW dar a eles todo o dinheiro que tinham recebido, e ele pudesse comprar uma casa em Cabul para que não precisassem mais ter de pagar aluguel? Alguns poucos milhares de dólares seriam o suficiente para uma casa pequena, acreditava ele.

"Ali, sua mulher está escondida. Vocês dois são procurados pela polícia. A família de Zakia quer matar vocês. Você está preso em uma base militar. E você quer comprar uma casa?", dissemos para ele.

Naquele dia, Jawad recebeu uma ligação de Anwar, que também achou que a compra de uma casa por fugitivos da polícia era uma ideia idiota. Jawad tinha ligado antes para Anwar, em geral por meio de um dos seus filhos, mas o velho nunca tinha ligado para ele antes, e fez isso agora com a ajuda de Bismillah. Ele queria nos agradecer por tudo o que tínhamos feito pelo filho, e que tomássemos conhecimento que sabia que o filho estava errado e tinha sido um tolo por ter rejeitado nossa ajuda e ter voltado para o Exército. A não ser que conseguissem chegar a um acordo com a família de Zakia — e mesmo que conseguissem —, a única esperança de o casal viver em paz era se deixassem o Afeganistão. Anwar também queria nos encontrar pessoalmente; ele trouxera de Bamiyan um tapete de lã feito à mão, um presente de agradecimento por termos ajudado o seu filho. Aquilo devia valer um mês dos seus ganhos. Ainda assim, eu não tinha escolha a não ser aceitar.

Ismatullah nos ligou também. "Ali não percebe o que precisa ser feito", declarou ele. "Ele é jovem demais para entender o que é bom ou ruim para ele. Diga que ele tem de ouvir você. Ele precisa sair do país. A vida dele está em perigo." Jawad perguntou por que ele mesmo não dizia isso ao irmão. Mas Ali não estava atendendo aos telefonemas do irmão mais velho. "Ele está cansado de ouvir todo mundo dizer o que ele tem de fazer", respondeu Ismatullah.

Então, para nossa surpresa, alguns dias mais tarde, Ali se livrou da prisão na base e até conseguiu sair de folga de Bagram, determinado a desertar para sempre dessa vez. Quando nos encontramos com Ali em Cabul, Jawad e eu passamos a maior parte do tempo tentando convencê--lo a encontrar um esconderijo melhor. Um que pudéssemos visitar com mais segurança do que se estivessem dividindo uma casa com uma família afegã. Eles *não* deveriam ficar com parentes; parentes eram uma forma de localizá-los. A reação de Ali foi o misto de insegurança nervosa e cavalheirismo irracional. Ele tinha esperanças de que a mediação que Shukria estava fazendo com o pai de Zakia seria frutífera. Além disso, o filho de sua tia, Shah Hussein, encontrara-se com os irmãos de Zakia para conversar sobre um acordo. "Será que você não imaginou que os irmãos dela talvez sigam o filho da sua tia ou descubram onde ele mora e a encontrem? Encontrem vocês dois?", perguntamos. Novamente, ele ignorou a pergunta. Dissemos que estávamos dispostos a conseguir uma casa para eles, com um muro e uma entrada de automóveis. Isso tornaria possível que saíssemos para a rua sem sermos notados por vizinhos quando nos encontrássemos com eles. Nós pagaríamos o custo de quatrocentos dólares por mês. Por fim, Ali concordou, como costumava fazer, só para que parássemos de insistir, mas, em vez de se mudar para o lugar que sugerimos, ele se mudou da casa da tia em Chindawul e foi para outra casa algumas centenas de metros abaixo. O aluguel era apenas cem dólares por mês. Então, ele sugeriu que poderíamos dar a eles os trezentos dólares que estavam economizando, de acordo com nossa proposta anterior. Nós nos recusamos a pagar qualquer coisa. Anwar ficou do nosso lado e Jawad começou a trabalhar para convencer o pai de Ali de que se mudar de novo, para longe de Chindawul e para uma casa mais segura, seria uma boa opção para ele e para nós. A última coisa que eu queria era me sentir responsável pela prisão de ambos.

A reconciliação também estava começando a parecer cada vez menos provável. Shukria estava tendo dificuldades com Zaman, seus filhos e defensores. Inicialmente disposto a falar, o pai de Zakia se tornara agressivo e parara de cooperar. Acusou Shukria de estar escondendo Zakia no abrigo e exigia ver a filha.

"Aquele homem usa linguagem chula", disse ela. "Isso é inaceitável". Entre os gritos dela e os xingamentos dele, ela o expulsara do seu escritório e do prédio administrativo da WAW. Algo acontecera para fazer com que a família de Zakia deixasse de estar disposta a negociar um acordo, e nós logo descobriríamos o quê.

Muitas vezes, eu me admirei do quanto tinha me envolvido com esse casal. A fronteira entre observador e ator fora cruzada pela primeira vez quando os ajudei a fugir da polícia na perseguição em Yakawlang, mas agora, a cada semana que passava, concessões cada vez maiores pareciam mais fáceis do que me recusar a fazê-las: auxiliá-los em questões de moradia, dar conselhos, tentar tirá-los de situações que poderiam ser desastrosas, estimulá-los a fazer a coisa mais sensata. Essa é a questão quando você cruza a fronteira; uma vez que você faz isso, fica cada vez mais difícil não fazer de novo. Tendo ajudado o casal a chegar tão longe, como eu poderia parar? Eu sabia que, se desse as costas para esse jovem e tolo casal de amantes, seria apenas uma questão de tempo até que o pior acontecesse, e eu nunca conseguiria me perdoar. Mas, quanto mais eu fazia por eles, mais eles esperavam que eu fizesse; mais dependentes eles se tornavam, mesmo querendo parecer mais independentes. Quanto mais eu fazia, mais me sentia obrigado a fazer ainda mais. Eu me sentia cada vez mais como o personagem Frei Lourenço de *Romeu e Julieta*, trabalhando exclusivamente para eles, em um cenário cada vez mais comprometedor.

Não é como se o caso de Zakia e Ali fosse particularmente terrível. Na escala de violências horrendas contra mulheres no Afeganistão, a situação de Zakia, até o momento, não era tão ruim. Havia Lal Bibi, a jovem que fora sequestrada e estuprada por um comandante militar da milícia pró-governo, que depois se casou com ela para não ir a julgamento; ou Bibi Aisha, cujo nariz e orelhas foram cortados pelo marido talibã; ou Gul Meena, cortada com um machado e abandonada para morrer. Todos esses eram casos muito piores.

Havia alguns casos semelhantes ao de Zakia também, como o de Amina, cuja família lhe dera o mesmo tipo de garantias que a família de Zakia lhe prometera se ela voltasse.[2] Então, eles a mataram no caminho entre o abrigo e a casa dela — exatamente o que Zakia achava que teria lhe acontecido se tivesse deixado o abrigo e voltado com a família. De forma semelhante, houve o caso de Siddiqa[3] que foi atraída de volta para casa e morta a pedradas junto com seu pretendente por parentes e vizinhos. Ainda mais parecida foi a história de Khadija e Mohammad Hadi, que também eram de Bamiyan, um casal igualmente formado por um tadjique e um *hazara*. Quando Khadija foi levada em custódia, os vizinhos raivosos de seu amante expulsaram toda a família dele de Bamiyan. Este perdeu o contato com ela, até a moça desaparecer.[4]

Desse modo, embora haja casos muito piores, eles são apenas uma expressão do tipo de destino que aguardava Zakia e Ali se permitíssemos que os eventos tomassem o curso natural. Embora as coisas não tenham ficado tão ruins quanto poderiam ter ficado, ainda era possível que ficassem. Gostando disso ou não, a história deles se transformara na minha, e eu não poderia lhes dar as costas como eu quase fizera depois daquele nosso primeiro encontro de fevereiro de 2014. Tinha ficado claro que ninguém iria interceder e resgatá-los, levando-os para uma vida segura nos Estados Unidos ou na Suécia. Percebi que teria de começar a pensar seriamente em tirá-los do Afeganistão por minha conta. Eu já tinha ultrapassado a fronteira; por que não seguir a história até a sua inevitável conclusão? Se eles acabassem mortos, eu sempre me arrependeria de não ter tentado mais. Nesse esforço, tinha um apoio: o rabino Shmuley. Durante as nossas conversas noite adentro, ele começou a tentar me convencer depois de desistir do governo norte-americano.

— Você é o único que pode fazer isso. Você precisa se certificar de que essa história vai ter um final feliz, e um final feliz não é viver em uma caverna no Afeganistão.

CAPÍTULO 9

PÁSSAROS NA GAIOLA

Uma mulher afegã sozinha é uma presa fácil e, de repente, um dia de junho, Zakia se tornou essa mulher, o marido mantido longe dela, a tia pronta para renegá-la, e a polícia procurando ativamente por ela na região de Chindawul. A família dela finalmente conseguira capturar Ali e entregá-lo à polícia. Isso tudo aconteceu alguns dias após Zakia descobrir o que todos tinham começado a suspeitar: que ela estava grávida.

Jawad, com seu espírito bondoso, descreveria depois que aquele tinha sido o dia mais estressante de sua vida. Não sei o que foi pior: estar no meio de tudo, que era o caso de Jawad, ou não estar, como era o meu caso. Quando recebi a ligação informando que Ali havia sido preso, Jawad estava aproveitando a sexta-feira fora da cidade, em um lugar a uma hora de Cabul, e eu estava em Doha, no Catar, trabalhando em uma reportagem sobre o Talibã. Jawad recebeu a notícia em uma ligação de Shah Hussein, primo de Ali e filho da tia que os recebera e depois os expulsara; tanto Shah Hussein quanto Ali tinham sido capturados pela polícia. Jawad ficou sabendo por volta de uma hora da tarde e se apressou a voltar para Cabul, passando a maior parte das oito horas seguintes ao telefone; tudo o que podia fazer era verificar de vez em quando e acompanhar o andamento das coisas. "Devo ter dado uns cinquenta telefonemas naquele dia e recebido outros cinquenta", contou Jawad. Ele tinha telefones de duas operadoras do país; e usava ambos, além do fixo do escritório. A primeira ligação que fez foi para Anwar, que estava com Zakia na nova casa quando tudo aconteceu. Shah Hussein já havia ligado com a notícia, e os dois estavam chorando. "Será que vocês podem resolver isso, por favor?", perguntou Zakia para Jawad.

Jawad ligou para mim no Catar. "O que eu devo dizer para eles?" Perguntei para onde Ali tinha sido levado. Para o Distrito Policial 1, e ele tinha sido preso não muito longe de onde estavam morando em Chindawul, entre os barracos que iam subindo cada vez mais alto pelas encostas do pequeno e íngreme morro acima do cinema Pamir. Com certeza a polícia o prendera perto do cinema, e seria apenas uma questão de tempo até subirem o morro para fazer buscas nas vizinhanças e encontrar Zakia também. Para Ali, era apenas a prisão e talvez algum tempo de prisão: para Zakia, possivelmente seria o fim da vida como ela conhecia, com desgraça e degradação aguardando por ela em uma cela na delegacia e a real possibilidade de a polícia entregá-la para a família, que poria fim à vida da moça e ponto final.

"Só existe uma coisa a fazer. Diga que eles precisam se afastar ao máximo daquele lugar, e que devem se separar, tomando caminhos diferentes." Jawad transmitiu a mensagem.

Ali achou que seu primo Shah Hussein seria sua garantia de segurança, e eles continuaram amigos após Zakia se mudar para a nova casa, longe da tia. Ele costumava visitá-los, tanto pela amizade quanto pela proteção. Shah Hussein era um soldado sênior do Exército Nacional Afegão e era como um irmão mais velho para o primo, sete anos mais novo, e tentava controlá-lo. Ali começara a sair com frequência, apenas para visitar amigos ou respirar um pouco, e isso estava provocando nervosismo em toda a família, principalmente em Zakia. Shah Hussein ficou ao lado dela e tentou estabelecer as regras. "Não saia de casa", disse Shah Hussein a Ali. "Se eu voltar aqui e você não estiver, vou prendê-lo aos móveis." Como ele era da polícia militar, mostrou ao primo um par de algemas para fortalecer a ameaça.

Naquele dia, porém, 6 de junho de 2014, Shah Hussein estava de folga e sugeriu que Ali e ele fossem juntos a um casamento. Zakia disse que tinha concordado, que, como homem, ele não deveria ficar dentro de casa o tempo todo. Ela precisava cuidar de uma casa, tinha comida para preparar e roupa para lavar — os homens não faziam tarefa alguma dentro de casa. Shah Hussein era alto e forte, um homem imponente. "Ele achou que, se estivesse junto, então, não haveria problemas se esbarrássemos com alguém da família dela", explicou Ali. Saíram com trajes civis e tinham acabado de descer o morro e virado para pegar a estrada ao longo do rio Cabul (mais um esgoto a céu aberto do que um rio propriamente dito, no qual os viciados em heroína se acomodavam embaixo das pontes) em frente ao cinema Pamir. De repente, Ali ouviu alguém gritando seu nome e se virou enquanto o irmão caçula de Zakia, Razak, de nove anos, se atirava sobre ele, agarrando-o pelas lapelas e berrando: "Sequestrador! Ladrão de mulher! Agora você vai ver que as coisas não são tão fáceis assim!". Ali empurrou o garoto para longe, e só teve tempo de ver um policial se aproximando por trás, apontando um AK-47 para ele.

"Não se mexa, senão atiro e mato você", declarou o policial, como se para estabelecer sua tendência à violência. "Já estou respondendo por uma acusação de ter matado uma pessoa. Mais uma não vai fazer diferença."

Bem atrás do policial, estava Gula Khan. Todos estavam de tocaia, provavelmente vigiando o morro. O policial levou os dois prisioneiros para uma guarita próxima e, a essa altura, seis dos parentes de Zakia estavam em cima de Shah Hussein e Ali, sacudindo-os com violência e exigindo saber onde Zakia estava, até que mais policiais chegaram e restabeleceram a ordem. Eles logo foram transferidos para o Distrito Policial 1, onde foram presos.

"A polícia queria saber onde ela estava, e eu respondi que ela estava em Bamiyan", contou-me Ali. "Eu não me importava com o quanto me batessem. Eu não ia confessar e trair a confiança dela." O lugar em que estava escondida, como ele bem sabia, ficava apenas algumas centenas de metros acima de onde ele fora preso. A polícia disse que o sogro dele o havia acusado do sequestro e assassinato de Zakia, e queriam saber onde ele tinha deixado o corpo. Acreditando no pior, eles deram coronhadas em Ali e, depois, o jogaram na cela e o espancaram mais em um esforço para obrigá-lo a falar.

Em determinado momento, Ali conseguiu passar seu celular para o primo, para que este pudesse ligar para Anwar, Zakia e Jawad, pois Shah Hussein não tinha o contato dessas pessoas. Após os parentes de Zakia confirmarem que Shah Hussein não estava envolvido no caso, a polícia o liberou, mas, assim que ele pôs os pés para fora do DP-1, um grupo formado pelos parentes de Zakia saltou sobre ele, espancando-o com tijolos até que ele conseguiu escapar. Arrependeu-se de não estar usando seu uniforme — jamais o teriam tratado daquela forma em público se ele estivesse uniformizado. Quando teve certeza de que não estava sendo seguido, Shah Hussein subiu o morro até a nova casa de Ali, mas, quando chegou lá, Zakia e Anwar já tinha fugido; de volta à casa da tia, vestiu o uniforme, e saiu em busca deles.

Ninguém sabe ao certo como a família de Zakia os localizou, mas surgiram algumas teorias. Os parentes no Afeganistão formam uma organização poderosa à sua própria maneira, tão grande, com relações mantidas em graus tão distantes, que, até mesmo a família mais pobre terá parentes em lugares distantes, espalhados por todos os lugares. Um desses parentes distantes era um motorista de táxi e, antes disso tudo, tinha levado Shah Hussein de Bamiyan para uma casa onde sua tia antes morara. Embora a tia já tivesse se mudado de lá depois disso, não tinha sido para uma casa muito longe da anterior. De qualquer forma, essa era a teoria de Ali. Outra possibilidade era que Shah Hussein, que se encontrara antes com Gula Khan e alguns primos de Zakia, em um esforço de reconciliação, talvez tenha sido seguido a caminho de casa. A teoria de Anwar é que alguém o tinha seguido quando chegara à cidade na semana anterior. Ele tivera aquela sensação assustadora de estar sendo observado, embora não tenha visto ninguém. Minha teoria? A tia os entregou. A relação entre eles azedara; ela estava farta de ser responsável pelo casal e não se dava bem com a nova sobrinha. Felizmente, já tinham se mudado da casa dela pouco antes da prisão, mas para um lugar não muito distante, o que explicaria a razão de a família de Zakia estar vigiando a vizinhança, mas não a casa. Seja qual for a explicação, foi uma lição de como é difícil se esconder no Afeganistão, mesmo em uma cidade com cinco milhões de habitantes, muitos enfiados nessas densas favelas. Com suas fortes redes familiares, a sociedade afegã simplesmente não oferece anonimato.

Zakia e Anwar pararam primeiro na casa da tia, onde Zakia pegou emprestado um *hejab*[1] de corpo inteiro, algo que ela quase nunca usava. Como um traje de fuga, era imbatível; tudo o que as pessoas viam eram seus olhos e as solas dos sapatos de salto alto. A burca azul teria sido ainda melhor, mas, como Zakia costumava dizer, ela não seria encontrada morta dentro de uma coisa daquelas. Anwar disse para sua irmã levar Zakia para o centro da cidade, e as duas mulheres se dirigiram para lá por entre as construções de barro paralelas ao rio, subindo o morro. Zakia não sabia andar por Cabul e não poderia andar sozinha sem levantar suspeitas. Por isso, a irmã de Anwar concordou em ajudar a moça, mas deixou claro que não estava nada feliz com aquilo. Anwar desceu direto pelo caminho que levava ao rio.

"Foi um dia difícil para todos nós", declarou Jawad posteriormente. "Eles não paravam de me ligar. Ficavam ligando e ligando e perguntando: 'O que você pode fazer por nós?' Shah Hussein me ligou, Zakia me ligou. Anwar me ligou, e dava para sentir o sofrimento e a impotência na sua voz, quando ele começou a chorar. 'O que eu devo fazer? O que eu posso fazer?'"

Jawad me ligou em Doha.

— O que digo para eles?

— Só tem uma solução. Você tem de convencê-los a levá-la para o abrigo antes que a polícia a encontre. Eles já saíram de casa?

— Já.

— Por que você não os encontra com o seu carro, tira-os da rua e fica dirigindo até decidirmos o que fazer?

Jawad concordou e começou um passeio no qual os três tentaram se encontrar durante horas. Ainda não sabe se foi por acidente, porque não conhecem bem a cidade, ou porque Zakia e Anwar temiam que, de alguma forma, ele os obrigaria a levar Zakia para o abrigo e, assim, o estavam evitando.

Zakia e a tia logo conseguiram se encontrar com Shah Hussein, que conhecia a cidade, e a tia voltou para casa, deixando Zakia com o primo de Ali. "Viu o que você trouxe para nossa família?", perguntou a tia antes de ir embora. Sair com Shah Hussein, no entanto, era arriscado também, porque ele não era um *mahram* de Zakia — um guardião que devia ser parente de sangue do sexo masculino próximo o bastante ou um marido —, para poder acompanhá-la, embora Ali tenha pedido a ele que fizesse isso por eles. Se fossem presos, aquelas seriam acusações adicionais que a polícia poderia fazer: tentativa de *zina*, aquele novo crime afegão de tentativa de adultério. Ou seja, quando um casal não *mahram* é encontrado, supõe-se que estão a caminho para ter relações sexuais simplesmente porque estão a sós na companhia um do outro, mesmo que seja em uma rua movimentada.

Para complicar ainda mais a situação, Shah Hussein tinha recebido instruções diretas de Ali, que cochichara com o primo quando este estava saindo do DP-1: levá-la de volta para as montanhas e, em hipótese nenhuma, permitir que ela fosse para o abrigo da WAW. Zakia contou isso para Jawad e, durante a maior parte do dia, o único objetivo dela era para implorar que, de alguma forma, ele usasse nosso suposto poder para tirar Ali da prisão. Ela se recusou a permitir que Jawad a pegasse, novamente porque não era adequado ficar sozinha com um homem que não fosse seu parente. Assim, Jawad concentrou seus esforços em encontrar Anwar, acreditando que ele talvez fosse capaz de colocar um pouco de bom senso em Zakia, e para que ela tivesse um *mahram* adequado para acompanhá-la. "Ele é um idiota. Meu filho é burro", declarou Anwar em uma das conversas por telefone com Jawad. "Por que ele estava indo para um casamento? Ele nunca me ouve! Como é que posso pegá-la agora? Não tenho para onde ir."

Jawad informou aos colegas da WAW sobre o acontecido, e a advogada Shukria também telefonou para Zakia, tentando convencê-la que ir para o abrigo era a única opção segura que uma mulher sozinha, como ela, tinha, e que não seria uma situação semelhante a uma prisão como a enfrentada por ela em Bamiyan.

Por fim, Anwar disse para Jawad que estava perto de uma ponte do outro lado do rio Cabul e que havia um hospital próximo — só poderia ser o hospital Ibn-Seena. Jawad seguiu para lá, parou em frente a uma guarita de trânsito abandonada na ponte e explicou a Anwar onde poderia encontrá-lo. Depois de algumas ligações, o velho entrou no carro. Com Anwar, havia alguém presente que poderia ser o *mahram* dela; então, Jawad conseguiu convencer Zakia a ir em seu carro, para que ela pudesse sair do perigo das ruas. Ele a encontrou não muito distante do Cruzamento Allauddin, em um bairro *hazara* na zona oeste de Cabul, em pé ao lado de Shah Hussein, que agora usava o uniforme militar completo.

Ela ainda não queria ter nada a ver com o abrigo. Zakia tirou o véu no carro e seu rosto estava manchado de lágrimas, que arruinaram sua maquiagem, com o rímel escorrido fazendo com que parecesse que estava com profundas olheiras. "Vamos para as montanhas, tio", pediu ela para Anwar. Tinha começado a chamá-lo assim como um sinal de afeto e respeito. Ele a chamava de "filha", como naquela primeira noite em que a encontrara em sua casa. O sogro concordou, e eles pediram que Jawad os deixasse na fronteira da cidade. Havia um ponto de micro-ônibus ali, e eles talvez encontrassem alguma passagem para os levarem para além da montanha Paghman, que se ergue no planalto de Cabul a oeste e, depois, seguirem até Bamiyan. A estrada era arriscada à noite; o risco do Talibã acrescido ao risco da família de Zakia, que poderia estar de tocaia sabendo ser provável ela tentar fugir. Shah Hussein não pôde ir com eles, pois precisaria se apresentar na manhã seguinte, o que ele, diferentemente do primo, levava a sério. Assim, seriam apenas Zakia e o sogro. Eles não poderiam ficar na cidade de Bamiyan, nem na aldeia deles, uma vez que ela era procurada pela polícia. Sem dúvida, as autoridades de Bamiyan tinham sido alertadas de que Ali tinha sido preso e que ela talvez voltasse para o vale.

Jawad ficou aflito com o quão preocupado Anwar estava. "Ele parecia tão cansado e desgastado." Ele percebeu que fugir para as montanhas significaria deixar para trás carros e estrada e escalar e sentia-se cansado demais para fazer isso. Sabia que sua fuga na montanha Shah Foladi quase o matara e não sabia se conseguiria passar por aquilo de novo. Ainda assim, ele segurou a língua e não se opôs abertamente ao plano dela de fuga, a não ser para dizer que estava preocupado com a pressão alta. E acrescentou para Jawad: "Zakia está grávida. Não deveria estar fugindo pelas montanhas".

Zakia entendeu que Anwar estava dizendo que não conseguiria lidar com aquilo; talvez ela sentisse o mesmo. Ela se virou para olhar para Anwar e falou com ele. Parecia calma, determinada e forte. "Tio, não se preocupe comigo. Vou ficar bem, e vou ficar ao seu lado e vamos liberar o garoto. Vou para o abrigo." Jawad percebeu que ela estava fazendo aquilo mais por Anwar do que por qualquer outra pessoa; ela sabia que o marido queria que ela continuasse fugindo, mas não poderia fazer isso se significasse ir sem o sogro ou ter de deixá-lo para trás em algum lugar do caminho.

Por telefone, Shukria disse que já tinha saído do seu escritório na WAW e chegado em casa e, a princípio, pareceu relutante em sair, mas, por fim, no meio da noite, ela ligou para o abrigo. Eles enviaram um micro-ônibus, e ela marcou um ponto de encontro com Jawad. Todos subiram a bordo do veículo e seguiram para o abrigo. Falando baixinho, Zakia continuava assegurando ao sogro que tudo ia dar certo. Os portões do abrigo se abriram e o micro-ônibus seguiu em frente apenas com Zakia e Shukria. Jawad pegou seu carro e deixou Anwar em um bairro no qual Anwar achava que talvez conhecesse alguém. "Fiquei com pena dele", declarou Jawad. "Ele tinha perdido tudo, não tinha lugar para ficar. Seu filho estava na cadeia e a nora, no abrigo. E todos achavam que aquele abrigo seria como o de Bamiyan e que ela ficaria lá por meses a fio." Jawad ligou para Shah Hussein para lhe avisar onde o tio havia ficado. Ninguém atendeu. Então, ele ligou para o telefone de Ali que ainda estava com Shah Hussein.

Havia um novo toque agora, a música "Majnun", do cantor iraniano Moein.

> *Na minha alma eu carrego*
> *A dor e a tristeza do seu amor:*
> *Não me deixe esperando mais*
> *Esperando por você no canto da estrada!*
> *Eu estou louco, possuído*
> *Selvagem pelo amor, eu canto:*
> *Eu sou Majnun!*
> *Layla, sem você*
> *Não posso viver.*[2]

"Zakia está no abrigo", informou Jawad a Shah Hussein. "Seu tio está em segurança." Naquela noite, porém, Anwar foi obrigado a dormir na rua.

Na delegacia, Ali passou por maus bocados. Até onde a polícia sabia, ele era no mínimo um criminoso sexual por ter fugido com uma mulher sem a permissão da família dela, possivelmente um sequestrador e talvez até um assassino. "Eles me davam coronhadas", contou ele. "Várias e várias vezes, até que eu segurei a coronha e pedi: 'Por favor, parem, vocês não têm permissão para me machucar, e só estou aqui porque a amo e ela me ama.'" A surra parou por um tempo, mas lhe foram negados comida e o direito de usar o banheiro. Dividindo a cela com quatro outros homens, ele foi obrigado a se aliviar ali mesmo e se deitar no molhado.

No dia seguinte, detetives da Divisão de Investigação Criminal foram até lá para interrogá-lo novamente, e Ali manteve a versão de que Zakia ficara nas montanhas em algum lugar em Bamiyan, e que ele viera sozinho para Cabul. "Não acreditaram em mim. Já tinham muitas informações sobre o caso", disse ele. Alguém abrira o bico. Sabiam em que casa ele tinha morado com a tia, que o casal tinha se mudado recentemente para uma nova casa nas redondezas e onde ficava. Zakia e Anwar só tinham conseguido fugir porque havia sido necessário seguir a burocracia depois da prisão de Ali.

Sugeri a Jawad que ele fosse ao DP-1 no dia seguinte, sábado, para tentar ver Ali, enquanto eu escrevia uma matéria a partir dos relatos dele sobre o que tinha acontecido. Tínhamos pouco tempo para chegar às manchetes de domingo (a edição impressa saía na tarde de sábado), e o trabalho estava adiantado porque eu já havia começado a escrever a introdução da matéria quando começamos a desconfiar de que Zakia estava grávida e Ali poderia acabar sendo preso.[3]

Quando Jawad e Anwar chegaram ao DP-1, os parentes de Zakia estavam lá em massa, caminhando pelas redondezas, lançando olhares furiosos e zombando deles quando passaram. Na prisão, os carcereiros só deram autorização para o pai visitar o filho, mas isso deu a Jawad a chance de conversar com a comandante do DP-1, coronel Jamila Bayaz, famosa por ter sido a primeira mulher a comandar de uma delegacia policial.[4] Eu a entrevistara quando ela fora indicada um pouco antes naquele ano; era um fato que o Ministério de Assuntos Internos adorava divulgar,[5] uma vez que a ausência de mulheres na força policial,[6] principalmente em posições de destaque, era uma questão importante para a comunidade internacional. Eu tinha ouvido dizer que a coronel Bayaz era muito boa — mais tarde, em 2014, ela foi promovida a general de brigada, uma das únicas oficiais com cargo de general no Ministério de Assuntos Internos e nas agências policiais na época. Tinha existido outra, que era responsável por casos que envolvessem diferença entre homens em mulheres, a general de brigada Shafiqa Quraishi, mas ela fugiu do país e buscou asilo no exterior.[7] Durante a entrevista anterior com a coronel Bayaz, seu auxiliar, outro oficial sênior que preferiu não informar o nome, e dois ou três outros homens, lotavam a sala. Quando eu fazia uma pergunta a Jamila, respondiam por ela. "Quando coisas como a minha promoção acontecem, isso serve como motivação para as mulheres fazerem mais", disse ela quando conseguiu falar alguma coisa em sua própria entrevista. Mas ela também disse outra coisa de forma espontânea e quase lamentosa: "Tenho certeza de que nossos amigos internacionais não vão nos abandonar." Depois, fiquei sabendo por diplomatas ocidentais em Cabul que ela pedira asilo ao governo canadense.[8]

Contudo, na época da prisão de Ali, a coronel Bayaz estava no cargo havia apenas seis meses e estava conquistando uma reputação de dura defensora de melhores tratamentos para mulheres por parte da polícia. E ela parecia estar, de fato, no comando de sua delegacia. Jawad achou que ela se compadecia da história de Zakia e Ali — embora não estivesse ciente dos maus-tratos cometidos pelos detetives da cadeia (ela só estava no comando dos policiais uniformizados). "Eu sei que se trata de uma história de amor, e o rapaz fugiu com a moça que o ama. Meus superiores me contaram. 'Faça o favor de não permitir que ele fuja.'" Como todos no Afeganistão bem sabem, fugir de cadeias e prisões afegãs é algo rotineiro e não muito caro, uma oportunidade para os guardas complementarem a própria renda.

Ninguém estava mais ciente disso do que os parentes de Zakia, que mantinham a vigilância na repartição de polícia. "A gente sabe que você quer subornar aquela delegada para tirá-lo da cadeia, mas a gente não vai deixar", declarou Zaman quando Anwar saiu. "Nós também temos amigos. Você vai ver."

Shukria foi até a delegacia mais tarde naquele dia, levando consigo uma declaração assinada de Zakia afirmando que não fora sequestrada. A acusação de bigamia desaparecera — talvez a família tenha sentido que não conseguiria levar essa acusação adiante, embora ainda dissessem que ela havia se casado com um primo que nunca vira. Ou talvez o gabinete do procurador-geral não tenha acreditado na acusação de bigamia, já que os juízes de Bamiyan tinham atestado que Zakia era noiva, não casada — e romper um noivado é uma questão civil, não criminal. Mas os detetives que estavam cuidando do caso não estavam interessados nos pontos que Shukria tinha apresentado; eles estavam tratando o caso como um crime de sequestro, e consideraram a carta da esposa e suposta vítima insuficiente para retirarem as queixas.

No segundo dia, Ali contou que voltou a ser espancado pelos policiais e lhe foram novamente negados comida e o direto de uso do sanitário. Mais tarde naquele dia, eles o transferiram, junto com alguns outros detentos, para um contêiner de navio que serviria como cela temporária em decorrência da superlotação da cadeia do DP-1. Fazia muito calor lá dentro. "Éramos cinco pessoas no contêiner, e eles trouxeram um guindaste para colocá-lo em outro lugar."

— Você não quer tirar os detentos primeiro? — perguntou o operador do guindaste ao detetive responsável.

— Não, esses animais são criminosos e nem podem ser considerados humanos. Pode transportar o contêiner com eles aí dentro mesmo.

Os prisioneiros machucaram-se pouco, mas, por alguns minutos aterrorizantes, acharam que Cabul estava sendo destruída por um terremoto. Depois disso, Ali sempre pensava nesse episódio quando precisava transportar gaiolas com uma codorniz ou um canário. Nada mais perturbador do que uma prisão que se mexe, com detentos sem ter ideia do que estava acontecendo e para onde estavam indo.

Ali foi filosófico quanto aos maus-tratos que sofreu dos policiais quando estava preso no DP-1. "A vida não é fácil para nenhum de nós. Passei por muitas dificuldades, mas eu me importo com a minha vida." Quanto ao seu torturador, ele disse: "Talvez ele seja uma pessoa que não ligue para a própria vida. Talvez ele não ame a esposa. Talvez ele tenha se casado com alguém que não ama. Pode ser que seu pai ou sua mãe o tenham obrigado a se casar com a esposa. Sou grato porque não tenho esse problema."

Na época, porém, Ali achou que sua vida estava acabada. Zakia também achou que sua vida estava acabada. Anwar tinha certeza de que a vida deles juntos, pelo menos, estava acabada.

Fiquei aliviado. Agora eles não tinham mais escolha, a não ser deixar a WAW levar o caso deles ao tribunal. Quando não fossem mais considerados fugitivos da lei, poderiam facilmente tirar os passaportes. Além disso, Zakia estava segura. Sua gravidez não foi nenhuma grande surpresa; ouvíamos frequentemente que ela havia passado mal em um dia e em outro também ou que tivera de ir para o hospital por causa do enjoo — sinais comuns no primeiro trimestre de gestação. Assim como a maioria dos afegãos, eles não estavam interessados em planejamento familiar, a não ser se fossem planos para uma família bem numerosa. Ali rira quando perguntamos se eles queriam filhos. "Não me importo. Sim, por que não? Uma pessoa precisa ter filhos para, quando morrer, alguém se lembrar dela." Em outras circunstâncias, não teríamos descoberto tão rápido. Gravidez não é algo que muitos afegãos estão dispostos a divulgar fora da família, principalmente quando ainda não aparece, mas Anwar confirmara sem querer durante a agitação da noite anterior. Agora Julieta esperava um filho e o seu Romeu estava preso, indiretamente nas garras figurativas dos Capuletos e seus simpatizantes. Se isso não fosse capaz de conquistar um sério apoio ao caso deles, dentro e fora do Afeganistão, talvez nada mais fosse.

CAPÍTULO 10

CELEBRIDADES RELUTANTES

Era uma variação da charada que pergunta se uma árvore faz barulho ao cair na floresta se não há ninguém lá para ouvir. Será que Zakia e Ali realmente eram celebridades se não sabiam da própria fama? O que o conceito moderno de celebridade poderia significar para alguém que nunca usara um computador ou entrara na internet? Alguém que não sabia ler nem escrever, que nunca havia assistido à televisão nem tinha um rádio? Enfim, pessoas desconectadas da sociedade eletrônica (com a exceção dos telefones celulares, que só sabiam parcialmente como usar). Muitos afegãos agora viam o casal como celebridades. Quase todas as estações de rádio ou TV e os jornais do país cobriram sua captura, principalmente em dari, e jovens afegãos começaram a criar páginas no Facebook e a fazer campanhas no Twitter em apoio a eles. Jawad foi assediado por outros jornalistas afegãos que trabalhavam para a BBC ou o *60 minutes*, ou para algum canal australiano, canadense ou alemão que queriam fazer a cobertura da história. Presos e sem celulares, Zakia e Ali não faziam a menor ideia de como o caso deles estava atraindo atenção.

Na ONG Women for Afghan Women, Shukria estava trabalhando com afinco para encontrar uma solução para o caso e, como ela já tinha começado a trabalhar antes da prisão de Ali, o conhecia bem. O primeiro passo legal foi encaminhar uma petição ao gabinete do procurador-geral para levar o caso à vara de família, como uma contenda familiar, e não um crime. Então, ela trabalhou em um acordo para que a polícia viesse ao abrigo da WAW para interrogar Zakia. "Não vão prendê-la e levá-la para o centro de detenção", explicou Manizha Naderi. "Vão permitir que ela continue no abrigo até que seja condenada pelo tribunal. E nós não vamos permitir que isso aconteça. Cruzem os dedos!"

Nesse ínterim, Zakia tinha bastante coisa para dizer e foi muito citada; a WAW estava satisfeita demais em organizar as entrevistas, pois Manizha Naderi considera alcance público e educação partes vitais da missão da sua organização.[1] Considerando as circunstâncias, para Zakia, falar parecia a coisa natural a se fazer, e ela não tinha mais medo do som da própria voz, apesar de que teria ficado surpresa se alguém tentasse lhe explicar como ela e Ali tinham ficado famosos. "Estou ao lado dele e, no tribunal, vou declarar que ninguém me sequestrou, que eu vim de livre e espontânea vontade e quero ficar com ele para o resto da minha vida", disse Zakia. "Se eu vir o meu pai e os meus irmãos, vou dizer: 'O que aconteceu já aconteceu, e não há nada que vocês possam fazer para mudar. Por que é da conta de vocês o que aconteceu? Isso apenas aconteceu. Vocês não podem mudar o meu coração; então parem de tentar fazer alguma coisa sobre o assunto.'"

Ela ainda se preocupa com a vingança da família dela. "Se eu cair nas mãos dos meus pais, eles vão fazer alguma contra mim, me matar ou algo pior. Tudo o que querem fazer é me matar. Nunca vi o filho da minha tia — como é possível que eu tenha me casado com ele? Não houve nenhum *neka*. Como é possível? Eu disse para o meu pai e perguntei a eles: 'Por que vocês estão mentindo?', mas, se a escolha for deixada nas mãos do meu pai e da minha mãe, eles não vão concordar comigo nem mesmo daqui a dez anos." Acima de tudo, porém, ela se preocupava com Ali e seu sogro. "Ele está doente e sofre de pressão alta, e ele deve estar muito preocupado. Eles têm de soltar o rapaz. Isso é tudo."

O pai de Zakia, Zaman, ficou surpreso com o violento interesse despertado pelo caso de sua filha. Nada poderia ser mais irritante para um possível assassinato em nome da honra do que os olhos da publicidade. Zaman logo ajustou o seu discurso de acordo com o ânimo predominante.

"Meu filho" — ele estava se referindo a Razak — "o viu e foi até a polícia e disse que aquela pessoa havia cometido um crime, que tinha sequestrado a minha filha. O que podemos fazer? Se *pudéssemos* fazer alguma coisa, nós *faríamos*. Sou pobre e não tenho poder para machucar ninguém. O que posso fazer? Se eu fosse rico e poderoso, poderia fazer alguma coisa. Ninguém me ouve. Se eu o matasse, todos me culpariam por isso. Mas, vejam bem, nós o entregamos à polícia." Isso era verdade, mas era Zakia que eles realmente queriam. Esperavam que Ali os levasse até ela e, assim, a família também. Não existe tanta honra assim em matar o ofensor, pois consideram que o homem só está fazendo o que nasceu para fazer, seja sedução ou mesmo estupro. É a morte da mulher que é exigida por esse conceito de se lavar a honra.

"A polícia me pediu para vir prestar depoimento, e foi o que fiz", continuou Zaman. "Contei o que rapaz tinha feito. Ele sequestrou a minha filha. Não é essa a verdade? Nós queremos a moça de volta, e queremos entregá-la ao seu marido e ver o que ele vai fazer com ela." Ele estava se referindo ao sobrinho, o suposto marido do primeiro casamento ao qual ela nunca foi. "O rapaz com quem Zakia já tinha se casado fez acusações contra mim. Ele gastou muito dinheiro e quer o valor de volta ou a esposa de volta. Tudo o que eu quero é que a moça seja entregue ao primeiro marido. Então, a decisão de aceitá-la de volta como esposa, ou não, é dele. Se isso não funcionar, vou deixar nas mãos de Deus. Não posso fazer nada. Perdi tudo quando vim para Cabul com 15 membros da minha família, e estamos todos trabalhando nas ruas."

A polícia não tinha a menor pressa em interrogar Zakia no abrigo. Por isso, Shukria foi até o Ministério de Assuntos Internos no domingo e conseguiu uma autorização para que o processo criminal contra Ali fosse anulado se ela conseguisse o juramento de Zakia de que ele não a tinha sequestrado e que eles eram casados. Ela e mais três pessoas da equipe da WAW levaram Zakia até o Distrito Policial 1, e Zakia fez a sua declaração; eles conseguiram que ela entrasse e saísse por uma entrada lateral para evitar os membros da família dela. Quando Shukria voltou ao DP-1 para contar a Ali como as coisas estavam saindo, o pai e o tio de Zakia a viram. Eles bloquearam o caminho e exigiram o direito de visitar a moça no abrigo da WAW. Shukria concordou que poderiam visitar a moça em alguns dias, após terem se acalmado. Estavam tão zangados que ficou claro para ela que matariam Zakia e Ali assim que pusessem os olhos em um ou em outro.

"Parem de gritar comigo!", ordenou ela para os homens, aos berros. "Vocês jamais vão vê-la sem a minha permissão, e eu nunca lhes darei isso a não ser que se acalmem e se comportem com respeito." Como nunca nenhuma mulher tinha gritado com eles, principalmente uma que exalava autoridade, os parentes de Zakia logo se acovardaram — por ora, pelo menos.

Após a visita de Zakia e Shukria, a polícia aceitou que não tinham mais um crime nas mãos, e sim uma rixa familiar. Ali sentiu logo a diferença no tratamento que recebia. As surras pararam; ele foi alimentado e recebeu autorização para usar o banheiro. "Até me ofereceram cigarro", contou ele, que tinha parado de fumar a pedido de Zakia depois que chegaram a Cabul. Aquela fora a primeira vez que ele quebrara a promessa que fizera a ela.

No dia seguinte ao encontro com Shukria, a família de Zakia começou a reagir. O pai dela e o irmão Gula Khan apareceram na WAW como parte de um séquito de um alto funcionário do Ministério de Assuntos Internos, que se apresentou como diretor-geral, um chefe de algum tipo de departamento. Ele não informou o próprio nome, mas exigiu saber por que o *The New York Times* tinha entregue Zakia ao abrigo e que papel o jornal estava desempenhando no caso. "Sabemos que o *The New York Times* trouxe a moça para cá. E por que eles fizeram isso? Sabemos que a embaixada dos Estados Unidos e o *The New York Times* ajudaram a moça e o rapaz e apoiaram o casal." Atrás dele, Zaman e seus filhos, encorajados pela presença de um homem poderoso entre eles, estavam berrando com Shukria e as outras mulheres presentes, exigindo ver Zakia. Shukria não retrocedeu e disse que não fazia ideia do que eles estavam falando, além de se certificar de que os guardas da WAW os mantivessem longe do prédio do abrigo propriamente dito.

Então, Zaman pediu a um advogado para apresentar uma petição para levar o caso da vara de família para o gabinete do procurador-geral, como inquérito. Zaman surpreendeu a todos quando apresentou um *neka* assinado por um mulá e um grupo de testemunhas, 15 no total, dizendo que Zakia tinha se casado com o sobrinho do seu pai. O *neka* tinha a data de um ano e meio antes, mas não se trata de uma prática incomum.

"Muita gente faz um *neka* assim durante o noivado, porque isso dá ao casal mais liberdade para se sentar e conversar e sair sozinhos sem que as pessoas fiquem comentando", explicou Manizha. "Minha família também faz isso. Eles fazem um *neka* preliminar durante o noivado e, depois, outro, durante a cerimônia de casamento. Então, está tudo dentro da lei." Se isso fosse verdade, então significaria que, de acordo com a lei afegã, Zakia *estava* legalmente casada com o primo — ou pelo menos a família dela tinha testemunhas o suficiente dispostas a afirmar que esse era o caso.

Manizha e Shukria se preocuparam. "Depois de conversar com Mohammad Ali, seu pai e Zakia, não achamos que Mohammad Ali e Zakia celebraram o *neka*", escreveu Manizha em um e-mail. "Eles só fugiram, e isso é tudo. Não existe nenhum *neka nama* [certidão de casamento] como a que o pai dela tem. Nem qualquer testemunha! Como vocês bem sabem, um *neka* não é legal sem a assinatura de pelo menos dois homens como testemunha! O pai dele perguntou a Shukria se ela poderia fazer um. Isso não é nada bom! Só vai provocar mais confusão para o casal. O pai de Zakia é muito teimoso. Ele prefere vê-la apodrecer na prisão do que desistir do caso."

Havia poucas dúvidas de que o pai de Zakia tinha armado o primeiro casamento após a fuga, mas provar isso seria difícil. Zaman não alegava que o casamento tinha sido consumado ou que ela tivesse conhecido o primo e suposto marido. No tribunal, na frente de testemunhas, ele só alegara um noivado; os juízes de Bamiyan, tão amigáveis com a família dela, reconheceram isso abertamente. Agora, porém, ele tinha a documentação, tinha testemunhas, inclusive um mulá, para afirmar que o casamento acontecera mesmo.

Zakia e Ali não tinham nada daquilo, nenhum documento para provar que realmente celebraram o *neka* em Foladi no dia seguinte à fuga de Zakia. Primeiro eles disseram que tinham o documento em casa, mas nenhum dos irmãos de Ali conseguiu encontrar. Depois, falaram que o mulá que assinara o documento; o mulá Baba Khalili, tinha desaparecido. Em seguida, supostamente tinham conseguido falar com o mulá por telefone, mas ele tinha se recusado a testemunhar que assinara o *neka*. Começamos a achar que Manizha e Shukria estavam certas, e que eles simplesmente não tinham se preocupado com aquilo. Como pessoas que não sabiam ler, talvez não tenham achado que o documento do *neka* fosse tão importante quanto o fato de a cerimônia ter acontecido, presidida por um mulá e com dois homens como testemunha, o documento constituindo mera formalidade que pouco significado tinha para eles que nem poderiam lê-lo.

Minha posição também parecia estar se elucidando rapidamente. Fomos a um seminário patrocinado pelo Ministério de Assuntos da Mulher para seus diretores provinciais; havia quase trinta jornalistas reunidos ali, contando comigo e com Jawad. Husn Banu Ghazanfar, a altiva ministra de Assuntos da Mulher, estava falando. Quando ela e seu séquito chegaram, ficou zangada quando nos notou na área reservada à imprensa. Sabíamos que havia ficado chateada com uma entrevista que eu fizera com ela algumas semanas antes. Quase nada foi publicado, já que ela não dissera praticamente nada que pudesse ser usado.[2] A única citação que usei na entrevista foi a crítica que ela fizera à alegação de Fatima Kazimi de que sua vida estava em perigo.[3]

Havia outros motivos para a raiva da ministra Ghazanfar, porém. Quebrando o protocolo quando nos viu, ela chamou o conselheiro de relações-públicas do MoWA, Abdul Aziz Ibrahimi, e conversou com ele. O sr. Ibrahimi, assim como grande parte dos funcionários do Ministério de Assuntos da Mulher, é homem. Ele se aproximou e nos disse que a ministra queria nos expulsar da sessão pública. "Ela não está satisfeita porque o presidente está reclamando sobre o MoWA nos ajudar a criar uma história de amor de Romeu e Julieta." Pensei em não retroceder e protestar por estar sendo expulso, já que havia outros jornalistas lá, mas isso não me pareceu muito prudente. O papel do *The New York Times* neste caso todo já estava ficando constrangedoramente barulhento. O ódio do presidente Karzai pelo jornal não era segredo; desde 2008, ele não concedia nenhuma entrevista.[4] A guerra estava pior do que nunca. O fiasco eleitoral estava se aprofundando e, durante aquele ano, o governo do sr. Karzai, com o que ele acreditava ser um encorajamento, já havia ameaçado me expulsar. Logo tentaria expulsar o correspondente Azam Ahmed,[5] da revista *Times*, mas sem conseguir, e posteriormente o correspondente da mesma revista, Matthew Rosenberg,[6] sendo bem-sucedido dessa vez. Os casos contra nós eram espúrios e não tinham nada a ver com a história dos amantes, mas eu estava extremamente

Sob o olhar dos Budas. O vale do Bamiyan visto do grande Buda Solsal, fotografado de dentro do nicho onde a cabeça do Buda ficava. O abrigo de onde Zakia fugiu fica no planalto superior, perto das torres de comunicação vermelhas e brancas. (Sánchez)

Filha de pai morto. A família de Zakia é da aldeia de Kham-e-Kalak, vizinha de Surkh Dar, onde os jumentos eram o único meio de transporte. (Quilty)

Filha de pai morto. A primeira fotografia de Zakia tirada pelo *The New York Times* (fevereiro de 2014), enquanto ela ainda se escondia no abrigo em Bamiyan. (Lima)

Zakia entra em ação. A fotografia de Zakia e Ali durante a fuga, publicada primeiramente pelo The New York Times, se tornou icônica. Vários artistas afegãos pintaram versões dessa fotografia. (Sánchez)

Um lindo lugar para se esconder. A casa de Haji e Zahra em Kham Bazaarghan, onde Zakia e Ali se esconderam duas vezes durante a fuga. (Sánchez)

Benfeitor misterioso. Fatima Kazimi, então superintendente da Secretaria da Mulher na província de Bamiyan. Ela resgatou Zakia da família e depois fugiu do Afeganistão, por ter ajudado os amantes. Conseguiu asilo nos Estados Unidos. (Lima)

Zakia, em um carro do *The New York Times*, indo para Nayak Bazaar em abril de 2014. O casal teve dificuldade em conseguir asilo fora do país. (Sánchez)

Caçadores de honra. Zaman, o pai de Zakia, com suas três filhas mais novas, em sua casa em Kham-e-Kalak, antes de se mudar para Cabul a fim de procurar Zakia. (Lima)

Anwar, o pai de Ali. (Sánchez)

Caçadores de honra. Anwar, pai de Ali, perto do rio Cabul, um pouco depois de seu filho ser preso. Ele não tinha ideia de onde ir e nenhum lugar para ficar. (Quilty)

Irreconciliáveis. O bairro Chindawul, em Cabul, onde o casal se escondeu até a prisão de Ali. Na foto, o prédio do cinema Pamir aparece em primeiro plano (no centro, o prédio amarelo-claro). Ali foi preso nas redondezas. (Quilty)

Pássaros na gaiola. Ali prendendo uma codorniz na propriedade da família. Ele guarda o canto dos pássaros em seu telefone celular. (Quilty)

Ali, armado, trabalhando no campo em fevereiro de 2015. (Quilty)

Celebridades relutantes. Zakia e Ali indo para o próximo esconderijo, no vale de Yakawlang, em abril de 2014. (Sánchez)

De volta do Indocuche. Zakia e Ali novamente durante a fuga, cruzando o rio Yakawlang em uma ponte. (Sánchez)

Mulá Mohammad Jan. Anwar e Ali se preparam para o voo até o Tadjiquistão e compram malas em um mercado de Cabul. (Jawad Sukhany)

Na terra dos parasitas. O casal e Anwar esperam, sem sucesso, do lado de fora do escritório do ACNUR, em Duchambé, no Tadjiquistão. Eles foram roubados e deportados um pouco depois. (Sukhanyar)

A aldeia de Surkh Dar, no vale de Bamiyan, com a casa de Anwar em primeiro plano. (Quilty)

Um cachorro sem nome. O muro que cercava a casa de Anwar em Surkh Dar, com o novo cão de guarda preso do lado de fora. (Quilty)

Chaman (a mãe de Ali), Zakia com Ruqia, aos dois meses, e Ali em fevereiro de 2015. (Quilty)

Ele ainda fica nervoso ao segurá-la. Na casa de seu pai, na aldeia de Surkh Dar, Ali com Ruqia no colo, em setembro de 2015. (Hayeri)

Menos de um ano após a fuga. Na casa de seu sogro, Zakia com a filha, Ruqia, na aldeia de Surkh Dar, Bamiyan, em setembro de 2015. (Hayeri)

Agora, todos irão à escola. Anwar e Chaman, pais de Ali, em casa com a neta Ruqia, em setembro de 2015. (Hayeri)

Ele pode sentir a família no ar. Ali, na casa da família em Surkh Dar, ainda se escondendo em 2015. (Quilty)

Ainda procurada, ainda se escondendo, mas feliz. Zakia e Ruqia, em setembro de 2015. (Hayeri)

consciente de que o meu papel no caso de Zakia e Ali poderia complicar o jornal em um momento delicado.

Em 9 de junho, Shukria disse a Jawad que a família de Ali teria de arranjar um documento do *neka* para a audiência do dia seguinte. "Caso contrário, o relacionamento que eles tiveram durante esses três meses será considerado inadequado, e serão acusados de adultério", disse ela. De acordo com a lei criminal, isso significaria dez anos de prisão. E, de acordo com a charia, eles seriam condenados à morte; tecnicamente, os tribunais tinham a opção de aplicar qualquer um dos códigos penais. Jawad se encontrou com Anwar e seus irmãos, e, por fim, eles admitiram que não havia um documento do *neka*. A história que nos contaram foi que o mulá e as testemunhas assinaram um papel em branco, que seria preenchido posteriormente com os textos legais e os carimbos necessários. O tal papel se encontrava com o mulá Baba Khalili, e era perigoso demais ir à casa dele no distrito de Behsood, na província de Wardak. Agora que o mulá sabia que o casal estava preso, segundo Anwar, "ele está com medo e não quer nos dar o documento do *neka*. Ele está negando ter celebrado este *neka*. Mandei meu filho ir até lá e convencê-lo a nos entregar o documento. Paguei aquele dinheirão para ele celebrar o *neka*, e ele prometeu. É um mentiroso. Mas agora estou preocupado. Se o caso for levado ao gabinete do procurador-geral, vai ser necessário dinheiro para suborno, e eu não tenho".

Até onde Anwar sabia, todos os problemas desse tipo eram resolvidos de um jeito no Afeganistão: por meio de suborno suficiente para as pessoas certas. Isso não funcionaria nesse caso, embora fosse difícil fazê-lo entender que aquele caso estava em muita evidência para que a regra "quem suborna mais ganha" funcionasse.

A prisão de Ali e a detenção de Zakia eram notícias quentíssimas em Cabul, e os jovens logo começaram a tratá-los como ídolos; os grupos de Facebook e os *posts* no Twitter sobre ele continuavam a se proliferar.[7] Vídeos com os dois foram tirados do site do *Times* e colocados em páginas afegãs, postados no YouTube, dublados em dari e *pashto*.

Uma das maiores fãs de Zakia era Zahra Mousawi, uma antiga âncora do canal de TV Tolo, que se recusa a respeitar as regras patriarcais. Entrando no restaurante Blue Flame no meio das controvérsias sobre a detenção do casal, Zahra seguiu para uma mesa reservada em um dos cantos do restaurante com áreas privativas com dois homens que não era seus parentes. Ela não usava lenço na cabeça — nem carregava um para o caso de precisar — e estava usando camisa e saias normais, e não o habitual *trench coat* largo sobre um vestido comprido que a maioria das mulheres que tem vida pública parece adotar. Zahra fora dirigindo para o Blue Flame, sozinha, sem nenhum *mahram*. Ela não apenas troca apertos de mãos com homens — a maioria das afegãs não faz isso, nem mesmo as funcionárias públicas —, mas também cumprimenta os homens que conhece bem, com um abraço ou um beijo no rosto, até mesmo em público.

Ela é uma das poucas mulheres no Afeganistão que se atreve a fazer isso. "Dirijo e não uso lenço na cabeça, e não tenho muitos problemas por causa disso", declarou ela. "Todas as outras ativistas dizem: 'Mas estamos no Afeganistão. Você tem de agir como elas.' Estou disposta a pagar o preço de não agir assim, mas ninguém mais está. Não estão prontas para grandes mudanças." Até certo ponto, Zahra exagera no quanto isso é fácil. Ela tem cidadania sueca além da afegã. Então, pode partir a qualquer momento; além disso, é de uma família educada e altamente tolerante. Zahra também criou uma campanha no Facebook pela soltura de Zakia e Ali. "A única esperança são os jovens. O futuro são os jovens, e é por isso que quero aplaudir Zakia. A vida é dela, e ela tem de decidir como quer vivê-la."

No gabinete do procurador-geral, começaram a aparecer jovens casais na Unidade de Eliminação de Violência contra Mulheres, a qual era composta quase que totalmente por advogadas, para abrir processos de negação de relacionamento, algo que um ano antes não acontecia. "A história de Zakia e Ali terá um grande impacto na futura geração", declarou Qudsia Niazi, chefe da unidade LEVM. "Os jovens agora estão começando a compreender que não existe restrição na religião ou na lei sobre com quem você pode se casar. Muçulmanos podem se casar entre si, por escolha.

Houve até demonstrações públicas para protestar contra a prisão deles, mas, conforme o apoio aumentava, as perspectivas de solução do caso deles diminuíam. Se o mulá tivesse o documento, ele não ia fornecê-lo.

Então, quando parecia não haver mais esperanças, no dia 11 de junho, o gabinete do procurador-geral inesperadamente emitiu ordem de soltura para Ali, sem necessidade de fiança, e retirou todas as queixas contra o rapaz.

21/03/1393[8]

Procurador-geral da República Islâmica do Afeganistão

Ordem de soltura

Os documentos referentes a esses dois indivíduos precisam ser estudados, verificados e arquivados após a investigação completa ser concluída. Mohammad Ali, que celebrou um *neka* com Zakia, deve ser solto da prisão e ela deve ser entregue a ele. O Ministério de Assuntos da Mulher vai ajudá-los a formar uma vida familiar, encontrando um lugar para eles ficarem.

Devidamente anotado, Gabinete de Relações Governamentais

Os documentos devem ser encaminhados para o Gabinete Legal para as formalidades da lei.

Ali estava livre, mas Zakia ainda teria de ficar no abrigo até que ele conseguisse o *neka*, mostrando-o ao gabinete do procurador-geral, antes que aprovassem a liberação dela. Possivelmente o irmão dele encontraria o mulá e o pegaria — se é que o documento existia, embora nenhum de nós acreditasse mais nisso. Então, de repente, chegou a notícia de que Ali e Anwar e três testemunhas do sexo masculino poderiam ir até o gabinete do procurador-geral para formalizar um novo *neka*.

Como tudo isso aconteceu, é um mistério, mas, de alguma forma, eles não precisavam mais encontrar o *neka* original que o mulá tinha (ou não tinha) celebrado para eles em Foladi no segundo dia de fuga. A solução não veio de suborno; estava claro que Anwar não tinha dinheiro — ele pedia para nós até pequenas quantias para sobreviver, e estávamos tentando conseguir que ele retirasse uma pequena quantia das doações da conta da WAW. A advogada deles, Shukria, apenas deu de ombros, sem dar mais explicações, e seu tom sugeria que não deveríamos lhe fazer muitas perguntas sobre o assunto. Então, os outros filhos de Anwar chegaram de Bamiyan com um novo *neka* assinado por um mulá amigo e com a assinatura de homens de sua aldeia como testemunha. Entregaram o documento à WAW para que entregassem no gabinete do procurador-geral.

Ali ficou muito emocionado. "Antes de ser preso, eu estava 100% feliz. Agora que estou livre das garras do governo e, quando minha esposa for liberada, vou ficar 1000% feliz. Estamos explodindo de tanta felicidade."

Zakia ainda estava no abrigo, mas agora que um *neka* fora produzido, ela logo seria liberada. Conversamos com ela uma noite antes de terem de ir ao gabinete do procurador-geral para registrar e aprovar o novo *neka*. "Sinto que nasci de novo para o mundo", declarou ela. "Estou com tanta saudade dele que nem consigo descrever. Estou tão feliz que nem vou conseguir dormir hoje. Desejo que, após eu ser liberada, a gente consiga ter uma vida feliz de novo e morar em um lugar seguro. Não podemos ficar em Bamiyan nem em Cabul. Eu o amo tanto que nem consigo explicar para vocês."

Qudsia Niazi disse que Zakia poderia prestar queixa contra os próprios pais, por terem tentando obrigá-la a se casar contra a sua vontade e por tentar impedir que se casasse com Ali, explicando que isso era crime de acordo com a LEVM e que ela deveria fazer isso. Zakia não aceitou. "Quanto a meu pai, sinto que teria sido melhor se ele tivesse concordado com isso, mas, agora que ele não concorda, não posso dizer ou fazer nada a respeito. Mas não quero prestar queixas contra eles porque são meu pai e minha mãe e não quero isso. Não quero que nada aconteça com eles, nem com meus irmãos. Assim que eu sair daqui, meu pai e minha mãe nem vão querer me ver, sei disso, mas não quero causar problemas para eles."

Depois, perguntamos a ela o que tinha achado do abrigo da WAW em comparação ao de Bamiyan. Ela ficou feliz por sua estadia no abrigo de Cabul ter sido bem curta, mas ela não gostou dele tanto quanto o de Bamiyan. "Eles são mais rígidos aqui."

Ali riu. "As mulheres só ficam felizes quando são livres para usar maquiagem", disse ele. Tendo de superar algumas crises em Cabul nas quais os ultraconservadores acusaram o abrigo da WAW nesta cidade de ser um bordel e que as pessoas que o administravam não passavam de cafetões, a ONG passou a dar bastante importância a qualquer coisa que pudesse servir de munição para os conservadores usarem contra eles. Maquiagem era uma dessas coisas. Então, fora banida dos seus abrigos.

Na época, os detalhes da maneira como o caso deles tinha sido resolvido, e da rapidez com que isso aconteceu, foram um completo mistério. Além disso, Zaman e seus filhos e sobrinhos desapareceram do cenário de uma hora para outra, quase como se alguém os tivesse varrido dali. Quando Ali saiu do DP-1, não havia sinal da vigilância da família dela, e, quando o rapaz se reuniu com Zakia no abrigo e esta saiu dos muros que o cercavam e pisou na calçada, olharam em volta, apreensivos, mas não havia nenhum sinal do pessoal ali também. Alguns especularam que o presidente Karzai intervira por trás dos panos, mas isso parecia difícil de acreditar depois da antipatia da ministra de Assuntos da Mulher alguns dias antes — seus auxiliares explicaram que se devia à raiva do palácio presidencial com um caso muito divulgado e à vergonha que ele estava trazendo para o país.

Zakia e Ali ficaram nervosos com toda a atenção pública que estavam recebendo. Ficaram confusos e não compreendiam o que estava acontecendo. Nenhum dos dois sabia o que era Facebook ou uma agência on-line de notícias, nem mesmo o que era internet; eles achavam que essas coisas eram algo tão misterioso quanto o *The New York Times* e que poderiam causar um grande impacto em suas vidas. Não gostaram de ser celebridades. Estranhos os paravam na rua e pediam para tirar selfies com eles, e Zakia puxava o véu para cobrir o rosto, e ela e Ali relutantemente aceitavam.

Os amantes logo decidiram que voltariam para Bamiyan. Ali explicou desta forma: "Em Cabul, eu sei que é uma cidade grande, mas não a conheço e não conheço quem são as pessoas. Quando olho para as pessoas, não sei qual delas me conhece agora." O rosto deles era facilmente reconhecível por causa da grande cobertura jornalística, e eu me senti, de certa forma, culpado pela situação em que se encontravam. "Se me conhecem, ainda não os conheço e não sei se preciso me preocupar com eles. Em Bamiyan, você sabe quem são seus inimigos; em Cabul, você não sabe." Mas esse não era o verdadeiro motivo. Ali guardou para si, mas estava com raiva por termos encorajado Zakia a ir para o abrigo.

No momento, decidiram não ir para o exterior ainda, segundo ele. Já tinham descartado a África. Nos Estados Unidos haveria outros afegãos, mas eles ainda seriam almas perdidas. "Nos Estados Unidos, não saberíamos onde fica a mercearia. Onde podemos comprar comida fiado para pagar depois? Não saberíamos", disse Ali. Nem me preocupei em explicar a eles que as lojas nos Estados Unidos não vendem fiado.

Zmaryalai Farahi, da embaixada norte-americana, ligou para ele mais ou menos nessa época; a publicidade, e a pressão que vinha do país graças às ações do rabino Shmuley Boteach e seus amigos poderosos, levantou o interesse deles de novo. Agora que o casal não era mais acusado de crimes, não havia qualquer motivo político e diplomático para que não recebessem vistos de entrada. Dessa vez, ele se ofereceu a ir até eles em um lugar à escolha do casal, em vez de pedir que eles passassem pelas barreiras policiais até chegar à embaixada.

Ali disse que preferia conversar por telefone mesmo e perguntou a Zmaryalai se eles conseguissem vistos para os Estados Unidos, se poderiam levar o pai dele, a mãe, os irmãos e irmãs e seus filhos, um total de 18 pessoas. Quando Zmaryalai respondeu que duvidava muito, Ali respondeu que tinham mudado de ideia, ficariam no Afeganistão e que não queriam mais fugir do país. Com isso, pelo menos a curto prazo, praticamente esmagou qualquer chance de poderem ir aos Estados Unidos. Se eles não estavam tentando se salvar, de nada adiantava os outros ficarem tentando por ele. Perguntei a Ali por que ele não tinha mantido as opções abertas e guardado suas dúvidas para si mesmo enquanto estivesse conversando com a embaixada norte-americana. Explicou com um aforismo estranho de alguém da zona rural afegã, que nem tinha macarrão: "Este é o prato, e este é o espaguete. O que está aí é o que há. Talvez mais tarde a gente pense nisso." Com a ameaça de morte ainda pairando sobre eles, "mais tarde" pareceu-me algo muito distante.

Para os funcionários norte-americanos, isso foi um alívio. A embaixada entrou em contato com a equipe de Samantha Power, informando que, agora que o caso criminal havia sido anulado, Ali decidira permanecer no Afeganistão e não estava mais procurando asilo político. Problema resolvido.

"Nunca trabalhei tanto em um caso desde o Wikileaks." Shmuley citou um dos assistentes de Power. "Estou muito frustrado com a relutância de nossa embaixada em oferecer ajuda." Agora eles não precisavam fazer mais nada.

Mesmo que Ali e Zakia decidissem tentar deixar o país, a embaixada norte-americana não tinha muito a oferecer. Enquanto acusações criminais pairavam sobre eles, a relutância da embaixada era compreensível; entretanto, tudo o que estava disposta a oferecer a eles eram conselhos:

"fujam para outro país", "peçam status de refugiados". O Alto Comissariado das Nações Unidas para Refugiados (ACNUR) então consideraria o pedido deles para realocação, e os Estados Unidos informariam o ACNUR que estavam acompanhando o caso. Tudo isso *talvez* ajudasse a acelerar as coisas e *talvez* levasse a uma realocação nos Estados Unidos, mas não havia garantias. Conversei com funcionários do ACNUR em Cabul, e eles concordaram que o processo seria demorado: mesmo que os Estados Unidos estivessem acompanhando o caso, mesmo com patrocinadores abastados dispostos a ajudá-los, garantindo empregos, ensino de idiomas e educação.[9]

Os dois estavam diante de seis ou sete meses como refugiados antes de conseguirem ser realocados nos Estados Unidos, talvez até o dobro do tempo — e isso só aconteceria se funcionários dos Estados Unidos acompanhassem o caso, algo que eles apenas prometeram fazer — sempre acrescentando a expressão "sem garantias". Havia outro método que os funcionários norte-americanos poderiam ter usado, mas descartaram, penso eu, por temerem uma onda de outras potenciais vítimas de assassinatos em nome da honra. Era um livramento condicional humanitário[10] e poderia ser usada para tirar as pessoas diretamente do seu país de origem, sem a necessidade de se tornarem refugiados primeiro. Essa opção só é usada em casos de extrema emergência, como pessoas que precisam de tratamento médico especializado nos Estados Unidos, não disponível em seu próprio país. Ou em casos em que a vida de alguém está em risco iminente. Os amantes pareciam se enquadrar nessa última condição. Na interpretação do livramento condicional da embaixada norte-americana, porém, Ali e Zakia não satisfaziam os critérios que diziam que suas vidas estavam em perigo iminente.

Mesmo que os Estados Unidos optassem por fazer isso — e a embaixada vetara sugestões de Washington para que o fizessem—, o livramento condicional humanitário não é mais a bala mágica que já fora um dia para casos extremos. Ela foi usada, por exemplo, no caso de Bibi Aisha, desfigurada pelo marido talibã. O Grossman Burn Center[11] em Los Angeles ofereceu-se para reconstruir o rosto dela, com medicina e tecnologia de ponta que ninguém no Afeganistão estava qualificado a usar, e a Women for Afghan Women, com o apoio entusiástico da embaixada em um caso tão divulgado, requereu o condicional humanitário para ela. Usando advogados de imigração nos Estados Unidos, conseguiram isso para Bibi Aisha — após oito meses de espera. E a maior parte do tempo por causa de atrasos do Departamento de Segurança Interna dos Estados Unidos, encarregado de fazer verificações extremas de segurança para confirmar de forma satisfatória que aquela menina de 17 anos, vítima do Talibã, não era uma terrorista tentando entrar nos Estados Unidos valendo-se de uma história médica como desculpa.

Não foi muita surpresa o casal ter parado de falar com todo mundo e ter desistido de sair do país. Poderiam ter sido mais pacientes, porém. Enquanto a embaixada estivesse interessada o suficiente para conversar com eles, sempre haveria uma possibilidade de se planejar uma solução. Com a opção de Shmuley descartada também, a vida do dois era incerta, baseada apenas na esperança de que Zaman e seus filhos não encontrassem uma forma de se vingar.

"Quando essa história foi divulgada, eu tinha sorte de ter muitos amigos com cargos no governo norte-americano que poderiam ajudar", disse Shmuley, quando conversei com ele sobre o beco sem saída dos amantes. "Por exemplo, discuti o caso com o senador Cory Brooker, e, principalmente, com Samantha Power, que estava em uma posição única para ajudar por causa de seu portfólio internacional — ela sempre se preocupou, de forma instantânea e imensa — dedicou muito tempo a mim, e isso é um mérito enorme, e em uma época em que o mundo estava muito movimentado. Ela poderia muito bem ter dito: 'É uma história horrível, apenas uma entre milhões de outras que exigem nossa atenção', ela não fez isso. E, com tudo isso, houve ainda os passos de cágado do governo norte-americano. Minhas críticas não são apenas para a imigração. Essas são compreensíveis depois do 11 de setembro, e eu entendo isso. O que me decepciona é como o governo norte-americano não condenou oficialmente a violência contra esta mulher, ou a intenção de violência. Também não acredito que tivemos de perder milhares de soldados para libertar o Afeganistão da barbaridade monstruosa do Talibã e, depois, não ter o direito de nos colocarmos contra essa barbaridade. Não podemos impor como os afegãos deveriam viver? Dá um tempo. A brutalidade contra as mulheres não é uma questão interna. Não estamos falando aqui de uma mulher que quer usar uma minissaia e ir para um karaokê ou uma boate — ela quer se casar com o homem que ama e viver uma vida religiosa de acordo com o Islã. Apesar disso tudo, o governo norte-americano não queria ofender as sensibilidades do governo afegão. E quanto a ofender as sensibilidades do público norte-americano? Os funcionários com quem conversei tinham boas intenções, mas falavam que estavam de mãos atadas, por não poderem usar essa história de 'os Estados Unidos estarem controlando o Afeganistão'. É o dinheiro dos nossos contribuintes que está sendo gasto lá —temos o direito de exigir o mínimo de impacto no país. Se nem podemos dizer algo assim, ajudar as pessoas que se encontram nesse tipo de situação, qual foi o objetivo de toda a missão norte-americana? Vocês têm de compensar as vidas dos nossos soldados com algum progresso moral."

CAPÍTULO 11

DE VOLTA AO INDOCUCHE

O problema de ajudar as pessoas demais é que elas não aprendem a se ajudar. Os governos sabem disso, mas isso não os impede de doar dinheiro para sociedades que acabam se tornando cada vez mais dependentes. *Nós* sabíamos disso, mas isso não nos impediu de ajudar Zakia e Ali. Ao que tudo indicava, não fariam isso sozinhos. Só estavam cometendo um erro atrás do outro.

No dia seguinte da liberação de Zakia do abrigo, eles desapareceram, e nem mesmo os irmãos de Ali conseguiram encontrá-los. Os boatos eram de que eles tinham fugido para o Irã. Finalmente, Ismatullah, o irmão mais velho de Ali, recebeu uma ligação deles pedindo que entrasse em contato conosco para pegar o dinheiro da WAW depositado para eles para que pudessem fugir para Herat, uma cidade na região oeste do Afeganistão. Dissemos para Ismatullah que tudo o que precisavam fazer era entrar em contato com o abrigo e solicitar parte do dinheiro dos doadores, mas que teriam de fazer isso sozinhos — não podiam esperar que alguém fizesse isso pelos dois. O abrigo precisava observar que eles, pessoalmente, recebessem o dinheiro.

Acontece que Ali estava se mantendo longe de nós porque estava zangado por Zakia ter sido levada para o abrigo. Na opinião dele, a esposa nunca deveria ter ido para lá e deveria ter fugido para as montanhas com o pai e o primo. Tratava-se de uma atitude irracional, mas havia esperado por mais de seis meses enquanto ela era mantida em outro abrigo, e sua atitude era compreensível, mesmo que tola. Ele pareceu não valorizar o resultado do período em que ficaram sob custódia, menos de uma semana: todos os problemas legais que tinham foram resolvidos.

De certa forma, Herat parecia um bom lugar para se esconder. A cidade, no oeste do país, era bem mais tranquila do que muitos lugares no Afeganistão, grande o suficiente para não chamarem a atenção e com diversidade étnica. Mas Herat era próxima do Irã, e o ponto de partida de muitos afegãos que queriam fugir para lá, e todos nós nos preocupamos que o casal tivesse decidido tomar essa rota. Quando nos recusamos a agir em seu nome, o próprio Ali ligou para Manizha Naderi na WAW para convencê-la a lhe dar outra parcela de mil dólares do dinheiro dos doadores. Ele queria mais, porém, preocupada que Ali talvez usasse o dinheiro para ir para o Irã, Manizha decidira limitar a quantia que a organização lhe daria de cada vez. Assim, não teriam o suficiente para comprar passagens aéreas para Herat.

Três dias depois, em 22 de junho, recebemos outra ligação de Ismatullah. "Ali e a esposa estão agora em Bamiyan, escondendo-se. Voltaram porque não conseguiram ir para Herat por terra", explicou ele. As estradas eram muito perigosas; é um fato bastante esclarecedor que, 14 anos depois da intervenção norte-americana no Afeganistão, muitas das maiores cidades e capitais das províncias sejam ligadas por estradas que não são seguras para se viajar, nem mesmo para os próprios afegãos. O irmão disse que tentaria convencer Ali de nos ligar e conversar conosco. "Quero que vocês o ajudem a sair do país", disse ele. "A gente realmente precisa da sua ajuda. Não podem ficar aqui por muito tempo. Os parentes de Zakia já estão se reunindo porque parece que sabem que eles voltaram para Bamiyan. Com certeza, vão fazer alguma coisa."

No dia seguinte, Ali nos ligou e não conseguiu falar conosco, mas Jawad retornou a ligação. Seu toque era uma música de Jamshid Parwani, um cantor afegão, chamada "Gonjeshkak telayie":

Pequeno pintassilgo, que mora com a minha garota,
Estou esperando você me dizer.
Quando você virá?
Venha até mim, venha da casa da minha linda garota,
Venha me contar como ela está,
E volte para contar-lhe como estou,
Meu cândido pequeno mensageiro.[1]

Ali nos perguntou, assim como perguntara à embaixada norte-americana, se, caso os dois conseguissem chegar a um terceiro país, a família inteira poderia ir com eles. Respondemos que isso era muito difícil. Havia afegãos que conseguiram levar a família inteira consigo com o argumento de reunificação familiar, mas isso levou muitos anos, às vezes, décadas. Talvez conseguissem levar alguns parentes próximos, como o pai, a mãe e, é claro os próprios filhos, mas isso era tudo. Essa foi a última vez que ele entrou em contato por quase um mês.

Quando eles ressurgiram, soubemos que o casal tinha voltado com Anwar para a casa da família em Surkh Dar ao final de junho, quando o pai e os irmãos de Zakia ainda estavam longe. Tendo desistido dos campos e se mudado para Cabul para procurar o casal, era tarde demais para eles retomarem à lavoura, e os parentes de Zakia continuaram na capital trabalhando como diaristas, vendedores de rua e coisas assim. Parentes mais distantes — primos e parentes por afinidade — e alguns dos irmãos mais novos de Zakia estavam morando na casa de Zaman, mas eles tinham menos interesse em buscar o casal. Os campos estavam verdejantes e frutíferos, prontos para uma grande colheita de batata, e os jovens amantes estavam felizes por estarem novamente no seio da família de Ali, vivendo uma vida quase normal. À noite, Ali e seus irmãos se revezavam em ficar de guarda do lado de fora da casa, mas não estavam muito preocupados.

Em termos, Ali e Zakia estavam cheios de dinheiro; os mil dólares que receberam da Women for Afghan Women eram mais do que precisavam para as suas necessidades. Então, Ali e Anwar decidiram gastar uma parte do dinheiro para comprar joias, pulseiras e correntes de ouro para Zakia. De certa forma, isso é um meio de guardar dinheiro, transformando-o em ouro — embora os negociantes de ouro vendam caro e comprem barato —, e guardando tudo na segurança relativa de enfeitar a pessoa intocável da esposa. Também era uma forma de demonstrar o quanto a valorizavam. "Compraríamos ouro para ela mesmo se estivéssemos endividados e não pudéssemos pagar", disse Anwar mais tarde. "Por que estamos felizes com ela e queremos demonstrar isso, que nós a amamos e que sabemos que ela abandonou a própria família para viver com a nossa. Então, nós lhe compramos ouro e gostaríamos de comprar mais se pudéssemos."

A moça abrira mão de muita coisa para se casar com Ali, e isso ficou claro quando ele se encontrou com o irmão caçula de Zakia, Razak, quando estava indo ao mercado da cidade. Razak bloqueou o seu caminho, brandindo um canivete. "Vou apunhalar você, e você vai ver se é fácil fugir para se casar", declarou ele. Ali riu e o colocou de lado, mas aquilo foi um lembrete de que a raiva continuava e tinha se espalhado por toda a família dela.

Zakia sofria com o ódio persistente do irmão. "Eu o amo muito, mais do que qualquer pessoa da minha família", declarou ela. "Ele está muito chateado com isso tudo. Ele ficou com mais raiva do que os meus irmãos mais velhos. Isso é muito triste. Eu realmente o amo." Será que não haveria um dia em que talvez tivesse uma chance de reconciliação com ele, uma chance para explicar o acontecido, quando ele tivesse idade para compreender? "Ele não ouviria, nem aceitaria, mesmo que eu explicasse. Quando crescer, talvez ele mude, ele entenda. Talvez se ele se apaixonar por alguém, então talvez ele compreenda. Espero que sim."

Apesar do desafortunado encontro com Razak, aqueles primeiros dias em casa foram felizes. Fizeram uma festa para a família mais próxima e alguns anciãos da aldeia de Surkh Dar, os quais depois de toda a publicidade passaram a dar bem mais apoio ao casal — pelo menos no lado *hazara* da estrada. Embora a família e os amigos de Ali não se vangloriassem disso, o apoio entre os *hazaras*, que são mais numerosos em Bamiyan do que os tadjiques, foi um fator importante, além da vergonha e do constrangimento, para fazer com que os homens da família de Zakia fossem embora. Os anciãos *hazara* queriam que a família de Anwar oferecesse uma festa de casamento para toda a aldeia — na verdade, insistiram nisso —. Então, eles precisavam fazer isso logo, antes do início do Ramadã, um mês de jejum, o qual começaria em julho de 2014.

A mãe de Ali ficou muito feliz de ter o filho de volta. Ele sempre foi muito próximo a ela, segundo o rapaz, e sabia o quanto a mãe ficara triste quando ele e Zakia tiveram de partir e estavam pensando em deixar o país. Agora, ele estava sob o mesmo teto das duas mulheres da sua vida.

Um dia, Chaman dissera para Ali: "Você é o filho de uma pessoa pobre. Então, tente fazer coisas boas e melhorar de vida."

"Nunca me esqueci disso", contou-me Ali depois. Chaman odiava vê-lo fumar, por exemplo, e lhe pedira para parar. "Eu parei", disse ele, rindo. "Por um dia." Mas tomou cuidado de não permitir que ela o visse fumando depois disso.

Durante o seu longo "namoro" com Zakia, Ali fez amizade com um jovem tadjique mais ou menos de sua idade que morava na aldeia dela. Ele se tornara confidente de Ali — um colega conspirador que também acreditava no amor. Serviram juntos no Exército, e, depois que o caso de amor se tornou infame, ele telefonara para Ali para reiterar a amizade — em segredo, por medo de ser considerado traidor entre os outros tadjiques. Isso foi fortuito. Um dia, no início de julho, Ali estava trabalhando nos campos, regando vegetais depois de um período de seca, quando o seu amigo tadjique ligou para ele. "Gula Khan está de volta", disse-lhe o amigo. "Estão planejando pegar você nos campos e já estão a caminho. Ele está armado com um revólver e uma faca." Passando por cima dos canteiros e canais de irrigação, Ali seguiu pelos campos, pegando um atalho, voltando para Surkh Dar e a casa de sua família. Ele conseguia ver Gula Khan correndo atrás dele, mas tinha conseguido uma dianteira para chegar em casa em segurança. Depois de uma reunião familiar apressada, Zakia e Ali decidiram voltar a se esconder nas montanhas. A festa de casamento teria de esperar o fim do Ramadã.

Eles voltaram para Yakawlang de novo, mas, dessa vez, foram recebidos com indiferença na casa de Zahra e Haji Abdul Hamid em Kham-e Bazargan. "Nós nos oferecemos para pagar as nossas despesas com alimentação e tudo mais, mas disseram que não poderiam arcar com a nossa estadia e só ficamos lá por quatro dias", contou-me Ali. Parecia que a fama os tinha tornado tóxicos, apesar da empatia anterior do velho casal. Ou talvez Haji ainda estivesse zangado com Ali por ter desaparecido da outra vez, deixando Zakia com eles apesar do seu pedido em contrário.

De lá, continuaram avançando para as montanhas, quase até a província de Ghor, ficando como hóspedes pagantes em casas de família tão remotas que não tinham ouvido falar na história de Zakia e Ali. "Subimos até Dara-i-Chasht, onde tínhamos mais parentes que poderiam nos receber", relatou Ali posteriormente. "Não conhecíamos ninguém lá. Foi muito difícil para nós. Tínhamos pouco dinheiro, comíamos pouco e tentávamos sobreviver. O tempo ainda estava frio à noite, e não tínhamos roupas suficientes nem outros itens de necessidade. Não havia eletricidade, e só tínhamos uma velha lanterna a óleo. Ninguém da minha família poderia vir nos visitar. Foi um longo caminho e muito difícil de chegar lá, e não havia cobertura de telefonia. Não havia nem uma estrada para a passagem de carros, e era necessário andar por três horas para se chegar lá. Foi muito difícil para nós."

Passaram o Ramadã nesse lugar remoto, durante quase todo o mês de julho de 2014, e sentiram ainda mais saudade da família. As dificuldades compartilhadas do jejum diário do ramadã, sem comida ou bebida entre o amanhecer e o pôr do sol, e o desjejum noturno com o *iftar*, é uma experiência extremamente comunitária, e, pela primeira vez, viveram aquilo sozinhos, na companhia de estranhos ou apenas um do outro.

Durante tudo isso, Zakia estava grávida. Sem uma mulher mais velha por perto, ela não tinha como dimensionar se os enjoos matinais e outros sintomas da gravidez eram normais ou eram motivo para preocupação. O serviço médico mais próximo ficava em Nayak Bazar, uma caminhada de três horas seguida por uma longa espera e mais três horas em um ônibus — um dia inteiro e exaustivo para ir e voltar. Fizeram isso duas vezes, para exames, mas a clínica só contava com enfermeiras. Não havia médicos nem parteiras. Se alguma coisa saísse errado, eles teriam de fazer uma viagem ainda mais longa para ir até uma clínica médica. "Tudo era muito difícil lá em cima. Só tínhamos um teto sobre as nossas cabeças", contou Zakia. "Valeu a pena porque estávamos juntos, mas queríamos uma vida de verdade e, depois de um tempo, ficou muito difícil aguentar."

Um dia, o irmão de Ali, Bismillah, fez a caminhada até o esconderijo deles e implorou que voltassem para Bamiyan. O delegado de polícia de Bamiyan garantiria a segurança deles se voltassem, e os anciãos locais ainda queriam uma festa para celebrar o casamento deles. "Eu gostaria que o meu sogro e os meus cunhados desistissem disso e nos deixassem em paz", declarou Ali. "O que aconteceu já passou. Deveriam esquecer e nos perdoar."

Então, voltaram para casa. A festa de casamento aconteceu na casa de Anwar, e foi relativamente grande, com 250 convidados; Anwar gastou 51 mil afeganes nos preparativos e na comida — aumentando em cerca de mil dólares as dívidas que já tinha. No final das contas, foi um evento sombrio para a família, com todos cientes da ameaça existente que ninguém acreditava que desapareceria. Em um evento tão grande, havia segurança nos números, mas, quando todos os convidados se foram, a ameaça continuava pairando sobre eles.

Enquanto Ali e Zakia ficaram nas montanhas, a família dele tomara uma decisão conjunta, e agora eles queriam obrigá-lo a aceitar: não haveria paz para nenhuma das famílias se os dois permanecessem no Afeganistão. Decidiram que Ali e Zakia deveriam deixar o país como haviam planejado antes. Era chegado o momento de levarem a sério as ameaças, voltar para Cabul e tirar os passaportes. Precisaram reestabelecer o contato com os jornalistas, com a embaixada e até mesmo com as pessoas da África. Não havia esperanças de levar a família inteira, mas Anwar iria com eles. Desse modo, Ali poderia arranjar um emprego e ainda teria uma *mahram* com Zakia.

A família já nos contara que era isso que queriam. Também queriam nossa ajuda para convencer o casal de que essa era a única solução. Anwar disse que ele se certificaria de que o filho voltasse a atender ao telefone.

Quando ligamos para Ali, o toque do seu telefone era a famosa música "Não digo isso", de Ahmad Zahir, mártir e cantor popular. Ahmad Zahir era o Elvis Presley afegão, um cantor que mantinha a fama até os dias de hoje, mas que na década de 1970 eletrizava o público — principalmente mulheres jovens e adolescentes, provocando muita raiva na elite conservadora. Filho de um ex-primeiro-ministro, Ahmad Zahir era tão popular que os comunistas o temiam também, e muitas de suas músicas tinham duplo sentido, sendo carregadas de críticas políticas. No início do regime comunista do presidente Hafizullah Amin, foi decretada a prisão do cantor.

Então, chegou o casamento da filha do presidente. Os comunistas assumiram o poder, jurando que tornariam contra a lei casamentos arranjados e práticas comuns abusivas como o *baad*, no qual meninas são vendidas ainda crianças para pagar dívidas ou resolver uma disputa de sangue, e o *baadal*, no qual as famílias trocam irmãs e irmãos em casamento, um negócio que garante pelo menos um ou dois cônjuges infelizes. O presidente Amin zombou da ideologia socialista e arranjou um *baadal* para a sua filha, Ghul Ghutai, e seu filho, Abdur Rahman, com seus primos de primeiro grau, o filho e a filha do irmão do presidente. Ghul ficou furiosa e lutou amargamente contra isso, mas, por fim, acabou concordando. No último instante, porém, ela se recusou a aparecer no próprio casamento a não ser que Ahmad Zahir cantasse na cerimônia. Assim, o presidente ordenou que ele fosse solto e que as acusações contra ele fossem retiradas, se ele concordasse em cantar para ela. A primeira música que cantou foi "Não digo isso".

> *Não lhe peço me libertar*
> *da prisão do meu próprio corpo:*
> *Em vez disso, leve-me inteiro ao paraíso.*
> *E lá, naquele jardim,*
> *encha o meu coração de alegria.*
> *Lembre-se, oh, Morte Caçadora,*
> *lembre-se desta alma, como um pássaro na gaiola.*
> *Sente-se em um jardim, e lembre-se de mim.*[2]

No casamento, no qual pessoas de ambos os sexos ficaram juntas, disseram que a noiva se apaixonou pelo cantor. Enquanto Ahmad Zahir cantava, Ghul "caiu em prantos, e as pessoas notaram e não gostaram", de acordo com o relato de Abdul Jalil Sadid, um violinista e compositor, contemporâneo do sr. Zahir. Rumores de um caso de amor subsequente entre o cantor e a filha do presidente eram bastante comuns, enfurecendo o presidente e todos à sua volta, segundo conta o sr. Sadid. Logo depois do casamento, Zahir morreu em um acidente de carro na perigosa passagem de Salang. No entanto, poucos acreditaram ter sido realmente um acidente.[3] "Acredito que o regime pró-comunista da época estava por trás do assassinato dele", continuou o sr. Sadid. Nunca ninguém descobriu com certeza, porque logo depois, no início de 1979, tropas pró-soviéticas invadiram o palácio presidencial, matando o presidente Amin e a maior parte de sua família em um golpe de Estado que anunciava a ocupação soviética do Afeganistão. Essa história é apenas uma lembrança distante no Afeganistão da atualidade, com alguns dos seus detalhes inconcebíveis.

Quando Ali finalmente atendeu aos nossos telefonemas, disse que tinha decidido fazer o que a família lhe pedia. "Tudo o que queremos na vida é um lugar onde possamos viver juntos de forma segura, onde possamos passar a vida em um ambiente pacífico e feliz", declarou Ali. "Estamos felizes agora e prontos para sair do país para ir para um lugar seguro e amigável. Você pode nos ajudar? Vocês são os únicos em quem confiamos."

Primeiro, eles precisariam de passaportes. Agora que o casamento deles tinha sido legalizado, seria um processo bastante simples. Eles poderiam tirar os passaportes em um posto em Bamiyan, mas a notícia disso se espalharia pela cidade entre o dia em que pedissem o documento e a semana seguinte quando teriam de buscá-lo. Acharam que isso seria perigoso — seria fácil demais para os parentes de Zaman ficarem esperando pelo retorno deles. A repartição nacional de emissão de passaportes em Cabul estaria lotada, e podia emitir passaportes para qualquer província. Por esse e outros motivos, ir para Cabul seria a melhor opção. Foram pegos lá uma vez, mas tinham sido descuidados.

Dessa vez, dissemos a eles, se quisessem nossa ajuda, teriam de ouvir os nossos conselhos. Ficar em algum lugar longe do centro da cidade, em um bairro *hazara* onde fosse improvável que os parentes de Zakia agissem. Quando estivessem lá, deveriam permanecer dentro de casa e longe das ruas. Juntos ou separados, poderiam ser reconhecidos em qualquer lugar que fossem. Nós os pegaríamos no nosso carro e os acompanharíamos nos compromissos para mantê-los longe das ruas e dos ônibus públicos e lhes dar confiança.

Finalmente pegaram um avião para Cabul no dia 12 de agosto, após a Women for Afghan Women enviar passagens aéreas pagas com o dinheiro das doações. Jawad saiu do trabalho para encontrá-los no Aeroporto Internacional de Cabul. Anwar estava com eles, parecendo desgrenhado e pequeno em suas roupas de lavrador e turbante surrado. Zakia e Ali estavam com suas melhores roupas: ela, com sapatos de salto alto brancos e um vestido azul-claro de renda abotoado da frente do pescoço até os pés; ele, de sapato de couro de bico fino, um *shawar kameez* e um casaco cinza elaborado com enfeites azuis em volta do bolso. Ambos estavam esplêndidos mesmo com roupas velhas. A barriga de Zakia estava começando a aparecer, mas ela ocultava bem a gravidez. Aquela foi a primeira viagem de avião que ela e Anwar fizeram, e a primeira vez que Ali entrava em um avião não militar. "Dava para ver as pessoas lá em baixo", maravilhou-se Zakia. "E elas pareciam muito pequenas."

CAPÍTULO 12

MULÁ MOHAMMAD JAN

Os amantes voltaram para Cabul e descobriram que a história deles não despertava mais interesse. O status de celebridade que nunca souberam que tinham fora apenas transitório. O monstro das notícias fora desafiado e a atenção se desviara deles. Já que não havia novidade no caso, o *Times*, compreensivelmente, perdera o interesse, e os meus editores me disseram para desistir do Romeu e Julieta afegão. O casal teria de ser assassinado para voltar ao noticiário naquela época. Algumas publicações locais escreveram artigos sobre eles, e a BBC exibiu um vídeo com uma entrevista com eles naquele mês de agosto,[1] um pouco antes de eles deixarem Bamiyan. Porém, como eles não se mostraram disponíveis, a imprensa local logo perdeu o interesse. Mas o interesse da família de Zakia continuava bem vivo. Telefonávamos de vez em quando para os parentes dela, apenas para medir a temperatura, e estavam sempre fervendo. No entanto, sem todo o profundo interesse e a atenção da imprensa, eram apenas Zakia e Ali, um casal de lavradores do meio do nada em um país em uma guerra que os Estados Unidos não estavam ganhando e perdiam o interesse. Não era mais a história de Zakia e Ali. Até mesmo o rabino Shmuley tinha parado de ligar com tanta frequência, já que a situação em Gaza explodiu, o Hamas bombardeou Israel e a

Europa ficou do lado dos palestinos, provocando talvez a pior crise de relações públicas de Israel — pelo menos desde a anterior — e uma horrível manifestação de ataques antissemitas por toda Europa naquele verão. Shmuley me pediu para lhe contar sobre a situação do casal, o que eu fiz ao final de agosto, mas deu para perceber que ele estava distraído e não mais tão interessado no caso dos dois. "Então, basicamente, a única coisa de especial no caso dos amantes é o seu interesse, mas você não pode mais escrever artigos sobre eles?" Fui obrigado a admitir que aquele era o caso, a não ser se acontecesse uma grande reviravolta, como um grande sucesso em suas vidas, o que era bem pouco provável, ou algum desastre, como serem atacados por um dos irmãos dela, o que continuava sendo uma possibilidade real. Eu não tinha mais tanta certeza se histórias sobre a situação deles poderiam ajudá-los. Eles pesavam na minha consciência. Já era bastante ruim ter quebrado todas as regras para ajudá-los, mas tê-las quebrado sem ajudar o suficiente era simplesmente inaceitável.

A embaixada norte-americana agendou um encontro entre o seu funcionário para assuntos de refugiados e Zakia, Ali e Anwar após eles terem voltado para Cabul em agosto. Como não eram mais fugitivos, não havia problema para irem até lá e se reunir com funcionários norte-americanos, assim como com a equipe afegã e tradutores. Como expliquei para os funcionários norte-americanos antes da reunião, Zakia e Ali esperavam conseguir encontrar uma solução que permitisse que permanecessem no Afeganistão e com a família de Ali, mas, conforme o tempo passava, ficava cada vez mais claro que a família dela jamais desistiria, e eles seriam perseguidos para sempre dentro do próprio país. Enfrentar o exílio nas montanhas nos meses da gravidez fez com que conseguissem pensar e manter o foco (principalmente a família de Ali) no futuro e no que aguardava o filho deles. Precisaram passar por um período cortando todas as possibilidades de fuga para que pudessem confrontar como a vida deles seria sem ela. Agora que tinham feito isso, e depois que Ali quase fora pego por Gula Khan, estavam bem mais determinados a partir. Os funcionários da embaixada novamente explicaram para eles a política norte-americana para o caso: ir para um terceiro país, Paquistão, Índia ou Tadjiquistão, e pedir um status de refugiado para o ACNUR e, depois, o governo dos Estados Unidos possivelmente se interessaria no caso. Eles saíram da reunião encorajados pela preocupação e pela atenção que receberam, embora não houvesse nenhuma promessa substancial.

Depois da visita à embaixada, nós nos encontramos com eles três no New Design Café, no bairro de Wazir Akbar Khan em Cabul. Era o restaurante mais agradável no Afeganistão. Com projeto do arquiteto afegão Rahim Nomad, as paredes são de emplastro de barro e tijolo artesanal, com cúpulas arrojadas internas e um pátio central bastante tranquilo, com móveis de madeira no estilo nuristanês e almofadas forradas com tecidos locais. O lugar tinha características afegãs autênticas e charmosas, o que o tornava popular na comunidade expatriada de Cabul. A questão no momento, porém, é que ele havia ficado deserto em decorrência do agravamento da situação de segurança de Cabul, pondo o restaurante em um lugar fora dos limites para a maioria dos estrangeiros. Próximo à esquina do New Design Café, os rebeldes talibãs tinham invadido a Taverna du Liban em janeiro de 2014, atirando em todos os clientes que encontraram ali, a maioria estrangeiros, diplomatas e funcionários da ajuda humanitária, deixando um total de 21 mortos.[2] O New Design Café fica na mesma rua da embaixada norueguesa, porém, e se beneficia de sua segurança. Sem quase nenhum cliente durante o dia, ele se tornava um lugar seguro e discreto para um encontro.

Perguntei a eles se, com base nas orientações da embaixada, tinham decidido para onde iriam. Responderam com uma pergunta: para onde *eu* achava que eles deveriam ir? Argumentei que a decisão não era minha, que não poderíamos assumir uma posição de dizer o que deviam fazer com a vida deles. Nem tentei explicar novamente que isso era muito além do que qualquer jornalista deveria cogitar fazer por eles. Jawad e eu explicamos mais detalhadamente o que o conselho da embaixada significava em termos práticos, embora, àquela altura, já tivessem ouvido a mesma coisa várias vezes. O Irã era um beco sem saída e, embora eles dissessem que sabiam disso, não descartavam a ideia — conheciam pessoas que foram para o Irã e encontraram empregos e uma vida e tinham voltado, embora também tivessem ouvido falar de outros que foram e nunca mais deram notícias. Seria muito mais razoável se eles fossem para o Paquistão, pois nem precisariam de passaportes para isso. A fronteira era penetrável, movimentada, e um pequeno suborno de dez ou vinte dólares seria suficiente para atravessá-la. Uma vez no Paquistão, poderiam seguir diretamente para o gabinete da ACNUR em Islamabad e requerer o status de refugiados e pedir asilo político. O grande problema com o Paquistão é que, embora seja o lar de dois milhões de refugiados afegãos, a maioria deles tem origem *pashtun*, e o dari não seria o idioma comum. Além disso, o casal só tinha ouvido coisas ruins sobre como a vida era difícil naquele país, e a predominância de *pashtuns* os preocupava. O Talibã, afinal, era *pashtun*, no Afeganistão e no Paquistão, e os *pashtuns* odiavam os *hazaras*.

Se resolvessem aguardar pelos passaportes, teriam mais duas opções. Poderiam ir para a Índia, onde existia uma pequena população de refugiados afegãos, mas, novamente, poucos deles falariam dari. E, por fim, havia o Tadjiquistão. A ex-república soviética era, afinal de contas, povoada por tadjiques, e embora muitos tadjiques falassem russo, a maioria das pessoas falava farsi (o dialeto tadjique que era quase igual ao dari). No entanto, havia relativamente poucos refugiados afegãos no Tadjiquistão, a mais pobre das antigas repúblicas soviéticas, e, para ir até lá, era necessário não apenas o passaporte, mas também um visto de entrada — e não era fácil obter vistos para afegãos. Ainda assim, era possível, e o Tadjiquistão, se eles concordassem, parecia a melhor aposta.

Começamos a descrever o que teriam de fazer para requerer um passaporte, e logo ficou claro que até mesmo esse simples processo seria intimidante para eles, e apenas quando Jawad se ofereceu para acompanhá-los, concordaram em ir. "Vocês precisam nos ajudar", pediu Zakia. "Sem vocês, somos três cegos."

Tiveram sorte, pois o posto para tirar o passaporte em Cabul havia acabado de passar por uma reorganização para acabar com a corrupção. Antes, a não ser que grandes subornos fossem pagos, levava semanas, e até meses, para se conseguir um passaporte afegão. Agora, qualquer pessoa poderia ir até lá e, se a documentação do requerente estivesse em ordem, o passaporte seria emitido em uma questão de dias, mediante o pagamento de taxas governamentais bem baixas. Aquele foi um grande e raro sucesso para os esforços anticorrupção no país.

No dia seguinte, Jawad levou os três até o posto de requisição de passaporte, em um prédio decrépito cheio de escritórios do governo de diversos tipos, todos com filas do lado de fora e grupos de pessoas reunidas em volta de escreventes, espremendo-se e abaixando diante de caixas baixas usadas para escrever ou copiar documentos à mão. As máquinas copiadoras ficavam do lado de fora nos pátios, o que não tinha problema, pois eram usadas em um lugar no qual não chove por trezentos dias no ano.

No instante em que Zakia e Ali entraram, provocaram um alvoroço. "Realmente fiquei preocupado com eles", contou-me Jawad. As pessoas começaram a tirar fotos deles com os celulares. Alguns se aproximaram, outros queriam tirar fotografias com eles. De maneira geral, a reação foi positiva e de admiração, principalmente entre os jovens. Havia mulás também, e muitas pessoas ligaram para contar a novidade que tinham visto os amantes afegãos. Jawad ficou preocupado que uma daquelas pessoas pudesse ser um parente distante entrando em contato com Zaman e seu clã, ou apenas um conservador tadjique nacionalista. "Foi um grande risco irmos até lá", disse Jawad. "Poderia ter acontecido qualquer coisa." Felizmente, Jawad teve permissão para ficar com o recibo do pessoal para que ele mesmo pudesse voltar e pegar os documentos prontos para os dois, sem a necessidade de Zakia e Ali arriscarem uma segunda visita.

Os passaportes seriam emitidos com base na *tazkera*, a carteira de identificação nacional que todos os afegãos deveriam ter. Esses documentos mostram apenas o ano do nascimento, o nome da pessoa e o nome do pai, nada mais. Para estar de acordo com os padrões internacionais de passaportes, eles tiveram de escolher um sobrenome, e ambos escolheram o nome da família de seus pais, Ahmadi, no caso de Zakia, e Sarwari, no de Ali. Também era preciso que escolhessem uma data de aniversário. A maioria dos afegãos desconhecia o próprio aniversário; muitos têm apenas uma ideia aproximada da própria idade, uma vez que aniversários não costumam ser comemorados. Coincidentemente ambos escolheram o dia 23 de agosto. A mesma data de aniversário para Ali e Zakia, a primeira da vida deles. Faltavam apenas seis dias para chegar e eles fariam 22 e 19 anos, respectivamente.

Quando vi as datas idênticas de aniversário no passaporte, perguntei sobre isso, e caíram na gargalhada ao perceberem que, oficialmente, tinham nascido no mesmo dia.

Mais ou menos nessa época, consegui chamar a atenção das autoridades canadenses para o caso deles. Os números comparativos de afegãos no Canadá e nos Estados Unidos oferecem um contraste revelador. O Canadá, que tirou suas últimas tropas de combate do país em 2011, tinha recebido 62.815 refugiados e imigrantes afegãos;[3] os Estados Unidos, com uma população dez vezes maior que a do Canadá e com uma presença militar e civil muito maior no Afeganistão, recebera apenas 70 mil, de acordo com a Organização Internacional de Migração. O Canadá era muito mais solidário com os pedidos de asilo afegãos. Tanto que os afegãos que conseguiam entrar nos Estados Unidos costumavam ir para a fronteira norte do país antes de pedir asilo. Outra vantagem — potencialmente importante no caso de Zakia e Ali — era que o processo de imigração canadense oferecia algo chamado exceção ministerial, que é quando o ministro de Cidadania e Imigração do Canadá pode isentar os requerentes de realizar todos os processos habituais e admiti-los fora das exigências normais de asilo. Enquanto o procedimento análogo dos Estados Unidos, o livramento condicional humanitário costuma levar muitos meses, o sistema canadense poderia ser resolvido em uma questão de semanas. Os canadenses oferecem apoio entusiástico para as causas dos direitos da mulher no Afeganistão, e a reação inicial dos seus diplomatas ao caso, embora em particular, foi de empatia e preocupação. Ao que tudo indicava, valeria a pena o casal se esconder por algumas semanas para aguardar o resultado desse pedido ao Canadá. Além disso, também tinha acionado alguns contatos que eu tinha no governo norte-americano para ver se ainda poderia existir alguma esperança. Novamente, era muito provável que tivéssemos de esperar muitas semanas por uma resposta.

A vida deles em Cabul virou um tedioso jogo de espera, e, dessa vez, Zakia conseguiu o que queria, insistindo que Ali deveria ficar em casa e longe das ruas. Não era nada fácil para eles, bem sabíamos, principalmente para os dois homens. Zakia disse que ficar em casa era natural para ela; então, não se importava. Estava ocupada com a gravidez. A única vez em que todos saíram juntos foi na companhia de Jawad, quando ele os pegou de carro para levá-los ao New Design Café, que Anwar particularmente adorou. Tentávamos levá-los lá sempre que possível, apenas para lhes dar uma pequena pausa da monotonia de se esconder em uma casa de dois aposentos que alugamos de uma família afegã. Lugar com pouca mobília e paredes de alvenaria e meia dúzia de quartos, a casa fora dividida para acomodar três ou quatro pequenas famílias; mais de vinte pessoas moravam ali, e o quintal pequeno e sujo atrás de um muro alto era feito de tijolos baratos e gastos.

Os homens precisavam sair algumas vezes, para fazer compras, e se alternavam nessas saídas por motivos de segurança. "Quando é a minha vez, saio e desço a estrada", contou Anwar. "Tento encontrar alguém com quem conversar, algum estranho que queira bater um papo. Se não consigo, então me sento e fico olhando o movimento do trânsito e das pessoas que estão passando por ali e consigo um pouco de alívio assim."

A primeira vez que vi Ali no New Design Café me surpreendeu — eu não o via pessoalmente havia semanas. As roupas chamativas e baratas não eram surpresa, mas, diferentemente da outra vez em que ele estivera em Cabul, agora ele tinha se preocupado em mudar a própria aparência. A barba, que outrora ele odiava, estava crescendo, ainda baixa, mas cheia. Suas longas madeixas estavam cortadas rentes à cabeça, em estilo militar — mais curtos do que ele usara quando servira o Exército. Também parecia nervoso, olhando à sua volta o tempo todo, inquieto na cadeira, até que lhe perguntei se havia algum problema.

— Parei de fumar — explicou ele.
— A pedido de Zakia?
— É. Ela não gosta do cheiro.

Contei para eles a velha comparação que diz que beijar um fumante era como lamber um cinzeiro e ele achou isso hilário.

Perguntei a ele qual era o seu toque naquele dia, e ele riu. Embora não soubesse o nome, ele tocou para nós. Tratava-se de outro poema famoso transformado em música, um verso do poeta persa do século XIII Saadi Shirazi, que, como muitos poetas persas, era fascinado por rouxinóis e rosas e costumava imaginar uma relação entre os dois, uma que era mais literária do que literal.

> *Amor é o que rouxinol faz pela flor,*
> *Suportando centenas de espinhos que lhe causam tanta dor.*[4]

Mas eu me perguntava: onde será que ele conseguia tantos toques de celular? Ele achou estranho eu não saber.[5]

Durante aquelas semanas ao final do verão de 2014, nossas longas conversas ficaram cada vez mais interessantes, conforme os três se soltavam mais. Ali sempre tivera facilidade em falar, mas eu aprendia mais sobre ele cada vez que conversávamos. Anwar começou a se abrir também e, por fim, até mesmo Zakia superou a divisão homem-mulher — imposta em parte pelo seu marido — para revelar alguns pensamentos e, por fim, se mostrar uma pessoa muito mais esclarecida do que parecera a princípio. Ainda não podíamos conversar a sós com Zakia, mas podíamos fazer isso ao telefone — embora apenas com o conhecimento e a permissão prévia do marido atento, que demorara muito tempo para nos conceder tal privilégio. Um homem permitir que outro homem tenha esse tipo de acesso à esposa já era em si uma quebra de convenções no Afeganistão. Zakia aceitava o controle do marido. Ela ainda era a garota que repreendera o garoto mais velho por ter montado no jumento da sua família, mas agora tinha o cuidado de cobrir isso com um manto de esposa apagada e subserviente. O que ela achava do novo corte de cabelo do marido? "Tenho que gostar — ele é o meu marido." (Zakia claramente não tinha gostado.) Como tinha se sentido quando o marido voltara para o Exército? "Não foi uma coisa boa a se fazer." (Ela havia ficado furiosa.). Ele está conseguindo ficar em casa? "Está tentando." (Mas não está se esforçando o suficiente.)

Quando Ali listava suas virtudes, a obediência era o primeiro item de sua lista, seguido por fidelidade e apoio. "Quero que a minha esposa aceite o que digo para ela, quando é o melhor para ela", dizia ele. "Também deve ser honesta e direta, e quero que ela seja fiel. Ela deve ser amiga das suas amigas e inimiga das suas inimigas. Ela deve saber como lidar com todo mundo." Uma mulher idealizada, em outras palavras, mas, antes de tudo, uma mulher obediente.

Zakia não se rende; a subserviência parecia ser mais uma atitude gentil do que uma rendição abjeta. "Não gosto de ficar mandando que ela faça as coisas. Eu jamais a mandaria fazer um trabalho para mim", disse Ali. "Peço que ela faça as coisas. Ajudo nas suas tarefas; ajudo na limpeza da casa, pegando água. Não gosto de ser durão com as mulheres. Elas são inocentes e fracas. É injusto bancar o durão com elas."

Ela encara tudo isso de forma tranquila, às vezes com um daqueles sorrisos que iluminam o aposento, mas não faz nenhum comentário.

Quando Ali começa a brincar que quer uma segunda esposa, ela protesta na mesma hora.

— Vá em frente e faça isso — diz ela. — Mando nesta família, e vou mandar você embora.

— Meu fígado... — responde ele, arrependido. — Enquanto eu viver, jamais vou fazer uma coisa dessas.

Chamar o companheiro de "meu fígado", *jegar-a-mah*, em dari,[6] é muito mais íntimo e carinhoso na cultura afegã do que "meu coração" ou "minha querida" e, nessa época, Ali só se dirigia dessa forma a Zakia. Ao falar sobre a esposa com outras pessoas, ela sempre era Zakia-*jan*, mas, entre os dois, eles sempre se chamavam de *jegar*. Só usava o seu nome para falar com ela, quando, por algum motivo qualquer, Zakia decidia não responder a ele — como quando estava zangada por ele sair e arriscar tudo o que tinham.

Isso acontecia com bem menos frequência nessa segunda estadia em Cabul.

— A vida de casado é muito boa — disse Ali. — Quando se é solteiro, você só tem metade da vida. Com uma esposa, você se torna completo.

— Como assim?

— Quando eu era solteiro, nunca ficava em casa à noite. Agora sempre estou. Mas é mais do que isso — continuou ele. É uma sensação de dor que ele disse sentir desde pequeno que fez com que ele buscasse a flauta, a dor da solidão; a dor o levara à música e à poesia. — A música é um consolo para a dor. Para as pessoas que se amam, é um bálsamo — disse Ali. Agora, até tinha parado de tocar flauta. — Não preciso mais, porque encontrei o meu amor.

Durante essas longas conversas, Anwar ficava em silêncio, mas se mostrava sempre interessado e atento. Às vezes, porém, eu sentia que ele estava transbordando de coisas para dizer. Então, certo dia, perguntei-lhe:

— Mohammad Anwar, já ouvimos a história deles. Agora, que tal você nos contar sua história? Você se casou com Chaman por amor? — Não era uma conclusão irracional, já que eu sabia que ele e a esposa se casaram mais velhos. Ele tinha passado dos 35 anos e, embora isso talvez tenha sido por causa dos anos de guerra civil, não era algo comum no país.

— Quando você passa quarenta anos com alguém, como é possível que você não ame essa pessoa? — perguntou ele. — Ela é uma boa esposa, sempre me respeitou, me obedeceu e me deu filhos, sempre preparando o meu chá e tomando conta de mim, sempre pensando em mim. — Ele parecia estar procurando por mais coisas positivas para falar. "Sempre preparando o meu chá." Os afegãos tomam muito chá, em geral, chá-verde, sem açúcar e sempre sem leite.

Foi sempre amor entre eles? Anwar disse que sim. Zakia e Ali ouviram, extasiados, a história do pai cortejando a mãe, ouvindo-a pela primeira vez. Anwar estava sentado à mesa, mas o filho e a nora estavam aos seus pés. Eles não gostavam muito de cadeiras.

— Naquele tempo, não havia tantas histórias de amor como hoje em dia — declarou Anwar. — Ela era filha do meu tio por parte de mãe, e nós frequentávamos um a casa do outro quando éramos crianças, e gostávamos um do outro. Na história do meu filho, eu me lembrei do que tinha acontecido conosco, e vi as semelhanças na história deles, e é por isso que, afinal, não consegui me opor a ele.

Como parentes próximos, Anwar tinha várias oportunidades de visitar a prima Chaman e, já que as famílias eram pobres, as casas contavam apenas com um cômodo compartilhado por todos. Quando ela não era mais uma menina, Chaman tinha de usar um véu durante essas visitas, mas havia muitas oportunidades para conversas furtivas, e os dois gostavam muito disso. Certo dia, Anwar foi até a casa do tio, sabendo que este tinha saído e, fingindo que queria encontrá-lo, em vez disso, ele se viu sozinho com Chaman por um breve instante.

— Disse: "Eu amo você. É isso." — Como ela não respondeu, ele continuou: — Se você me ama, eu também amo você.

Enquanto ouviam, Ali estava de olhos arregalados, e Zakia, boquiaberta.

Chaman não respondera à declaração de Anwar naquele dia, mas ele logo retornou.

— Ela era tímida. Depois de alguns dias, eu perguntei: "Qual é a sua resposta?", e ela disse: "Tudo bem." Ela não disse muito mais, porém foi o suficiente — lembrou-se Anwar. Durante os meses seguintes, encontraram formas de se encontrar e conversar em segredo. — Eu fazia as coisas de tal forma que ninguém me via nem me ouvia — contou ele.

Por fim, ele pediu ao tio paterno (seu pai já tinha morrido havia muito tempo) e à sua mãe para abordarem o pai de Chaman para pedir a sua mão. Ninguém jamais soube do namoro secreto, a não ser a mãe de Anwar.

— Eu nem tinha tocado nela antes de nos casarmos — acrescentou Anwar.

O casal começou a rir, e a pele sulcada e bronzeada de Anwar, semelhante a couro, ficou roxa. Apesar do constrangimento, ele pareceu estar gostando muito de contar a história.

— Depois disso, jamais pensei em tomar uma segunda esposa, nem mesmo quando as colheitas eram boas — disse ele. — Segundas esposas são um mal provocado pelos casamentos arranjados e sem amor. Quando um homem não consegue ser feliz com a própria esposa, ele procura uma segunda para fazê-lo feliz.

Então, era difícil para ele ficar longe de Chaman naquelas muitas semanas e encarando a perspectiva de morar no exterior por meses ou anos sem ela?

— A solidão vale a pena, para conseguir a felicidade depois — respondeu ele.

Nesse meio tempo, graças aos filhos, Anwar começou a se sentir confortável com o celular. Logo que nos conhecemos, ele nunca tinha feito uma ligação sozinho e só atendia quando um dos filhos lhe entregava o telefone. Posteriormente, ele aprendera a retornar uma ligação recebida. Agora ele tinha quatro números na sua lista de contatos que ele poderia usar: de Jawad, Zakia, Ali e Chaman. Ele contou que telefonava para a esposa todos os dias.

Perguntei a ele sobre seus filhos e filhas já casados — a união deles não fora arranjada da forma tradicional? Sim, respondera ele, mas ele e Chaman conseguiram se certificar de que fossem casamentos por amor mesmo assim, ao trabalhar por trás dos panos. No caso de Ismatullah, seu segundo filho, ele o pegou olhando para uma jovem de uma forma enamorada e o confrontou. Então, fizeram um plano com o pai da moça, sem que seu filho ou o pai dela soubessem de nada. Bismillah, o filho mais velho, e uma de suas irmãs, se casaram em um arranjo *baadal* com uma irmã e um irmão de outra família, e, então, Anwar se certificou primeiro de que sua filha aceitava o jovem com quem se casaria, antes de propor o *baadal*. A moça não o conhecia, mas planejaram uma "verificação clandestina" para que ela o visse antes de concordar.

— Acho que não sou muito diferente do meu pai — disse Ali. — Como diz o ditado: "Os filhos são rápidos em aprender os maus hábitos dos pais." Mas, para a época, isso é surpreendente. As pessoas não eram tão educadas quanto agora.

É muito interessante notar que Ali sempre se refere a Zakia e a ele mesmo como pessoas educadas, mas talvez estivesse tentando dizer "esclarecidas". Nesse caso, porém, no seu desejo de desafiar as normas culturais e sociais, na sua insistência de que tinham direitos próprios, Zakia e Ali eram bem mais esclarecidos que muitos dos seus conterrâneos com educação formal.

Zakia sorriu e olhou para Anwar com admiração. Seus olhos cor de âmbar brilharam. Foi um momento feliz.

— Existe um ditado aqui... Quando você está olhando para o céu, o encontrará aos seus pés — falou Ali.

Eles estavam começando a ficar ansiosos para deixar o Afeganistão. Cada um tinha planos bastante específicos e simples. Os de Zakia eram ter todas as necessidades de uma casa, como televisão, computador, máquina de lavar. A longo prazo, ela queria aprender a ler e a escrever e, se tivesse a chance de continuar estudando, faria Direito. Ela ficara muito impressionada em saber, no período que passara no abrigo da Women for Afghan Women, que existiam advogadas mulheres e, até mesmo, algumas poucas juízas nos tribunais de Cabul. Anwar queria poder sair livremente e ver o filho de sua nora e o jovem casal em segurança. Sabia que o filho jamais partiria sem ele para ajudá-lo com sua esposa e tornar a vida menos solitária. As ambições de Ali eram específicas:

— Primeiro, quero trabalhar e economizar dinheiro para pagar as dívidas do meu pai. Será melhor trabalhar do que estudar, porque devemos muito dinheiro, e essas dívidas precisam ser pagas primeiro. Depois, só quero viver uma vida ao lado da minha esposa.

No clima relaxado no New Design Café naquele dia, Anwar começou a falar sobre suas dívidas em detalhes, algo que sempre evitara. O total de suas dívidas era 17 *lahks* e 26 mil afeganes ou cerca de 31 mil dólares, segundo ele. Uma parte dessas dívidas tinha se acumulado por causa de desastres familiares — seu filho Ismatullah batera com sua viatura de polícia e, depois, fugira, resultando em grandes multas que Anwar tivera de pagar. Casamentos e preços da noiva resultaram em mais dívidas.

— Somos uma família grande, com 18 pessoas e, na maior parte do tempo, não temos dinheiro e precisamos fazer empréstimos — explicou Anwar. O pior de tudo foram os subornos decorrentes do caso de Zakia e Ali, totalizando 11 *lakhs* de afeganes, cerca de 20 mil dólares no total. Para levantar essa quantia, Anwar foi obrigado a hipotecar seis dos seus dez *jreebs* de terra, entregando-os para os credores que a cultivariam até ele poder pagar a dívida.[7]

Eu sabia que a família tinha pagado subornos para ajudar Ali e Zakia, mas essa quantia era enorme para uma família pobre; para onde o dinheiro deve ter ido? Anwar detalhou tudo e, embora eu não tenha como provar que o que ele diz é verdade, ele parecia tão honesto e confiável que era muito difícil não acreditar. Houve suborno para o governador e o chefe de polícia, a fim de não prosseguirem com as acusações criminais contra o casal; suborno para o Ministério dos Assuntos da Mulher, para pegarem o caso deles; suborno semanal para pessoas ligadas ao abrigo para manterem Zakia lá em vez de entregá-la para a família dela. Ao subornar o comandante de polícia, era necessário pagar seus subordinados também.

— Quer dizer que vocês subornaram Fatima Kazimi, a superintendente da Secretaria da Mulher em Bamiyan que salvou Zakia da sua família? — perguntei.

Anwar e o filho insistiram que sim. (Fatima, posteriormente, negaria com veemência quando lhe contei sobre as acusações. "Ele é um homem ignorante", disse ela, referindo-se a Anwar. "Só quis ajudá-los.") Isso explicava por que Ali e Zakia tinham parecido tão ingratos com Fatima e também com a diretora do abrigo de Bamiyan, Najeeba Ahmadi, mesmo reconhecendo que suas ações provavelmente salvaram a vida de Zakia. Eu não tinha como saber se estavam dizendo a verdade, mas também não via qualquer motivo para eles mentirem sobre isso. Anwar disse que nunca fez nenhum pagamento direto a Najeeba, porém alegou que outras pessoas ligadas ao abrigo extorquiram dinheiro dele.[8]

O verão em Cabul estende-se por mais dois meses, e já estávamos em setembro. Os dias continuavam quentes, mesmo que mais curtos, e as noites eram frias. Bandos de papagaios continuavam pousados nas árvores da cidade, camuflando-se perfeitamente por entre as folhas, não fosse sua algazarra. É uma época estranha, um verão indiano sem qualquer geada precedente e com as altas rosas persas de Cabul ainda em flor. Em um daqueles dias, Zakia me surpreendeu ao falar diretamente comigo, longe dos ouvidos do marido ou do sogro, coisa que só tinha feito uma vez antes.

— Tenho um pedido — disse ela. — Temos de ir embora logo. Não vou conseguir mantê-lo em casa por muito mais tempo. Para mim, não tem problema. Mas ele é um homem. Precisa sair. Não pode ficar dentro de casa o tempo todo assim. Sei que ele vai acabar saindo e sendo pego. Por favor, tire a gente logo daqui, nas próximas semanas ou até mesmo antes disso.

Ali e Anwar voltaram, e perguntei se realmente queriam fugir naquele momento, em vez de aguardar que algo pudesse ser resolvido para eles no Afeganistão, talvez por intermédio da embaixada canadense, ou se conseguíssemos convencer os norte-americanos a permitirem que eles saíssem diretamente de Cabul. Eles afirmaram que estavam decididos a partir e não estavam dispostos a mudar de ideia.

— Vocês sabem como será difícil para vocês em outro país, outra cultura, durante muitos meses, talvez até anos, antes que consigam encontrar seus familiares de novo?

Ali tinha uma resposta pronta para isso e começou a recitar estes versos em dari:

> *Ir embora de casa,*
> *É tão triste e difícil,*
> *Mesmo que você seja um príncipe*
> *É aviltante e cruel.*

Então, para minha surpresa, Anwar se juntou a ele, com um sorrisinho no rosto, enquanto continuavam juntos:

> *Mesmo que seja um príncipe,*
> *É um sofrimento que tem que aguentar*
> *Mesmo que tenha muitos tapetes*
> *Para os pés delicados descansar,*
> *Ainda assim, eles parecerão um leito de espinhos.*[9]

Nenhum deles sabia com certeza o nome do poema, nem do autor, mas sabiam bem de onde ele tinha sido tirado: da história do mulá Mohammad Jan e sua amada Aisha. Esses versos fazem parte de um longo poema tradicional que conta uma história que se passa em Herat no século XIX. Mohammad Jan era um jovem professor de uma aldeia do interior que levava sua turma para um festival anual em Herat, onde poetas e sábios recitavam poemas nos jardins do palácio. O sultão o notou, fez comentários sobre sua barba comprida e sua erudição e perguntou seu nome. Quando Mohammad Jan respondeu, o sultão corrigiu: "De agora em diante, tu serás mulá Mohammad Jan."

Emocionado com o reconhecimento do sultão, voltou para casa e, no caminho, viu uma jovem sem véu, correndo em sua direção, como se alguém a estivesse perseguindo. Ela parou bem na frente dele. O rapaz ficou impressionado, e os irmãos dela a chamaram para voltar para o pomar em que estavam. Ele perguntou o nome da moça.

— Aisha — respondeu ela.

— Eu sou o mulá Mohammad Jan.

Ele começou a frequentar o pomar na esperança de vê-la de novo. Logo conseguiu e eles começaram a se encontrar em segredo, conversando por horas. Permaneceram castos, mas concordaram em se casar. O mulá Mohammad Jan pediu para que seu pai abordasse o pai da moça, Issaq, que era um general do exército do sultão. Issaq rejeitou o pedido, prendeu a filha em casa para que não se encontrassem de novo e providenciou um casamento entre ela e um dos oficiais sob seu comando.

Aisha ficou inconsolável, escrevendo poemas para o seu amado durante a noite e chorando durante o dia. O mulá Mohammad Jan parou de dar aulas e dedicava o seu tempo a escrever poemas sobre Aisha.

Em um esforço para consolar a filha, sua mãe organizou um piquenique para as moças da aldeia, no qual poderiam cantar e dançar. A princípio, Aisha se recusou a participar, até que as outras meninas se reuniram à sua volta e exigiram que ela cantasse também. Pegando um tambor, ela começou a cantar um dos poemas que escrevera intitulado "Para onde você vai, mulá Mohammad Jan?" Ela cantou em voz alta e límpida que ecoou pela floresta:

> *Vamos para Mazar, mulá Mohammad Jan,*
> *Para ver os campos de tulipa, oh, meu amado.*
>
> *Vá dizer ao meu amado que sua amante chegou,*
> *Seu narciso chegou*
> *Sua flor chegou para tomá-lo.*
>
> *Nas altas montanhas, chorei*
> *E chamei Ali, o Leão de Deus,*
> *Ali, Leão de Deus, cure minha dor,*
> *Conte sobre minhas orações ao Senhor*
>
> *Vamos para Mazar, mulá Mohammad Jan,*
> *Para ver os campos de tulipa, oh, meu amado.*[10]

O grande vizir do sultão estava na floresta e, ao ouvir sua música, parou o cavalo enquanto as moças se apressavam a colocar os véus. "Quem é o mulá Mohammad Jan?", perguntou ele a Aisha, e ela contou a ele a sua história de amor. Ele, por sua vez, relatou-a ao sultão, que chamou o sábio para ouvir sua história também. O sultão reuniu os seus guardas, e todos seguiram para os aposentos do general Issaq, onde ele ordenou que o pai de Aisha aceitasse o casamento.

Mazar-i-Sharif é uma famosa cidade ao norte do Afeganistão não apenas pelos seus campos de tulipa na primavera, mas também pelo relicário de Ali, genro do profeta, e anualmente, os recém-casados do ano anterior fazem uma peregrinação até a grande Mesquita Azul de Mazar em homenagem a Ali, uma tradição que acontece até os dias de hoje. Naquele ano, Aisha e o mulá Mohammad Jan foram até lá, acompanhados pelos músicos da corte, recitando a música de Aisha: *"Para onde você vai, mulá Mohammad Jan?"*

Desejava que alguém como o sultão chegasse e desse a Zakia e Ali o final feliz que mereciam, e então, eu não dissera muita coisa quando eles recorreram a mim para salvá-los pessoalmente e achar uma solução para o que deveriam fazer. Era verdade, porém, como Zakia disse, que, a cada dia que passava, o risco de serem encontrados aumentava. Ali ligou para dizer que tinham ficado sem dinheiro; então, concordamos em levar Anwar e ele até a ONG Women for Afghan Women. Nós o encontramos em uma ruela esburacada no bairro de Saray Ghazni, em uma esquina que se tornara nosso ponto de encontro padrão. Era próximo do esconderijo, mas não perto demais; eles podiam caminhar até lá sem cruzar as ruas principais e arriscar serem vistos. Não queríamos que corressem o risco de que um dos nossos motoristas visse exatamente onde estavam morando e, intencionalmente ou não, espalhassem a notícia. Quando passamos pelo parque Zarnegar, perto da mesquita central Abdul Rahman, Ali se encolheu atrás da porta do carro para se esconder. Disse que achou que tinha acabado de ver Gula Khan, o irmão de Zakia, na rua, vendendo garrafinhas de água. Olhei naquela direção, e era Gula Khan mesmo e ele não parecia um homem muito feliz.

Foi mais ou menos nessa época que descobrimos como o caso de Ali e Zakia realmente fora resolvido. Eu me encontrei por acaso com Hussain Hasrat, um ativista dos direitos da mulher e funcionário da Comissão de Direitos Humanos Independente do Afeganistão (CDHIA), que foi um daqueles que criaram páginas no Facebook de apoio ao casal. O sr. Hasrat estava desanimado em relação ao desfecho, por mais que estivesse aliviado por vê-los livres, porque, como ele disse, aquele não era nenhum tipo de vitória legal. Da forma como tudo aconteceu, o processo não passava de um engodo feito por uma ordem secreta do presidente Karzai ao procurador-geral que emitira um decreto para resolver toda a questão. Sima Samar, diretora da CDHIA, visitara pessoalmente o sr. Karzai e pedira que Ali fosse solto e que ele permitisse que o casamento fosse confirmado. "Três horas depois, foram liberados." Procurei a sra. Samar, e ela confirmou a história.

"Sim, levei este caso ao presidente Karzai, e ele imediatamente entrou em ação. O presidente me pediu para ligar para Daudzai [o ministro de Assuntos do Interior Mohammad Umer] e pedir a soltura [de Ali]. Eu disse a ele que eram apenas uma garota tadjique e um rapaz *hazara*. O único suposto crime que tinham cometido era fazerem parte de grupos étnicos diferentes, e que também era ilegal [tentar evitar o casamento] — uma vez que eram um casal oficialmente casado."

Sua comissão de direitos humanos, tão franca em relação a outras questões, permaneceu em silêncio nesse caso tão público, talvez por preocupações quanto à questão étnica. A sra. Samar é *hazara*, e seus inimigos da comissão às vezes zombavam da organização, chamando-a de instituição *hazara*, embora outros grupos étnicos fossem bem representados também. De forma semelhante, o sr. Karzai jamais reconheceu publicamente seu papel na libertação do casal. Então, aquilo dificilmente abriria algum tipo de precedente legal, que, sem dúvida, é como o sr. Karzai preferia as coisas. Às ordens do sultão.

Conforme o longo verão afegão se aproximava do fim, comecei a perceber que não haveria nenhum tipo de solução inesperada e milagrosa tão cedo — nenhuma salvação de uma embaixada ou do grande vizir. Nem eles esperariam muito mais, permanecendo em Cabul até que alguém da família dela os visse. Ou eles desistiriam e fugiriam para o Irã ou, já que eles se recusavam a considerar o Paquistão, teríamos de conseguir vistos para eles irem para o Tadjiquistão.

Jawad e eu fizemos um rápido reconhecimento da embaixada tadjique na rua 15 do bairro de Wazir Akbar Khan. A prática da corrupção estava bem óbvia, mesmo em um país como o Afeganistão, que figurava entre os piores países do mundo em termos de corrupção.[11] Na embaixada do Tadjiquistão, é necessário pagar suborno até para passar pelos guardas no portão e na guarda na porta do consulado. Tudo apenas para entrar e pegar um formulário de requisição de visto. Isso provou ser dinheiro jogado fora, uma vez que afegãos com formulários de requisição de visto ficavam esperando dias a fio do lado de fora dos portões, por uma oportunidade de enviá-los.

"Vocês nunca vão conseguir um visto, a não ser que paguem por isso", disse-nos um dos requerentes do lado de fora. Era um forte comandante de patrulha da Polícia da Fronteira Afegã, um lugar onde a única estrada cortava um trecho do Tadjiquistão. Por causa disso, precisava pedir um visto que, mesmo ele, estava com dificuldades de conseguir. Ele tinha cartas do comando da Polícia da Fronteira, do Ministério de Assuntos do Interior e do ministro de Assuntos do Exterior, e já estava esperando havia semanas. Todos os dias pediam que ele trouxesse outra carta. "Só querem dinheiro", concluiu ele. "É a única coisa com que se importam naquele país." Esperamos por algumas horas com nervosismo, sabendo que, a algumas centenas de metros na rua 15, pouco antes naquele ano, um jornalista de uma rádio sueca, chamado Nils Horner[12] estivera exatamente nesta rua, entrevistando afegãos sobre o ataque na Taverna du Liban, quando dois homens chegaram correndo e lhe deram um tiro na cabeça com um revólver. Trata-se de uma rua cheia de novas organizações, grupos de ajuda e embaixadas e, desse modo, repleta de policiais e guardas, mas os assassinos nunca foram capturados. Ao final do dia, o gabinete consular tadjique fechou sem que tivéssemos a chance de falar com nenhum funcionário responsável pela emissão de vistos. Como não estávamos dispostos a pagar suborno, fomos considerados inexistentes. Esperar do lado de fora na rua também fora um risco inútil, e não iríamos correr esse risco duas vezes.

O consultor era um jovem de quase trinta anos, afável e cuidadoso, calmo e confiantemente lisonjeiro, um homem acostumado a fazer as coisas para pessoas que precisavam desesperadamente fossem feitas. Ele era pesado, sem barba, tinha cabelo bem penteado e com creme, vestia-se com *shalwar kameez* branco recém-engomado e um grande colete preto — a imagem da prosperidade de cidadãos de Cabul.

Conseguir visto para quatro pessoas para o Tadjiquistão? Sem problemas, segundo ele. Compreendia o quanto era difícil seguir pelos canais normais, o quanto era difícil passar o dia inteiro aguardando no sol, às vezes por dias e mais dias, e, afinal de contas, era uma coisa bem simples. Os afegãos são bem-vindos no Tadjiquistão, assim como tadjiques são bem-vindos ao Afeganistão. Ele não apenas cuidaria disso, mas talvez tivesse resolvido tudo no mesmo dia ou em não mais que dois dias e, em circunstâncias extraordinárias, possivelmente em três dias. Não queria nada para si. Não mesmo. Só queria que tudo saísse bem. Só pediria o reembolso de taxas que tivesse de pagar; não haveria nenhum lucro para ele. Estava sendo caridoso. Não aceitaria nem um afegane a mais do que o processo exigia.

Jawad entregou a ele os passaportes na manhã seguinte, mas, três dias depois, ainda estavam esperando. Aconteceram alguns problemas inesperados, segundo o consultor: um feriado nacional ligado à inauguração presidencial e, depois, complicações não explicadas. Por fim, uma semana depois, Jawad foi até o escritório do homem, uma loja pequena e ordinária bem de frente para a calçada. No único aposento, havia uma escrivaninha de frente para uma janela com vidro espelhado, os dois terços inferiores pintados para que ele tivesse privacidade, uma latrina fedida ficava nos fundos, e havia poeira acumulada em cada uma das superfícies. A sujeira do lugar era um contraste acentuado com o cuidado refinado do consultor.

— Nossos passaportes? — perguntou Jawad com seu jeito cuidadoso e educado, nunca confrontador, mesmo que já tivessem se passado dez dias desde o prazo estabelecido.

O consultor fez um gesto em direção à pilha de documentos na sua mesa. Eram centenas de passaportes, a maioria com a capa marrom do Afeganistão, entremeados com alguns de outras nacionalidades.

— Volte amanhã.

No dia seguinte, o consultor pegou Jawad no que ele chamava de escritório móvel, um Toyota Corolla vermelho novinho em folha, equipado com luzes LED azuis sob o para-lama traseiro e dianteiro e as laterais do carro — luzes de cafetão era como as pessoas chamavam. Jawad ergueu uma tampa e havia uma pilha de quarenta ou cinquenta passaportes afegãos. O consultor não tinha ideia de onde os passaportes deles estavam, mas disse que Jawad poderia procurar ali, até encontrá-los, o que logo aconteceu.

Algumas semanas depois, Jawad levou o casal e Anwar para ver o consultor. Ele ficou desconfiado quando Jawad ligou para ele a fim de pedir que se reunisse com Jawad e seus "amigos", apenas para lhes dar alguns conselhos sobre ir para o Tadjiquistão. Isso não costumava fazer parte de seus serviços, segundo ele, e estava prestes a desligar quando Jawad disse que estava disposto a pagar uma taxa de cinquenta dólares. O consultor insistiu que não precisava ser pago, que não era sobre o dinheiro, mas ele estava ocupado e teria de deixar de ir a outro compromisso. Então, aceitou receber a quantia oferecida. Ele marcou o encontro em frente à padaria na pista 6, logo depois da rua 15, e, quando Jawad e os três chegaram, agarrou o velho pelo braço e os levou até a sombra de uma árvore na esquina. Não tinha nenhuma intenção de levá-los à sua casa.

Sob a árvore, olhou para eles de cima a baixo de forma bastante rude. Na verdade, isso fazia parte de seu trabalho, mas ninguém nunca olhava para uma mulher desse jeito no Afeganistão, pelo menos não abertamente. Zakia estava usando seu vestido comprido azul, seus inúmeros fechos pequenos de osso quase explodindo por causa da gravidez, que ainda não era evidente, a não ser para aqueles que a conheciam bem; na cabeça, ela usava um lenço azul combinando. Os sapatos brancos de salto alto — Zakia teria de desistir deles, disse ele logo de cara. Escolha algo mais comum. Quanto a seu vestido, não havia problemas; ela teria de usar um *hejab* completo e preto e manter o rosto coberto. Então, o vestido não ia aparecer mesmo. Ali estava usando uma camiseta e calças normais — isso ia funcionar, mas os sapatos de couro branco de bico fino não poderiam ir. Então, havia Anwar, que, ao tentar parecer menos distinto, trocara seu antigo turbante de seda por um solidéu branco. No entanto o resto de suas roupas limpas, mas gastas, gritava "lavrador", e, para onde iam, isso significava "refugiado". Com Anwar, ele disse que teriam de trocar tudo.

— Olhem para Jawad — começou ele. Jawad estava usando roupas ocidentais e que não chamavam a atenção. — É assim que vocês devem se vestir.

— Veja bem, tio... — disse o consultor, concentrando-se em Anwar. — O senhor fala o idioma; então não vai ter problema. Seja corajoso e deixe a timidez de lado. Se você agir com timidez, vão suspeitar de vocês e vocês terão problemas. Diga a eles que você só está visitando o Tadjiquistão e que talvez até volte para fechar alguns negócios. Diga que você tem um negócio no Afeganistão. Invente alguma coisa para dizer. Mas não se esqueça de trocar de roupa. E não tenha medo deles. Se pedirem suborno no aeroporto, coloque algumas notas baixas dentro do passaporte e deixe que eles as peguem. Eles são muito gananciosos, mas não se preocupem. Isso não será um problema.

O próximo voo para Duchambé era na quarta-feira, dali a três dias; e o objetivo deles era estar no avião. Eles três e Jawad. Como norte-americano, eu não precisava de um visto, mas decidi não acompanhá-los, porque isso chamaria muito mais atenção para eles, mesmo que fingíssemos estar viajando separados. Poucos estrangeiros voam do Afeganistão para o Tadjiquistão.

Eles receberam mais algumas boas notícias antes de partirem. Zakia sentira mais uma onda de enjoo matinal, e os homens preocupados a levaram para o hospital, uma rotina bem comum agora; em geral, os médicos os mandavam até a farmácia com uma prescrição, e, como não sabiam ler, não faziam ideia se eram apenas vitaminas ou um placebo. Daquela vez, porém, o médico no hospital ficou preocupado o suficiente para pedir uma ultrassonografia. Felizmente, estava tudo bem com o bebê, mas o médico disse que sentia muito em informar que era uma menina.

Como Ali se sentia em relação a isso? "Uma menina? Por que não? Estamos felizes de ter uma menina. Quando ouvi a notícia, fiquei feliz. Queremos que nosso bebê venha com saúde. Isso é tudo. Obviamente, os pais preferem ter filhos homens, e as mulheres preferem meninas, porque as meninas ajudam as mães quando crescem, e os filhos ajudam o pai. Mas eu fiquei muito feliz." Ele parecia estar tentando convencer a si mesmo daquilo. "Pelo menos ela vai escolher o próprio marido, porque é ela que vai ter de viver com ele e não nós." Ele disse que não tinha intenção de ter uma família tão grande quanto uma da geração do seu pai. "Prefiro ter, no máximo, um filho e uma filha. É muito difícil sustentar mais que isso. Antigamente, as pessoas não estavam tão conscientes e não eram educadas, não sabiam muito. Então, é por isso que tinham tantos filhos. É claro que Deus cuida das crianças e as protege, mas é melhor ter cuidado também." O casal concordou que Zakia escolheria o nome da filha, mas ela se recusou a contar qual seria.

Zakia foi mais introspectiva ao pensar na filha. "É claro que não ligamos se é um menino ou uma menina — todos são presentes de Deus, um menino ou uma menina —, mas o mais importante: não quero que ela seja como nós. Agora nós vamos para o Tadjiquistão, e não sabemos nem ler nem escrever. Nunca fui a nenhum outro lugar que não fosse Bamiyan e Cabul e as montanhas. Nem sei onde fica o Tadjiquistão. Quero que ela receba educação, que seja boa, e um dia, depois que toda essa experiência ruim fizer parte do passado, quero que ela faça o que quiser fazer."

Uma coisa é ser analfabeta em uma granja; a necessidade de ler não é muito grande lá. Os meses que passaram fugindo, porém, principalmente quando se esconderam na cidade grande, provocaram uma sensação aguda de inadequação. "Se você não sabe ler nem escrever, é como se você fosse cego", disse ela. Os sinais de trânsito são um mistério. Os números nas cédulas de dinheiro nada significam. As instruções nas caixas dos remédios, os rótulos nos supermercados, um aviso em uma loja dizendo "Volto já", uma recomendação do médico — tudo isso é indecifrável. Normalmente, metade da comida vendida nos supermercados de Cabul está com a data de validade muito vencida. Eles nunca sabiam. "Um dia, espero aprender a ler e a escrever", desejou Zakia. "Isso pode ser possível, já que somos jovens e temos a vida toda pela frente — embora ninguém realmente saiba por quanto tempo vai viver."

Seus sorrisos ainda iluminavam os cômodos, e ela sorriu muito naqueles últimos três dias no Afeganistão. "Estamos prontos. Tenho um véu. Não preciso de muita coisa. Os homens precisam de muito mais que eu. De certa forma, estou feliz, estou animada porque vou ser livre, mas também estou preocupada, porque nunca fui até lá. Será que vamos conseguir viver bem?"

Ali reagiu como lhe era peculiar, com um poema de amor decorado a partir de uma música. Como sempre, ele não sabia o nome da música, nem do autor, apenas os versos:[13]

Embora eu esteja longe e não consiga enxergar
Não há motivo para você acreditar que eu poderia lhe ser infiel.
Minha lealdade é tamanha que seu nome estará sempre em
meus lábios.[14]

Ainda havia dinheiro depositado na conta da Women for Afghan Women para eles, valor excedente ao que precisavam para sobreviverem por uns três meses do Tadjiquistão, talvez mais. Então, foram uma última vez até a ONG para sacar o dinheiro e conversar com a competente diretora do grupo, Najia Nasim. Bonita e carismática, Najia resolvia muitas das crises do grupo usando a força de sua personalidade, e seu calor e sua sinceridade foram exatamente o que o casal precisava antes de partir. "Vocês devem ficar otimistas em relação ao futuro. O Tadjiquistão não será um problema. Vocês vão superar tudo isso. Terão de enfrentar muita burocracia e pode levar muito tempo, mas vocês são jovens e vão superar tudo.

"Vocês dois são famosos agora e devem tomar cuidado até saírem do Afeganistão. Dividam-se em dois grupos no avião, Zakia e Anwar de um lado, e Jawad e Ali do outro, e não conversem com ninguém no caminho.

"Zakia, você tem muita sorte. Ali não pode usar nada para cobrir o rosto — se fizer isso, todos vão suspeitar dele." Todos riram. "Mas você pode usar. Eu mesma faço isso quando vou para as províncias."

Jawad supervisionou os preparativos e descobriu que eles tinham planejado enrolar os pertences em trouxas de tecido amarradas com uma corda, despachando isso como bagagem. Isso não ia funcionar. Ele ajudou a comprar uma mala para cada um, apenas uma, para que não parecesse que estavam se mudando para lá definitivamente.

No nosso último encontro, Ali começou a rir sozinho — um hábito que ele tinha quando ia tocar em um assunto constrangedor.

— O que foi, Ali?

— Você não vai nos deixar lá, não é? Quando chegarmos ao Tadjiquistão, você não vai nos deixar lá sozinhos para virarmos mendigos nas ruas?

— Não, Ali, nós não vamos abandoná-los lá. Não se preocupem. Quando vocês forem refugiados, vamos visitá-los, e há os escritórios da Western Union por todo o país. As pessoas vão poder enviar dinheiro para ajudar vocês.

Na quarta-feira de manhã, Jawad os pegou no lugar de sempre. Eles chegaram atrasados, porém, quando Jawad viu que Anwar ainda estava vestido como um lavrador de Bamiyan, com turbante velho de seda e tudo, já era tarde demais para fazer alguma coisa a respeito. Ele achou que o velho seria perdoado pelas roupas antigas e fora de moda por causa da idade. Será que o Tadjiquistão era assim tão diferente do norte do Afeganistão predominantemente tadjique? A vestimenta tradicional era comum lá.

Deu tudo certo no Aeroporto Internacional de Cabul; ninguém reconheceu Zakia com o véu, nem Ali com o cabelo cortado bem rente à cabeça. As autoridades pareceram indiferentes, e eles logo subiram a bordo para um voo de uma hora e meia em um avião da Kam Air com destino à Duchambé.

CAPÍTULO 13

NA TERRA DOS PARASITAS

Os dois produtos mais exportados do Tadjiquistão são o alumínio, por meio de uma estatal que detém o monopólio — os lucros são desviados para empresas em paraísos fiscais do presidente ditatorial Emomali Rahmon —, e prostitutas. As mulheres do Tadjiquistão lotam os bordéis do sul da Ásia, inclusive o Afeganistão, onde a prostituição de mulheres do próprio país é muito rara, apesar da pobreza. Como o embaixador norte-americano no Tadjiquistão descreveu em um relatório para o Departamento de Estado: "Desde o presidente até o policial de rua, o governo se caracteriza por camaradagem e corrupção."[1] O país está tão falido e com um déficit comercial tão grande que sua única esperança é o investimento estrangeiro, mas os poucos investidores que se arriscam raramente permanecem por muito tempo. Um proeminente empresário afegão contou-me que tinha fechado sua fábrica em Duchambé, deixando dezenas de pessoas desempregadas, pois o suborno anual exigido pelas autoridades fiscais excedia a receita bruta anual da empresa.[2] Mahmadsaid Ubaidulloev, o presidente da Câmara do parlamento tadjique, um órgão que existe apenas no papel, como todas as outras instituições democráticas do país, não era apenas corrupto, porém, conforme descrito em outro documento vazado do Departamento de Estado, doido. Ao discutir a Guerra do Afeganistão com o embaixador norte-americano Richard E. Hoagland, o sr. Ubaidulloev, que também era prefeito de Duchambé, alertou o embaixador sobre as guerras extraterrestres que estavam por vir. "Sabemos que existe vida em outros planetas, mas precisamos conseguir a paz aqui primeiro", relatou o sr. Hoagland. Preocupado com o contínuo tráfico de drogas entre a fronteira afegã-tadjique, a Agência Internacional de Narcóticos e Manutenção da Lei (INL, na sigla em inglês), órgão do Departamento de Estado norte-americano, contratou uma empresa tadjique para confeccionar uniformes de inverno para a polícia de fronteira e descobriu eles estarem sendo feitos com tecido fino de verão, por mulheres tadjiques que nunca foram pagas pelo trabalho. Outro projeto da INL forneceu cães farejadores de bombas e drogas para as patrulhas da fronteira, animais altamente treinados que podem custar mais de 100 mil dólares cada. Uma fiscalização da INL descobriu posteriormente que os animais estavam sendo usados como vigias em climas congelantes e como reprodutores para criação de cachorros para venda. A INL recomendou que outros animais enviados fossem castrados antes para evitar que isso acontecesse. Além disso, muitos farejadores simplesmente desapareceram.[3] Como os guardas da fronteira recebiam muito pouco e se alimentavam mal, especulou-se que alguns dos animais norte-americanos teriam sido usados como alimento.

Em retrospecto, eu deveria ter pensado melhor sobre ajudar os amantes a fugir para o Tadjiquistão. Não estimamos o quanto a corrupção era descarada naquele país. Afinal, pensamos que eram muçulmanos e tadjiques, como o segundo maior grupo étnico do Afeganistão e como a família de Zakia — como poderiam ser tão diferentes, mesmo tendo sido uma ex-república soviética? E, de qualquer forma, por que funcionários tadjiques se importariam com três afegãos pobres?

"O aeroporto de Duchambé", lê-se no site em inglês, "é um verdadeiro encanto para os passageiros, com seus serviços variados e prestados de maneira elegante. É considerado um 'aeroporto civil' usado tanto por civis quanto por membros das Forças Armadas, como os militares." Como era de se esperar, décadas de governo comunista deixaram sua marca: o terminal é feio, pequeno e estritamente funcional.

O plano para que viajassem separados foi descoberto assim que chegaram à imigração, por causa de um detalhe inesperado: os cartões de desembarque. Um funcionário da imigração apontou para uma pilha sobre um balcão, e Zakia e Anwar olharam para aquilo sem compreender. Jawad, logo atrás na fila, percebeu o problema e se juntou para ajudá-los a preencher os cartões. Isso chamou a atenção para o grupo, ainda mais porque Anwar era a única pessoa em todo o terminal usando o traje tradicional. Os funcionários da imigração perceberam uma oportunidade de ganhar dinheiro no ar e detectaram isso no instante em que viram aqueles quatro passageiros. Ignoraram as notas pequenas que eles ofereceram junto com os passaportes e exigiram cem dólares de cada um para permitir a entrada no país, mesmo que tivessem vistos válidos. Aceitaram cinquenta somonis por pessoa — cerca de dez dólares. Por pior que fosse, a situação foi mais irritante do que ameaçadora. Os funcionários do aeroporto tadjique eram desonestos, mas baratos.

Eles encontraram um hotel em um bairro próximo ao centro de Duchambé, que fora recomendado pelo consultor como sendo relativamente barato, em uma região frequentada por afegãos. Lugar espaçoso da era soviética, o hotel Istiqlal ("liberdade") tinha duas alas separadas. Anwar e os amantes ficaram em uma delas, e Jawad na outra. Ele pagou a diária e o recepcionista se recusou a lhe dar um recibo. Quando o turno mudou na manhã seguinte, o novo recepcionista cobrou uma nova diária, e também a anterior. Como não havia recibo, começaram o dia com um pequeno suborno.

Como o visto deles era válido para uma estadia de seis meses, o plano era encontrar um apartamento barato e se acomodarem lá, aguardando para acompanhar o progresso da questão dos vistos para o Canadá ou para os Estados Unidos, antes de pedirem asilo como refugiados. Se as coisas progredissem, poderiam voltar para Cabul em seis meses. Como eram refugiados, as autoridades tadjiques cancelariam os seus vistos, os proibiria de morar em cidades como Duchambé e os obrigaria a seguir para partes remotas do país. Coberto pela austera cordilheira Pamir, mais de 50% do Tadjiquistão fica a quase três mil metros de altitude, com picos que chegam a mais de seis mil metros, e 93% do território é montanhoso. É um lugar de incrível beleza, apesar da crueldade e da falta de consciência dos funcionários públicos. Não é surpresa que o turismo seja raro.

No segundo dia em Duchambé, Ali e Anwar saíram para procurar uma casa por volta do meio-dia. Estavam a algumas centenas de metros de distância de Jawad quando quatro homens se aproximaram e o cercaram. Estes usavam ternos baratos, mas estavam sem gravata.

"Eles me mostraram os distintivos e disseram que eram da polícia secreta. Perguntaram o que eu estava fazendo ali e ameaçaram me deportar. Então, perguntei o que eu tinha feito e eles responderam: 'Você chegou ontem aqui e já está andando assim pela cidade?'" O tom deles sugeria que só isso já era um crime.

Um carro se aproximou e parou. Era um Lada velho, caindo aos pedaços, com mais dois policiais. Dois deles enfiaram Jawad no banco de trás enquanto os outros dois se acomodaram no banco da frente. "Permitam que eu ligue para o meu amigo?", pediu Jawad pegando o telefone, pensando em avisar Ali, mas os homens arrancaram o aparelho da mão dele e mandaram que calasse a boca. Então, foram direto ao assunto: "Passe a grana." Jawad tirou um maço de somonis, mas eles debocharam e começaram a revistá-lo. "Os homens me tocaram em todas as partes e enfiaram a mão em todos os bolsos, até encontrarem o meu dinheiro", relatou ele. Como Jawad não confiava no hotel, ele e os outros levaram o dinheiro quando saíram. Eles ficaram com todos os dólares de Jawad, quase mil, e mandaram que saísse do carro e voltasse para o hotel. Quando meu amigo protestou, dizendo que não tinha dinheiro para pegar um táxi, deram-lhe vinte somonis. O primeiro táxi que parou exigiu trinta, mas, por fim, aceitou os vinte quando Jawad explicou que tinha acabado de ser roubado.

"Você acabou de encontrar a polícia, não é?", perguntou o motorista. "Bem-vindo ao Tadjiquistão. Não temos crimes aqui. Só a polícia."

Também alegavam que tinham a maior bandeira do mundo, com mais de trinta metros de altura e mais de sessenta de comprimento, agitando-se ao sabor do vento em uma montanha no centro da cidade e visível de quase qualquer lugar da capital. Esta é a única boa fama do país, e também não é verdadeira.[4]

Como afegão, a corrupção não era novidade para Jawad, mas a forma descarada como isso era feito em Duchambé o surpreendeu. "Era sempre dinheiro, tudo era dinheiro. É pior do que no Afeganistão", declarou ele. "Eles são como peixes — com as bocas sempre abertas que ficam dizendo: 'Quanto você tem?' Pedem dinheiro abertamente. Ninguém no Afeganistão faria uma coisa dessas." Jawad também era de etnia tadjique, mas não reconhecia aquelas pessoas nem sentia qualquer ligação com elas, mesmo que falassem o mesmo idioma. Aquelas eram criaturas do regime pós-soviético, vivendo em um ambiente tomado completamente pela podridão. "Sabíamos que encontraríamos ganância e um país corrupto, mas não dessa forma", disse ele.

O plano teria de mudar. Discutimos isso e decidimos que o melhor seria se Ali e sua família imediatamente pedissem o status de refugiado, em vez de aguardar; era apenas uma questão de tempo até que a polícia voltasse sua atenção para eles. Uma vez cadastrados, teriam, até certo ponto, um tipo de proteção legal internacional. Foi uma questão de sorte não estarem juntos com Jawad quando ele foi pego pela polícia; como isso aconteceu, tiveram dificuldades de encontrar o caminho de volta para o hotel. Não sabiam o nome do estabelecimento — o tipo de coisa que acontece quando você não sabe ler —, mas conseguiram explicar para um motorista de táxi onde estavam hospedados e ele os levou lá (cobrando cinco vezes o valor real).

Todos foram à ACNUR bem cedo na manhã seguinte e já estavam lá quando a agência abriu, mas os porteiros simplesmente os mandaram embora, sem dar qualquer explicação. Ficaram e insistiram em falar com alguém, parados na rua e se preocupando que a polícia pudesse chegar a qualquer momento. Por fim, após muitas ligações entre a embaixada norte-americana em Cabul e a ACNUR, saiu uma funcionária magra usando um tipo de uniforme, com uma minissaia tão curta que chocou os afegãos. Quando explicaram que a ACNUR em Cabul tinha enviado informações sobre o caso deles, a funcionária os chamou de mentirosos e os mandou embora de novo. Ficaram com a impressão de que, a não ser que dessem dinheiro para alguém, ninguém falaria com eles. Aconselhados pela agência da ACNUR em Cabul a continuarem esperando, insistiram, e, depois de algumas horas, outra funcionária saiu e, sem dizer nada, entregou-lhes um pedaço de papel, no qual estava escrito o nome de uma organização, Rights and Prosperity, e o respectivo endereço. Aquele simples ato levara quase seis horas, sem que houvesse ninguém na frente deles na fila. Felizmente, Jawad estava lá para fazer a leitura para o casal.

Os funcionários da Rights and Prosperity eram rabugentos, mas cooperativos, e explicaram o que aconteceria em seguida. Os três teriam de estabelecer residência e, então, ir até uma delegacia de polícia no bairro para se cadastrarem e deixarem seus passaportes lá por alguns dias. Quando recebessem os passaportes de volta, retornariam até o escritório da Rights and Prosperity e começariam o processo formal para a solicitação do status de refugiado. Jawad os ajudou a encontrar um apartamento, atento o tempo todo, mas a polícia secreta não apareceu novamente.

Quando Ali e a família souberam para onde deviam ir — a delegacia e a ONG Rights and Prosperity —, a permanência de Jawad com eles pareceu arriscada; sua simples presença poderia chamar a atenção indesejada da polícia. Na madrugada seguinte, às três horas da manhã, Jawad foi para o aeroporto pegar o voo das cinco horas para Dubai. Pegou trezentos dólares emprestados com Ali para cobrir as despesas de viagem, mas, dessa vez, escondeu melhor o dinheiro, na costura da bolsa do laptop. No aeroporto, a polícia da imigração teve o mesmo comportamento vergonhoso que demonstrara antes. "Quanto você tem em dinheiro?", "Entregue todo o seu dinheiro" e "Diga a verdade: onde você escondeu os seus dólares?" eram as frases para iniciar uma conversa. Ele insistiu que não tinha nenhum. Então, pegaram os pertences de Jawad e o revistaram, mas nada encontraram.

Zakia, Ali e Anwar estavam por conta própria agora, no início do que esperavam ser um longo caminho para serem realocados em outro país. Quando apareceram para se cadastrar na delegacia em Duchambé, foram obrigados a pagar suborno; a taxa padrão de dez dólares virou cinquenta; e, então, antes de poderem sair, a polícia exigiu mais cem dólares; por fim, acabaram pagando 215 dólares, quando a taxa oficial seria de trinta para os três. Então, só tinham mais duas etapas simples para fazer: pegar os passaportes e voltar para o escritório da Rights and Prosperity e apresentar o pedido do status.[5]

Ficou claro que o Tadjiquistão seria, na melhor das hipóteses, apenas um lugar de transição, mesmo que falassem o idioma; havia pouco ou nada para eles lá. Para onde quer que olhassem, viam evidências de corrupção e degradação decorrentes de décadas como parte da União Soviética. Até as mesquitas do país eram dominadas, com as autoridades fornecendo aos mulás uma seleção de sermões que poderiam ler e ordens de prisão se não o fizessem. Um taxista se ofereceu para encontrar uma segunda esposa para Anwar por uma noite. Outro comentou: "Naquele prédio, há oitenta garotas que fazem massagens", dizendo-lhe o quanto seria barato. As prostitutas vagavam pelas ruas à noite; os policiais uniformizados eram seus cafetões. Traficantes de drogas estavam em todos os lugares. O Tadjiquistão é uma região importante na rota do tráfico entre os campos de papoulas no Afeganistão e as fábricas clandestinas de heroína que se proliferavam pela Rússia e pelas antigas repúblicas soviéticas. Anwar ficou horrorizado. "Não sinto nada além de desprezo por aquele país", declarou ele posteriormente. Tinham esperança de que as coisas fossem um pouco diferentes na zona rural, para onde teriam de ir após serem cadastrados como refugiados e onde teriam de ficar até que o caso deles fosse analisado.

Em 6 de outubro, Zakia, Ali e Anwar pegaram seus passaportes no posto de cadastro na delegacia em Duchambé, onde, novamente, tiveram de pagar mais cem dólares. Jawad conseguira um taxista que poderia levá-lo diretamente da delegacia para o escritório da Rights and Prosperity, para que pedissem o status de refugiado. Estranhamente, não foram de imediato. No dia seguinte, quando Jawad ligou, Ali disse que estava esperando mais um dia para concluir o processo, porque estava chovendo muito. Então, esperaram mais um dia inteiro — dessa vez, não estava chovendo — antes de irem ao escritório. Questionados depois sobre o motivo de terem demorado tanto, Ali deu de ombros e respondeu: "Fomos negligentes. Não sei por quê." Por fim, na manhã de quinta-feira, 9 de outubro, três dias depois de terem pego os passaportes, entraram em um táxi e foram concluir o pedido. Alguns quarteirões antes do escritório do Rights and Prosperity, na avenida Hofiz Sherozi, dois homens de roupas comuns fizeram sinal para o táxi parar e ordenaram que saíssem do carro. Os três dias de atraso talvez não tenham importado, mas talvez tenham dado à polícia secreta tempo para decidir o que fazer com eles.

Era o meio da manhã, e as ruas estavam cheias de pedestres; nenhum deles demonstrou preocupação enquanto a polícia secreta revistava sistematicamente os dois homens e exigia que Zakia lhes entregasse a bolsa. Ali se colocou na frente da esposa, mas o empurraram e ameaçaram algemá-lo se tentasse fazer mais alguma coisa. Obrigaram Zakia a tirar as pulseiras de ouro e entregá-las; encontraram os cinco mil dólares que o casal carregava — todas as suas economias e o que restava das doações da WAW.

Quando Zakia se recusou a entregar a bolsa, um policial a arrancou de suas mãos — algo que no Afeganistão seria o equivalente a tocar na esposa de outro homem. Ali se descontrolou e ergueu o punho para socar o policial. Ele usava o seu antigo anel de turquesa, que os policiais notaram quando agarraram seu braço. Ali tinha muito orgulho desse anel, dado por sua mãe, que o recebera da mãe dela, que também tinha recebido da mãe; tratava-se do bem mais valioso que possuía. "Por favor, não levem este anel! Por favor! Pensem em Deus, pensem em Mohammad!", implorou Ali. Ele agarrou a lapela de um dos policiais, mas isso só serviu para enfurecê-los ainda mais, e começaram a bater nele e a chutá-lo. Ainda assim, as pessoas que passavam nem sequer olhavam para o que estava acontecendo — ou talvez não se atrevessem.

"É melhor morrer do que viver em um país como aquele", declarou Ali depois. "Ninguém jamais tocou na bolsa da minha mulher, mas foi exatamente o que aqueles covardes fizeram. Tentei bater neles, mas viram o meu anel e agarraram a minha mão e o tiraram de mim, e começaram a me bater e a me esmurrar."

Satisfeitos por terem tirado dos três tudo o que possuíam de valor — inclusive os celulares baratos —, os policiais chamaram um táxi, os colocaram lá dentro e pagaram o motorista para que os levasse até a fronteira com Afeganistão. Disseram para levá-los até lá e para nenhum outro lugar. "Vão embora deste país", declararam eles. Zakia, Ali e Anwar foram obrigados a abandonar as poucas posses que tinham trazido; o taxista declarou que não tinha sido pago para desviar o caminho. "Acho que era o nosso destino", disse Ali.

A deportação deles parecia muito mais do que um ato aleatório, assim como o ataque anterior a Jawad. O Tadjiquistão é um país que tem uma polícia que segue o estilo soviético, no qual nada acontece por acaso. Os motivos do roubo e da expulsão continuam obscuros. Talvez, em um país com policiais cafetões e traficantes que andam livremente pelas ruas, um final feliz para a história de amor de alguns afegãos desconhecidos tenha despertado o desprezo em algum funcionário de algum escritório qualquer, em algum lugar naquela montanha no centro de Duchambé, sob a bandeira que não é a maior do mundo. Ou talvez algum funcionário afegão da embaixada norte-americana em Cabul ou no escritório da ACNUR que condenava o caso de amor, os tenha denunciado deliberadamente. Além da embaixada norte-americana, da ACNUR, de Jawad e de mim, ninguém mais sabia que eles estavam indo para o Tadjiquistão, nem quando. Ainda tivemos o cuidado de dar informações erradas para o consultor, falando que viajariam em semanas, não em questão de dias.

Temerosos demais de enfrentar os policiais, e sem dinheiro nenhum, Anwar e os amantes não tiveram escolha a não ser obedecer às ordens que receberam. A estrada que ligava Duchambé à cidade fronteiriça tadjique chamada Panj-e-Payon os deixaria a pouco mais de três quilômetros da fronteira, mas o taxista se recusou a seguir o restante do caminho, a não ser que recebesse mais dinheiro. A polícia lhes tirara tudo o que tinham. Então, tiveram de sair e caminhar. Quando chegaram à fronteira do lado tadjique, os guardas de lá exigiram o pagamento de suborno para permitir que passassem. Com não tinham dinheiro, os policiais os fizeram esperar por horas a fio, sentados embaixo do sol no acostamento da estrada. Quando contaram que os policiais tadjiques tinham roubado tudo o que tinham, os guardas ameaçaram prendê-los por difamação de funcionários do governo. Por fim, às duas horas da tarde, a fronteira havia sido fechada para aquele dia e mandaram que voltassem no dia seguinte. Naquela noite, dormiram na estrada e, no dia seguinte, conseguiram convencer os policiais que realmente estavam sem dinheiro e conseguiram passar. Mas, então, tiveram de caminhar por quase cinco quilômetros antes de encontrar um táxi. Por sorte, tinham um parente distante da cidade de Kunduz, 65 quilômetros ao sul, e convenceram o taxista a levá-los até lá antes de ser pago. Os parentes também emprestaram dinheiro para a passagem de ônibus que levaria o dia inteiro até Cabul e, no dia seguinte, estavam de volta à capital, famintos, sujos, exaustos e sem esperança, sem nenhum dinheiro e nenhuma das posses que valorizavam.

Perguntamos a Ali por que demoraram tanto para solicitarem o status de refugiado. Parecia que queriam que o pedido de asilo desse errado. E ameaçar bater em policiais? Ali deu sua risada nervosa e olhou para o chão. "Não sei o motivo. Fomos negligentes. É claro que os humanos não podem prever o futuro, o que é bom para eles ou o que é ruim. Talvez esse fosse nosso destino. Realmente não sabemos."

Jawad e eu tentamos convencê-los a fugir para o Paquistão, onde não haveria postos governamentais intermediários nem cadastros na polícia. Lá correriam menos risco de serem maltratados pela polícia e, o mais importante, haveria a oportunidade de pedirem diretamente para ACNUR em vez de usarem a máquina corrupta e controlada pelo governo.[6] Jawad iria com eles para se certificar de que tudo daria certo. Ouviram educadamente e disseram que iam pensar. Concordaram em ir até o escritório da ACNUR em Cabul no dia seguinte para discutirem suas opções. Marcamos uma reunião para eles às nove horas da manhã, mas, quando fomos buscá-los, haviam partido. Ao amanhecer, entraram em um micro-ônibus e partiram para Bamiyan.

Zakia e Ali não disseram isso, mas tenho certeza de que se decepcionaram com a gente. Falhamos com eles. Essa era a história deles agora, para o bem ou para o mal, ela terminaria em Bamiyan; talvez uma vida longa e feliz ou talvez um fim violento e abrupto hoje, amanhã ou no dia seguinte. Pelo menos em Bamiyan, como Ali dissera antes, saberiam quem eram seus inimigos e o que esperar quando encontrá-los.

Muito tempo depois, uma tarde no meio do inverno, Zakia estava sozinha e viu o celular de Anwar largado. Ela o pegou e telefonou para Jawad, desligando em seguida, como costumava fazer antes com Ali. Jawad retornou a ligação, esperando falar com o velho e ficou surpreso quando Zakia atendeu ao primeiro toque. A moça só queria conversar e parecia melancólica, talvez solitária, olhando para a vida que tinha vivido até aquele momento. Ele imediatamente colocou a chamada em viva-voz para que ninguém lhe acusasse de comportamento inadequado, e conversamos com Zakia. "Eu gostaria de ter me casado com Ali com o consentimento dos meus pais. Assim, poderíamos morar em Bamiyan sem riscos e mantendo as relações com a minha família. Então, poderíamos sair para visitá-los, e eles poderiam nos visitar, e nós ficaríamos bem, e a vida seria mais feliz", declarou ela. "O que fizemos agora não é nada bom. Não temos liberdade. Estaremos sempre em perigo. Gostaria de ter conseguido uma reconciliação entre as famílias. Isso seria melhor do que deixar nosso país."

Isso não significava que estava infeliz, apressou-se ela a dizer. "Sou muito grata e fico feliz por termos feito tudo o que fizemos, mas eles eram contra e sempre serão. Estou feliz porque estou com ele. E estou onde devo estar e sempre estarei, ao lado dele. Seja lá o que acontecer conosco, passamos por isso juntos."

CAPÍTULO 14

UM CACHORRO SEM NOME

No Afeganistão, a vingança é um prato que nunca esfria. A família de Ali se esforçou para convencê-lo de que ele e Zakia ainda corriam risco e que eles deveriam encontrar uma forma de ir embora. Depois do fracasso no Tadjiquistão, a família se opôs à decisão do casal de voltar para Bamiyan e os pressionou para voltarem para Cabul, aguardarem um pouco mais e explorarem outras opções. Então, obedeceram e voltaram para Cabul no início de novembro de 2014, mas ficou claro que Ali não estava satisfeito com isso. Anwar e o restante da família achavam que eles deveriam tentar de novo, dessa vez indo para o Paquistão ou para a Índia, ou pelo menos passar um tempo em Cabul para ver se conseguiriam alguma coisa com os canadenses ou os norte-americanos. Anwar os acompanhou de novo para Cabul. Mas Ali não era tão paciente quanto o pai, e ficou óbvio que ele só estava fazendo aquilo devido à pressão da família, e que não ficariam por muito tempo.

Manizha Naderi, da WAW, encontrou-se com eles para discutir as opções que tinham. Sempre acreditou que a família de Zakia acabaria matando o casal, a não ser que fugissem do país, e talvez não exista outra pessoa tão experiente em resgatar mulheres juradas de morte em nome da honra do que ela. Aceitando que eles eram completamente contra o Paquistão, Manizha sugeriu que fossem para a Índia, onde ela poderia apresentá-los a uma organização de refugiados afegãos em Nova Déli que os ajudaria. Jawad poderia ir com eles, até mesmo eu poderia ir, e era um lugar civilizado, onde os refugiados afegãos eram tratados com respeito pelas autoridades. Seria monótono, com poucas pessoas que falavam o idioma deles e meses de espera, mas o lugar era seguro. Encontraríamos uma maneira de ajudá-los a superar a barreira do idioma. O que eram sete meses ou até mesmo um ano de espera, comparados com o resto da vida que teriam pela frente? Esse argumento não foi muito convincente para os jovens; para eles, um mês é uma eternidade. Disseram que iriam pensar a respeito, o que era muito próximo de um não.

Fizemos outra ronda nas embaixadas ocidentais, porém os canadenses pareceram ter perdido o interesse; os suecos e os alemães foram os últimos entre vários países europeus a dizer que concordavam com os norte-americanos e que considerariam dar asilo ao casal apenas se eles estivessem vivendo como refugiados em um terceiro país. A Holanda e a Noruega ignoraram as nossas tentativas, e, é claro, quando chegamos aos norte-americanos, disseram que eles haviam estragado a única chance que tinham. Ali e Zakia não tinham o dinheiro, 20 mil dólares ou mais cada um, que os traficantes de pessoas cobravam para levarem clandestinos para a Europa, onde poderiam facilmente pedir asilo. Não encorajaríamos esse caminho, mesmo se pudéssemos pagar para eles, cientes do risco de que poderiam se afogar em um navio precário ou morrer sufocados no contêiner de algum caminhão. Sem mais opções, estavam mais inclinados a arriscar a própria sorte e enfrentar o futuro entre a família e os amigos — Zakia, a essa altura, já considerava a família do marido a única que tinha.

Então, no fim de novembro, quando Zakia chegava ao nono mês da gestação, nenhum deles conseguia ver a situação de refúgio como uma opção até que o bebê tivesse nascido. Zakia sentia que precisava da estabilidade de um lugar conhecido. Sentia ainda mais a necessidade de estar cercada por mulheres conhecidas — a sogra e as cunhadas. Eles anunciaram que voltariam para Bamiyan a fim de passar o inverno lá, e voltariam a considerar a questão do refúgio mais tarde, na primavera. Anwar também se convenceu disso por causa da gravidez. Ofereci-me para comprar passagens aéreas de Cabul para Bamiyan, para que fossem poupados dos rigores e dos riscos das estradas e das barreiras talibãs, e eles se prepararam para voltar para casa, dessa vez em definitivo, ou, pelo menos, para o inverno.

Antes de partirem, Ali nos ligou e pediu se poderíamos lhe dar o dinheiro para as passagens e que ele mesmo providenciaria a compra. Então, alguns minutos depois, Zakia usou o telefone de Anwar para nos ligar e avisar que Ali planejava ficar com o dinheiro e viajar por terra. Tanto ela quanto Anwar achavam que aquele plano era louco.

Essa foi a primeira briga do casal. Dissemos para Ali que lhe daríamos apenas uma passagem não reembolsável, e não dinheiro, e ele percebeu que a esposa ou o pai tinham nos alertado sobre os seus planos. Ali se virou para o pai e os dois tiveram uma briga feia.

— Você não pode obrigar sua esposa a pegar a estrada! — gritou Anwar com o filho. — Ela está grávida. Você está louco. Não ouve ninguém!

— Ela é a minha mulher, e sou eu quem decide o que ela tem de fazer. — Ali se virou para Zakia. — Vamos pegar a estrada. Você é a minha mulher e vem comigo.

— Eu sou a sua mulher, mas também sou a mãe da sua filha. Não vou viajar de ônibus — declarou Zakia. — O tio também não está bem para uma viagem dessa.

Ali saiu da casa e foi para Bamiyan sozinho, pegando um micro-ônibus com o pouco de dinheiro que ainda tinha. O roubo no Tadjiquistão já tinha acabado com tudo, e os depósitos na WAW tinham secado. Nem sei onde ele conseguiu os quinhentos afeganes para a passagem de ônibus.

Bismillah ligou de Bamiyan e perguntou se Jawad poderia ligar para Ali e acalmá-lo, fazer com que voltasse para Cabul e pegasse o avião com a esposa e com Anwar. "Você é como um irmão para ele", afirmou Bismillah para Jawad. "Diga a ele que precisa se comportar direito e respeitar o seu pai." Como sempre fazia quando estava chateado, Ali deixou o celular desligado, e não conseguimos falar com ele. Agora, além de todo o resto, estavam pedindo que Jawad fosse um conselheiro do casal.

Compramos as passagens para Zakia e para Anwar, e eles pegariam o voo seguinte para Bamiyan, três dias depois. Por causa de toda a confusão de última hora, só havia lugares na classe executiva; mesmo assim, eu me dispus a pagar. No dia seguinte, o telefone de Jawad tocou, e era Ali retornando a ligação; estava no desfiladeiro de Shibar, no meio do caminho para Bamiyan. Já tinha se acalmado e estava reavaliando sua posição na briga. "Tive de ir embora daquele jeito", explicou. "Caso contrário, eu ficaria cada vez mais zangado com o meu pai, e isso não é nada bom. A única maneira de evitar uma briga com ele era deixá-lo para trás e vir para Bamiyan sozinho." No caminho, ele planejava parar para ver um amigo que queria lhe dar um presente de casamento — um amigo que morava em um lugar remoto da província; por isso Ali queria ir pela estrada, já que passariam por lá. Isso e o dinheiro das passagens. Jawad conversou com ele por um longo tempo, e Ali prometeu encontrar Zakia e Anwar no aeroporto.

Dois dias depois, Anwar e Zakia foram até o Aeroporto Internacional de Cabul e pegaram o voo. Subiram a bordo antes dos outros passageiros por estarem na classe executiva e já estavam sentados quando os outros entraram na classe econômica. Alguns reconheceram Zakia, sorriram para ela e deram risadinhas; os mais velhos lançaram olhares de censura, e ela evitava fazer contato visual com homens de turbante. Ela ficou feliz quando a cortina entre a classe econômica e a executiva foi fechada. Não disse nada e se sentiu desconfortável quando a comissária de bordo lhe pediu um autógrafo.

Dizem que o casamento só começa de verdade depois que um casal sobrevive à primeira briga. Ali estava no aeroporto em Bamiyan esperando por eles. Ele abraçou e beijou o rosto do pai e pegou a mão de Zakia. A versão de Ali para esse ditado específico é: "Até que você capote com o carro, você não pode afirmar se é um bom motorista." Por sorte ele nunca dirigiu um carro, mas também nunca tinha sido um marido.

Um frio amargo se instalou no mês seguinte da volta deles para Bamiyan, mas eles o viam como amigo; os campos estavam congelados, não havia trabalho, e seria difícil para os homens na família de Zakia voltarem para casa. Se conseguissem, seriam notados; não existe nenhum bom motivo para alguém ir para Bamiyan no inverno. Poucos carros passam pelas duas principais estradas de Cabul quando a neve é intensa. O desfiladeiro de Hajigaak costuma ficar fechado na maior parte do inverno e o desfiladeiro de Shibar não é muito melhor. O casal se mudou para a casa de barro de Anwar e falava em construir mais um cômodo na primavera. Um dos quartos tinha aquecimento no chão, uma estrutura tradicional afegã, na qual galhos eram queimados sob um piso suspenso de barro, mantendo o quarto acima bem aquecido por várias horas. As crianças pequenas e o casal mais velho compartilhavam esse quarto à noite. Os outros empilhavam cobertores e se viravam com *bukharis* quando havia combustível suficiente. No total, havia 18 pessoas dividindo os quatro pequenos cômodos, dez adultos e oito crianças, os netos de Anwar e Chaman.

Plásticos semitransparentes foram colocados nas janelinhas das construções de barro, que permaneceriam fechadas durante o longo inverno. Ficava escuro lá dentro, com manchas de vapor no teto de galhos e madeira. Armazenados cuidadosamente na parte externa, ao lado do muro inacabado, ficavam os suprimentos de combustível para o inverno e muita lenha, que consistia principalmente em galhos e ramos de árvores, e alguns pedaços maiores de madeira, coletados durante longas expedições pelas montanhas por um grupo de homens levando os dois jumentos pertencentes à família, a única forma de transporte de que dispunham. Ninguém tinha sequer uma bicicleta. Havia um novo membro na casa naquela época, um cachorro preso a uma estaca — uma visão rara, pois os afegãos desprezam os cachorros e raramente os têm em casa.

Naquele dezembro, Zakia era sempre levada para o hospital devido a alarmes falsos de trabalho de parto, pois sempre queria consultar um médico quando se sentia tonta ou enjoada. Por fim, ela realmente entrou em trabalho de parto e, à meia-noite do dia 27 de dezembro, nove meses e 11 dias depois que fugiram, Zakia deu à luz uma menininha. Ninguém registrou o peso, mas os pais de primeira viagem se preocuparam achando que ela era pequena demais, fraca, e que tossia muito. Zakia ficou bastante anêmica, teve de receber uma transfusão de sangue e permanecer no hospital por quatro dias.

Em casa, Zakia e a filha passaram a compartilhar o quarto com aquecimento com Chaman e as crianças pequenas. O frio estava tão rigoroso que aquilo era uma emergência, e a recém-nascida e a mãe vinham em primeiro lugar. Então, elas receberam o quarto mais quente e os cobertores mais grossos. No início, Chaman cuidava do bebê, trocando a fralda e cuidando da higiene, pegando-a quando chorava e ninando-a até que dormisse; fazendo tudo, menos alimentá-la. Zakia só a pegava quando era hora de amamentá-la. "Estou feliz por ter outro bebê em casa", disse Chaman. "Mas ainda quero que eles vão para fora do país, para algum lugar seguro. Eu amo a criança e amo a minha nora, mas eles têm de partir."

Zakia não conseguiu decidir um nome para a filha. Então, depois de algumas semanas do parto, ela pediu que o cunhado Bismillah escolhesse um nome. "Ele é primogênito da família; então, todos aceitariam a escolha", explicou Zakia. "Eu não tinha um bom nome para dar à minha filha". Bismillah passou o dia pensando sobre isso; então, foi até Zakia e sugeriu: "Que tal Ruqia?" Ele gostava porque rimava com Zakia. Ambos de origem árabe, com vários significados, sendo que um deles era comum para ambos: "ascendente" ou "superior". Então, Ruqia foi o nome escolhido para a menina.

A história de amor de Zakia e Ali e o árduo trabalho que se seguiu é ao mesmo tempo excepcional e comum. Excepcional porque não terminou em violência, pelo menos não ainda, e porque chegou a ser contada na íntegra. Comum porque não importa o quanto os mulás e os patriarcas do país tentem acabar com isso; o amor acontece, e acontece com muita frequência. Ninguém sabe ao certo o quanto, pois tudo acontece longe dos olhos de estranhos e atrás dos muros que cercam quase todas as residências afegãs. O programa de rádio *Noite do amor* é uma rara janela para a vida romântica dos afegãos e, após mais de um ano no ar, ainda recebe centenas de ligações de jovens afegãos apaixonados todas as semanas. É ainda mais difícil obter informações sobre quantas histórias de amor são abreviadas por causas dos assassinatos em nome da honra. Em diversos casos, os amantes são impedidos mesmo antes de avançarem um pouco, ou, quando conseguem isso, são perseguidos e mortos. Em geral, ninguém ouve sobre essas mortes — a não ser as pessoas das comunidades em que ocorrem. Os anciãos aprovam os assassinatos em nome da honra e conspiram para mantê-los em segredo, longe dos ouvidos das autoridades. "Apenas 5 a 10% desses casos de violência contra a mulher vêm a público e são conhecidos", revela o ativista de direitos da mulher Hussain Hasrat.

Ninguém ouviu a história de Layla e Waheed, por exemplo, até que fosse tarde demais. Ambos funcionários de alfaiates na mesma rua de Cabul, eles se conheceram por causa do trabalho. Assim como Zakia e Ali, eram de etnias diferentes — Layla era *pashtun*, Waheed era tadjique. A idade também era parecida: Layla tinha 18 anos e Waheed, 22. Também se conheciam desde a infância, tendo sido criados no mesmo bairro. Quando Layla chegou à idade de se casar, Waheed enviou representantes ao pai dela, mas foi rejeitado, sete vezes no total. Por fim, fugiram juntos; as versões da história variam se chegaram a se casar ou apenas planejavam fazê-lo. Conseguiram ficar escondidos por alguns meses, usando a perigosa estratégia de se esconderem nas piores regiões, infestadas de talibãs, na província de Kunduz, e permanecendo na casa de um parente distante. Foram avisados, porém, que suas famílias tinham descoberto onde eles estavam se escondendo e alertaram a polícia, que estava a caminho, exatamente como acontecera no caso de Zakia e Ali.

No dia 20 de fevereiro de 2015, Layla e Waheed fugiram da casa dos parentes de táxi, sentando-se juntos no banco de trás do carro. Já tinham feito um pacto de cometer o suicídio se alguma coisa acontecesse com o outro ou se fossem capturados, separados ou enviados para a prisão. Layla, então, contou para Waheed que tinha comprado um veneno chamado no Afeganistão de pastilha paquistanesa de gás. Era um veneno de rato em pastilha que, quando ingerido ou umedecido, liberava o gás fosfina (um pesticida tão poderoso que seu uso fora proibido na maioria dos países). Os amantes concordaram em tomar o veneno se a polícia os pegasse. Ao chegarem à fronteira da cidade de Kunduz, encontraram uma barreira policial. Convencidos de que seriam descobertos, Layla enfiou várias pastilhas em uma garrafinha com água, Waheed tentou intervir e lutaram no banco de trás do carro, mas ele não conseguiu evitar que a moça tomasse o veneno. Ao perceber que era tarde demais, Waheed se desesperou e tomou algumas das pastilhas também. Acontece que o motorista apenas diminuíra a velocidade na barreira, e a polícia os deixou passar. Logo os jovens entraram em convulsão, e o motorista aterrorizado os levou para o hospital. Layla já havia chegado morta; Waheed sobreviveu depois de uma lavagem estomacal. A dra. Hassina Sarwari, responsável pelo abrigo em Kunduz, foi ao necrotério ver o corpo da moça. "Como é difícil viver em um país onde você morre por se apaixonar por alguém", declarou ela. Ninguém ficou sabendo do caso deles quando ainda estavam fugindo. E já era tarde demais quando todos ficaram sabendo.

A atenção despertada para a história de Zakia e Ali lhes deu certo grau de proteção. Ajudou a pressionar o presidente do Afeganistão a resolver a questão criminal do caso, para que não mais precisassem se preocupar em serem caçados pela polícia — embora ainda sejam perseguidos pela família dela. Ao longo do caminho, transformaram-se em heróis para as pessoas da geração deles e para todos os afegãos que acreditam no amor. Também podem se tornar mártires do amor. Continuam insistindo que, se um deles for assassinado, o outro cometerá o suicídio. Nesse caso, Anwar e Chaman criariam Ruqia, e Zakia e Ali, no fim das contas, seriam apenas mais uma típica história de amor afegã.

Por trás da recusa dos Estados Unidos e da comunidade internacional de fazer qualquer coisa por eles, está a suposição de que acolher esses amantes, tirando-os em segurança do Afeganistão, seria ainda outro fracasso. Seria uma admissão de que a sociedade deles e suas leis não conseguem protegê-los. Ao deixá-los no Afeganistão, estamos dizendo que o pesado investimento que fizemos no Estado de direito do país e seu tratamento em relação às mulheres foi bem-sucedido e que o casal é uma prova disso. Eles estão livres e estão vivos.

Mas não estariam, não fosse por grupos como a ONG Women for Afghan Women, que não existiria se não houvesse apoio financeiro estrangeiro. Sem a intervenção internacional, não haveria abrigos no Afeganistão, não haveria a LEVM, não haveria julgamentos (por mais limitados que sejam) por causa de apedrejamentos de mulheres ou por obrigarem meninas a se casar com velhos. A história deles foi resolvida por um decreto secreto do presidente do Afeganistão, um decreto que não estabelece nenhuma jurisprudência, um decreto que um sucessor poderia facilmente revogar. Mesmo que a LEVM tenha sido citada para resolver o caso, ela não foi o verdadeiro mecanismo utilizado na libertação de Ali e na permissão para o casal formalizar o casamento. Diante dos protestos públicos em nome deles, tudo não passou de praxe. Além disso, a sobrevivência de Zakia e Ali foi financiada e subsidiada por doações de pessoas preocupadas, sem as quais eles não teriam durado muito mais do que um mês de fuga. E foram ajudados por mim, que usei recursos consideráveis à minha disposição como jornalista estrangeiro.

Comprometidos com a história de que o Estado de direito e a luta pelos direitos da mulher são um sucesso no Afeganistão, nenhuma embaixada ocidental quis admitir o fracasso dessa empreitada em um caso tão divulgado quanto esse. Nenhuma delas chegou a comentar publicamente a situação do casal. Se Zakia e Ali forem assassinados, aqueles que lhes recusaram asilo sabem muito bem quem eles são. Quando essa culpa passar, estarão prontos para apontar o dedo para mim — tanto por ter fracassado no plano de fuga do país quanto por mostrar que, no fim das contas, a publicidade os atrapalhou, tornando-os famosos demais para se esconderem ou célebres demais para serem salvos.

Talvez todos devêssemos ter insistido mais para que fossem para Ruanda, como Shmuley Boteach sugerira no início. Por mais bizarra que essa solução parecesse, ela realmente funcionou. Fatima Kazimi, o marido e os quatro filhos tiveram o caso avaliado pela ACNUR em Kigali, como refugiados correndo do perigo e da perseguição em seu país de origem, e os Estados Unidos aceitaram o pedido de asilo político. A alegação dela se baseava na história de que tinha salvo a vida de Zakia e protegido a moça da própria família. Pouco depois de um ano da chegada em Ruanda, Fatima e sua família estavam em Baltimore, seguros de qualquer perigo — real ou imaginário — que enfrentaram no Afeganistão. "Tudo bem, aproveitaram-se do nosso caso, mas não temos problema com isso", disse Ali quando soube da notícia. Ele não ficou ressentido com a ironia da situação. "Tudo bem. Queremos que sejam felizes." Ali não acreditava que aquele plano fosse funcionar para ele e para Zakia. "A diferença entre nós e eles é que eles não são analfabetos", analisou ele. "Sabiam ler e escrever. Então, podiam achar coisas para fazer. Teria sido muito mais difícil para nós."

Uma combinação de tempo ruim em Bamiyan, voos atrasados e notícias ruins em outros lugares impediu que visitássemos o casal durante a maior parte do inverno, mas Jawad e eu conseguirmos ir até lá ao final de fevereiro de 2015. A essa altura, Ruqia estava ganhando peso e o tempo estava ficando mais ameno. A neve caía em pequenos flocos, sendo mais decorativa do que cumulativa. Os irmãos de Ali e Anwar estavam preocupados com a seca contínua e seu impacto na colheita seguinte. Quando conversamos com Zakia sobre os planos deles, a moça insistiu que queria tentar fugir de novo do Afeganistão, talvez na primavera, mas primeiro teria de convencer o marido de que aquela era coisa certa a se fazer. O rapaz estava relutante em tentar novamente, segundo ela.

"Só Deus tem qualquer poder sobre Ali. Ninguém consegue obrigá--lo a fazer nada." Disse que, pelo menos, Ali não estava saindo mais sem a companhia de um dos irmãos. Segundo Zakia, ele ficava estranho perto da filha, porém, e ela achava engraçado. "Ele gosta de segurá-la, mas, quando a pega, fica tímido e não quer que os outros o vejam com ela no colo", disse. "Mas ele a ama. Sei disso."

Zakia não tinha notícias da própria família, o que talvez fosse uma coisa boa, de acordo com ela. "Não sei o que estão fazendo e se eles já sabem sobre a nossa filha. Acho que não."

"Sim, estou relutante em partir", confirmou Ali quando tocamos no assunto. "Seu país é um lugar que você sempre vai amar e, mesmo que pairem ameaças sobre nós, cada caminho desse país é querido por mim." Mas ele reiterou que sabia que partir seria a melhor opção e que estava pronto e disposto a fazer isso assim que possível. Zakia era o problema. "Tenho uma companheira de vida e ela tem os mesmos direitos que eu. Se ela não quiser sair do país, não poderemos ir." "Companheira de vida" foi uma expressão que eu nunca tinha ouvido dele. Não fazia parte nem do vocabulário da sociedade afegã com educação formal, e soou artificial.

Quando conversamos com Zakia na frente do seu marido e da família sobre deixar o Afeganistão, ela foi diplomática a ponto de não conseguirmos entendê-la. "Se eu ficar ou partir, tanto faz, enquanto estivermos felizes, e estamos felizes", disse ela. Ela abriu um dos sorrisos que transformavam o ambiente e não parecia nem um pouco preocupada com as ameaças à própria felicidade. Quando eu disse isso, ela imediatamente me contradisse: "Ninguém sabe o que se passa dentro do coração de alguém", respondeu. "Ninguém consegue isso."

Quando novamente conversamos sozinhos com Ali, não ficou surpreso ao saber que Zakia dissera que era ele que não queria partir. "Quando alguém pergunta a ela, diz que quer ir, e isso é verdade. Quando ela conversa comigo, diz que quer ficar aqui." Por que ia querer uma coisa dessas, com uma filha para se preocupar? Ali deu um sorriso filosófico, do tipo que dava quando estava prestes a fazer uma observação profunda ou dizer um de seus aforismos: "Porque, quando ela está aqui, ela consegue sentir o cheiro dos seus pais no ar", afirmou ele. "O cheiro dos pais, da mãe e do pai, dos irmãos e das irmãs, está aqui. Ainda sente. É isso que ela me diz e não fala para vocês." Eu sabia o que ele queria dizer, o cheiro da infância de alguém, tão enraizado em um lugar, aquele que nunca esquecemos, não importa quantos anos temos.

Às vezes, a discussão na casa de Anwar sobre o casal deixar o Afeganistão ficava acalorada. Os irmãos e o pai de Ali estavam inflexíveis quanto à ida deles e diziam que não poderiam ficar ali indefinidamente. "Um ódio como esse não é esquecido, e eles nunca vão desistir", disse Bismillah. O pai dela e seus irmãos abandonaram tudo por causa da história de amor de Zakia; consideravam que o assassinato em nome da honra era tudo o que lhes restava para redimir as vidas que ela destruiu. Zakia e Ali deviam isso a si mesmos e à filha e à família deles. Assim, deviam ir embora logo que o inverno acabasse. A família não cansava de repetir isso. Ao final de fevereiro, os ânimos explodiram, e houve uma troca dura de palavras entre Anwar e Ali. Tudo começou quando alguém perguntou a Ali onde o documento do *neka* estava, para eles se certificarem de achá-lo rapidamente quando estivessem fugindo de novo.

"Não vamos mais fugir", declarou Ali. "Existe a prova do nosso *neka*." Ele apontou para Ruqia, que tinha menos de dois meses de vida. "Essa é a grande prova de que somos casados, e agora ninguém no Afeganistão, ou em qualquer outro país, pode fazer qualquer coisa contra nós. Temos a nossa prova." A criança estava bem enrolada, como os bebês no Afeganistão costumam ficar, com um gorrinho vermelho na cabeça, com as letras ABC bordadas, e o rostinho maquiado. Os olhos estavam contornados com lápis preto nas pálpebras inferiores e superiores, e rímel nos cílios; ela parecia um pequeno guaxinim. (O lápis nos olhos é chamado *surma*, feito de uma pedra preta, e muitos afegãos da zona rural acreditam que contornar os olhos dos bebês assim — sejam meninos ou meninas — ajuda a desenvolver a visão melhor.)

Os irmãos de Ali chamaram Anwar e o criticaram de novo por deixar o romance superar o bom senso. Insistiram que Zakia e Ali tinha de fazer planos sérios para fugir do país. Uma vez no exterior, poderiam encontrar trabalho e começar a enviar dinheiro para a família pagar as dívidas. Assim, estariam ajudando todo mundo. Enquanto permanecessem no Afeganistão, seriam um peso para a família com a ameaça de morte pairando sobre eles, e, quando estivessem mortos, não poderiam ajudar ninguém.

Todos já tinham ouvido falar de afegãos que fugiram para o exterior e depois conseguiram levar os outros parentes. Ou daqueles que, mesmo com empregos simples, conseguiam enviar quantias fantásticas para a família. Zakia e Ali poderiam ser os primeiros a ir. Era uma proteção contra um futuro incerto. Ali respondeu com raiva que queriam que arruinasse a própria vida ao deixar o país apenas para pagar a dívida deles. Retorquiram que grande parte da dívida era por causa dele.

Além disso, o irmão mais velho de Ali, Bismillah, o repreendeu perguntando que tipo de futuro tinham no Afeganistão. "Olhe à sua volta. Um dia o Talibã vai voltar. A segurança está pior a cada dia que passa. Ninguém está disposto a lutar por esse governo — olhe para só para você. Você lutou? Os estrangeiros estão partindo. A maioria já foi. Para onde você e Zakia vão quando os *takfiris*[1] voltarem? Eles serão cem vezes piores que Zaman ou Gula Khan."

Toda essa tensão, porém, não tinha nenhum efeito aparente na relação entre Zakia e a família, que poderia muito bem considerá-la o estopim de todos os problemas. Na casa de Anwar, ela era tratada por todos como uma princesa — até mesmo, os irmãos insistiam, pelas suas esposas. Três dos cinco filhos de Anwar agora eram casados e moravam com ele. Os irmãos diziam valorizar Zakia ainda mais, por causa da decisão que ela tomara de sacrificar tudo na própria vida por Ali e pela família deles. Apesar de terem sido contra o relacionamento antes, passaram a defendê-lo de forma sincera. "Nesta casa, Zakia não lava roupa, não faz faxina e não cozinha", declarou Ismatullah. Era o mesmo irmão que batera no rosto de Ali com uma pedra para impedir que ele se encontrasse com Zakia na casa do tio. "Não vamos permitir que ela trabalhe enquanto estiver aqui", afirmou Bismillah. Quando perguntamos como as outras esposas se sentiam em relação a isso, ficaram confusos. Claro que estavam felizes com isso, porque seus maridos disseram para ficarem felizes com isso, e as mulheres deveriam obedecer aos maridos. Além disso, era uma tradição respeitável nos lares afegãos honrar e mimar a noiva recém-casada, que sempre desiste da própria família para ir morar com a do marido, e esse tratamento especial fica mais intenso quando ela se torna mãe. Talvez por isso a taxa de natalidade no Afeganistão seja a décima mais alta do mundo.[2] Zakia nos disse que o sentimento era sincero, mesmo por parte das cunhadas. "Tudo é realmente verdadeiro. Minhas irmãs e todos nessa casa dizem que não devo trabalhar", confirmou ela.

"Temos um ditado aqui", disse Anwar. "'Quando uma flor é preciosa demais para viver ao relento, convém plantá-la em um vaso e colocá-lo sobre a mesa'. Zakia é como essa flor para nós."

Também eram gratos a Zakia por outro motivo, um tipo de epifania decorrente de tudo o que os amantes passaram. Seu caso de amor com Ali teve um efeito positivo sobre a atitude da família em relação à educação. De certa forma, a forma como Ali costumava se referir a Zakia e a si mesmo como pessoas educadas é um reconhecimento de sua compreensão de que o mundo mudou e que chegara a hora de o Afeganistão fazer parte disso. Nesse novo mundo, dizia ele, as mulheres também tinham direitos, e o amor não era errado. As pessoas educadas eram aquelas que sabiam disso e aceitavam isso. As pessoas não educadas eram todos os outros. A família de Anwar era educada agora. A de Zaman não era.

De forma mais concreta, a viagem ao Tadjiquistão e os meses que passaram se escondendo em Cabul convenceram todos eles, principalmente Anwar, como o chefe da família, que o analfabetismo não era apenas uma condição, um fato em suas vidas, mas sim uma desgraça a qual os amaldiçoava e os limitava. Com essa desvantagem, não conseguiam lidar com o mundo fora de sua granja ou de sua aldeia, porém não podiam mais ignorar o resto do mundo.

Então, uma das consequências inesperadas da história de amor de Zakia e Ali foi que, para o ano letivo de 2015 (nas regiões montanhosas do Afeganistão, começa logo depois do fim do inverno), os sete netos de Anwar em idade escolar tinham sido matriculados, cinco deles pela primeira vez. (Os dois outros tinham começado no ano anterior.) Entre esses sete, cinco são meninas. Dos oito filhos e filhas de Anwar, agora todos adultos, apenas dois deles sabiam ler e escrever, e não muito bem. Anwar agora quer que cada um dos seus netos fique na escola, pelo menos tempo o suficiente para se tornarem alfabetizados.

"Nossa viagem nos mostrou que não sabíamos diferenciar uma casa e um banheiro público. Ficamos impotentes porque não sabíamos ler", disse Anwar. "Isso fez com que víssemos como a educação é importante."

O impacto da história de amor de Ali e Zakia ultrapassou as barreiras familiares. "A geração mais jovem do Afeganistão viu uma história de amor bem-sucedida e discutiu e debateu o tema entre seus amigos, principalmente no espaço virtual", declarou Zahra Sepehr, presidente de um grupo de advogados em Cabul chamado Development and Support of Afghan Women and Children.[3] "O efeito sobre a sociedade foi muito positivo, ensinando aos jovens que diferenças religiosas e étnicas não são obstáculos para um casamento ser bem-sucedido se ele for fundamentado no amor." A sra. Sepehr disse que o exemplo do casal acabou salvando uma mulher em Cabul de um assassinato em nome da honra. A moça de 21 anos, chamada Soheila, que era *hazara* xiita, e um jovem, Jawad, de 25, tadjique sunita — um casal como Zakia e Ali, mas com etnias inversas. As duas famílias eram contra a união. "O casal procurou o meu escritório. Mediamos as negociações entre as duas famílias, e usamos o exemplo de Mohammad Ali e Zakia, e dissemos que todos tinham o direito de se casar. Todos tinham o direito de escolher com quem queriam se casar." A sra. Sepehr disse que a mediação não funcionou com todos os parentes. O pai e os tios do rapaz e alguns dos tios da moça continuaram sendo contra a união. Mas isso encorajou o casal, segundo a sra. Sepehr, e procuraram o pai de Soheila. Este sabia que o amor da filha era tão grande que ela acabaria fugindo se eles impedissem o casamento. A solução foi prática e bem afegã. Ele escondeu a filha e espalhou para todos a notícia de que a tinha matado. Então, discretamente, organizou tudo para que Soheila e Jawed fugissem para se casar no Paquistão, onde agora vivem em segurança — e em segredo, com a honra do pai intacta. Essa pode ser considerada uma história afegã de amor com final feliz. "Isso aconteceu por causa do exemplo de Zakia e Mohammad Ali", disse a sra. Sepehr. "Agora, quando falo com um casal nessa situação, conto a história deles."

Em 11 de janeiro de 2015, o irmão de Zakia, Gula Khan, voltou para o vale. A princípio, ninguém sabia onde estava hospedado, mas ele tinha sido visto na estrada e, depois, no mercado, e amigos da família contaram para o casal sobre o que viram. Depois, souberam que ele estava na casa do sogro em Kham-e-Kalak. Anwar e os filhos estavam em alerta; os irmãos se alternavam para ficar de guarda à noite. A polícia de Bamiyan foi avisada e prometeu ficar de olho. No entanto, até mesmo Ismatullah, policial, achou que a promessa de nada valia. (Como a maioria dos policiais no Afeganistão, Ismatullah não tinha autorização para levar a arma de serviço para casa quando estava de folga.) Anwar não tinha mais sua espingarda, que ele vendera quando a família ficara sem dinheiro. Então, após Gula Khan voltar, os irmãos mais velhos de Ali trouxeram para casa um cachorro que ficou preso do lado de fora. Era um vira-lata pronto para latir, e eles o colocaram em um espaço perto do muro como um sistema de alarme. Alimentavam bem o animal, mas ele continuaria sendo um cachorro sem nome. Em comunidades nas quais as pessoas recebiam apenas um nome, os animais não recebiam nenhum.

Zakia proibiu Ali de sair sozinho (na verdade, como ela explicou de forma mais diplomática, Ali concordou em aceitar a restrição após discutirem o assunto). "É difícil se proteger do inimigo, pois você não sabe quando ele vai atacar", explicou Ali. Então, receberam dinheiro enviado pelo rabino Shmuley via Western Union. O rabino queria que recebessem mil dólares para ajudar com as despesas com o bebê.[4] Metade do dinheiro foi gasto em combustível e alimentos para o inverno e, com o que restou, Ali comprou uma arma. Quando saía para os campos com os irmãos, enfiava a pistola Makarov nove milímetros, de fabricação russa, no cinto (ele não viu a necessidade de pagar mais para ter um coldre) e puxava a camisa para cobri-la, mas só um pouco. Mesmo assim, estava tendo dificuldades de se concentrar no trabalho no campo, sempre observando se alguém apareceria no horizonte. Ali disse que achava que o revólver se qualificava como despesas com o bebê.

"Por mim, tudo bem", comentou Shmuley quando ouviu falar nisso. "É claro que ele precisa proteger a si mesmo e à família. Essa é a sua responsabilidade mais importante."

Até o momento, não havia qualquer indicação de que a determinação e a raiva da família de Zakia tinham esfriado. Além disso, já houve muitos casos em que famílias esperaram anos antes de se vingarem. A família de uma moça chamada Soheila, do Nuristão, a perseguiu durante oito anos após ela fugir de um casamento arranjado quando ainda era criança, atacando-a e aos funcionários do abrigo onde ficara e o homem com quem queria se casar, fazendo com que as autoridades a prendessem.[5]

Soheila foi vítima da prática tradicional e abusiva do *baad*, mas até mesmo para os padrões do *baad* o seu caso foi chocante. Nove anos antes de Soheila nascer, o filho mais velho do seu pai, Aminullah, fugiu com a esposa prometida do primo do seu pai, provocando anos de violenta rixa entre os dois lados da família. Quando Soheila nasceu, sua mãe morreu no parto. Aminullah era seu meio-irmão, já que a menina era filha da segunda esposa do pai. O pai, Rahimullah, decidiu resolver a rixa familiar ao prometer Soheila em *baad* ao primo que fora prejudicado pelo filho. Então, Soheila foi vendida, logo ao nascer, pelo seu pai em nome do seu meio-irmão para resolver uma briga que começara muito antes de ela existir. Quando Soheila fez cinco anos, as duas famílias celebraram o *neka* com a aprovação de um mulá e marcaram a celebração e a consumação do casamento com o primo para quando Soheila fizesse 16 anos, a idade legal mínima para se casar.[6]

Ninguém contou para a menina sobre o seu contrato de casamento até ela completar 13 anos. Quando soube, não demorou muito para perceber que o seu marido de barba branca teria 67 anos quando se casassem — e ela seria a quarta esposa de um homem considerado muito velho no Afeganistão, onde a expectativa de vida de um homem saudável é de cinquenta anos.[7]

Na noite do casamento, Soheila fugiu, indo para o único lugar em que conseguiu pensar: a casa do tio materno na aldeia vizinha. O tio lhe disse que teria de devolvê-la à família no dia seguinte, e, em total desespero, ela perguntou ao seu primo Niaz Mohammad se ele a ajudaria a fugir. Mais tarde, ela disse que não agiu em nome do amor, mas simplesmente porque não tinha outras opções. Ainda assim, o fato de estarem sozinhos e juntos tornou Soheila e Niaz adúlteros aos olhos da sociedade afegã, e logo decidiram se casar. Depois, veio o amor e, então, uma gravidez.

Por oito anos, o pai de Soheila e o seu meio-irmão, com a ajuda de outros homens da família, perseguiram a moça e Niaz das montanhas remotas do Nuristão até as favelas de Cabul. Primeiro, eles o localizaram quando Soheila estava grávida do primeiro filho do casal, e o pai dela convenceu a polícia a prendê-los por adultério; o bebê nasceu na prisão. Depois, a ONG Women for Afghan Women conseguiu tirar Soheila e o filho da prisão e levá-los para um de seus abrigos. A família da moça lutou muito contra o caso de divórcio que a organização entrou para anular o casamento infantil com o primo idoso. Apareceram no tribunal com mais de dez testemunhas afirmando que o *neka* de Soheila só foi celebrado quando ela já tinha 16 anos. Quando o tribunal foi favorável à moça, a família fingiu estar disposta a recebê-la de volta enquanto o caso do marido ia a julgamento. Então, a atacaram e aos representantes da WAW quando eles chegaram à casa deles, as mulheres da casa partindo para cima dela e os homens pegando armas e atirando nos assistentes sociais da ONG. Soheila escapou com a ajuda dos vizinhos, mas, depois, os parentes dela ameaçaram matar sua advogada e ligaram para Soheila com tantas ameaças de morte que ela começou a gravá-las para mostrar para a polícia. Por fim, em maio de 2014, o divórcio de Soheila e do velho foi concluído, após um período de espera obrigatório de acordo com a lei afegã, e todas as acusações contra o seu verdadeiro marido foram retiradas. Ele passara quase quatro anos na prisão; e ela passara a maior parte desses quatro anos no abrigo.

Oito anos após ela fugir do casamento arranjado, não havia sinais de que a determinação da família de trazer Soheila de volta para se casar com o velho ou matá-la não tinha diminuído. Uma produtora de cinema iraniana, Zohreh Soleimani, fez um documentário sobre o seu caso[8] e, na verdade, conseguiu convencer o pai e o meio-irmão da moça a falarem sobre o caso diante das câmeras. Não tiveram o menor pudor em falar o que pensavam e foram totalmente francos sobre o que fariam com ela se pudessem.

"Se o tribunal lhe concede o divórcio, ele diria: 'O que é um tribunal?'", disse o meio-irmão Aminullah sobre o pai dele na entrevista. "Se ela fugir, então...", continuou, fazendo o gesto de puxar o gatilho com o dedo. "Não temos medo de morrer. Não temos medo de matar. Para nós, é como matar um pardal. Se ela não voltar para nós e ficar com aquele jumento de marido, ela vai morrer." Seu depoimento contumaz e sarcástico foi ainda mais extraordinário considerando que fora a própria fuga de Aminullah, 33 anos antes, o que fizera com que Soheila fosse vendida em um *baad*. Ainda mais irônico, disse à sra. Soleimani na entrevista, em um esforço de justificar um casamento infantil, que ele mesmo arranjara para a filha se casar com um homem mais velho quando a menina tinha apenas três anos. Mais irônico ainda era que a filha tinha fugido recentemente, em vez de cumprir a negociação com o velho. Apesar dos fracassos, o sr. Aminullah e o seu pai mantinham a visão de que as mulheres eram propriedades e que seu direito sobre elas era absoluto.

Trata-se de um ponto de vista bastante comum no Afeganistão, mas é raro ouvir uma declaração tão franca sobre isso e sobre a intenção de matar. O pai de Soheila, Rahimullah, era ainda pior que o meio-irmão. "Minha filha pertence a mim", afirmou o pai. "A mim ou a alguém da minha própria tribo. Vamos encontrá-la. Mesmo que ela vá para os Estados Unidos, vamos encontrá-la. Onde quer que a encontremos vamos matá-la. Com toda a força que Deus me deu, e vou pedir a Ele, antes de dar o próximo passo: 'Deus, mate os dois.' Ela ficará perdida para os dois mundos."

Soheila e seu pretendente, Niaz Mohammad, por fim, se casaram formalmente em setembro de 2014, mas foi uma cerimônia triste. Niaz tinha contraído hepatite na prisão, e as complicações da doença provocaram diabetes. Ele estava doente demais para trabalhar. Apenas poucos parentes da família dele foram ao casamento e, durante a cerimônia, o telefone de Soheila tocou. Era o seu irmão de novo, segundo contou ela, jurando matá-la, de um jeito ou de outro.[9]

No Afeganistão, as pessoas têm uma memória longa quando se trata de questões de honra ou de percepção de honra. Zakia e Ali têm uma visão fatalista sobre a situação deles, uma visão bastante comum na sociedade em que vivem: isso é apenas o destino. São basicamente indiferentes ao papel que eles e sua história tiveram na sociedade afegã. Ficam confusos quando alguém sugere que os dois se tornaram símbolos da juventude afegã e precursores de uma mudança que ainda é fugaz e distante. Apesar de todo o desafio que levantaram aos costumes da sociedade, seu ardor era romântico e não revolucionário. Zakia, provavelmente, nunca será uma feminista da forma como os ocidentais consideram. Força de caráter, determinação, espírito livre — esses são traços de caráter intrínsecos em vez de posturas políticas. Zakia ainda acredita em obedecer ao marido, desde que ele seja sensato. Seu marido acredita que pode dizer a ela o que fazer, desde que ela concorde. Ambos acreditam no amor, mas nunca lhes ocorreu que isso tudo pode, de alguma forma, ameaçar a ordem estabelecida.

Zakia não vai ser governada como tantas outras mulheres afegãs são. Se ela e Ali um dia conseguirem fugir do país, ela pode muito bem decidir aprender a ler e a escrever, como disse que queria fazer, e Ali diz que se juntará a ela. Ou talvez ela decida trabalhar ou ir para a escola, e isso será uma negociação, como acontece com famílias em qualquer lugar do mundo, dependendo de quantos filhos tenham e quanto dinheiro consigam ganhar. Por outro lado, se não conseguirem deixar o Afeganistão ou se decidirem não tentar, o trabalho árduo em uma granja de subsistência pode ser difícil demais para coisas como educação e alfabetização.

Se partirem ou ficarem, seus filhos, sejam meninos ou meninas, serão educados. Terão o direito de escolher com quem querem se casar e farão a própria vida e, por fim, serão eles que concretizarão o potencial humano de Zakia. Provavelmente não é um potencial que ela poderia concretizar ficando no Afeganistão. "O que aconteceu aconteceu", como Ali e Zakia costumam dizer e repetiram quando voltaram para Bamiyan para enfrentar o destino que aguardava por eles e pela filha. "O que será será."

Após nevar em um dia de fevereiro de 2015, um ano depois que conheci o casal, Ali foi até as armadilhas de pássaros com os seus irmãos nas montanhas acima da sua aldeia. Ele estava bem mais relaxado do que quando estava trabalhando nos campos embaixo perto do rio. Os tadjiques nunca subiam as montanhas daquele lado pelo desfiladeiro ao norte, e ele deixou a pistola em casa. Ali ainda adora pássaros, e as codornizes e os tentilhões que costuma pegar são valorizados por seu canto e por sua carne. Até mesmo pequenos tentilhões, não muito maiores que pardais, são saborosos, embora só sirvam como alimento em casos de escassez, já que seu canto é muito bonito. Em vez disso, são mantidos em gaiolas artesanais feitas com galhos e ramos finos entrelaçados. Ali tem cantos de pássaros gravados em seu celular e costuma esconder o aparelho atrás de si e tocar para os pássaros, esperando estimular que cantem.

É mais fácil capturar tentilhões após a neve acabar de cair, pois eles precisam de forragem e alimentos, mas não gostam de neve. Então, os caçadores limpam a neve em uma área de uns vinte ou 25 metros de diâmetro e esticam uma linha de pesca tão fina que os pássaros não veem e polvilham um pouco de grãos ao redor. A cada poucos centímetros, há um laço na linha de pesca com um nó corrediço e, quando o pássaro pisa em um deles, fica preso. O nó inevitavelmente se aperta até várias aves saltitarem sem perceberem que foram capturadas. Ali e seus irmãos pegaram 18 tentilhões naquele dia e voltaram para casa muito satisfeitos. "Somos muito amigos, meus irmãos e eu. E as pessoas nem acham que somos irmãos", disse Ali. Zakia estava perto do cão de guarda ao lado do muro inacabado da casa deles, recebendo-os com um sorriso. Logo a casa de barro de Mohammad Anwar estava repleta das conversas dos homens entre as canções alegres dos pássaros capturados. Até mesmo dentro de casa a respiração causava vapor de ar no ar frio da montanha. Teriam mais um mês de inverno pela frente.

EPÍLOGO

A primavera do ano persa de 1394 foi boa para Bamiyan, graças às bênçãos da neve que caiu algumas vezes ao final do inverno e às chuvas após uma longa seca. Depois disso, o céu azul ficou perfeito, com clima agradável e brisas frescas das montanhas, vidoeiros seguindo pelas colinas e um recorte de campos em muitos tons de verde.[1] Havia até um pouco de verde nas encostas inférteis e douradas, algo bom para a pastagem das ovelhas. Era o tipo de primavera que fazia os amantes se apaixonarem de novo ou despertava lembranças de quando se apaixonaram pela primeira vez. Em Surkh Dar, não era mais necessário usar o aquecimento noturno. Então, Zakia voltou a dormir com Ali em vez de no quarto aquecido com as outras mulheres e crianças. Durante as "conversas de travesseiro", como Ali chamava aqueles momentos antes de dormirem, os dois se lembravam do início do relacionamento, quando o amor deles ainda não tinha aprendido a caminhar, nem a falar. O que acontecera com eles naquela época era um mistério, e nada tão excitante para o amor jovem quanto conversas sobre as pistas que criaram sua história.

— O que foi para você? — perguntou ele, em uma dessas noites.

— Você era muito simpático, e eu adorava a forma como você se comportava quando estava comigo — disse ela.

Ali não sabia dizer o que fora para ele, mas algumas noites depois, lembrou-se do episódio do jumento.

— Para mim, foi aquela vez do jumento — disse ele.

— O jumento? — Zakia deu um tapinha brincalhão nele. — O jumento? — Mas ela também se lembrava.

Ele não estava satisfeito com a resposta dela. Parecia vaga demais. Algumas noites depois, perguntou à esposa se tinham sido os pássaros, daquela vez que ela o vira brincando com as codornizes quando deveria estar trabalhando nos campos.

— Não, não foram os pássaros — disse ela. — Foi apenas o seu comportamento comigo. Você era gentil e tinha um bom caráter. Você não usava haxixe, nem cheirava cola, nem fumava cigarros.

— Fumo cigarros agora.

— Você não fumava na época e deveria parar. — Ela estava sempre tentando fazê-lo parar de fumar.

Na noite seguinte, ele tocou no assunto de novo.

— Então, não foram os pássaros?

— Nunca gostei dos pássaros — confessou ela. — Por que você os mantém em gaiolas? Eles têm asas e deveriam voar. Por que você não os liberta?

Ali ficou um pouco chocado com isso.

— Por que eu os amo.

APÊNDICE I

A *JIHAD* CONTRA AS MULHERES

Sherzai Amin era um comandante *mujahidin* de médio escalão bastante típico. Usava uma faca de caça para limpar os dentes podres. Era grande e um pouco acima do peso, mas conseguia andar o dia inteiro subindo as montanhas por trilhas que mal davam para discernir sem ficar ofegante ou suar de modo visível. Os cerca de cinquenta combatentes sob seu comando o adoravam; metade deles, ou mais, eram parentes de sangue ou por casamento. Em casa, ele tinha três mulheres e sabia quantos filhos tinha. Aqui em cima, nas montanhas da província de Kunar, Sherzai tinha um prisioneiro de guerra russo chamado Sergey, que ele estuprava todas as noites na sua tenda do acampamento, fazendo piadas grosseiras sobre isso na manhã seguinte. Relatos de que outra unidade *mujahidin* havia criado um pelotão de fuzilamento para matar um grupo de prisioneiros comunistas, mas que tinham substituído os rifles por lançadores de granada provocaram-lhe um acesso de riso tão forte que ele chegou a chorar de tanto rir. "Imagine só", disse ele.

Era o auge da *jihad* contra os soviéticos e seus clientes comunistas afegãos, no fim dos anos 1980, e eu já estava com o grupo de Sherzai havia uma semana, operando nas montanhas a leste da capital da província de Asadabad. Certa noite, ele anunciou que, no dia seguinte, Sergey nos guiaria pelo que o *mujahidin* acreditava ser um campo minado em nossa rota. A unidade de Sergey enterrara minas lá; o rapaz poderia muito bem mostrar onde estavam. O garoto se descontrolou e chorou, jurando que não fazia ideia de onde qualquer mina tinha sido enterrada. "Então, você vai ter de encontrá-las do jeito mais difícil", respondeu Sherzai, provocando gargalhadas em seus homens.

Ficamos acordados até tarde naquela noite, conversando por horas, porque Sherzai e eu tínhamos algo que o outro queria. Eu queria que ele não matasse o garoto russo. Sherzai queria o meu canivete suíço, que tinha um palito de dentes embutido que o encantara.

Enquanto ambos dávamos voltas em torno das verdadeiras questões, passamos o tempo conversando sobre o comunismo e o que ele significava para os *mujahidin*, pelo que estavam lutando, o que os motivara a deixar tudo para trás e subir aquelas montanhas castigadas.

— Divórcio — respondeu Sherzai.

— Divórcio?

— Os comunistas deram às *mulheres* o direito de se divorciarem dos *homens*.

— A maioria dos países permite que as mulheres se divorciem.

— Não, apenas os países comunistas. E trabalho. Querem que as mulheres saiam para trabalhar. E escolas. Querem mandar as meninas para escolas, sentando-se ao lado de meninos. Querem transformar nossas mulheres em prostitutas. Então, quando forem prostitutas, vão mandá-las para a polícia ou para seu exército idiota.

Um dos seus homens entrou na conversa. Os comunistas tinham aberto um lar para viúvas de guerra e distribuíram sabão para todas elas, de acordo com Sherzai.

— Sabão? — O general recebeu essa informação como uma afronta. Qual o problema com o sabão para viúvas?

— Era algum tipo de sabão comunista de baixa qualidade?

Lançaram-me um olhar de pena: apenas mais um estrangeiro ignorante — embora de um dos países que lhes fornecia armas e dinheiro; então, não podiam ser hostis demais.

— Orgias — explicou um deles. — Eles lhes davam sabão para começar orgias. Sabão, banho em grupo e, depois, orgia. — A inevitabilidade dessa progressão parecia fazer sentido para eles.

Sherzai voltou ao assunto do divórcio.

— As mulheres do seu país realmente podem se divorciar dos seus maridos sem a permissão deles?

— Podem, se tiverem um bom motivo para isso, e nós não somos comunistas. Em alguns lugares, existe até o divórcio sem motivo, em que elas não precisam apresentar nenhum motivo para se divorciar. Além disso, muitas mulheres trabalham. Todas as meninas e moças vão para a escola; em geral, junto com garotos.

Ele teve dificuldade de compreender tudo isso.

— Os norte-americanos parecem comunistas.

— Não, comunismo tem a ver com política e economia, e não com direitos da mulher.

— A primeira coisa que os comunistas fizeram foi levar nossas mulheres. Querem que eu me livre de duas das minhas esposas.

— A poligamia também é ilegal nos Estados Unidos e na maior parte dos países, mas isso não nos torna comunistas.

Essa discussão, infelizmente, não estava conquistando os meus anfitriões, que começaram a me lançar olhares de desconfiança e preocupação. Ou eu era louco ou os Estados Unidos eram — eles não sabiam bem qual era a alternativa correta. Isso também não estava ajudando a causa de Sergey. Mas Sherzai ainda queria o meu canivete. Desesperado para vencê-lo, decidi ir direto ao assunto.

— Eu lhe dou o meu canivete se você não matar o garoto — propus.

— Tudo bem. Não mato o garoto — aceitou ele. Assim, entreguei-lhe o canivete. Ele ainda estava maravilhado com o palito de dentes.

Naqueles anos de Guerra Fria, os *mujahidin* eram admirados pelo mundo livre, por estarem enfrentando a União Soviética e lutando contra eles e seus aliados afegãos, até uma paralisação e, por fim, a derrota. Sua *jihad* era vista com uma cruzada anticomunista e, na verdade, era, mas apenas aparentemente; de fato, tratava-se de uma *jihad* contra as mulheres e contra os direitos delas. Sherzai Amin não era nenhuma exceção, e seus pontos de vistas sobre as mulheres e sobre a *jihad* eram o lugar-comum.

O que preocupava os *mujahidin* em relação ao comunismo não era a redistribuição de riquezas, a ditadura do proletariado ou o controle estatal dos meios de produção — muitos desses princípios já estavam de alguma forma presentes no Afeganistão ou eram apenas irrelevantes em um país com uma economia pré-industrial. As principais indústrias e minas sempre foram estatais. Desde a época do rei Mohammad Zahir Xá, que governou o país de 1933 a 1973, o estado afegão sempre foi extremamente centralizado,[1] embora fraco. A família estendida afegã pratica uma forma de compartilhamento comunal de riqueza e recursos, propriedade e responsabilidades, bastante semelhantes a qualquer *kibutz*. Nem era o ateísmo comunista que enfurecia os *mujahidin*, porque a versão afegã de um partido comunista nunca desafiou o Islã nem advogou pelo ateísmo.

O que realmente enfurecia os *mujahidin* no comunismo e os levou para a guerra era a prática doutrinária de direitos iguais para as mulheres. Sob os governantes comunistas do Afeganistão de 1978 a 1992, foram introduzidas atitudes modernas em relação à mulher pela primeira vez, desde a tentativa fracassada de fazer isso no reinado de Amanullah Khan, na década de 1920.[2] Como eram comunistas e os protetores soviéticos queriam provar seu ponto de vista, isso foi feito em grande escala por todo o país. Foram inauguradas escolas para mulheres em todo o país; foram separados empregos para mulheres, e elas eram encorajadas a trabalhar. Um grande número de mulheres foi recrutado para o Exército e para a polícia, bem mais do que quaisquer incentivos e subsídios ocidental conseguiram nessa última década. A linha aérea nacional, a Ariana, tinha comissárias de bordo durante o governo comunista.[3] Leis sociais foram alteradas para dar às mulheres o direito de herdar propriedades, manter os filhos e divorciar-se dos maridos — coisas desconhecidas na cultura afegã tradicional e ainda não praticadas até os dias de hoje. No cerne, a *jihad* não foi uma resposta ao comunismo. Era uma guerra santa contra o feminismo. Na visão limitada de mundo dos jihadistas, o comunismo e o feminismo são sinônimos. Mas logo descobriram que lutar contra o feminismo não atrairia ajuda maciça do Ocidente, nem mesmo de mulherengos como o congressista Charlie Wilson,[4] ao lutar contra o comunismo com as armas do comunismo.

Os comunistas trouxeram proteções legais e sociais que tiveram um alcance muito maior para as mulheres do que as que foram instituídas mais tarde pelos norte-americanos com o marco da Lei para Eliminação da Violência contra as Mulheres (LEVM) de 2009. Assim como a LEVM fez anos mais tarde, os comunistas tornaram ilegais muitas práticas comuns e abusivas, como o casamento infantil e o casamento compulsório de viúvas com seus cunhados, e criminalizaram comportamentos como surra e estupro de esposas. Em outras palavras, a LEVM, pela primeira vez, restaurou para as afegãs as muitas proteções que já tinham recebido pelos comunistas na década de 1980, que provocaram a *jihad* que, por fim, com a ajuda ocidental, destruiu os comunistas — e protelou qualquer progresso efetivo nos direitos da mulher no Afeganistão pelas duas ou três décadas seguintes.

Esse é um pedaço da história que costuma ser ignorado no debate sobre os direitos das mulheres no Afeganistão. Existe uma tendência a se presumir que a primeira vez que as mulheres tiveram qualquer direito no Afeganistão foi na era pós-Talibã, mas, na verdade, as mulheres estavam, de muitas formas, bem melhores durante o regime comunista do que estão atualmente.

Muitos afegãos mais velhos ainda se referem àquele período como a era de ouro. Embora as leis comunistas não tenham se estendido para muito além das áreas urbanas — principalmente após a *jihad* ficar no caminho —, as mulheres nas principais cidades, e até mesmo em algumas cidades menores, logo ficaram mais livres do que jamais tinham sido no Afeganistão. O dr. Ahmad Naser Sarmast, irrepreensível diretor de uma das instituições mais respeitadas no país, o Instituto Nacional de Música Afegã,[5] ainda estava na faculdade naquela época, e ele se lembra de rapazes e moças na Universidade de Cabul, cumprimentando-se com um beijo no rosto — algo tão proibido hoje em dia que nem os estrangeiros se atrevem a fazê-lo em público ou na presença de colegas de trabalho afegãos. Algumas afegãs, mesmo entre as que trabalham e são funcionárias do governo, nem mesmo trocam apertos de mãos com homens. De acordo com algumas estimativas,[6] mais da metade da força de trabalho urbana durante o período comunista era constituída por mulheres; atualmente, é apenas um fragmento disso — mesmo nas agências governamentais em que existem cláusulas contratuais estipulando cotas obrigatórias para estrangeiros. Durante os anos de faculdade do dr. Sarmast jovens de ambos os sexos visitavam a casa uns dos outros para almoços e jantares — algo igualmente inimaginável atualmente. Kandahar, uma cidade tão conservadora que poucas mulheres são vistas em público e só saem de burca, era considerada cosmopolita e liberal, mesmo quando comparada a Cabul. "Quando os comunistas assumiram o poder, a primeira coisa que fizeram, seu primeiro decreto, foi declarar liberdade às mulheres, oportunidades iguais para elas, educação obrigatória para meninas até o nono ano, fim da venda de meninas por grandes preços de noiva e fim da compra e venda de meninas como gado", descreveu o dr. Sarmast. A tragédia foi que, como tantas vezes na nossa história, o Afeganistão se tornou vítima das correntes políticas e ambições de outras nações. "Eram muito progressistas, levando a sociedade em direção à igualdade e à justiça principalmente na questão dos direitos da mulher, mas os *mujahidin* e todos os oponentes consideraram essas medidas progressistas como não islâmicas. Era uma guerra entre a União Soviética e o Ocidente, e o povo do Afeganistão pagou o preço. E hoje o Ocidente está pagando um preço ainda maior por promover aqueles mesmos valores e aquelas mesmas políticas rumo à igualdade e aos direitos da mulher", declarou o dr. Sarmast.[7]

Aquele velho comandante que ficou com meu canivete suíço, Sherzai Amin, teria concordado com essa análise. Mesmo que Sherzai não tivesse entrado para o Talibã, como a maioria dos *mujahidin* na província de Kunar fez, ainda assim, estaria horrorizado com o que o Ocidente estava tentando fazer pelas mulheres desde 2001. Na manhã seguinte à nossa conversa quase filosófica sobre comunismo e feminismo, tendo estuprado Sergey pela última vez, Sherzai obrigou o garoto sob a mira de uma arma a avançar a uns duzentos metros na frente dos *mujahidin* que seguiam em direção ao que suspeitavam ser um campo minado. Quando percebi o que estava acontecendo, protestei, argumentando que Sherzai me dera a sua palavra; eu logo descobriria que isso não valia nada no Afeganistão.

— Eu disse que não mataria o garoto. — Ele riu. — Se ele pisar em uma mina russa, a culpa pela morte será dos comunistas. De qualquer forma, ele provavelmente está mentindo sobre onde colocaram as minas.

Logo em seguida, ouvimos uma explosão ensurdecedora.

— É... — concluiu Sherzai Amin. — Acho que o garoto estava dizendo a verdade.

Ele e os outros *mujahidin* caíram na gargalhada.[8]

* * *

Os afegãos podem ser duros e brutos como as paisagens rochosas e sem vegetação em que vivem. "Bata todos os dias em sua esposa", diz uma piada popular entre eles. "Mesmo que você não saiba porque está batendo, ela saberá porque está apanhando." Uma piada que, infelizmente, é verdadeira. Mais de metade das afegãs relata já ter apanhado dos maridos em algum momento, enquanto 39% das entrevistadas foram surradas pelo menos uma vez nos 12 meses anteriores. Se incluirmos abuso sexual e psicológico, quase nove entre dez afegãs se descrevem como vítimas dos seus homens.[9] Muitos afegãos argumentam que bater na mulher é justificável quando ela se comporta mal. Muitos afegãos não consideram estupradores criminosos. Além disso, tendem bem mais a culpar e a punir as vítimas. Como seria de se esperar, 11% das afegãs em idade adulta dizem que já foram vítimas de estupro,[10] e esse valor é cinquenta vezes maior que a taxa do Ocidente.[11] Vários afegãos aprovam o assassinato em nome da honra, ou pelo menos o aceitam, o que explica o baixo índice de punição judicial nesses casos.

A LEVM foi feita para mudar tudo isso. Antes da sua promulgação em 2009, a maioria dos crimes contra a mulher não era nem considerada crimes no Afeganistão. A partir daí, houve algumas melhorias notáveis, mas também fracassos impressionantes. Ainda hoje, menos de 10%[12] dos acusados de cometer crimes contra as mulheres chegam a ser punidos, e um número ainda maior comete crimes que não chegam nem a ser denunciados.[13]

Nada ilustra melhor a imperfeição da implementação da LEVM do que a equipe da lei no gabinete do procurador-geral em Cabul e as mulheres que trabalham ali. Quando fiz uma visita em setembro de 2014, a unidade havia sido realocada para um armazém recém-convertido em prédio de escritório fora da estrada de Darulaman. Seus 13 advogados compartilhavam apenas uma sala, com tamanho suficiente para quatro mesas, talvez seis, se colocadas uma grudada na outra. A equipe da LEVM fora enviada para lá dois meses antes e ainda não havia móveis, a não ser uma mesa para o chefe da unidade, uma pequena mesa em um dos cantos e algumas poltronas e sofás encostados na parede para todos os outros. "Você poderia chamar este escritório de um exemplo de violência contra as mulheres", declarou uma das promotoras, Shazia Abbasi, uma veterana que trabalhava havia 25 anos no sistema de justiça criminal afegão. Crianças pequenas corriam por ali, enquanto suas mães, as clientes, ficavam agachadas ao longo das paredes, algumas completamente cobertas com burcas. Um homem chorava diante da esposa vestida de burca, queixando-se que ela fora estuprada por uma gangue de policiais locais bem relacionados — milicianos que foram treinados pelas Forças Especiais norte-americanas — em Badakhshan. Uma adolescente, filha de uma promotora, que tinha saído mais cedo da escola naquele dia, estava fazendo o dever de casa em um canto vago de uma pequena mesa. Os outros advogados tinham pilhas de documentos no colo e nos sofás.

Sentada em um dos sofás gastos assim como os outros cinco promotores no escritório neste dia específico, estava a sra. Abbasi, profundamente desanimada com as perspectivas de funcionamento da LEVM no Afeganistão, mesmo depois de o novo presidente, Ashraf Ghani, assumir o governo e enviar sinais positivos sobre seu comprometimento às questões da mulher.[14] Como os advogados bem se lembravam, o presidente Karzai tinha feito o mesmo nos seus primeiros anos; afinal, ele promulgara a lei que formara aquela equipe. "A LEVM conseguiu algumas realizações, mas elas foram negativas, não positivas, mesmo quando ganhamos", disse a sra. Abbasi. "Como uma lei como essa pode funcionar em uma sociedade com raízes patriarcais tão profundas? Em dez casos, temos sorte se conseguirmos dois desfechos positivos, um desfecho que mude o marido ou melhore a situação da mulher. Nos outros oito, as acusações desaparecem, as mulheres são assassinadas ou simplesmente desistem. A lei simplesmente não funciona. Como um afegão pode aceitar que sua esposa fique ao lado de um advogado e fale sobre ele? E estamos falando das cidades. Nosso alcance não chega às zonas rurais. Na metade das vezes que vamos ao tribunal, o juiz apenas diz 'Não concordo com a LEVM', e se recusa a aplicá-la."

A sra. Abbasi e seus cinco colegas tinham pontos de vistas diferentes sobre a eficácia da LEVM, mas todos concordavam em um ponto: ela e os outros diziam que todos eles deixariam o Afeganistão se tivessem a chance, para nunca mais voltar. Ziba Jan, de quarenta e poucos anos, promotora da LEVM nos cinco anos dos seus 23 como advogada, era a mais firme de todas. Seu marido, um jornalista da televisão afegã, esperava que a esposa tivesse parado de trabalhar quando ele mandou. Como não parou, bateu em Ziba até ela o acusar com base na LEVM. Como resultado, toda a família dele a renegou e aos seus filhos, e iniciaram uma campanha que ela descreveu como terror. O marido foi condenado a passar dois meses na cadeia. A sra. Jan tem quatro filhos, uma filha e três filhos, todos adolescentes. Ela me mostrou uma mensagem de texto recente em seu telefone, uma entre muitas que o autor da chamada nem se preocupava em disfarçar o número: "Sua piranha! Vamos matar você primeiro e depois vamos estuprar sua filha, sua promotora imunda."

"Veja bem, sou uma promotora sujeita a ameaças de morte, mas, quando reclamo sobre isso, não me ajudam", disse Ziba.

Seu sofrimento tinha companhia. A chefe da unidade de promotoria da LEVM, Qudsia Niazi, é regularmente espancada pelo marido, como ela confidenciou para um proeminente ativista dos direitos humanos. "Ela me ligou e estava chorando", contou o ativista, um notável membro do parlamento que preferiu não ser identificado. "Ela me disse: 'Ajudo outras mulheres, mas não consigo ajudar a mim mesma.'"

Durante a entrevista em outubro de 2014, perguntei a sra. Niazi se alguma das funcionárias de sua equipe era vítima de abuso por parte dos maridos. Deu uma risada triste. "Posso dizer que até mesmo eu", respondeu ela. Ela não queria discutir o seu caso específico, mas acrescentou: "No Afeganistão, a maioria das mulheres que trabalha sofre violência e não pode se dar ao luxo de denunciar o agressor, por causa da posição que ocupam. O Afeganistão é uma sociedade dominada pelos homens, e é muito difícil fazer qualquer coisa para mudar qualquer coisa relacionada a isso."

De acordo com muitos ativistas dos direitos da mulher em Cabul, até mesmo uma das primeiras mulheres a exercer o cargo de ministra de Assuntos da Mulher, Massouda Jalal, uma médica que ocupou essa posição entre 2004 e 2006, era espancada pelo marido quando ainda ocupava a função. Candidata à presidência do Afeganistão na primeira eleição democrática do país (ficando em sétimo lugar), alega ter sido responsável pelo primeiro esboço da LEVM, em 2005, embora a lei não tenha sido promulgada durante o seu mandato. "A lei ficou engavetada por quatro anos", contou ela. "Até que os norte-americanos pressionaram o presidente Karzai a promulgá-la." Ela disse que a lei foi esboçada em sua casa, com um comitê incluindo o marido, um professor de direito chamado Faizullah Jalal. A sra. Jalal, a princípio, negou os rumores que diziam que o sr. Jalal batia nela quando ela ainda era ministra. "Sempre me deu muito apoio e fez parte do comitê que redigiu a lei. Isso não é verdade. Realmente se preocupa com os direitos da mulher. Além disso, meu marido nem estava no país durante a maior parte do meu mandato", disse ela.

Alguns dias depois, meu colega Jawad Sukhanyar foi sozinho entrevistar a sra. Jalal, e ela confidenciou que havia um fundo de verdade nos rumores. "Sabe aquela pergunta que o seu colega fez?", perguntou ela. "Bem, é verdade. Sou vítima de violência doméstica. E não apenas eu. Posso contar sobre uma mulher no ministério que sofre violência do marido.[15] Você não pode trabalhar nessa sociedade sendo mulher sem ser vítima de violência." Perguntou se as declarações podiam ser publicadas e ela, desafiadoramente, respondeu que sim. Para a sra. Jalal, não existia nada de incomum sobre o seu caso ou o da promotora Ziba Jan ou o de qualquer outra mulher trabalhando no parlamento e ativistas do movimento feminista que sofrem violência. Mesmo assim, segundo ela, seu marido era um homem bom, que apoiava os direitos da mulher, e eles são casados até hoje.

Um dos casos mais tristes de violência contra uma mulher proeminente[16] dizia respeito a Noor Zia Atmar, uma das primeiras deputadas eleitas no país. A Constituição afegã, mediante a insistência das potências ocidentais, reservou 25% dos assentos no parlamento para mulheres, dando a esse órgão uma porcentagem maior de representação feminina do que a existente no parlamento britânico ou no Congresso norte-americano, embora muitas deputadas tenham assumido como substitutas dos maridos, pais ou irmãos. Espancada com frequência pelo marido e obrigada a usar burca, a sra. Atmar se divorciou e foi expulsa de casa. Renegada tanto pela família dele quanto pela dela, a sra. Atmar foi obrigada a buscar refúgio em um abrigo de mulheres em 2013.

"A violência contra mulheres está ficando cada vez pior", declarou a sra. Jalal. "As mulheres no Afeganistão estão sujeitas ao senso comum de que devem ser escravizadas. Mesmo quando trabalham fora, são obrigadas a dar seus ganhos aos homens. Mesmo depois das oportunidades criadas nesses últimos 13 anos, as mulheres ainda trabalham para os homens."

A sra. Jalal acredita que o estado das coisas se deve ao contínuo domínio da sociedade afegã pelos militares e comandantes *jihads*, e ela foi expulsa do cargo pelo parlamento afegão em 2006 por expressar esse ponto de vista. "Nós nos encontramos em segredo em minha casa para esboçar a LEVM porque temíamos a sabotagem de extremistas e militares", contou ela. Após o esboço ser enviado para o Ministério da Justiça, "fui vista como alguém que queria libertar as afegãs do medo e da pobreza e, ao fazer isso, os extremistas viram que eu realmente estava levando a sério meu papel de libertar as mulheres e lhes dar uma nova vida. Então, eles tiraram o Ministério de Assuntos da Mulher do gabinete." A tentativa de rebaixar o ministério despertou a oposição indignada da comunidade internacional. Assim, os linhas-duras foram obrigados a retroceder e permitir que a ministra voltasse ao gabinete. Então, em vez disso, exigiram que a sra. Jalal fosse deposta do cargo de ministra dos Assuntos da Mulher.[17]

Apesar das falhas da LEVM, sua promulgação e sua aplicação foram algumas das maiores conquistas da comunidade internacional em nome das mulheres dos Afeganistão, com a possível (e qualificada) exceção das escolas para meninas. Ainda assim, a lei mal entrou em vigor no Afeganistão e ainda corre muitos riscos.[18] Ela foi aprovada por um decreto do presidente Hamid Karzai em 2009,[19] após ficar claro que não seria promulgada pelo parlamento afegão; os norte-americanos pressionaram o sr. Karzai a usar seu poder para driblar o parlamento.

A lei tornou o estupro um crime; no código penal afegão, esse ato foi colocado junto a questões sociais e familiares a serem tratadas de acordo com a tradição da charia. Quando o estupro aparecia penalmente, era no crime de adultério. Se o estuprador tivesse cometido adultério, a vítima também tinha, e muitas das vítimas de estupro no Afeganistão haviam sido presas pelos crimes do estuprador. Espancar a esposa também passou a ser crime pela lei; antes, os tribunais só consideravam esses casos quando a mulher tinha sofrido graves lesões corporais ou sido assassinada. Em geral, mesmo nesses casos, os promotores não davam prosseguimento ao caso, ou, quando o faziam, as penas eram pequenas.[20] De acordo com a nova lei, práticas tradicionais prejudiciais ou abusivas como o *baad* e o *baadal* passaram a ser proibidas, o que tanto os comunistas quanto o Talibã haviam feito anteriormente. Obrigar uma mulher a se casar com alguém contra a sua vontade também passou a ser considerado crime, assim como a "negação de relacionamento", a injúria da qual Zakia e Ali tinham fugido.

Talvez mais importante, a LEVM descriminalizou várias ações que antes eram consideradas crimes e funcionavam como mecanismos para manter as mulheres na linha. Fugir de casa, embora não mencionado no Código Penal, era comumente usado contra qualquer mulher de qualquer idade que saía de casa sem a permissão do marido, do pai ou dos irmãos. A nova lei proíbe a acusação de mulheres ou moças com 16 anos ou mais como fugitivas.

As afegãs devem agradecer indiretamente ao Talibã pela LEVM; seus excessos resultaram na determinação da comunidade internacional em proteger as afegãs, e os mentores políticos ocidentais perceberam que muitos daqueles que substituíram o Talibã, principalmente os antigos jihadistas, não eram muito melhores no que dizia respeito aos direitos da mulher. A LEVM agira repetidamente como um freio aos piores excessos dos sucessores do Talibã, principalmente quando a comunidade internacional colocou o seu peso sobre a lei.

O período talibã fez com que as condições de vida das afegãs fossem exibidas para o público norte-americano e europeu. Assistiram horrorizados enquanto a facção impunha sua interpretação extremista da charia sobre as afegãs, tirando delas o direito de estudar, fechando as escolas para meninas, proibindo-as de trabalhar fora e ordenando que ficassem dentro de casa, dizendo que só podiam sair usando uma burca de corpo inteiro e sempre acompanhadas por um guardião, um *mahram*, um parente próximo do sexo masculino, em geral, irmão, pai, filho ou marido. Depois de vinte anos de guerra civil, o confinamento de mulheres nas próprias casas era uma exigência severa, uma vez que, em muitas famílias, os homens tinham morrido ou ficado inválidos durante aquele período, e suas viúvas se tornaram a única fonte de sustento para os filhos.[21] Ordenar que ficassem em casa era o equivalente a uma sentença de morte.

Os fiscais do Talibã do Ministério para a Promoção da Virtude e Supressão do Vício faziam rondas nas ruas de Cabul, surrando mulheres com varas se elas não estivessem completamente cobertas e acompanhadas adequadamente quando saíam casa.[22] Às vezes, batiam nelas simplesmente por estarem fora de casa. Batiam em homens por transgressões também, como não deixar a barba crescer completamente, sem apará-la ou por usarem roupas ocidentais ou ouvir música no rádio do carro. Mas reservavam o maior entusiasmo para castigar as mulheres. As mulheres condenadas por crimes morais sérios eram levadas para o Estádio Nacional e, na frente de uma multidão que era obrigada a lotar o lugar, eram apedrejadas até a morte ou levavam um tiro na cabeça, sempre devotamente coberta pela burca azul, enquanto ficavam sentadas no chão aguardando o fim.[23]

Um dos casos mais divulgados desse tipo foi a de uma mãe de sete filhos chamada Zarmeena, que foi condenada pelo tribunal talibã por ter matado o marido violento e cuja execução foi filmada pela Associação Revolucionária das Mulheres do Afeganistão (Arma).[24] Os filhos de Zarmeena estavam no estádio, acompanhados pelos parentes do pai morto. Tocada pelos pedidos comoventes das crianças pela vida da mãe, a família do pai invocou a provisão da lei charia que permitia que a perdoassem e a isentassem da pena de morte. O Talibã se recusou a aceitar e prosseguiu com a execução. No vídeo da Arma, dá para ouvir os filhos chorando e soluçando "Mama!", enquanto o executor atira à queima roupa em Zarmeena com um rifle AK-47.

Então, quando os Estados Unidos, no governo de George Bush, foram para o Afeganistão para se vingar do 11 de setembro, houve mais do que apoio ao objetivo de destruir as bases da Al-Qaeda e o regime talibã, o qual tolerava e encorajava a presença de extremistas. Houve a sensação de alívio por um regime que tinha brutalizado tanto as suas mulheres poder ser levado ao fim. Poucos teriam defendido uma invasão por esses motivos, mas o resultado foi de boas-vindas. Quando o Talibã e a Al-Qaeda foram expulsos para o Paquistão, os aliados europeus não demonstraram muita disposição para continuar no Afeganistão e, com o passar do tempo, os Estados Unidos também não. Apoiar as afegãs e acabar com o terrorismo contra elas durante o regime talibã de seis anos era uma coisa que todos concordavam ser uma boa causa.

Após os norte-americanos derrotarem os talibãs, as nações ocidentais se reuniram em Bonn no início de 2002 para chegar a um consenso e estabelecer um governo interino que faria uma nova Constituição e organizaria eleições.[25] Desde o início, ficou claro para os parceiros afegãos que havia uma questão mais importante do que as outras: igualdade entre os sexos.[26] Quando a nova Constituição foi esboçada por estudiosos norte-americanos e conselheiros legais de vários países, ela levou em conta tanto a igualdade entre os sexos quanto a charia, uma combinação bem difícil, mas que em outros países islâmicos funcionou.

Também desde o início foi um trabalho árduo, uma vez que os conceitos igualitários ocidentais iam de encontro à realidade do patriarcado afegão. Em 2003, um *loya jirga* constitucional foi convocado com o encorajamento das potências ocidentais para aprovar a nova constituição.[27] Um *loya jirga* é uma grande assembleia consultiva na qual os anciãos de todo país são convidados para decidir sobre os principais assuntos. É uma tradição venerável no Afeganistão, desde os tempos em que a maioria do povo vivia em tribos nômades ou seminômades, e os anciãos se reuniam para resolver questões como direitos ao pasto ou alianças contra invasores. De algumas formas, era como uma instituição democrática por excelência, mas havia um grande problema: tradicionalmente, apenas os homens participavam e, na maioria, mais velhos. No entanto, diante da insistência dos americanos, o *loya jirga* de 2003 tinha representantes femininas, e algumas falaram de forma extraordinariamente sincera. Eram mulheres que viram uma oportunidade única e histórica para falar e reuniram coragem para aproveitá-la. Poucas demonstraram mais coragem do que uma jovem exuberante chamada Malalai Joya, que fora escolhida para representar a remota província de Farah, no oeste do país. Malalai se levantou no *loya jirga* e denunciou a reunião como uma assembleia formada por criminosos de guerra e militares. "São as pessoas mais contrárias às mulheres na nossa sociedade, e tinham a intenção, e conseguiram, de deixar este país do jeito que está. E é o que querem fazer de novo", declarou ela. Depois de um silêncio surpreso, vários homens tentaram atacá-la e agredi-la fisicamente, e apenas a intervenção de guardas das Nações Unidas impediu que chegassem até ela. O presidente do *jirga*, Sibghatullah Mujadeddi, disse que ela era comunista, o que não era verdade — a não ser pela visão do velho jihadista, que dizia que o feminismo era o mesmo que o comunismo.[28]

A crítica de Malalai não foi uma explosão retórica. Além de serem militares, muitos daqueles antigos líderes da *jihad* e representantes no *jirga* também eram, como muitos relatórios documentaram exaustivamente descreviam, assassinos em massa, responsáveis por massacres de civis e prisioneiros de guerra durante a guerra civil e o período do regime talibã.[29]

A postura de coragem de Malalai no *jirga* a tornou instantaneamente um símbolo mundial do desafio feminino, mas, nos anos seguintes, ela se transformou num símbolo de outro fenômeno afegão: o êxodo das melhores pessoas, principalmente entre as mulheres. Os antigos chefes militares do período da *jihad* que dominavam a tenda do *loya jirga* continuaram a pedir a morte de Malalai, e ela acabou tendo de deixar o Afeganistão para sempre. Agora, Malalai raramente volta ao país.[30]

Os mentores políticos dos Estados Unidos e da Europa estavam cientes dos desafios de promover igualdade entre os sexos para o Afeganistão pós-Talibã. Investiram muito em empoderamento feminino, igualdade entre os sexos, direitos da mulher e iniciativas semelhantes. Retinham o dinheiro dos ministérios que não empregavam mulheres o suficiente e só permitiam que empreiteiras entrassem em licitações se prometessem que metade da força de trabalho fosse constituída por mulheres. Só a Agência dos Estados Unidos para o Desenvolvimento Internacional (USAID, na sigla em inglês) gastou mais de meio bilhão de dólares em programas para mulheres no Afeganistão entre 2002 e 2010. Isso sem contar os quatro bilhões gastos pela agência na construção de escolas para meninas ou mistas.[31] A Comissão Europeia, países europeus isoladamente e o Banco Mundial investiram mais milhões e milhões no apoio à sociedade civil, principalmente a feminina. Tudo isso gerou um monte de grupos de mulheres afegãs que nunca tinham existido antes, mas que agora surgiam e encontravam financiamento generoso da noite para o dia.

A LEVM foi a história de sucesso proeminente desses esforços, mas, paradoxalmente, para muitas mulheres, a lei pode ter piorado ainda mais suas vidas. Os crimes tipificados como violência contra a mulher quase dobraram entre 2009 e 2013, em quase todas as categorias, incluindo assassinatos em nome da honra, estupros, violência doméstica e casamentos infantis; houve outro drástico aumento em 2014 em relação ao ano anterior.[32] Parte do motivo para isso foi as mulheres terem coragem para relatar a violência que antes sofriam em silêncio. No entanto, havia outra coisa acontecendo também, conforme explica Soraya Sobhrang, chefe dos assuntos femininos da Comissão Independente de Direitos Humanos do Afeganistão. "Trata-se apenas de uma sociedade dominada pelos homens, e agora as mulheres estão encontrando a própria voz e ficando conscientes de que têm alguns direitos, e os homens se sentem ameaçados e reagem contra isso", diz ela. A sra. Sobhrang também responsabiliza o aumento da violência contra as mulheres na difundida "cultura da impunidade", junto com a insegurança e o domínio contínuo dos chefes militares em grande parte das zonas rurais. Dos seis mil casos da LEVM denunciados no ano persa de 1392 (de março de 2013 a março de 2014), de acordo com os dados do Ministério de Assuntos da Mulher,[33] menos de 10% deles resultaram em julgamentos, e menos da metade dos que foram a julgamento resultaram em condenações.[34] A Comissão de Direitos Humanos, que também acompanha a violência contra as mulheres, registrou mais de quatro mil casos similares nos primeiros seis meses de 2014, um aumento de 25% em relação ao ano anterior.[35]

Todos sabem que apenas uma pequena porcentagem dos casos de violência contra as mulheres chega a ser denunciada. Mesmo aqueles casos que recebem atenção pública e ampla cobertura da imprensa às vezes continuam sem solução, como foi o caso de Gulnaz, a moça cujo documentário foi suprimido pelos burocratas da União Europeia e que acabou tendo de se casar com o seu estuprador após os holofotes sobre o caso se "apagarem".[36] A solução para ela, e as que a apoiavam nos grupos de mulheres e que trabalharam no caso, foi simplesmente reescrever a história, tirando o estupro e, então, ter algum tipo de consolo porque o marido estuprador até agora não tinha batido nela nem na filha.

Outro grande avanço incorporado na LEVM foi a descriminalização da conduta social da mulher, mas as provisões da lei sobre isso são amplamente ignoradas. De acordo com as estimativas mais baixas, mais da metade das prisioneiras da principal prisão feminina do país, Badam Bagh, em Cabul, está presa por crimes morais ou sociais, incluindo uma porcentagem significativa de nada mais do que fugir de casa ou "tentativa de *zina*" — ou seja, tentativa de adultério.[37] As mulheres costumam ser presas frequentemente por fugirem de casa, sair sozinhas ou estarem na companhia de um homem que não é seu parente.

"Estou com 57 anos e não tenho como viver sozinha nesta sociedade", declarou a sra. Sobhrang. Nenhuma mulher tem. Dificilmente uma mulher solteira conseguiria viver sozinha; uma mulher é casada ou mora na casa do pai ou de um dos irmãos; não existe outra alternativa, nem mesmo no anonimato de uma cidade grande como Cabul, que agora tem mais de cinco milhões de habitantes. A única exceção são as viúvas que não têm irmãos nem cunhados para acolhê-las. "Apenas 2% das mulheres afegãs são independentes economicamente. As mulheres precisam de um lugar onde possam ficar juntas e fazer coisas para si mesmas. Agora as mulheres têm novas esperanças e sonhos e precisam ter certeza de que não existem barreiras entre seus desejos e suas conquistas", disse a sra. Sobhrang.

As mulheres no Afeganistão não podem viajar legalmente sozinhas, mas devem estar acompanhadas por um *mahram*, e, na prática, também não podem possuir nem herdar propriedades. Seus maridos podem se divorciar delas com a declaração islâmica de costume "Eu me divorcio de você", sendo esta repetida três vezes, mas uma esposa tem pouco mais do que um direito teórico de se divorciar do marido — um direito apenas conseguido com muita dificuldade. Se o marido a deixar, ela não tem nenhum direito à casa e ele pode exigir o direito de ficar com os filhos, deixando-a sem casa nem família. Se o marido morre, a mulher e seus filhos podem ser recebidos pela família do marido — se concordarem —, mas, em muitos casos, o preço do acordo é que ela será obrigada a se casar com um dos irmãos do marido. Em geral, isso significa se tornar a segunda ou a terceira esposa de um dos irmãos.

Nas áreas rurais e, às vezes até em cidades pequenas, a presença de uma mulher encontrada sozinha fora de casa é considerada como *zina* ou tentativa de *zina*. Além disso, se ela não conseguir provar o contrário, é presa por tentativa de adultério ou, se não for mais virgem, de adultério. Mulheres solteiras encontradas sozinhas pela polícia são comumente submetidas a perícias de virgindade, no consultório do médico-legista da província, embora não haja nenhuma exigência na lei que uma mulher solteira deva provar a virgindade para as autoridades. "Já vi casos em que isso é feito com meninas de sete anos e em mulheres de setenta", contou Wazhma Frogh, diretora executiva da ONG Research Institute for Women, Peace & Security.[38] Em geral, como esses casos acontecem no meio da noite, raramente há uma médica de plantão. De qualquer forma, existem poucas médicas. Então, é um homem que faz o exame, o que é muito invasivo."

É um relato triste sobre como as coisas são ruins para as mulheres, e Rubina Hamdard, uma advogada da respeitada ONG Afghan Women's Network,[39] diz que a prática de testes de virgindade é de interesse de uma mulher que se encontra com uma autoridade masculina. "Mesmo se a moça que foi encontrada sozinha tiver 18 ou quarenta anos, não é uma questão de consentimento ou algo assim. A polícia simplesmente diz 'Não estamos no Ocidente nem nos Estados Unidos', e força a mulher a se submeter ao teste de virgindade. Mas é uma boa ideia, porque, se ela for presa, então policiais poderiam cometer adultério com ela e dizer que o sexo acontecera antes." Em outras palavras, um teste invasivo de virgindade se justifica porque talvez proteja a mulher de um estupro na delegacia, o que é muito comum, até mesmo entre policiais femininas que foram vítimas sexuais de seus colegas. Um estudo recente das Nações Unidas, omitido pela Missão de Ajuda das Nações Unida no Afeganistão, mostrou que 70% das policiais afegãs denunciaram abuso sexual no trabalho.[40]

Sem a LEVM, muitas das outras vítimas afegãs cujas angústias foram bem documentadas nos últimos anos teriam tido poucos recursos ou nenhum, mesmo que seu caso viesse a público. Lal Bibi, por exemplo, teria continuado casada com seu estuprador — se é que ele se preocuparia com a formalidade do casamento, o qual só usou como um artifício para evitar a acusação de estupro.[41] Breshna, uma menina de dez anos da província de Kunduz, estuprada por um mulá em sua mesquita, enfrentou um assassinato em nome da honra e, inclusive, foi obrigada a se casar com o mulá que a estuprara. Defensoras do direito da mulher invocando a LEVM conseguiram um julgamento bem-sucedido contra o mulá e proteger a menina (embora Breshna continue correndo risco; seu caso é discutido em detalhes no Apêndice II). Soheila, do Nuristão,[42] ainda estaria apodrecendo na prisão, assim como Niaz Mohammad, seu marido, pelo crime de amor e a coragem de fugir de um casamento arranjado com um pedófilo — um casamento que, por si só, já seria considerado um sério crime na maioria dos países. É difícil saber onde Bibi Aisha teria terminado se a WAW não a tivesse recebido em seu abrigo em Cabul, mas é questionável se ela teria o nariz decepado reconstituído. Não fosse pela LEVM, provavelmente não haveria abrigos, para começar, e os abrigos de mulheres não poderiam assumir o papel de defesa que costumam assumir com tanta frequência.[43] A maioria das mulheres e meninas que abrigam está sendo resgatada de crimes contra a lei — crimes que não eram considerados desse modo antes dessa lei, como o casamento infantil. E são protegidas de uma forma que antes não era possível.

E, é claro, não existiria a história de Zakia e Ali sem a lei. Os abrigos salvaram a vida de Zakia duas vezes. A LEVM foi citada como justificativa para tirar Ali da cadeia, seja lá o que o presidente Karzai tenha feito nos bastidores. A ameaça de julgamento com base na lei, assim como o grande escrutínio público, sem dúvida protegeu Zakia e Ali da vingança da família pelo tempo que a atenção durou.

Em decorrência da importância da LEVM, a comunidade internacional a transformou em um dos pontos de referência na Conferência de Tóquio sobre o Afeganistão em 2012, estabelecendo que subsídios para futuros desenvolvimentos no Afeganistão dependeriam dos progressos nas áreas que os doadores acreditavam ser importantes. De acordo com a Conferência de Tóquio,[44] a implementação da LEVM foi um marco a ser considerado como "meta difícil", no jargão internacional, mas algo concreto e quantificável que precisava ser conseguido a fim de a ajuda continuar. A ONU ficou responsável por emitir um relatório anual sobre a aplicação da lei e as condições das mulheres no país como parte deste processo.[45] O Ministério de Assuntos da Mulher faz a mesma coisa com um relatório anual,[46] embora se esforce para minimizar o problema; a ministra de 2006 a 2014, Husn Banu Ghazanfar, nunca foi conhecida por ser uma heroína entre as mulheres. Violência contra as mulheres? A sra. Ghazanfar diz que isso acontece em todos os países; não há nada de incomum no Afeganistão.

Na verdade, em poucos países a violência contra as mulheres é tolerada de forma tão oficial, cultural, legal e tradicional. "O Afeganistão é o pior lugar do mundo para ser mulher", afirma a sra. Jalal.[47] "O lugar mais perigoso do mundo para se viver sendo mulher." As mulheres no Afeganistão estão precisando de mais medidas do que as de todos os outros países, exceto alguns poucos, como Chade, Malawi e Djibuti, lugares que têm pouquíssimo envolvimento ocidental, nada se comparado com a grande ajuda financeira que o Afeganistão recebeu desde 2002. Até mesmo as mulheres na Arábia Saudita, de acordo com o índice de desigualdade entre os sexos do Programa de Desenvolvimento das Nações Unidas,[48] estão em situação bem melhor que as do Afeganistão. As sauditas não podem dirigir; as afegãs podem, mas poucas se atrevem a fazê-lo.

Diferentemente de outros países retrógrados onde o comportamento para com as mulheres é ruim, o Afeganistão tem um firme comprometimento internacional de avançar na igualdade dos sexos, e as ocasionais histórias de sucesso do Afeganistão têm um impacto gigantesco, que vai muito além das suas fronteiras.[49] O dr. Sarmast se lembra de ter participado de um simpósio na Bulgária após sua orquestra de homens e mulheres fazer um concerto. Ao final de sua palestra sobre empoderamento de mulheres, uma jovem da delegação da Arábia Saudita ergueu a mão. "Ela se levantou, depois de me aplaudir, e disse: 'O que o senhor está fazendo no Afeganistão, gostaríamos que metade disso pudesse acontecer em nosso país.' Imagine o que isso provocou nas autoridades do país dela. Como eles podem tolerar ver mudanças aqui?"

Defensores dos direitos da mulher estavam cientes dos grandes interesses na tentativa de resgatar as mulheres do Afeganistão da violência,[50] e eles pressionaram muito nos primeiros anos do envolvimento ocidental para ver leis como a LEVM serem promulgadas. Infelizmente, eles nunca conseguiram fazê-la ser aprovada pelo parlamento do país,[51] o que significa que o presidente Karzai teve de assinar um decreto para promulgá-la, o qual pode ser revogado com apenas uma canetada de um dos seus sucessores.

Em 2013, uma deputada chamada Fawzia Koofi tentou forçar a passagem da LEVM na Câmara dos Comuns em um esforço fracassado de aprová-la como uma lei permanente.[52] Por sua audácia, a sra. Koofi foi execrada por suas colegas ativistas, de tal forma que acabou sendo marginalizada por grande parte da comunidade. Elas — e seus apoiadores na missão das Nações Unidas e a maioria das embaixadas ocidentais — sentiram que foi um desastre estratégico tentar levar a lei ao parlamento, porque, se a proposta da sra. Koofi fosse votada na presente forma, provavelmente seria derrotada.[53] Isso teria permitido que os conservadores ganhassem força e anulassem o decreto presidencial, revogando a lei. A sra. Koofi foi acusada de querer chamar atenção para si e elevar o seu status às custas da controvérsia; na época ela também tinha declarado a intenção de concorrer à presidência do Afeganistão. "O maior golpe às conquistas dos direitos da mulher foi a apresentação da LEVM ao parlamento", afirmou a sra. Sobhrang, referindo-se à iniciativa da sra. Koofi. Não era o momento de fazer um movimento tão arriscado, ela e muitas outras ativistas disseram o mesmo.

"Quando será um bom momento?", retorquiu a sra. Koofi. "Quando o parlamento afegão estará cheio de intelectuais? Este parlamento [de 2010 a 2015] é mais fraco que o último. Temos de aproveitar o momento. Karzai poderia ter apoiado isso. Vamos torcer para que o próximo presidente faça isso."

É contra isto que elas lutam no parlamento: homens como Qazi Nazir Ahmad Hanafi, um deputado de Herat, um ex-comandante *jihad* que perdera a perna lutando com os soviéticos e agora um proeminente mulá e chefe do comitê legislativo no parlamento — o comitê que é a porta de entrada para a introdução da legislação. Ele deixa claro por que perdeu a perna, e não foi apenas para derrotar os comunistas, mas para minar as iniciativas dos comunistas em relação aos direitos das mulheres, iniciativas que fica com raiva de ver os norte-americanos tentarem trazer de volta.

Qazi Hanafi derrotou a tentativa de Fawzi Koofi de 2013 para levar a LEVM para o parlamento, enchendo-o de emendas que ninguém poderia permitir (uma delas permitia que meninas de nove anos se casassem). Em 2015, disse que planejava promulgar uma lei para regulamentar a violência contra a mulher, que se basearia no que considerava os princípios da charia. Ele tornou a destruição da LEVM o seu objetivo de vida, editando um panfleto de 54 páginas sobre a lei, listando o que os seus críticos chamam de uma mistura incompreensível de delírios teológicos.

Qazi[54] não tem o menor constrangimento de ser antifeminista. Abrigos de mulheres são bordéis, insistiu ele quando o entrevistei em 2014. "Por mim, eu declararia *jihad* contra esses abrigos." As mulheres que os dirigem "não ajudaram as mulheres no Afeganistão. Elas destruíram famílias. Mandaram para prisão irmãos e pais de mulheres que alegam estar ajudando." Ativistas dos direitos da mulher? "Até um jumento é melhor do que essas mulheres." Os guardas dos abrigos "deveriam ter mais de 25 anos. Antes dessa idade, os homens estão excitados e não são confiáveis." Mulheres que sofrem violência por parte dos maridos precisam procurar seus irmãos ou seus pais para receber apoio; não há motivo de grupos de defesa tomarem conta delas depois que as policiais já fizeram isso.

— Sim, fui eu que impedi que a LEVM fosse votada. Agora permita que eu lhe faça uma pergunta — disse ele. — Pergunto-me quantas pessoas morrem de HIV e AIDS no seu país.

— Não muitas.

— Isso não é verdade. Milhares de pessoas nos Estados Unidos morrem de HIV. Isso não acontece aqui. Por quê? Porque, na nossa religião, o castigo daqueles que cometem abusos sexuais é o apedrejamento e, quando você apedreja uma pessoa que cometeu um crime, isso estabelece um exemplo: mate um e salve milhões.

Ele tem vários problemas com a LEVM, começando com a alegação de que a autoria é da comunidade internacional, não de afegãos. Seu maior problema com ela parece ser a proibição do espancamento de esposas. "Pela LEVM, um homem pode ser condenado a dois anos de prisão por bater na esposa. Isso é justo? Ele nem precisa deixá-la marcada. Basta a mulher dizer que ele bateu nela, sem ao menos deixar uma marca, e ele pode ser preso. Essa lei é pior do que as leis durante o período comunista, muito pior."

Sua versão de uma nova LEVM revisaria ou eliminaria essas cláusulas. Em sua opinião, não existem problemas em bater na esposa desde que o marido faça isso com moderação. "Você pode treiná-la, você pode puni-la, mas não pode marcá-la nem torturá-la. Se você tem problemas com o comportamento da sua esposa, é melhor usar o aviso primeiro", explicou ele. "Depois, arrume sua cama em outro lugar — este é um castigo forte e geralmente funciona. Se não funcionar, então, em terceiro lugar, você bate nela, mas com coisas que não causem danos ou quebrem os ossos. Como varas, por exemplo, ou algo assim. Nada de tortura. Por exemplo, se um marido quebrar o braço ou a perna na esposa, então ele deve ser chamado por um juiz e punido."

Discutir com Qazi Hanafi questões de igualdade entre os sexos é o mesmo que tentar discutir o veganismo com uma hiena. Como muitos homens afegãos, parece ser obcecado por sexo, principalmente por adultério. Os adúlteros devem ser mortos na hora do flagrante, conforme o Islã e de acordo com Qazi Hanafi. (Na verdade, a maioria das autoridades sustenta que a lei islâmica exige quatro testemunhas para o ato sexual ou uma confissão repetida três vezes, e um julgamento legal, antes que a pena de morte por apedrejamento seja imposta, por crime de adultério.) Também parece ter uma habilidade em pegar as pessoas no flagra. Ele lembra que você deve ter certeza de que os envolvidos são adúlteros e não apenas marido e mulher inocentes. Por exemplo, segundo Qazi, ele e seus homens durante a *jihad* encontraram um homem e uma mulher tendo relações sexuais na floresta perto de um rio. Qazi e seus companheiros estavam prontos para matá-los na hora, mas, por sorte do casal, "disseram que eram casados e ficou tudo bem". Em outra ocasião, ele entrou em uma sala do prédio do parlamento e viu uma deputada transando em cima de uma mesa — mas era com o seu marido. Então, não foi obrigado a matá-los.

Qazi Hanafi tem orgulho do seu poder de persuasão e se gaba de que quase ninguém vai embora depois de um encontro sem ser convertido ao modo dele de pensar. Perguntou se, depois de ouvi-lo falar por duas horas, eu não tinha ficado convencido de como ele estava certo. Respondi que não. Qazi teve dificuldades em acreditar nisso. O embaixador australiano viera fazer uma visita a ele, contou, trazendo consigo a esposa e, depois de algumas horas ouvindo-o, a jovem não apenas estava pronta para se converter ao islamismo, mas provavelmente de se tornar a sua segunda esposa se pudesse. Ele estava tão orgulhoso dessa conquista imaginária que me contou a história duas vezes.

Antes de irmos embora, entregou um exemplar do panfleto sobre a LEVM para o nosso tradutor. "Certifique-se de lavar as suas mãos e fazer a purificação antes de ler isto", avisou Qazi, bastante sério.

Qazi Hanafi não é apenas louco. É bastante respeitado pelos afegãos como ulemá islâmico, por mais duvidosas que sejam algumas de suas afirmações teológicas. Além disso, é poderoso como legislador. É um homem que pratica o que prega; casou a própria filha aos 14 anos, uma violação tanto da LEVM quanto do Código Civil. (Confirmou isso sem se desculpar, dizendo que era suficiente ela ter passado da puberdade, na sua interpretação da lei islâmica.)

Diante da oposição de homens como esse no parlamento, a Afghan Women's Network (AWN), a principal coalizão de grupos de mulheres no Afeganistão, tem uma estratégia bem simples: adiar a votação da

LEVM permanente o máximo possível. "Não podemos tirá-la da pauta, mas podemos movê-la para o fim da fila, e eles discutem tudo aqui por tanto tempo que este mandato [2010 – 2015] vai terminar antes de chegamos a ela",[55] disse Hassina Safi, a diretora executiva da AWN. "E, para o próximo parlamento, temos visto muitos jovens interessados em se candidatar." Em outras palavras: a única esperança da LEVM é o longo prazo: um parlamento futuro em um país que apenas recentemente, no demorado fiasco eleitoral de 2014, demonstrou não ser capaz de preparar uma eleição nacional justa, honesta e democrática. Em vez disso, cambaleou para um exercício de meio bilhão de dólares que foi corrupto, dos dois lados, por chefes militares e antigos jihadistas, com criminosos de guerra e misóginos descarados desempenhando importantes funções.

As defensoras das mulheres esperam que a salvação e a preservação última da LEVM sejam a insistência da comunidade internacional nesse ponto; fazer mudanças drásticas ou repeli-la resultará em grandes reduções na ajuda internacional, e alguns países investidores talvez saiam completamente do país — os europeus em particular são bem firmes quanto a essa possibilidade. Ou, pelo menos, estão jogando duro.

No entanto, isso é uma aposta na qual muitas das líderes afegãs estão começando a perder a fé: o inconstante comprometimento internacional. As afegãs não são mais a causa célebre que eram há alguns anos, quando Hillary Clinton era secretária de Estado e fez o famoso juramento, em 2010, de não decepcionar as mulheres do Afeganistão. "Não vamos abandoná-las. Vamos sempre ficar com vocês", prometera Hillary Clinton na época.[56] Agora, Hillary raramente se encontra com as afegãs, mesmo em particular: poucas delas conseguem visto para os Estados Unidos agora, por conta do receio norte-americano de que elas não retornem ao próprio país. Alissa J. Rubin, do *The New York Times*, autora de muitos artigos sobre a questão das afegãs,[57] disse que Melanne Verveer, embaixadora de Hillary Clinton para assuntos globais no primeiro mandato de Obama, não tinha tempo para discutir o assunto com ela em 2014. Antes de Hillary Clinton, Laura Bush ficou famosa por se tornar o pilar do Conselho de Mulheres Afegãs e Norte-americanas, fundado pelo seu marido, George Bush, e o presidente Karzai, com grande alarde, em 2002.[58] Esse tal conselho acabou, embora a Universidade de

Georgetown mantenha a página do Facebook atualizada, principalmente com postagens de atividades de outros grupos.[59] A presença do conselho na vida pública se tornou mais virtual do que real.

"Trabalhei com mulheres ocidentais de forma bastante intensa durante o regime talibã e mesmo alguns anos depois do comprometimento norte-americano, mas agora tenho visto a diminuição do interesse das ocidentais nos direitos das afegãs", disse Nasrine Gross, socióloga e ativista dos direitos da mulher. "Não ouço a Fundação Maioria Feminista[60] gritando. Não vejo mais as francesas, nem as escandinavas que costumavam ser tão presentes; mulheres que são tão ativas em Nova York; Mulheres de Preto e grupos afins dizendo: 'Queremos que os direitos das afegãs sejam mantidos!' Isso acabou. Agora recebo poucos e-mails das estrangeiras."

"As mulheres não estão mais na agenda de ninguém", declarou Huma Safi, ex-diretora nacional da Women for Afghan Women, que agora trabalha na ONG Equality for Peace and Democracy, um grupo de proteção em Cabul.[61]

"Avançamos bem se olharmos a situação no início de 2001", disse Samira Hamidi, diretora de proteção da ONG Empowerment Center for Women.[62] "Nas grandes cidades, em relação à educação para meninas e à educação superior, o movimento das mulheres é muito forte. Mas será que persistirá? Precisamos nos certificar de o Afeganistão não ser abandonado. E onde está a comunidade internacional agora, para se manifestar sobre os compromissos do governo afegão?"

Em sua pressa de sair, ao final de 2014, a comunidade internacional provou que estava pronta para desculpar todos os fracassos do governo afegão, até mesmo as chamadas "metas difíceis" da Conferência de Tóquio. Uma delas era uma eleição presidencial "confiável e democrática" em 2014. Os Estados Unidos, a União Europeia e as Nações Unidas declararam que o processo foi confiável e democrático, mesmo que os próprios monitores independentes da UE — os mais experientes da área — tenham declarado que três milhões dos oito milhões de votos registrados foram suspeitos[63] e, no final, os resultados foram uma negociação privada entre os candidatos moderada pelos Estados Unidos.[64] Quando o presidente Karzai substituiu, em 2013, alguns membros da Comissão Independente de Direitos Humanos do Afeganistão com chefes militares, misóginos e ex-oficiais do Talibã,[65] a comunidade internacional demonstrou um leve desagrado, mas não ensaiou nenhuma retaliação, embora a independência daquela organização também fosse uma meta difícil de acordo com a Conferência de Tóquio. Quando se trata de condenar o tratamento violento contra as mulheres que ainda está presente, apesar da LEVM, houve apenas o silêncio em casos específicos, além de referências enterradas e que não citam os nomes das vítimas em relatórios e documentos.[66]

Como Shmuley Boteach foi rápido em afirmar, nem sequer uma vez qualquer funcionário do governo, diplomata ou funcionário das Nações Unidas se pronunciou publicamente em apoio a Zakia e Ali, nem antes, nem depois de as acusações criminais serem resolvidas. Ninguém condenou publicamente o estupro da menina Breshna de dez anos pelo seu mulá, nem os relatórios sobre assassinatos em nome da honra contra ela, nem o seu retorno para os pais que juraram publicamente matá-la em 2014, nem o apoio público dos outros mulás ao estuprador.[67] De forma semelhante, nenhum diplomata ou funcionário ocidental se pronunciou sobre a intervenção dos mulás do Conselho Ulemá a favor do apedrejamento de adúlteros até a morte,[68] nem do ataque à deputada Atmar pelo seu marido.[69] Quando a WAW resolveu o longo caso de Soheila, que fora vendida em *baad* antes mesmo de nascer,[70] de modo que pudesse se casar com um homem de sua escolha em vez de um parente idoso, nenhuma embaixada ocidental emitiu uma declaração expressando congratulações, que dirá uma declaração de apoio durante o processo. Quando os funcionários ocidentais no Afeganistão fazem algo para ajudar as mulheres, isso quase sempre é feito em segredo, como se estivessem com medo da resposta dos conservadores afegãos se descobrissem. O principal contratado da USAID para a igualdade entre os sexos e o planejamento do estado de direito no Afeganistão é a International Development Law Organization (IDLO),[71] que recebe dezenas de milhões de dólares do dinheiro dos contribuintes norte-americanos para realizar programas sociais afegãos. A IDLO foi contratada pela embaixada norte-americana para acompanhar o caso de Zakia e Ali e mantê-la atualizada; seus funcionários recusaram meus pedidos para discutir o caso deles e outros semelhantes.[72] A diplomacia pública ocidental e das Nações Unidas em nome das mulheres do Afeganistão se limita a mensagens congratulatórias no Dia Internacional da Mulher e outros eventos planejados e que não provocam controvérsias.

Wazhma Frogh se lembra dos bons tempos, quando viajava cinco vezes para os Estados Unidos, reunindo-se com Hillary Clinton e Michele Obama. Hillary lhe concedeu o prêmio internacional de Mulher de Coragem de 2009, organizado pelo Departamento de Estado.[73] Pendurados na parede do seu escritório na ONG estão a medalha e a carta emoldurada do general John R. Allen, o antigo comandante da Força Internacional de Assistência para Segurança (ISAF, na sigla em inglês) liderada pelos Estados Unidos,[74] agradecendo-a pela ajuda em chamar a atenção dos militares para as depredações do comandante do departamento de policial local em Kunduz, que resultou em uma onda de estupros na comunidade local. (O general Allen admitiu que as tropas de operações especiais da ISAF treinaram a unidade criminosa, mas acrescentou que apenas 4% de tais unidades de policiamento local se envolveram em questão de violência contra os direitos humanos.)[75] A partir daí, outro chefe militar com quem Wazhma Frogh teve problemas, um antigo jihadista que trabalhava bastante próximo das tropas das forças especiais norte-americanas e australianas na província de Uruzgan, ameaçou várias vezes sua vida, e ela não se sente mais uma heroína. Em vez disso, diz que se sente abandonada pelos norte-americanos.

"Nós, mulheres, não temos nenhum outro aliado além do Ocidente, que não é mais um grande aliado", declarou ela. "Dificilmente vemos uma pressão deles. Dois anos atrás, eu era uma voz muito forte, mas agora vejam como fui tolhida. Não apareço mais na mídia local. Parei. Perdi a esperança. Mal encontramos qualquer esperança. Nem tenho mais uma voz."[76]

Após o líder militar começar a ameaçá-la, ela decidiu passar alguns meses nos Estados Unidos até a situação se acalmar. Naquele mês de março de 2014, porém, ela teve o seu visto negado, pois o funcionário do consulado sentiu que não voltaria mais. Talvez ele estivesse certo, embora a sra. Frogh negue isso. "Eles lhe dão um prêmio, mas não lhe dão apoio quando você mais precisa", declarou à imprensa, em março de 2014.[77] "Sempre acreditei que, se o meu governo não me ajudasse, eu sempre poderia buscar ajuda nos Estados Unidos. Nunca pensei que me dariam as costas."

A família da sra. Frogh foi obrigada a apelar para um tradicional *jirga* (reunião com todos os anciãos da aldeia, apenas homens) para a mediação com o comandante *arbakai* de Uruzgan. O conselho ordenou que ela ofertasse a ele cabras e vacas e se desculpasse publicamente. *Arbakai*, os grupos de milícia informal alinhados com o governo e frequentemente usados como Polícia Local Afegã, são conhecidos pelo seu comportamento em relação às mulheres.

"Fui obrigada a me desculpar com alguém que estava arruinando a minha vida e, diariamente, a vida de outras pessoas, inclusive mulheres", disse a sra. Frogh. "Se eu tinha de pedir desculpas para uma pessoa que insulta os nossos direitos e eu conheço a esposa do presidente dos Estados Unidos, que esperança as afegãs em uma aldeia podem ter?" A reclamação da sra. Frogh ainda é ouvida agora entre as líderes do Afeganistão.

Como ela e as outras líderes sabem, muitas de suas conquistas são ilusórias. O Ministério do Interior diz que está orgulhoso, por exemplo, das quatro generais que agora possui; o Ministério da Defesa gaba-se de outras duas. Jamila Bayaz, promovida a general de brigada em 2015, tornou-se a primeira mulher a ser chefe de polícia de uma delegacia, o Distrito Policial 1, em Cabul (onde Ali foi mantido).[78] Substituída após o presidente Ghani assumir o governo, ela continuou tendo o papel de reforçar os esforços do governo para recrutar policiais e soldados do sexo feminino e promover as mulheres em suas tropas. É bem difícil. Tanto a polícia quanto o Exército do Afeganistão tiveram um fracasso abissal em alcançar as metas de alistamento; havia apenas duas mil mulheres na força policial e oitocentas soldadas ao final de 2014,[79] bem abaixo de 1% das suas forças, e, todos os anos desde 2011, o governo diz que planeja aumentar o contingente para 10 mil, e todos os anos fracassa. Recrutar mais mulheres não é importante apenas para os serviços de segurança fazerem coisas como revistar mulheres que talvez estejam usando coletes explosivos, mas também dar às vítimas de abuso alguém que não irá estuprá-las quando forem às delegacias prestar queixas — algo que a maioria das mulheres não faz por medo.

Assim como outras generais mulheres e a maioria das oficiais, a general de brigada Bayaz se alistou na polícia na época comunista — um detalhe que a coalizão internacional, liderada pelos Estados Unidos, e o governo afegão deixam de fora dos seus pronunciamentos brilhantes sobre o sucesso do avanço das mulheres nos serviços de segurança. As declarações oficiais também deixam de fora outras três oficiais de alta patente que fugiram do país nos últimos anos, incluindo a precedente no comando do empoderamento das mulheres e igualdade dos sexos no Ministério do Interior, a general de brigada Shafiqa Quraishi, que fugiu do Afeganistão em 2012, dois anos após Hillary Clinton lhe conceder o prêmio internacional de Mulher de Coragem.[80] A general de brigada Bayaz tinha o cuidado de não mencionar que ela mesma tinha pedido asilo político ao governo do Canadá em 2014, de acordo com diplomatas ocidentais em Cabul.[81]

Bayaz não apenas se juntaria a Fatima Kazimi, a superintendente do Ministério da Mulher que protegera Zakia e depois fugira para Ruanda e, posteriormente, para os Estados Unidos, mas a outras líderes afegãs que desistiram e partiram. Hassina Sarwari, a diretora do abrigo de mulheres em Kunduz, que salvou a vida de Breshna, a menina de dez anos de idade estuprada pelo seu mulá,[82] agora quer fugir para os Estados Unidos e tem conversado com advogados para isso. Implorou para que eu intercedesse na embaixada norte-americana por seu caso, mas, como já vimos, tenho muito pouca influência lá, e eles têm muito pouco interesse em ajudar mulheres sob o risco de ir embora do país. Também está pedindo asilo na Alemanha, e funcionários da embaixada em Cabul estavam conversando com ela no fim de 2014. O caso mais famoso de desaparecimento entre ativistas dos direitos da mulher no Afeganistão é, obviamente, o de Malalai Joya, a mulher que eletrizara as audiências com sua forte oposição aos patriarcas do seu país em 2002. Ela mora no Canadá e visita o Afeganistão em segredo de vez em quando, mas raramente aparece em público. Ela se nega a ser entrevistada pessoalmente ou por telefone e só responde às perguntas por e-mail por "motivos de segurança", de acordo com uma fonte anônima, a qual pode ser contatada pelo seu site, que diz ser secretário(a) dela.[83] A sra. Joya foi citada dizendo que é casada, mas não pode revelar o nome do marido para segurança dele.[84] Ela não é mais militante política no próprio país, onde foi esquecida. A deputada do parlamento que fora espancada pelo marido, sra. Atmar, fugiu para a Índia, onde pediu asilo a um terceiro país, mas, até o momento, não foi bem-sucedida. É possível haver agora mais ativistas afegãs dos direitos da mulher fora do país do que dentro, uma tendência que seria ainda maior se a maioria das embaixadas ocidentais não tivesse parado de conceder vistos para as líderes afegãs — o índice de vistos negados pelas embaixadas da América do Norte e da Europa atualmente é de mais de 90%.[85] A general de brigada Bayaz disse que teve o visto negado em agosto de 2014, por exemplo, para participar de um simpósio internacional organizado pelo governo canadense sobre o aumento da participação das mulheres nas forças policiais de países em desenvolvimento; apesar do seu papel como garota-propaganda para esses esforços no Afeganistão, os canadenses provavelmente estavam cientes de que ela planejava pedir asilo e nunca mais voltar. A chefe de comunicação na embaixada norte-americana em 2013, a romancista Masha Hamilton, deu o tom quando argumentou que, se continuassem a ajudar as mulheres a deixarem o país,[86] não sobraria ninguém para mudar as coisas. Essa é uma atitude que está embutida na política de concessão de vistos agora, porém não mais acompanhada pelo tipo de defesa e ativismo em nome das afegãs que os Estados Unidos e seus aliados outrora praticaram.

Por quase todas as medidas, as conquistas da comunidade internacional em nome das afegãs são decepcionantes, principalmente considerando a escala de investimento financeiro e as promessas arrebatadoras feitas em 2002.

Números oficiais, que são muito exagerados, dizem que cerca de 2,5 milhões de meninas estão na escola, o que não acontecia no fim da era talibã.[87] Mesmo que esse número esteja correto, isso representaria apenas 37% dos alunos. Dessa forma, a presença de meninos é quase o dobro da de meninas. Metade das meninas matriculadas vai parar de estudar quando chegar à puberdade, em geral no sétimo ano, principalmente porque será obrigada pelas famílias. Como resultado, a cada ano, depois do sétimo ano, o número de meninas que permanece nas escolas é de apenas 10%, de acordo com dados da USAID. Eu me lembro claramente de uma visita guiada em uma escola de Cabul, Escola Sardar de Ensino Médio para Meninas de Cabul, construída pela USAID a um custo de 27 milhões de dólares (em um país onde uma escola adequada e resistente aos rigores do clima para mil alunos pode ser construída por meio milhão de dólares), e visitando uma sala com trinta ou quarenta meninas do 12º ano. Perguntamos quantas delas queriam ir para a faculdade, e quase todas ergueram as mãos; isso não foi surpresa, considerando o que esses 10% das meninas devem ter enfrentado até aquele momento para chegarem tão longe. Então perguntamos quantas meninas teriam a aprovação da família para irem para a faculdade, e todas as mãos se baixaram, exceto três.

"Todos os principais indicadores continuam mostrando um padrão consistente de 'desempoderamento' das mulheres em quase todas as dimensões de suas vidas, e o Afeganistão continua sendo um dos piores países do mundo para se nascer mulher", declarou a ONU Mulheres (anteriormente UNIFEM) em 2014.[88] A proporção de mulheres analfabetas continua discrepante: 87,4% de mulheres contra 56,9% dos homens. Até mesmo entre mulheres entre 15 e 24 anos, que teriam ido à escola após o fim do regime talibã, quando as escolas, em tese, estavam disponíveis para elas, o analfabetismo continua na casa dos 80%.[89] Apesar de todo alarido sobre escolas de meninas, o número médio de anos de estudo para afegãs é de sete. (Com base em dados de 2011, os últimos disponíveis; talvez isso tenha melhorado, mas não muito.) Em muitas regiões, a qualidade da educação é tão baixa que, mesmo depois de sete anos de estudo, os alunos podem deixar a escola como analfabetos funcionais, mal capazes de assinar o próprio nome.

Outros indicadores são ainda piores. De acordo com o índice de desigualdade entre os sexos do Programa de Desenvolvimento das Nações Unidas, em 2013 o Afeganistão foi considerando o 169º pior país do mundo para ser mulher, entre 187 países estudados.[90] No ano anterior, ocupara a 149º posição; então, em 2014, caiu ainda mais 26 posições. "Ainda não é o pior país do mundo para ser mulher", disse o embaixador ocidental em Cabul, Franz-Michael Mellbin, da União Europeia: "Este é o Iêmen." Até mesmo isso é discutível, mas ainda não é uma conquista, considerando a pouca ajuda internacional que o Iêmen recebeu em comparação ao Afeganistão. A taxa de natalidade no Afeganistão é uma das maiores do mundo entre mulheres menores de idade (86,8%) e a mortalidade materna é de 460 por cem mil nascidos vivos,[91] uma taxa que não é observada nos países desenvolvidos há dois séculos.[92] A vida das afegãs não apenas é horrível, mas também curta; a expectativa de vida de uma afegã é 44 anos, contra 48 dos homens, de acordo com a

ONU Mulheres,[93] uma diferença significativa, considerando que houve guerras pelos últimos 35 anos e quase todos os combatentes são homens. Ainda assim, a expectativa de vida das mulheres é menor. Baixas civis, incluindo mulheres, foram altas, mas nunca tão altas quanto às entre combatentes). Esse é o estado das coisas após 14 anos de forte intervenção internacional, 104 bilhões de dólares em ajuda de desenvolvimento só dos Estados Unidos até 2014, grande parte destinada a programas para mulheres e igualdade entre os sexos. Considerando o investimento militar, o qual também tinha aspectos generosos em relação à igualdade de sexos, os Estados Unidos[94] gastaram mais de um trilhão de dólares no Afeganistão, entre 2002 e 2014.[95]

Quando o general David H. Petraeus dirigia a Guerra do Afeganistão, ele gostava de dizer que as conquistas militares norte-americanas no Afeganistão eram "significativas, mas frágeis e reversíveis".[96] Pode-se dizer o mesmo em relação às conquistas para as afegãs, embora talvez "significativas, mas decepcionantes, extremamente frágeis e facilmente reversíveis" seja uma descrição mais precisa.

Muitas ativistas afegãs dos direitos da mulher chegaram à conclusão que agiram equivocadamente ao dependerem da comunidade internacional para salvá-las da própria sociedade. Em suas vidas pessoais, as ativistas dos direitos da mulher, como a sra. Frogh, continuam prisioneiras da própria família e dos homens, que conduzem suas vidas. "Foi um erro que cometemos", disse ela. "Não houve um movimento de mulheres para mudar o que acontece dentro de casa. Não conseguimos mudar as relações e diferenças de poder dentro das nossas famílias; então vivemos um tipo de papel duplo. Fora de casa, somos ativistas pelos direitos da mulher. Em casa, ocupamos um lugar bem diferente. Em geral, um lugar onde somos espancadas pelos maridos, vítimas de violência, não importando quem sejamos."

"As ativistas pelos direitos das mulheres sofrem muito", declarou a sra. Koofi.[97] "Ou não são casadas, como eu" — ela é viúva —, "ou têm uma vida confusa com um peso enorme sobre os ombros. Aumentamos a consciência das mulheres quanto aos seus direitos, mas não os padrões de suas vidas."

Para a maioria das afegãs, deixar o país não é uma opção, a liberdade é relativa; condições melhores são ficção, e a eliminação da violência contra elas é mais um desejo do que uma lei. Zakia, até agora, teve mais sorte do que a maioria das afegãs, que não consegue quase nenhuma proteção legal prática com a LEVM,[98] e a maioria tem vidas que não foram nem um pouco afetadas pelo trilhão de dólares de investimento internacional no país.

Casos mais comuns são de mulheres como Fatima, de 26 anos.[99] Em 2014, o advogado de Cabul, Sher Saeedi, pegou o seu caso, que foi encaminhado a ele por amigos de amigos. Fatima teve seis filhas, a mais velha com 11 anos, e nenhum filho. A cada nova menina, o marido a espancava por ter fracassado a lhe dar um filho — existe uma crença difundida no Afeganistão de que as mulheres podem controlar o sexo dos bebês, ou que os homens que não conseguem filhos têm algum tipo de defeito.[100] "As pessoas dizem que, se você não tem um filho varão, é porque não é homem o suficiente para fazer um", explicou o sr. Saeedi. Por fim, Fatima deixou o marido violento. O sr. Saeedi se envolveu no caso quando o marido exigiu o direito de ficar com a menina mais velha e casá-la com alguém para que pudesse ficar com o dote. O sr. Saeedi disse a Fatima que ela perderia se o caso fosse a julgamento, mesmo na cidade de Cabul — "sempre dão ganho de causa para os homens nos casos de custódia" — e a aconselhou a fugir e se esconder com as filhas.

"Existem muitas mulheres no país cuja única coisa que já viram é o interior da casa dos pais, até se casarem. Aí a única coisa que passam a ver é o interior da casa do marido, até morrerem. Então, a única coisa que verão é o interior de um caixão", declarou o sr. Saeedi. "Tudo o que irão conhecer é a casa em que nasceram, a casa em que morrerão e o túmulo em que serão enterradas."

APÊNDICE II

OUTRAS BATALHAS NA GUERRA DOS SEXOS NO AFEGANISTÃO

O ESTUPRO DE BRESHNA

Até mesmo para os padrões da misoginia afegã, o estupro da menina Breshna, de dez anos, pelo seu mulá causa espanto, e não apenas por causa da brutalidade do crime.[1] A família da menina planejou assassiná-la em nome da honra; o mulá se declarou inocente afirmando que a relação sexual com a menina tinha sido consensual e, logo após, tentou uma manobra para se casar com ela a fim de que pudesse sair da cadeia; a garota foi resgatada e colocada em um abrigo, mas, depois, foi ordenada sua devolução à família, apesar da ameaça de assassinato. Outros mulás tentaram aumentar a idade da vítima para tentar diminuir o crime. Quando tudo isso veio a público, a defensora dos direitos da mulher que protegeu Breshna sofreu ameaças do gabinete do novo presidente afegão, Ashraf Ghani, e foi ordenada a parar de envergonhar o país por causa do estupro de Breshna.

A menina foi resgatada pela WAW, que administra um abrigo na cidade de Kunduz, no norte do país. Durante a maior parte da guerra, a província de Kunduz foi um território governamental, com alguma presença talibã nos distritos mais remotos. Em meados de 2014, 90% da província era dominada por rebeldes, e, até mesmo a cidade de Kunduz, sua capital, tornava-se um lugar perigoso depois do anoitecer, tendo quase caído nas mãos dos rebeldes em 2015.[2] Quando visitei o local em 2014, a dra. Hassina Sarwari, uma pediatra que dirigia o abrigo da WAW, e sua colega, Nadera Geyah, a chefe da divisão do Ministério da Mulher na província, contaram-me em detalhes o que havia acontecido com Breshna.[3] Na época, ela estava no abrigo em Kunduz, mas logo seria transferida para Cabul a fim de receber tratamentos médicos mais avançados.

A menina era da aldeia de Alti Gumbad, na região Uzbeque que, no verão de 2015, estava sob domínio do Talibã; os antigos líderes políticos eram da Polícia Local Afegã, milicianos pró-governo. Muitos deles tinham sido do Talibã. A dra. Sarwari relatou que, em Alti Gumbad, eles eram *arbakai* durante o dia e talibãs à noite. Assim como muitas outras unidades desse tipo por todo o Afeganistão, os *arbakai*, geralmente chamados Polícia Local Afegã, foram treinados pelas operações especiais da Força Internacional de Assistência para Segurança (ISAF, na sigla em inglês), ou pelas tropas das forças especiais (nessa região, às vezes por alemães, mas, na maior parte das outras regiões do país pelos norte-americanos) como uma solução oportuna para aumentar o efetivo antitalibã.[4]

Assim como muitas crianças da sua idade, Breshna tinha aulas sobre o Corão na mesquita local da aldeia; eram aulas mistas, já que as crianças eram jovens demais (a segregação na sala de aula por sexo só acontece depois da puberdade). Depois da aula do dia primeiro de maio de 2015, o mulá Mohammad Amin pediu que ela ficasse até mais tarde para varrer o chão da mesquita enquanto as outras crianças iam embora. Quando a garota se recusou e saiu correndo, ele a perseguiu, a agarrou e a arrastou até os fundos do templo. O mulá Amin a levou até a parte mais sagrada da mesquita, o mirabe, o pequeno nicho que aponta na direção de Meca, onde o imame costuma se postar para liderar os a congregação durante as orações. Ele desenrolou seu turbante branco, um traje clerical que demonstra o seu trabalho religioso, e a amarrou com ele.

"A menina disse que gritou com ele: 'O senhor não tem medo de Deus? Deus está vendo o senhor, e, se o senhor não tem medo de Deus, o não teme os Corões?'", contou a dra. Sarwari, relatando a história que ouvira de Breshna. (Uma cópia do interrogatório policial de Breshna obtido posteriormente confirma a versão dela). Breshna se referia aos livros sagrados empilhados para a congregação. "E ele disse: 'Neste momento, não tenho medo de nada.'" O estupro foi tão brutal que causou uma fístula retovaginal — uma ruptura da parede que separa o reto e a vagina — e a menina começou a sangrar muito, tanto de acordo com o seu relato quanto com a confissão posterior do mulá. Ele a obrigou a se vestir e terminar de varrer o chão da mesquita e, depois, a mandou de volta para casa. A criança estava aterrorizada demais para contar o que tinha acontecido — o mulá ameaçara matar toda a família da menina se ela contasse algo. Quando Breshna começou a sangrar em casa, a mãe achou que a filha tinha começado a menstruar cedo demais e a levou para o hospital em Kunduz. Não demorou muito para os médicos perceberem que ela havia sido estuprada. Uma fístula como aquela era um ferimento perigoso com risco de morte; a menina perdera tanto sangue que precisou de uma transfusão. No leito do hospital, Breshna contou para a mãe e para os médicos o que tinha acontecido com ela.

O mulá foi preso e logo confessou — mais ou menos. Sua defesa foi a declaração clássica de que o sexo fora consensual. Que a menina pedira e queria e até tinha gostado. Que ele achara que Breshna tinha 12 anos — uma idade que os outros mulás aumentariam mais um pouco em um esforço de livrar o clérigo da responsabilidade. A seguir, a declaração do procurador-geral, resumindo a confissão:

> Mohammad Amin, profundamente ciente do que estava fazendo, transformou em piada a crença das pessoas em mulás e professores e menosprezou a fé, a confiança e a religião das pessoas ao cometer um estupro em um lugar de oração. Além do estupro e da infâmia, Mohammad Amim confessou que costumava beijar e abraçar a menina com frequência, o que não tem desculpa. Ele também declarou em seu depoimento que, quando a estava penetrando, ela dizia "*ah, ah*". Isso revela que esse monstro não é apenas culpado pelo que fez, mas que gostou de ter feito.

Trata-se de uma história de uma conduta criminosa depravada que poderia acontecer em qualquer lugar, em qualquer cultura. Mas havia muitos elementos "com a cara do Afeganistão", que conferiram ao caso um significado ainda maior. A dra. Sarwari foi ao hospital no dia seguinte ao estupro, entrou no quarto da menina e se deparou com a mãe ajoelhada ao lado da cama, e as duas estavam chorando. "Minha filha, que a poeira e o solo a protejam agora. Vamos arrumar uma cama assim para você. Vamos mandá-la para o cemitério, onde você vai ficar segura." A mãe explicou para a dra. Sarwari que eles não tinham escolha, que o marido estava sendo pressionado pelos outros aldeões para apagar aquela vergonha comunitária matando a menina.

No mesmo dia, Nadera Geyah, do Ministério da Mulher foi ao hospital e se deparou com uma multidão de homens zangados aguardando do lado de fora, inclusive o pai da menina, dois irmãos e dois tios. Dentro do hospital, ela se encontrou com a tia da menina. A sra. Geyah é uma mulher prática e dura e logo fez a tia confessar o que já suspeitava: que fora enviada ao hospital para levar a menina para fora, apesar do seu estado de saúde. "Todos estavam se concentrando na vingança. Querem matar a menina e o mulá. Não têm os meios para matar o mulá, e há muitos poderosos por trás dele. Então, sabem que não poderão fazer nada contra ele", disse a sra. Geyah. O plano deles era matar a menina assim que conseguissem tirá-la do hospital e jogar o seu corpo no rio, segundo a secretária do Ministério.

"A pobre mãe devia estar sob muita pressão", disse a dra. Sarwari. "Ela não pode fazer nada. É uma afegã. Não tem direito a opinar em nada."

"A menina é alvo fácil — podem pegá-la, é a filha deles", disse a sra. Geyah. "Acham que podem lavar a vergonha com sangue ao matá-la. Tudo se resume à honra. Acreditam que ela trouxe vergonha para a família e, só ao matá-la, poderão se livrar da vergonha. Ela é apenas uma criança. Está doente e vulnerável, e ninguém liga. Tudo se resume à honra. A própria mãe da menina disse: 'Vamos estrangulá-la no hospital e dizer que ela morreu lá.'"

Quando perceberam o que estava prestes a acontecer, tanto a dra. Sarwari quanto a sra. Geyah decidiram que a única forma de proteger a menina era não apenas colocá-la sob a proteção do abrigo, assim que saísse do hospital, mas levar a história a conhecimento público. E foi o que fizeram, inicialmente, na mídia afegã. A história se espalhou pelo país e, depois, pelo mundo, quando escrevi um artigo para o *Times*. A reação foi intensa e injuriosa. A dra. Sarwari contou que recebeu ameaças de morte de mulás, muitos simpatizantes do Talibã — depois descobriu-se que Mohammad Amin apoiava os rebeldes. Um dos temas comuns das suas pregações era o mal provocado pela educação ocidental, referindo-se à educação das meninas. "Ligam para mim, me xingam e me ameaçam de morte, a mim e à minha família, e dizem que sabem onde eu moro", conta a dra. Sarwari. Justificam isso dizendo que a menina já tinha idade suficiente para consentir, e começaram a dizer que tinha 17 anos e não dez.

As duas ativistas partiram para o contra-ataque e, em reuniões com a polícia e os funcionários judiciais em Kunduz, tiraram fotos da menina para mostrar a todos. Ela é uma menina adorável, com cabelo negro e traços delicados, e obviamente uma criança. Ainda não menstruara, não tinha nenhum sinal de qualquer característica sexual, e a equipe forense do hospital confirmou que a criança tinha aproximadamente dez anos. Assim como muitas afegãs, Breshna não possuía certidão de nascimento ou qualquer outro documento para comprovar a idade.

Breshna era tão pequena que era difícil alguém acreditar que pudesse ter mais de dez anos, idade confirmada pela mãe. A dra. Sarwari disse que a menina pesava apenas 18 quilos na época e estava bem nutrida, saudável e com tamanho normal para a faixa etária.

Os mulás voltaram atrás e começaram a diminuir a idade dela, de 17 para 13, mas empacaram na campanha de justificativa. Quando conversei com Maulawi Faiz Mohammad, presidente do Conselho Ulemá de Kunduz, um órgão semioficial sancionado pelo governo que inclui todos os mulás na província, ele disse que os clérigos não estavam tentando justificar o que Amin fizera. Ele questionou se Amin era um mulá de verdade — a polícia respondeu que não havia a menor dúvida quanto a isso —, e se o que ocorrera realmente tinha sido um estupro. "Até dissemos que a punição dele devia ser o dobro da destinada a pessoas comuns, por ser um crime tão hediondo, declarou o sr. Mohammad, quando abandonou a tática de que Amin não era um mulá. "Quero dizer para as pessoas que os mulás não são monstros lascivos."

Mas ele prosseguiu: "Estamos em contato com o juiz que vai liderar as audiências deste caso. De acordo com ele, a menina não tem dez, mas sim 13 anos de idade. Ela é mais madura que os grupos de direitos da mulher alegam. Além disso, o juiz Mohammead Yaqub disse para uma reunião de ulemás e jornalistas que não se tratava de um caso de estupro, mas sim que envolvia sexo consensual. Ele disse que a menina tinha algum tipo de caso com o imame, que aquele caso deveria ser tratado não como estupro, mas sim como um caso de adultério. Nunca tentaremos defender um criminoso, independentemente de quem ele seja, porém a verdade deve ser dita, e as alegações devem ser recusadas e retiradas. O motivo pelo qual os grupos de direitos da mulher alegaram que ela teria dez anos e que teria sido estuprada por um imame foi difamar os clérigos e o ulemá."

Nem mesmo no Afeganistão, em termos legais, sexo com uma criança pode ser considerado consensual, e mesmo que Breshna tivesse 13 anos ela ainda teria três anos a menos do que a idade de tolerância.[5] Casamentos entre meninas e homens mais velhos podem até ser uma prática comum, mas também é criminosa, contra a charia e a lei civil. Além disso, é difícil imaginar um ato consensual que resulte em ferimentos tão graves.

A polícia de Kunduz não tinha a menor dúvida quanto à segurança de Breshna e concordou em permitir que a dra. Sarwari levasse a menina para o abrigo da província para protegê-la da ameaça de assassinato em nome da honra feita pela própria família da garota. "Não vamos devolvê-la, a não ser que a família dê 100% de garantia de que não vai machucá-la", afirmou o coronel Waisuddin Talash, chefe da Divisão de Investigação Criminal da Polícia de Kunduz, que confirmou que a idade da vítima, dez anos, não tinha como ser refutada nesse caso tão sério. "A vítima é uma criança. Nem sabe de nada", declarou ele. "Não havia amor envolvido, nem tentação. Ela não cometeu nenhum erro; é apenas uma vítima." Alegações do contrário, disse ele, eram apenas um produto "de pessoas ignorantes, retrógradas e desinformadas" e não a opinião de afegãos típicos e educados. Ele mesmo tinha duas filhas, contou o sr. Talash. Perguntei-lhe o que faria se uma delas fosse estuprada. Disse que jamais permitiria que fossem punidas de qualquer forma. O coronel pareceu sincero — com uniforme bem passado; e aparência bem cuidada; com paredes cheias de retratos de vários oficiais da ISAF, oficiais alemães da *Bundeswehr* (Kunduz era a região de operações alemã durante a maior parte da guerra) etc.

O relatório oficial do procurador-geral dizia que o mulá Amin propusera uma solução para toda a questão. Ele simplesmente se casaria com Breshna. "Depois ele disse que mataria a minha família se eu contasse o que tinha acontecido", contou a menina aos promotores. "Falou que, quando eu chegasse em casa, deveria dizer para a minha mãe que queria me casar com o mulá."

"Isso nunca vai acontecer", afirmou o coronel Talash. Em muitos casos de estupro no Afeganistão é exatamente isso o que acontece, como uma alternativa para resolver a questão da honra para a família da vítima, algo que as ativistas dos direitos da mulher chamam de "prática habitual e abusiva" — ilegal, mas tradicional e comum. O caso da menina Gulnaz, que agora vive com o seu estuprador, é apenas outro exemplo.[6] Às vezes, isso é considerado um ato de bondade em relação à vítima, porque faz com que a família não tenha mais a obrigação social de matá-la. Mesmo no Afeganistão, porém, essas práticas costumam ser impostas às vítimas mais velhas, mas por pouco não se aplicam a meninas de dez anos.

Não podiam permitir que víssemos Breshna no abrigo por causa das convenções sociais — em geral, não se permite que homens entrem em abrigos para mulheres — e, de qualquer forma, ela estava prestes a ser transferida para Cabul para tratamento médico. Fístulas exigem uma cirurgia especializada, e não havia ninguém em Kunduz qualificado para isso. Não tinha certeza se eu ia querer fazer essa entrevista. A menina era tão jovem — a dra. Sarwari me mostrou a foto dela em seu laptop — e já havia passado por tamanho trauma.

Breshna logo seria enviada para o Hospital Internacional CURE, uma instalação em Cabul especializada em medicina da mulher e saúde materna, que contava com cirurgiões obstetras norte-americanos que conheciam o procedimento de restaurar fístulas.[7] Esse era o único lugar do país onde havia cirurgia especializada para casos ginecológicos e obstétricos.

As duas ativistas em Kunduz já estavam sob muita pressão na própria comunidade, e a notícia de que Breshna seria transferida para Cabul só serviu para aumentar ainda mais as tensões. Seu caso havia inflamado não apenas os mulás em Kunduz, mas também o Talibã, que dominava a aldeia de Alti Gumbad, a qual ficava apenas a uma curta distância de carro da cidade de Kunduz. A família da menina recrutou não apenas milicianos da Polícia Local Afegã para ameaçar os grupos de defesa das mulheres em Kunduz, mas também o Talibã. A dra. Sarwari nos mostrou um celular cheio de mensagens de texto com ameaças de morte de um comandante da PLA em Alti Gumbad. A família da menina presumiu que transferir Breshna para Cabul significava que a WAW mandaria a garota para os Estados Unidos. "O cunhado da menina ligou e disse que é nossa responsabilidade impedir que os norte-americanos a levem para Cabul e para os Estados Unidos", contou a dra. Sarwari. "As pessoas conhecem esse posto como um de responsabilidade dos norte-americanos. Acham que o abrigo é um posto norte-americano. Não há funcionários norte-americanos em nenhum dos abrigos da WAW, embora a maior parte do financiamento do grupo venha dos Estados Unidos."

"Estão sempre nos xingando", continuou a dra. Sarwari. "Eles dizem: 'Assim que os seus maridos norte-americanos deixarem o Afeganistão, faremos o que quisermos com vocês.' Sabem onde moramos e como vivemos."[8]

Um mês depois, em junho de 2014, quando pensávamos que o caso de Breshna não poderia ficar pior, o governo ordenou que ela fosse devolvida à família, aos pais e tios que planejavam sua morte. Dra. Sarwari nos ligou para dar as más notícias, e estava perturbada com o triunfo da família. Na época em que isso aconteceu, Breshna estava longe do alcance da família. Ela fora levada para Cabul, mas o CURE não estava capacitado para lidar com a complexidade do ferimento dela. Então, a Women for Afghan Woman tomou as providências para levá-la discretamente para a Índia a fim de que ela fosse operada lá. Em julho, ela voltou. Estava morando no abrigo em Cabul para se recuperar quando o tribunal ordenou que ela fosse devolvida a família. "É uma menina alegre e corajosa", disse Kimberley Motley,[9] uma advogada norte-americana que trabalha para o grupo no seu escritório em Cabul. "Ela é muito forte para conseguir ter sobrevivido a tudo o que lhe aconteceu."

No depoimento que prestou para os promotores, quando a interrogaram depois do estupro, Breshna os repreendeu dizendo o que achava que deveria acontecer com o criminoso. "Como o mulá Mohammad Amin me estuprou brutalmente e dentro de uma mesquita, peço ao governo que lhe dê a pena mais pesada, que é o apedrejamento. Se isso não for possível, peço que o governo faça um tipo de operação para torná-lo eunuco e não poder fazer isso com mais ninguém e ensinar uma lição para todos os outros", contaram os promotores.

"A menina estava em contato constante com a mãe e, da última vez, com o tio", contou a dra. Sarwari. "A família estava reclamando de que ela não estava no Afeganistão. Então, enviei o número de telefone do tio para o escritório em Cabul para que a garota pudesse conversar com eles. Ela conversou com a mãe e disse que estava feliz no abrigo. No entanto, a mãe não pode contar para os homens da família que a menina está feliz e não quer voltar. E ela sente falta da mãe. No caminho de Kunduz para Cabul, ficava repetindo que gostaria que a mãe estivesse lá com ela.

"Ela sofreu um trauma. E não queremos contar para ela. Breshna não sabe o que a espera quando voltar para Kunduz", explicou a dra. Sarwari. "Quando estava saindo de Kunduz, disse que se lembrava de que, após o pai descobrir que ela havia sido estuprada, o pai começara a bater muito na mãe. Ele chegou a bater nela no hospital, culpando-a pelo que tinha acontecido com Breshna. E dizendo isso para a família e para ela: 'Eu sou um camponês, estava trabalhando no campo. Você estava no comando de tudo em casa. Como você pôde permitir que ela fosse para a mesquita? Por que você não a acompanhava e monitorava tudo?'"

Ninguém no abrigo tinha coragem de contar que a família planejava matá-la. Ela provavelmente era pequena demais para compreender a importância das palavras da mãe à beira de seu leito no hospital no dia do estupro, que ficaria quentinha e confortável no túmulo; talvez a garota tenha chorado juntamente com a mãe por compaixão ao seu luto; talvez tenha achado que morreria por causa dos ferimentos. Talvez nunca lhe tenha passado pela cabeça que corria um perigo mortal por causa da própria família ou, se tivesse, ela suprimira qualquer lembrança disso.

"O comandante *arbakai*, Nezam, veio junto com todos os anciãos de Alti Gumbad até o gabinete do governador e lhe disse que, se o abrigo não trouxesse a menina de volta, fariam um ataque a ele", disse a dra. Sarwari. Desejando manter a paz em uma comunidade cujo controle alternava entre rebeldes e milícias pró-governo, o governador apoiou a exigência e, assim, os promotores e a polícia aprovaram a devolução de

Breshna para a família. O pai da menina procurou a dra. Sarwari no abrigo de Kunduz e lhe entregou uma carta formal assinada pelo tribunal, exigindo a devolução da filha. "Disse que montaria uma tenda em frente ao abrigo e moraria lá e que todos os aldeões estavam atrás dele e de sua família e queriam matá-lo, assim como a sua esposa e seu filho, porque a família deles havia causado grande vergonha à aldeia", disse a advogada.

"Depois que ele foi embora, recebi uma ligação do comandante Nezam. Estava gritando e berrando e me acusou de ter vendido todo o *nang* e *mamus*, a dignidade e a honra da aldeia para os norte-americanos. Exigiu que eu lhe entregasse a menina. Respondi que ele não era parente e que eu nunca lhe entregaria a menina. Disse que, a não ser que o pai de Breshna nos pedisse que a levássemos a um tribunal, não a entregaríamos para ninguém mais. Também disse a ele que não havia chances de entregarmos Breshna para a família porque descobrimos que o tio dela viera do Irã especificamente para matá-la. Ele ficou tão zangado que jurou me destruir. Falei que eu era uma mulher e que ele não deveria exibir sua masculinidade para mim. Se ele quisesse provar isso, deveria mostrar para um homem. Ele me enviou uma mensagem de texto dizendo que, se eu quisesse continuar a viver, não deveria mais sair de casa. Saí da minha casa e estou morando com os meus pais agora."

Então, a dra. Sarwari recebeu um golpe inesperado. Sua colega na Secretaria da Mulher, Nadera Geyah, decidira que já tinha feito o suficiente, não apenas pelo caso de Breshna, mas também por causa de todas as ameaças que estava sofrendo do Talibã em outro caso de violência contra a mulher, e porque os rebeldes tinham acabado de assumir o controle da região em que morava, o distrito de Dashte Archi. "Ela já estava sob bastante pressão há um bom tempo — o madraçal das meninas em Kunduz e muitos outros casos. Ela não conseguia mais aguentar. Mudou-se com toda a família para Cabul. O Ministério a ajudou a conseguir um novo emprego em Parwan."[10]

"Ela foi embora, e agora sou a única pessoa entre todos esses homens e as mulheres em nosso abrigo. Não sei o que vai acontecer com essas meninas[11] se eu também as abandonar", disse a dra. Sarwari. "Estou muito confusa e cansada de toda essa pressão. Acho que não serei capaz de aguentar por muito mais tempo. Se eu tivesse condições financeiras, eu já teria deixado a província há muito tempo."

A ONG Women for Afghan Women não teve escolha, a não ser devolver a menina para a família. A lei estava do lado da família; eles nunca haviam sido condenados por violência contra a filha ou de conspirar para isso.

Quando ligamos para falar com o chefe da Divisão de Investigações Criminais em Kunduz novamente, o coronel Talash, aquele que prometera que a menina jamais voltaria para as mãos da família que conspiraram abertamente para matá-la, ele não estava disponível; falamos com um porta-voz. "Entregamos a menina estuprada para a família com o consentimento dela, como era de sua vontade", declarou o porta-voz da polícia, Sayed Sarwar Hussaini. "O pai da menina exigiu que a polícia devolvesse sua filha e, com a aprovação do gabinete do procurador-geral, foi o que fizemos. Também recebemos garantias da família da menina de que ela não será ferida." Além disso, um tio materno da menina, assim como um aldeão amigo, empenharam seus pequenos negócios como garantias de que a família não machucaria Breshna. "É o trabalho da polícia se certificar de que todos estejam seguros, e temos uma responsabilidade de proteger essa menina", disse o sr. Hussaini. "A não ser que tivéssemos certeza, jamais a teríamos entregue à família. Se qualquer coisa acontecer com ela, encontraremos os fiadores e investigaremos o caso. Não teriam dado garantias se tivessem a intenção de fazer alguma coisa contra ela."

A dra. Sarwari acolheu a promessa da família de que permitiriam que assistentes sociais da Women for Afghan Women visitassem regularmente a menina para monitorar sua segurança e que pudessem conversar periodicamente com ela. A WAW pediu que Kim Motley[12] se envolvesse em nome de Breshna. Kim conseguiu convencer o gabinete do procurador-geral em Cabul a transferir o caso de estupro de Kunduz para Cabul, onde seria muito mais difícil para as forças locais da província interferirem em nome do mulá. Paradoxalmente, ela só conseguiu fazer isso porque o estupro não é considerado crime no Código Penal afegão. Nas zonas rurais, entre as quais Kunduz, os juízes locais não conheciam bem a LEVM ou eram indubitavelmente contra ela por considerarem-na anti-islâmica, e era bastante improvável que a aplicassem. Kim conseguiu, então, convencer o promotor no comando da equipe da LEVM, Qudsia Niazi, a ordenar que o caso do mulá fosse transferido para Cabul para que pudesse ser julgado de acordo com a LEVM. No entanto, ela não conseguiu impedir que a menina fosse devolvida para a família.

"Ela chorou em todos os dias que permaneceu no abrigo. Só tem dez anos e queria a mãe", explicou Kim. "Estão tentando arduamente protegê-la, e você não pode acusá-los por isso — fizeram um excelente trabalho. Mas, em algum momento, não é mais possível manter a menina longe dos pais, ou isso seria considerado sequestro."

Posteriormente, naquele verão, a dra. Sarwari telefonou para informar que o pai de Breshna havia decidido não permitir que a filha viajasse para Cabul para testemunhar contra o mulá Amin. Ela investigou mais a questão e conversou com uma advogada de um grupo local de direitos humanos que visitara o mulá na prisão antes de ele ser transferido para Kunduz. Disse que ele tinha feito um acordo com a família. Retirariam as queixas contra ele, e este se casaria com Breshna. Como pagamento para a família, o mulá daria a sobrinha de 13 anos em *baad* para um dos homens da família. Em outras palavras, outra menina inocente acabaria pagando pelos crimes do mulá. "Perguntei ao chefe da prisão se realmente houvera tal negociação, e ele respondeu que o mulá também lhe dissera isso", contou a dra. Sarwari. "O pai disse que não permitirá que a filha testemunhe. Mas não vamos desistir. Vamos pressionar a polícia e os promotores para prosseguirem com o caso." Como o mulá já tinha confessado o crime, o testemunho da menina não era necessário para a promotoria prosseguir, embora fosse útil — principalmente para convencer o tribunal da seriedade do crime cometido quanto à idade da vítima. Com a permissão da chefe, a dra. Sarwari se ofereceu para pagar as despesas de viagem da menina e da sua família para que fossem ao julgamento. O pai ficou em dúvida, mas o caso ficou famoso no país e ele acabou cedendo à pressão do público e concordou que a menina testemunhasse.

"Não me surpreende", disse Wazhma Frogh, ativista dos direitos da mulher, reagindo à situação. "Em alguns casos, as mulheres são obrigadas a se casar com seus estupradores." Ainda mais comum é que a vítima de estupro seja acusada de adultério, assim como o estuprador, como se cada uma das partes tivesse cometido um crime de igual gravidade. Um relatório sobre a implementação da LEVM, datado de dezembro de 2013, diz que, "como não existe uma definição de estupro no Código Penal, as vítimas de estupro são acusadas de *zina* e se tornam vítimas novamente quando são obrigadas a se casar com o homem que as estuprou.¹³ "Este crime horrendo é uma ocorrência diária por todo o país. É um problema de direitos humanos de profundas proporções. Mulheres e meninas correm o risco de serem estupradas em casa e nas suas comunidades, em instalações de detenção e como resultado de práticas prejudiciais tradicionais para resolver rixas."

"Será o fim da vida dela se for obrigada a se casar com o mulá", declarou a dra. Sarwari.

Com a pressão da WAW e de Kim Motley, entre outros, o caso, enfim, foi a julgamento em 25 de outubro de 2014. O mulá Mohammad Amin foi levado ao gabinete do juiz com uma corrente em volta da cintura, mas com as mãos livres;¹⁴ ele ficou olhando para cima enquanto recitava os versos do Corão em voz baixa. Tinha cerca de trinta anos de idade; era baixo, parrudo e de barba preta. Por motivos que nunca foram esclarecidos, o juiz Mohammad Suliman Rasuli decidira que o julgamento aconteceria em seu gabinete, e não em um dos tribunais vazios. Todos os assentos estavam ocupados quando o mulá foi levado até lá; então, ele foi obrigado a se ajoelhar no chão com suas correntes.

Breshna cobriu o rosto com o véu e não olhou para o mulá e, sob o tecido, sua respiração estava ofegante e difícil e ela logo começou a chorar. Por acaso, estava sentada ao meu lado. Pessoalmente, sua tenra idade era óbvia. Com cerca de um metro e vinte de altura e talvez uns 22 quilos, a menina era, sem dúvida, uma criança em todos os sentidos, incluindo a voz infantil. Ela parecia muito sozinha, embora uma das defensoras da mulher estivesse a seu lado. O pai e o tio estavam em pé nos fundos da sala e não olharam para ela nenhuma vez durante a audiência.

O mulá tinha dois advogados de defesa, e seu caso consistia no testemunho de que sentia muito pelo crime que cometera, mas que o sexo fora consensual. Dessa forma, ele deveria receber a pena por adultério prevista na charia, que era o açoitamento. Os advogados não mencionaram o número estipulado de cem chibatadas, já que se tratava de punição devastadora e incapacitante.

— É verdade que o senhor estuprou a menina? — inquiriu o juiz Rasuli ao mulá.

— Preciso ir ao médico. Não estou me sentindo bem — respondeu o religioso.

O juiz apontou para a confissão do mulá. A fim de registro no julgamento, partes dela foram lidas pelo promotor da equipe especializada na LEVM do gabinete do procurador-geral.

— O senhor inventou estas coisas? O senhor cometeu adultério com esta menina? O senhor estuprou esta menina?

— Fui espancado, fui torturado. Eles me fizeram comer bosta e me obrigaram a confessar. Eu estava dando aula para as crianças antes do desjejum, e não foi como na confissão.

Breshna, trêmula de indignação, afastou o véu do rosto por um instante e perguntou:

— E como foi, então?

Amin fez um gesto insolente para que ela se calasse, mas não olhou para a menina.

— Seja lá o que eu tenha confessado em Kunduz, não foi o que aconteceu.

Ela começou a falar de novo, mas o promotor e o juiz pediram para Breshna ficar em silêncio. A garota se escondeu sob o véu de novo; eu conseguia ouvir sua respiração ofegante.

O promotor interrompeu sua narrativa para ler a confissão do mulá.

— "Agarrei a mão dela e a arrastei para a mesquita."

— Não — contradisse o mulá. — Ela veio. Breshna veio e disse: "Eu amo você."

Breshna novamente afastou o véu para falar.

— Seu mentiroso! Mentiroso! Deus odeia o senhor! O senhor é sujo! Imundo! O senhor é um vampiro!

— Ela veio e me abraçou, e eu disse: "Em nome de Deus." Breshna veio e pediu: "Faça isso por mim. Se você não fizer, vou dizer para o meu pai e para a minha mãe que o senhor fez." Satã me obrigou a ceder. Dizem que fiz isso à força, mas sei que tive o consentimento dela.

Ninguém contestou os fatos que ele apresentou, a não ser Breshna, mas ela não teve oportunidade de se dirigir ao tribunal, e o juiz continuava tentando conter as explosões da menina diante da versão do mulá. Nem o promotor, nem o juiz mencionaram os graves ferimentos dela. Tão graves que ela precisara ser submetida a uma séria cirurgia. Ninguém mencionou que fora amarrada durante o estupro. Que o mulá ameaçara matá-la e a sua família se Breshna contasse que ele blasfemara a parte mais sagrada da mesquita. Para o juiz, bastava que o mulá tivesse confessado que tinha feito sexo com a menina. Considerando sua idade, isso era evidência suficiente de estupro, e logo a audiência tinha terminado.

— Como é possível cometer adultério com uma menina de dez ou 11 anos? — perguntou o juiz. — Foi estupro. — Ele rejeitou o argumento da defesa de que a pena da charia deveria ser aplicada. Por tal raciocínio, a menina teria de sofrer a mesma sentença. A garota teria de ser açoitada também. Ele pediu que Breshna se aproximasse da sua mesa e que erguesse o véu para verificar a sua idade. — Ela não pode cometer adultério. Ela é uma criança. Esse é um caso de estupro.

A menina continuou a implorar para ser ouvida entre ataques de raiva e soluços. Breshna não conhecia os procedimentos de julgamentos e tribunais e, de alguma forma, formara a ideia de que o título de um juiz era "diretor".

— Você me desonrou, seu mentiroso! — berrou para o mulá. — Você cobriu o meu pai de vergonha! Diretor, por favor, enforque esse homem!

Aguardando no corredor pela sentença do juiz quanto à punição, o pai de Breshna, Najimudin, e o tio materno, Mohammad Rasul, disseram que a família nunca consentiria no casamento da menina com o mulá, e que nunca tramaram para matá-la. "Aquilo foi totalmente falso e errado. Ela foi estuprada e é uma criança", disse o sr. Rasul. "Se a matássemos, como responderíamos a Deus no dia do julgamento?" O pai acrescentou: "Queremos vê-lo enforcado por isso." Dez minutos depois, o juiz Rasuli decretou o veredito: a sentença máxima prevista na LEVM, que consistia em vinte anos de prisão.

"Não estou feliz com o veredito", declarou Breshna. "Quero que ele seja enforcado. Ele nos cobriu de vergonha. Envergonhou meu pai. Queremos que ele seja executado." Quando o julgamento terminou, a menina saiu sozinha, seguindo o pai e o tio, uns seis metros atrás deles. Os dois não se viraram para olhar para ela.

Não seria surpresa nenhuma se o mulá fosse solto após uma apelação, ou recebesse o perdão discretamente, ou fosse solto por bom comportamento, nem se, por fim, terminasse se casando com a vítima, sacrificando a sobrinha de 13 anos em um *baad* também. Em novembro, a embaixada alemã enviou secretamente um representante para Kunduz para oferecer a Breshna estudos em uma escola particular com todas as despesas pagas. O pai não aceitou.

Algumas semanas antes, em Cabul, cinco homens tinham sido condenados pelos estupros coletivos de Paghman, nos quais quatro mulheres casadas, voltando de um casamento, foram estupradas diante dos maridos. Os acusados foram submetidos a um julgamento rápido, sem direito a uma defesa significativa e considerados culpados com base em suas confissões obtidas por meio de tortura e pela identificação dos criminosos pelas vítimas em uma fila de homens, formada apenas pelos suspeitos.[15] Esses homens foram acusados de estupro de acordo com a LEVM, mas as autoridades impuseram outras penas, incluindo roubo à mão armada, sujeita a pena de morte. Eles poderiam facilmente ter feito algo assim no caso do mulá, se as autoridades quisessem a pena de morte (por exemplo, sequestro por ter arrastado Breshna de volta à mesquita). O caso de Paghman mobilizou o Afeganistão durante os dois meses entre o ataque e a execução dos supostos estupradores, mas, como muitas militantes dos direitos femininos disseram, isso tudo não se deu por causa do que houve com as mulheres. O verdadeiro pecado dos estupradores de Paghman foi ter humilhado os maridos ao atacarem as esposas na frente deles. Depois do estupro coletivo, os maridos largaram as quatro vítimas, que tinham sido brutalmente estupradas, espancadas e torturadas, e estavam muito feridas, no Hospital Maternidade de Rabia Balkhi, em Cabul. Nenhum deles permaneceu ao lado das esposas, nem mesmo o marido da vítima que estava grávida e só tinha 18 anos.[16]

No mês seguinte, em novembro de 2014, o novo presidente do Afeganistão, Ashraf Ghani, intimou o pai e o tio de Breshna para uma reunião no palácio presidencial, conduzida por seu conselheiro-legal, Abdul Ali Mohammadi. O palácio posteriormente emitiu uma declaração:[17] "Breshna, a menininha que foi vítima de estupro não corre qualquer risco por parte de sua família." Entre os presentes, estavam a ministra de Assuntos da Mulher, o ministro de Assuntos do Exterior e funcionários de Direitos Humanos, conforme informava a declaração; não havia qualquer representante da ONG Women for Afghan Women,[18] nem a dra. Sarwari, nem qualquer outra pessoa que tenha trabalhado no caso de Breshna, nem sua advogada, Kim Motley. "O pai e o tio de Breshna rejeitaram o relatório de que ela poderia estar correndo qualquer risco e reiteraram que a criança tinha sido vítima de um ato criminoso e que eles estavam tentando protegê-la e não machucá-la ainda mais", dizia a declaração presidencial. Considerando as circunstâncias, é bastante implausível que a família de Breshna confessasse à equipe presidencial que tinham intenção de matar a criança.

Em 8 de dezembro de 2014, o sr. Mohammadi intimou a dra. Hassina Sarwari, da WAW, para uma sessão em separado no palácio presidencial. Ela foi até lá esperando receber incentivo e apoio para os esforços de proteger a menina; ela considerara a reunião anterior com a família no palácio como uma forma de amedrontar os parentes da menina para que não lhe fizessem nenhum mal e achou que pediriam sua opinião independente sobre o assunto. "Eu disse a verdade, que Breshna corria risco de morte", contou ela. Mohammadi lhe mostrou uma pilha do que deviam ser umas 140 cartas de grupos de Direitos Humanos de todo o mundo sobre o caso e a acusou de ter provocado aquilo. "Você está se aproveitando do caso", declarou ele. "Não quero mais saber dessa história. Você está explorando o caso em benefício próprio." O sr. Mohammadi disse que o presidente ordenara que a dra. Sarwari renunciasse a seu cargo no abrigo de mulheres; o governo lhe daria um emprego no Ministério de Assuntos da Mulher em outra parte do país. Não importava que a WAW fosse uma instituição de caridade autônoma e que não estivesse sob o controle do governo. Se ela não concordasse em aceitar o trabalho oferecido, ela também poderia simplesmente pedir demissão e ficar em casa, segundo o sr. Mohammadi.

Encontrei-me com a dra. Sarwari uma hora depois dessa reunião. Seus olhos estavam vermelhos, e ela começou a chorar ao contar o que tinha acabado de acontecer. "Não sei o que fazer", disse ela.[19]

No verão de 2015, a província de Breshna, Alti Gumbad, foi tomada pelo Talibã. Não sabemos o que aconteceu com a menina.

CASAMENTO INFANTIL

De acordo com algumas estimativas, 57% das noivas no Afeganistão têm menos da idade legal de 16 anos.[20] Muitas vezes, elas são bem mais novas que isso. No fim de agosto de 2014, uma menina de dez anos de idade chamada Mina se casou com um menino de 12, chamado Sardar, no norte de Mazar-i-Sharif, a quarta maior cidade do país e capital da província de Balkh, uma região considerada progressista no país. A união foi celebrada por um mulá local, que defendeu o casamento com base na charia. As autoridades processaram o pai, um homem chamado Abdul Momin. Ele disse ter vendido a filha para o casamento por dois mil dólares, porque ele era tão pobre que não tinha outras perspectivas. Mina e outra filha menor de idade foram tiradas de casa e levadas para um abrigo após agências de notícias afegãs publicarem fotos das duas crianças na cerimônia de casamento.[21]

O mulá que celebrou a união não sofreu qualquer acusação. As imagens mostram uma menina que tinha praticamente metade do tamanho do menino, usando o tradicional vestido de noiva; ele usava um *shalwar kameez* engomado com um elegante blazer. Era como se fossem duas crianças brincando de ser adultos. Eram duas crianças. Então, a consumação do casamento só se daria quando a menina chegasse à puberdade — embora isso, em geral, acontecesse bem antes dos 16 anos. Até lá, a noiva infante costuma morar na casa do marido e é colocada para trabalhar como criada da família. Estupro e abuso sexual de meninas nessas condições não são raros. Surras e outras formas de abuso são práticas comuns.

ELE VENDEU A FILHA, MAS NÃO SEUS PÁSSAROS

No início de 2013, o *The New York Times* publicou que um refugiado pobre chamado Taj Mohammad vendera a filha de seis anos de idade por 2.500 dólares para pagar uma dívida com um agiota.[22] No inverno anterior, o sr. Mohammad, cuja família morava em um campo nos arredores de Cabul, tinha acumulado dívidas para comprar lenha e pagar tratamento médico para a esposa e os filhos, os quais ficaram doentes durante o rigoroso inverno que resultou na morte de muitas crianças por congelamento nos campos. Uma dessas mortes foi a do filho do próprio sr. Mohammad, de três anos, uma tragédia que eu publiquei em um artigo na época.[23] Quando o agiota cobrou o pagamento, ele não tinha como saldar a dívida e, depois de um *jirga* realizado no campo, os anciãos locais decretaram um *baad* no qual Taj Mohammad teria de dar a filha mais nova, Naghma, de seis anos de idade, para o filho de 17 anos do agiota se não pudesse honrar a dívida até o fim do ano. Naghma era uma menina inteligente e frequentava a escola no campo, mas, depois do noivado, a futura sogra procurou a família do sr. Mohammad para exigir que a garota fosse tirada da escola. Não queriam uma esposa "estudada" para o filho.

Nesse caso, a notoriedade do caso salvou a menina — a princípio. A situação de Taj Mohammad já era bem conhecida por causa dos artigos sobre a morte do filho por congelamento. Depois das notícias da venda da filha, um benfeitor estrangeiro anônimo contratou a advogada norte-americana Kim Motley, que tentou saldar a dívida e cancelar o casamento. Os anciãos e a família de Naghma concordaram publicamente com o acordo para o pagamento da dívida, e a menina ganharia uma bolsa de estudos em uma escola de música em Cabul. Além disso, o débito da família seria pago e o noivado, cancelado.

O dr. Sarmast, do Instituto Nacional de Música do Afeganistão, ofereceu a Naghma um lugar para morar e uma bolsa de estudo. Taj Mohammad sabia tocar um instrumento afegão chamado *rubab*, e o sr. Sarmast até tentou encontrar um emprego para Taj como músico, pois o pai insistia que não queria se separar da filha. Entretanto, quando o sr. Mohammad apareceu com Naghma para fazer a matrícula, ele também quis matricular dois irmãos mais velhos da menina. Os garotos estavam fora da idade de matrícula. Dr. Sarmast objetou. Crianças novas sempre conseguem aprender música, mas os meninos já eram velhos demais para se encaixarem no currículo musical. "O pai só queria negociar a filhinha", declarou o dr. Sarmast em maio de 2015.[24]

Então, Naghma e Taj Mohammad desapareceram de Cabul e dos campos. De acordo com ativistas do direito da mulher que acompanhavam o caso, os anciãos do campo dividiram o dinheiro do benfeitor estrangeiro entre todas as partes da disputa. Assim, o contrato de casamento foi confirmado e Naghma, entregue para os compradores um ano depois do que fora planejando no início.

Quando visitei Taj Mohammad na manhã seguinte da morte do filho, notei que, apesar de não ter dinheiro para a lenha, o sr. Mohammad possuía perdizes, aves que costumam ser usadas para lutas e apostas e, quando treinadas, podem ser valiosas. Ele não me respondeu quando perguntei por que ele não vendera uma delas para comprar combustível.

IMUNIDADE PARLAMENTAR

Shakila[25] era uma jovem de 16 anos de uma aldeia remota na região montanhosa da província de Bamiyan, que foi chamada pela irmã grávida, Soraya, para ficar com ela nos arredores da cidade de Bamiyan e ajudá-la durante a gravidez. O marido de Soraya trabalhava como guarda-costas de um homem poderoso da aldeia de Zargaran, um membro do parlamento afegão, representante de Bamiyan, e ela trabalhava como empregada para ele, mas, com sua gravidez, isso estava sendo difícil. Shakila era uma menina tímida que nunca saíra de casa e não conhecia ninguém na comunidade local. Em 27 de janeiro de 2012, a irmã e o cunhado de Shakila não estavam em casa, mas sua AK-47 sim — assim como seu chefe, o deputado Wahidi Behishti, e dois dos seus funcionários — Abdul Wahab, sobrinho de Behishti, e Abdul Wadi— além da esposa do deputado. Shakila estava sozinha sem nenhum membro de sua família presente. Quando a irmã Soraya chegou em casa, encontrou Shakila no quarto em que a deixara com um tiro grave no peito. A arma que a atingira, o rifle AK-47 que pertencia ao marido de Soraya, estava ao lado dela. Shakila ainda estava viva, mas logo morreu nos braços da irmã.

O sr. Behishti e seus funcionários declararam que, apesar de estarem em casa, não tinham ouvido tiro e afirmaram que a menina devia ter cometido suicídio. Levaram o corpo da moça para o legista forense, que descobriu não apenas que Shakila não apenas supostamente atirara em si mesma no coração com um longo rifle e em um ângulo de 65 graus vindo de cima (um ângulo muito mais plausível se houvesse uma terceira pessoa em pé atrás dela), mas também conseguira perder a virgindade no processo. Ainda havia sêmen fresco na vagina da vítima. Ainda assim, o legista declarou morte por suicídio, com a teoria de que ela teria se matado por ter enlouquecido por ter perdido a virgindade.

Protestos indignados da família obrigaram os promotores a olhar mais detalhadamente a teoria de suicídio e, por fim, o sr. Behishti e os outros homens foram acusados de assassinato e sua esposa foi presa como cúmplice. No entanto, ele e a esposa foram liberados e as acusações, retiradas — ele tinha amigos poderosos na comunidade *hazara*. Assim, apenas o sobrinho, Abdul Wahab, foi condenado. Depois, os Behishti tentaram reverter a condenação do sr. Wahab com um recurso, mas depois que o juiz tentou fazer a manobra de atirar em si mesmo usando o mesmo ângulo e puxando o gatilho negou o provimento. Isso mesmo com o sr. Wahab continuando livre em outros recursos. Os braços de Shakila eram curtos demais para que ela pudesse ter segurado a arma e atirado no ângulo necessário. Alguém teria de estar atrás dela e acima da sua cabeça enquanto a garota estava deitada no chão, depois de ter sido estuprada, e atirado em seu coração.

Dois anos depois, ninguém ficou preso, e o principal suspeito, o sr. Behishti, nunca foi acusado. As amostras de DNA retiradas do sêmen encontrado no corpo simplesmente desapareceram dos arquivos da investigação, assim como as impressões digitais da arma. As provas circunstanciais contra o sobrinho do sr. Behishti foram as mesmas das contra o deputado e se baseavam na sua alegação absurda de não ter ouvido um tiro a menos de 15 metros de distância de onde estavam no momento. Ainda assim, apenas o sobrinho foi processado e o caso não se esclareceu.

O ESTUPRO DA VIRGEM

Às vezes, os casos mais tristes não são os que a vítima morre, mas aqueles em que ela é obrigada a lidar com a vergonha e a humilhação para sempre, sem nenhuma solução e com a vida completamente arruinada. Foi assim com uma menina a qual foi surrada até admitir que tinha sido estuprada e, depois, açoitada cem vezes como adúltera para depois descobrirem que ainda era virgem.

Isso aconteceu no distrito de Jaghori, na província de Ghazni, com uma menina chamada Sabira que tinha 15 anos em 2012, quando tudo aconteceu. Jaghori é um lugar pacífico de Ghazni, conhecido pelo alto nível de educação, tanto de meninos quanto de meninas. Com maioria *hazara*, a comunidade se orgulha de ter uma visão moderna e progressista, e a proliferação de escolas para meninas é maior do que em qualquer outro lugar do Afeganistão, com a exceção de Cabul, a capital do país. A filha mais famosa da comunidade é Sima Samar, a presidente da Comissão Independente de Direitos Humanos do Afeganistão, cujos trabalhos filantrópicos incluíam várias das escolas de Jaghori. Mesmo lá, porém, Sabira acabou sendo açoitada em público por ordem dos mulás e anciãos por ter sido estuprada — apesar dos protestos da família e de sua declaração de virgindade, e da insistência do acusado de que não tivera relações sexuais com ela. A virgindade da moça foi comprovada em um exame forense, o qual só foi realizado dois meses depois do fato. O único suposto crime que qualquer um conseguiu provar contra Sabira é que ela fora vista sozinha por cinco minutos com o alfaiate em sua loja no meio de um mercado cheio.

Um relatório posterior da Comissão Independente de Direitos Humanos do Afeganistão detalha a história,[26] com base na entrevista com Sabira:

> Fui à loja do alfaiate onde ele e o assistente estavam presentes. Depois de um tempo, o alfaiate pediu para o assistente ir buscar alguma coisa no mercado para ele. Quando o rapaz saiu da loja, o alfaiate pegou a minha mão e me levou para um armário. Pediu que eu fizesse sexo com ele. Enquanto eu negava e tentava gritar, a palma de sua mão foi mais rápida. Ele tapou a minha boca e me estuprou. Depois ele me ameaçou para que eu não contasse para ninguém.

Aterrorizada com o que poderia lhe acontecer se dissesse alguma coisa, Sabira manteve o silêncio e voltou para casa.

> Dias mais tarde, por volta das quatro horas da tarde, fui para a nossa plantação com a minha irmã, para colhermos amêndoas. Lá, de repente, um aldeão bateu em mim com uma longa vara e me levou até a casa do meu tio paterno. Vi cerca de cinquenta homens da aldeia reunidos na casa. Eles me bateram muito e perguntaram com quem eu tinha tido relações. Depois de uma surra e com muita dor, confessei que o alfaiate tinha me estuprado.

Depois, Sabira recontou o seu testemunho e disse que só admitira o estupro para pararem de bater nela e porque parecia menos horrível admitir isso do que sexo consensual — que ela não tinha feito, mas os homens que a surravam estavam convencidos que ela havia feito. Então, continuaram batendo nela até conseguirem uma "confissão". Pelos relatórios do caso, Sabira parecia tão inexperiente que nem sabia o que era sexo ou estupro.

Quando a polícia distrital prendeu o alfaiate, os aldeões intervieram e insistiram que não queriam um processo legal e que preferiam lidar com o caso da forma tradicional, ou seja, com um *jirga* formado por clérigos e anciãos da aldeia de Nawdeh Hotqol. O governo aceitou isso e soltou o alfaiate, entregando os dois para os aldeões para o julgamento. Os aldeões acreditaram no alfaiate e o soltaram, mas, por motivos que desafiam a lógica, continuaram insistindo que a menina tinha transado com base na sua confissão de estupro.

Quatro clérigos me pediram para responder às perguntas deles, o que levou 15 minutos. Disse a eles que o alfaiate tinha me estuprado, mas não aceitaram a minha resposta. Falaram que minha alegação não era confiável. Por fim, decidiram me condenar a cem chibatadas, enquanto o criminoso foi liberado com base na negação. Rejeitei a decisão deles e disse que eu iria apelar para o devido processo legal, mas não me soltaram.

Impedida de entrar com um processo, Sabira foi levada para o deserto na entrada da cidade, obrigada a se deitar de bruços enquanto a multidão se reunia sobre os telhados das casas nas encostas das colinas para assistir. As chibatadas foram dadas por um velho *mujahidin*, um comandante da época do *jihad* anticomunista (e antifeminista). "Um dos antigos comandantes [foi] ordenado a me dar cem chicotadas, mas ele me deu uma a mais, 101", contou Sabira. O último golpe foi o pior de todos. Cem chibatadas já eram o suficiente para causar ferimentos bem graves na vítima, se administrados de forma vigorosa e, de acordo com os relatos, as chicotadas foram exatamente assim. O homem que a chicoteou se chamava Salaam, o comandante júnior de uma milícia local cujo chefe se chamava Bashi Habib, outro antigo jihadista, atualmente trabalhando como chefe de uma unidade *arbakai* — um tipo de órgão policial informal, não muito diferente de uma milícia autodesignada.[27]

Sabira foi chicoteada de forma tão brutal que sofreu um ferimento permanente no quadril. Quando seus pais tentaram parar a punição, foram atacados por aldeões e surrados. O pai da moça, Iqbal Masoomi, de sessenta anos, acabou hospitalizado por dois dias, e disse que a esposa sofreu um afundamento na lateral da cabeça devido ao ataque.

Zahra Sepehr, diretora executiva da organização Development and Support of Afghan Women and Children,[28] acompanhou bem de perto o caso de Sabira e sua família. Disse que ela não tinha sido estuprada, nem tido qualquer relação sexual, como, posteriormente, exames forenses feitos na cidade de Ghazni mostraram. O ativista dos direitos da mulher, Hussain Hasrat, declarou: "Acham que, se não açoitarmos a garota, outras jovens podem seguir o seu exemplo e fazer sexo, e a comunidade será destruída." Em outras palavras: não importava se ela havia tido relação sexual ou não. A simples suspeita bastava para que recebesse a punição e desse o bom exemplo; isto tudo segundo pessoas de uma das comunidades mais bem escolarizadas do Afeganistão.

Protestos de grupos de mulheres contra o castigo da menina forçaram as autoridades a prenderem 13 pessoas, que, por fim, foram acusadas de surrar os pais de Sabira. No entanto, os mulás ordenadores do açoitamento e os dois comandantes jihadistas que o executaram foram inicialmente acusados, mas liberados depois de um protesto do Conselho Ulemá — do qual um dos mulás era membro.[29] "Muitas agências ou ONGs não se interessaram em acompanhar o caso porque havia o envolvimento do Conselho Ulemá, e eles não queriam confrontá-lo", disse a sra. Sepehr. Os 13 presos foram condenados, mas tiveram apenas de pagar multas pequenas de três mil afeganes cada, menos de sessenta dólares — por terem batido no pai e na mãe da menina. Ninguém foi punido por dar chicotadas que incapacitaram Sabira.

O alfaiate fugiu do Afeganistão, enquanto Sabira passou um ano em um abrigo de mulheres em Cabul. Ela tentou se alistar no Exército Nacional Afegão quando completou 18 anos, a idade mínima para se alistar em 2014 — seu sonho era se matricular na academia militar e se tornar uma oficial do Exército. No entanto, ela teve de parar de estudar no décimo ano quando tudo isso aconteceu e acabou sendo rejeitada no exame médico por causa dos ferimentos no quadril causados pelo açoitamento. Ela foi declarada deficiente física permanentemente.

Ao final de 2014, Sabira estava debilitada em uma detenção juvenil de Cabul, esperando completar 19 anos. "Ela simplesmente desistiu", contou o pai. "Arruinaram a vida da minha filha e lhe arrancaram qualquer chance de futuro." Também arruinaram a chance de futuro para o sr. Masoomi. Ele foi despedido do emprego de professor da aldeia e não conseguiu outro, nem mesmo após a inocência da filha ser comprovada. Até tudo isso acontecer, as filhas do sr. Masoomi estavam indo admiravelmente bem. Uma é enfermeira e outra está estudando obstetrícia na faculdade de medicina de Cabul; com exceção de Sabira, todas as outras ainda estão estudando.

Segundo a sra. Sepehr, o fato de ter oito filhas e nenhum filho na família foi o principal problema do sr. Masoomi. Isso não apenas significava que ele não tinha filhos para defender a casa quando os outros aldeões chegaram com suspeitas sobre a filha, mas também que, aos olhos dos afegãos, ele era de alguma forma deficiente por só ter tido filhas.

AGRADECIMENTOS

Gostaria de agradecer ao espírito e à generosidade dos poetas e músicos afegãos e iranianos citados neste livro, que deram permissão para citarmos seus trabalhos. São a prova de que o amor florescerá até mesmo nos ambientes mais cruéis.

Este livro foi concebido com a ajuda, o cuidado e o incentivo do meu agente, David Patterson, da Stuart Krichevsky Literary Agency, da cidade de Nova York, que muito colaborou para dar o formato ao livro, assim como a colocação dele; não poderia ser melhor. Minha editora na Ecco, Hilary Redmon, fez um trabalho magistral guiando-me por edições inteligentes e inspiradoras que sempre preservaram a minha voz e me levaram a tornar esta obra ainda melhor. A diligência e a inteligência da revisora de textos Maureen Sugden foram impressionantes e, em alguns casos, me salvaram. Obrigado também ao editor de publicação da Ecco, Dan Halpern, cujo entusiasmo inicial e contínuo por este livro foi gratificante.

Toda a equipe da Ecco e da HarperCollins, incluindo Sonya Cheuse, Ashley Garland, Emma Janaskie, Rachel Meyers, Ben Tomek, Sara

Wood e Craig Young, que deram as boas-vindas para este recém-chegado com extraordinária hospitalidade e apoio.

Durante o trabalho neste livro, ninguém foi mais importante do que Jawad Sukhanyar, repórter do escritório do *The New York Times* em Cabul, pela diligência, pela preocupação e pelo trabalho duro como meu indispensável tradutor, guia e mediador com os amantes. Como repórter especializado em questões das mulheres, não há outro igual entre jornalistas afegãos, seja homem ou mulher.

Meu melhor amigo, o médico Matthew Naythons, foi um crítico construtivo durante cada um dos estágios do relato desta história. A escritora Ruth Marshall foi minha primeira e mais inteligente leitora, cujos conselhos foram valiosos. Minha colega do *The New York Times*, Alissa Johannsen Rubin, que me orgulho de dizer que já foi minha chefe duas vezes, trouxe sua longa experiência em reportagens sobre a questão da mulher afegã. Isso melhorou muito o contexto que pude dar às dificuldades dos amantes. Agradeço também aos meus editores no *Times*, especialmente Douglas Schorzman, cujo entusiasmo por histórias do Afeganistão deu a esta um forte impulso bem no início, tornando tudo o que se seguiu possível.

Por fim, e acima de tudo, meus agradecimentos à minha esposa, Sheila Webb, e aos nossos filhos, Samantha, Johanna e Jake Webb Nordland, que compreenderam a importância desta publicação e aceitaram o fato de me verem ainda menos que o habitual durante o último ano e meio.

Cabul, outubro de 2015

NOTAS

Todas as citações deste livro são baseadas em minhas próprias entrevistas; as que não são, estão indicadas nas notas. Da mesma maneira, as afirmações factuais não baseadas no meu trabalho de reportagem estão indicadas aqui.

CAPÍTULO 1

1. *The New York Times,* Mar. 10, 2014, p. A1, disponível em www.nytimes.com/2014/03/10/world/asia/2-star-crossed-afghans-cling-to-love-even-at--risk-of-death.html.
   Mar. 31, 2014, p. A6, disponível em www.nytimes.com/2014/03/31/world/asia/afghan-couple-finally-together-but-a-storybook-ending-is-far-from-assured.html.
   Abr. 22, 2014, p. A4, disponível em www.nytimes.com/2014/04/22/world/asia/afghan-couple-find-idyllic-hide-out-in-mountains-but-not-for-long.html.
   Mai. 4, 2014, p. A10, disponível em www.nytimes.com/2014/05/04/world/asia/in-spite-of-the-law-afghan-honor-killings-of-women-continue.html.
   Mai. 19, 2014, p. A10, disponível em www.nytimes.com/2014/05/19/world/asia/afghan-lovers-plight-shaking-up-the-lives-of-those-left-in-their-wake.html.
   Jun. 8, 2014, p. A14, disponível em www.nytimes.com/2014/06/08/world/asia/for-afghan-lovers-joy-is-brief-ending-in-arrest.html.

2. No calendário persa, o ano começa em 21 de março, o primeiro dia da primavera no hemisfério norte.
3. Em 2015, foi construído um terminal permanente com subsídios estrangeiros.
4. Website da Unesco "Cultural Landscape and Archaeological Remains of the Bamiyan Valley", disponível em whc.unesco.org/en/list/208.
5. Barbara Crossette, *New York Times,* Mar. 19, 2011. "Taliban Explains Buddha Demolition", disponível em www.nytimes.com/2001/03/19/world/19TALI.html. O Talibã é contra qualquer representação, seja na forma humana ou animal, sejam estátuas ou obras de arte, e executou depredações semelhantes em objetos e pinturas do acervo do Museu Nacional do Afeganistão.
6. زیلخا گر بیرون ز رد ز دل آه پشمانی
پزی یاوس فـ زندانیش زولان مریزد
7. Pelo menos uma das garotas permaneceria no abrigo mais um ano ainda, até o início de 2015, de acordo com fontes no governo da província de Bamiyan. Seus nomes foram mudados por questões de segurança.
8. وت
9. امش
10. "Na verdade, é uma vergonha se alguém souber o nome da sua esposa", explicou Wazhma Frogh, uma ativista afegã do instituto de pesquisa Women, Peace & Security. "Ninguém deve perguntar isso. Somos consideradas propriedade do pai, do marido, do irmão — até mesmo o irmão mais novo tem direito de propriedade sobre nós. A mulher não é ninguém, é a esposa de alguém, a irmã de alguém. Não somos consideradas seres humanos e não temos nossos próprios direitos."
11. Uma das piadas populares é a seguinte: alguém bate na porta de um mulá, e ele a atende e vê a própria filha diante de si, chorando. "Qual é o problema?", pergunta ele. E ela explica que o marido está batendo nela. Na mesma hora, ele lhe dá uma bofetada no rosto e a manda de volta para o marido. Depois, ele liga para o marido e o repreende severamente por bater na sua filha. "Mas agora estamos quites", diz ele. "Eu dei um tapa na cara da sua mulher. O que você acha disso?"

CAPÍTULO 2

1. Hazarajat se refere à região montanhosa no centro de Bamiyan e suas províncias vizinhas de maioria *hazara*. Algumas outras regiões remotas ao norte, tais como a província de Badakhshan no extremo nordeste, também estavam livres do controle do Talibã durante esse período.
2. Os *hazaras* foram submetidos a uma campanha de massacres no século XIX, que eles descrevem como genocídio, seguidos pela escravidão imposta pelos *pashtuns* dominantes. O Talibã é praticamente formado por *pashtuns*. Os *ha-*

zaras são há muito tempo considerados uma classe mais baixa do Afeganistão, e isso só começou a mudar muito recentemente. Consulte www.hazara.net/hazara/history/slavery.html.

3. Embora a educação fosse gratuita, ter filhos na escola era bastante custoso para as famílias rurais por causa da força de trabalho reduzida.
4. Por causa da crença dúbia na santidade religiosa da burca, pode até ser perigoso que uma estrangeira a use, como algumas das minhas colegas fazem nas partes mais perigosas do país. Usá-la é uma forma eficaz de se disfarçar somente a uma boa distância. Os afegãos são rápidos em identificar estrangeiras usando burcas, seja pelos sapatos ou pela postura em roupas tão estranhas. De forma semelhante, os homens-bomba que tentaram se vestir com burcas para se aproximarem mais dos seus alvos costumam ser identificados rapidamente pelos guardas afegãos. E os homens do país costumam se vangloriar por saberem dizer se uma mulher é bonita, mesmo que esteja de burca.
5. من فارطی ین ما عاشق نیرت ما
چر اب دل سیاست میکنی رای
6. A página no Facebook do programa *Noite do amor* pode ser acessada pelo link www.facebook.com/arman.fm/videos.
7. O *Noite do amor* estava no ar havia 16 meses quando ele foi entrevistado em junho de 2015, tendo transmitido quase mil histórias de amor, das quais apenas dez foram felizes — 1%.
8. Das 176 prisioneiras na prisão Badam Bagh em novembro de 2014, de acordo com Qazi Parveen da Comissão Independente de Direitos Humanos Afegãos, entre 75 e 85% delas foram condenadas ou julgadas por crimes morais. Sete delas estão grávidas, três deram à luz depois que foram presas, e quarenta crianças vivem com as mães na prisão. Quando visitei Badam Bagh em 14 de novembro de 2014, a população carcerária naquele dia, de acordo com a lista de detentas fornecida pelos guardas em serviço, incluía 76 casos de adultério, 22 casos de fugitivas, sete casos de consumo de bebidas alcoólicas, cinco casos de tentativa de adultério, ou cerca de 65% de casos morais. Observe as acusações contra as fugitivas, apesar de a LEVM (Lei de Eliminação da Violência Contra as Mulheres), de 2009, abolir as acusações contra mulheres que fogem de casa.
9. Dados oficiais sobre uso de drogas entre as forças de segurança afegã mostram que entre 12 e 41% dos recrutas da Polícia Nacional Afegã têm teste positivo para drogas ilegais, em geral, haxixe ou opiatos. Os números no Exército são mais baixos, mas ainda assim preocupantes. *The New York Times*, 16 de maio de 2010, p. A4, "Sign of Afghan Addiction May Also Be Its Remedy". Disponível em www.nytimes.com/2010/05/17/world/asia/17afghan.html.
10. A deserção é a destruição do Exército afegão. Este perde um terço de suas forças por ano em decorrência de atritos, incluindo acidentes, não realistamente,

e, principalmente, a deserção, que é tão comum que o governo não se atreve a torná-la um crime. Veja a matéria do *The New York Times*, 16 de outubro de 2012, p. A1, "Afghan Army's Turnover Threatens U.S. Strategy". Mais informações podem ser obtidas no link www.brookings.edu/~/media/Programs/foreign-policy/afghanistan-index/index20150520.pdf?la=en.
11. عاشقی آنست که مکـ بلبل باب خر گل میکند
صدجفا از خار میبیبنی دتحمل میکند
12. دو چشمان سیاهی اوغانی(افغانی) داری مه # لد محرم مسلمانی داری
بش اه هر زور مدرک پشت قلیات رای # وطن خواب است مک بیداری داری
13. Um ótimo resumo das disposições da lei LEVM está disponível neste relatório da Missão de Assistência das Nações Unidas no Afeganistão (UNAMA), "A Long Way to Go", Nov. 2011, disponível em inglês em www.ohchr.org/Documents/Countries/AF/UNAMA_Nov2011.pdf.
14. UNICEF, "Monitoring the Situation of Women and Children", Mai. 2015. Aos 15 anos, 15% das meninas afegãs estão casadas; 40% estão casadas antes dos 18. De acordo com a lei afegã, é legal se casar a partir dos 16 anos. Você encontrará mais informações em inglês em http://data.unicef.org/child-protection/child-marriage.
15. خواستگاری
16. Atualmente, o marido de Khadija, Mohammad Hadi, mora em Cabul, onde se casou novamente aos 23 anos. Ele diz que não tem certeza se Khadija foi morta ou se conseguiu fugir da própria família. Ele reluta em acreditar no pior e diz que ainda a ama. Infelizmente, a família de Mohammad recebeu tantas ameaças depois do polêmico casamento, que tiveram que se mudar para Cabul mais ou menos na mesma época em que Khadija desapareceu.
"Ela era muito corajosa, corajosa o suficiente para fugir, mas tivemos de fugir da nossa casa, e ela não tinha como saber onde poderia me encontrar", disse Mohammad Hadi. Ele ainda espera que, um dia, Khadija o encontre e diz que a nova esposa não seria empecilho. "Se ela voltasse, eu ficaria com as duas", declarou ele. Casar-se com até quatro mulheres é legal de acordo com a charia, e ter duas esposas não é incomum no Afeganistão.
17. A versão afegã segue praticamente a epopeia do grande poeta persa do século XII, que reconta a história árabe original. Para saber mais, consulte o texto "Persian Poetry: Nezami Ganjavi", disponível em inglês no site da Universidade do Arizona (http://persianpoetry.arizona.edu).
18. De acordo com *Global Rights*, Mar. 2008, "Living with Violence: A National Report on Domestic Abuse in Afghanistan", 58,8% das mulheres afegãs foram obrigadas a se casar, seja em casamentos arranjados que elas não queriam para si ou realizados quando ainda eram crianças. Para obter mais informações, leia o texto completo em inglês no link www.globalrights.org/Library/Women%27s%20rights/Living%20with%20Violence%20Afghan.pdf.

CAPÍTULO 3

1. A Constituição Afegã em inglês pode ser vista em www.afghan-web.com/politics/current_constitution.html. Além de garantir o direito das mulheres à educação e a alguns assentos no parlamento e conselhos provinciais, o artigo 22 dispõe: "Os cidadãos do Afeganistão — sejam homens ou mulheres — possuem os mesmos direitos e deveres perante a lei."
2. A pena de morte é aplicada apenas em casos de adultério nos quais a mulher é casada, mas o pai de Zakia mais tarde insistiria que aquele era o caso dela. Na prática, os tribunais afegãos não costumam decretar a pena de morte por apedrejamento nos casos de adultério, embora muitas vezes as comunidades tomem para si o direito de impor tal punição.
3. O caso de Sabira é discutido em mais detalhes no Apêndice II.
4. Na entrevista de 20 de junho de 2015, Ahmad Zia Noori, especialista em direitos humanos do gabinete presidencial, citou um estudo ainda não publicado sobre os advogados afegãos em Cabul realizado pela Comissão Independente de Direitos Humanos no Afeganistão. Cabul tem um nível de educação formal bem mais elevado do que o restante do país. O estudo descobriu que 75% de todos os advogados e promotores que trabalhavam no sistema de Justiça — de cujo grupo os juízes são escolhidos — não haviam se formado em direito nem tinham um diploma de uma faculdade da lei charia.
5. Alissa J. Rubin, *The New York Times*, 2 de dezembro de 2012, p. A6, "With Help, Afghan Survivor of 'Honor Killing' Inches Back", artigo disponível em www.nytimes.com/2012/12/02/world/asia/doctors-and-others-buck-tradition-in-afghan-honor-attack.html.
6. De acordo com o Fundo das Atividades Populacionais das Nações Unidas (UNFPA na sigla em inglês), cinco mil moças e mulheres são assassinadas todos os anos em atos em nome da honra, a maioria delas nessas partes do mundo. Consulte o relatório da UNFPA, The State of World Population 2000, p. 5, disponível em www.unfpa.org/sites/default/files/pub-pdf/swp2000_eng.pdf.
7. É comum que os hospitais públicos do Afeganistão esperem que os pacientes paguem a alimentação e os custos dos medicamentos em decorrência de restrições orçamentárias e corrupção sistemática. Em tese, isso não deveria acontecer, já que o setor de saúde pública é inteiramente financiado pela ajuda internacional, mas a corrupção e o desperdício fazem com que muitos desses recursos não cheguem aos beneficiários.
8. *The New York Times*, 17 de agosto de 2010, p. A1, "In Bold Display, Taliban Order Stoning Deaths", artigo disponível em www.nytimes.com/2010/08/17/world/asia/17stoning.html.
9. *The New York Times*, 31 de janeiro de 2011, p. A4, "Afghan Stoning Video Rekindles Outcry", artigo disponível em www.nytimes.com/2011/02/01/world/asia/01stoning.html.

10. A polícia só agiu porque um dos vídeos dos apedrejamentos foi exibido em rede nacional. Mas prendeu apenas quatro dos líderes das execuções. "Não temos como prender toda a população da aldeia", explicou o chefe de polícia Abdul Rahman Sayedkhili. "Apenas algumas pessoas no vídeo eram talibãs; o restante só estava lá porque eram obrigados a obedecer aos talibãs." O aparente entusiasmo durante os apedrejamentos sugere algo diferente. O fato é que os apedrejamentos ainda acontecem, tanto em áreas controladas pelo Talibã quanto nas controladas pelo governo. A grande diferença é que o governo se esforça muito para esconder todas as notícias sobre isso quando acontece nas regiões sob seu controle, mas fica satisfeito em divulgar quando o apedrejamento ocorre em áreas controladas pelo Talibã. Mais ou menos na mesma época do apedrejamento no distrito de Dashte Archi, o conselho de líderes religiosos muçulmanos no Afeganistão, um órgão financiado pelo governo chamado Conselho Ulemá Supremo, apresentou uma petição ao governo para que permitisse mais punições da lei charia contra crimes sociais, como apedrejamento e açoitamento de adúlteros (morte por apedrejamento no caso de uma das partes ser casada, açoitamento se ambos forem solteiros). Consulte também o texto do Human Rights Watch, Afghanistan: "Reject Proposal to Restore Stoning", 25 de novembro de 2013, disponível em www.hrw.org/news/2013/11/25/afghanistanreject-proposal-restore-stoning.
11. Outro caso famoso de apedrejamento realizado pelo Talibã aconteceu na província de Parwan, não muito distante da capital Cabul, no dia 8 de julho de 2012. A vítima foi uma mulher chamada Najiba, que fora acusada de ter um caso com o líder talibã local. Ele não foi punido. Um vídeo do assassinato dela foi postado no Youtube e está disponível em www.youtube.com/watch?v=mNsjgTv-u5o. Muitos dos participantes são facilmente identificáveis no vídeo. Nenhum deles foi a julgamento, embora o apedrejamento tenha acontecido em uma área sob o controle normal do governo.
12. Quando visitei o tribunal de Bamiyan algumas semanas após Zakia ser atacada, o juiz Tamkeen não saiu de sua sala quando soube que havia um visitante estrangeiro. No entanto, um dos juízes mais jovens, o juiz Rahman, disse que falaria em nome dele. Ele falou que os juízes não estavam tentando obrigar uma jovem adulta a voltar para a família contra sua vontade, mas simplesmente implementando a lei charia e, de acordo com o Islã, os juízes eram encorajados a conseguir acordos familiares amigáveis, e isso foi tudo o que fizeram no caso de Zakia. "A lei islâmica permite que tentemos encontrar uma solução pacífica", disse ele. Ele afirmou que o fato de os jovens serem de facções e grupos étnicos diferentes nem chegou a entrar nas deliberações dos juízes. "A lei charia não impede o casamento entre pessoas de facções e grupos étnicos diferentes", declarou ele. "Você pode até se casar com um judeu ou um cristão. Isso não é contra a lei."

Ele negou que a família de Zakia tivesse ameaçado sua vida na confusão do dia 3 de fevereiro, apesar da declaração de diversas testemunhas. "Isso é só propaganda", afirmou ele. "Nunca aconteceu".

13. Diferentes funcionárias do governo informam idades diferentes para a garota. Talvez nem ela mesma soubesse e, como a maioria das moças e mulheres afegãs, nem tivesse seus próprios documentos de identidade. Assim, os funcionários públicos faziam estimativas de quantos anos achavam que a menina tinha.
14. *The New York Times*, 4 de maio de 2010, p. A4, "In Spite of the Law, Afghan Honor Killings of Women Continue", artigo disponível em www.nytimes.com/2014/05/04/world/asia/in-spite-of-the-law-afghan-honor-killings-of-women-continue.html.
15. Referência ao artigo 398 do Código Penal Afegão. Para obter mais informações sobre esse artigo, consulte o Capítulo 5.
16. O sr. Faisal, o membro do conselho da província que intermediou o acordo para a volta da menina, agora nega qualquer envolvimento. Ele nem conhecia a família, segundo diz, e só fez uma ligação de cortesia para um comandante da milícia da aldeia da moça, que ligara e pedira para ele um favor: ligar para a Secretaria da Mulher para pedir que eles conversassem com a família.

    "Eu não faria algo assim. Eu nem sou daquele distrito", argumentou o sr. Faisal. Eles jamais deveriam ter enviado a garota de volta com a família em tais circunstâncias." "Eles não teriam feito isso se o sr. Faisal não tivesse emprestado seu prestígio e sua reputação e se responsabilizado pessoalmente pela família de Amina", disse a sra. Atifi. "Não sei de nada disso", declarou o sr. Faisal. "Não conheço o caso muito bem."
17. Até julho de 2015, ninguém tinha sido acusado pelo assassinado de Amina, de acordo com os funcionários da Secretaria da Mulher na província de Baghlan, embora digam que a investigação do assassinato ainda está em andamento – mais de um ano após o acontecido. As autoridades disseram que o trabalho deles foi afetado por causa de atividades rebeldes na região em que a família de Amina mora.
18. Os guardas do Abrigo para Mulheres de Bamiyan são, na verdade, funcionários civis da instituição, homens na parte de fora e mulheres na de dentro, e não policiais.

CAPÍTULO 4

1. *The New York Times*, 10 de março de 2014, p. A1, artigo disponível em www.nytimes.com/2014/03/10/world/asia/2-star-crossed-afghans-cling-to-love-even-at-risk-of-death.html.

2. *The New York Times*, 24 de setembro de 2014, p. A8, "In Farewell Speech, Karzai Calls American Mission in Afghanistan a Betrayal", artigo disponível em www.nytimes.com/2014/09/24/world/asia/hamid-karzai-afghanistan.html.
3. A mensagem que Fatima Kazimi me enviou foi escrita em inglês e está reproduzida aqui exatamente como a recebi.
4. *National Geographic,* junho de 1985. Uma discussão sobre a influência daquela capa pode ser lida (em inglês) na edição on-line de outubro de 2013, em http://ngm.nationalgeographic.com/2013/10/power-of-photography/draper-text.
A imagem pungente de Sharbat Gula se tornou um ícone e, no Afeganistão, costuma ser usada por artistas que a pintam e vendem em galerias. Steve McCurry posteriormente encontrou Sharbat Gula, já adulta, maltratada pela vida afegã. Cathy Newman, *National Geographic*, abril de 2002, "A Life Revealed", artigo disponível em inglês em http://ngm.nationalgeographic.com/2002/04/afghan-girl/index-text?rptregcta=reg_free_np&rptregcampaign=2015012_invitation_ro_all#.
5. "No Afeganistão, eu mal podia olhar para as pessoas", conta a fotógrafa Lynsey Addario em seu livro. "Eu precisava ter sempre em mente que não podia olhar diretamente para os homens." Lynsey Addario, *It's What I Do: A Photographer's Life of Love and War*, New York: Penguin Press, 2015.
6. O retrato de Zakia tirado por Mauricio Lima pode ser visto no caderno de fotos.
7. مر على الدیا رایدر لیلی أقبل اذ الجدار اذنو الجداراي
امو بح الدیا رایغفن قبلی ولكن بح من سكن الدیارا
8. *The New York Times*, 31 de março de 2014, p. A6, artigo disponível em www.nytimes.com/2014/03/31/world/asia/afghan-couple-finally-together-but-a-storybook-ending-is-far-from-assured.html.
9. *Slate*, 29 de março de 2001, "Who Is Shmuley Boteach?" artigo disponível em www.slate.com/articles/arts/culturebox/2001/03/who_is_shmuley_boteach.html.
10. Anteriormente chamada Jewish Values Network. Consulte o site oficial da organização em https://worldvalues.us/about.
11. Shmuley Boteach, *Guardian,* 5 de julho de 2011, "I Saw What Tabloid Life Did to Michael Jackson", disponível em www.theguardian.com/commentisfree/2011/jul/05/michael-jackson-rabbi-tabloid-life.
12. Shmuley Boteach, *Kosher Sex: A Recipe for Passion and Intimacy* (New York: Three Rivers Press/Crown, 2000); e *Kosher Lust: Love Is Not the Answer* (Jerusalem/NewYork: Gefen Publishing House, 2013).
13. Alissa J. Rubin, *The New York Times*, 27 de junho de 2012, p. A4, "Afghan Rape Case Turns Focus on Local Police", disponível em www.nytimes.com/2012/06/28/world/asia/afghan-rape-case-turns-focus-on-local-police.html.
14. Jawad Sukhanyar e Alissa J. Rubin, *The New York Times,*27 de novembro de 2012, p. A10, "4 Members of Afghan Police Are Found Guilty in Rape", dispo-

nível em www.nytimes.com/2012/11/08/world/asia/afghan-militia-members--found-guilty-in-rape.html.

CAPÍTULO 5

1. Um milhão de afeganes, o equivalente a cerca de 18 mil dólares.
2. O site oficial da ONG Women for Afghan Women é www.womenforafghanwomen.org.
3. سومان
4. O artigo 398 dispõe: "Se um homem vir sua esposa ou qualquer uma de suas parentes cometendo adultério ou dividindo a cama com outro homem, e, em defesa da própria honra matar abruptamente ou ferir um dos envolvidos ou ambos, ele é isento de sentença de morte ou açoitamentos e será sentenciado a, no máximo, dois anos de prisão."

   هب مکی‌صخش رثا دعاف‌د از سومان از هجوز ایو یکی‌ از محارم اردو در حالت
   تسلب هب زنا دوجو اروا باب خش‌یصیغ ریغ در کس‌ترسب مشاهده و حلفا‌لاهدره ایو
   یکی از اهن ار هتل زارس‌نا ای مرجوح زادس ‌از جازی قتل و حرج فاعم اما
   ت‌عزیرآ سح لاوحا هب می‌سب‌که از دوسالا‌ب ترشی‌یبن‌شاهدمحکوم می‌گردد.
5. Vídeos produzidos pelo *The New York Times* sobre os amantes: "On the Run in the Hindu Kush", disponível com legendas em inglês em http://t.co/9tJ29wsUqe; "Video Notebook", disponível em http://nyti.ms/1nbHO4q; "Searching for Zakia and Mohammad Ali", disponível em http://nyti.ms/1jIRjRx.
6. Várias ONGs, como a Aga Khan Development Network (www.akdn.org/afghanistan), investem dinheiro no desenvolvimento do esqui em Bamiyan, com programas para treinar afegãs em um esporte que nem mesmo os afegãos praticavam (programas de "empoderamento da mulher" de quase todos os tipos costumam receber financiamentos generosos do Ocidente). Isso também exige aprender a esquiar ou a subir a montanha usando sapatos especiais para a neve, já que não existem elevadores ou teleféricos; as montanhas do Afeganistão são escarpadas e secas demais, até mesmo no inverno, para estimular qualquer tipo de esporte alpino ou de neve. No inverno de 2014-15, os voos comerciais da companhia aérea East Horizon Airlines para Bamiyan foram cancelados para reparos nas aeronaves, embora alguns ousados esquiadores ocidentais ainda viessem pela estrada de Cabul, que sofriam bloqueios frequentes pelo Talibã.
7. O site oficial da organização Mountain to Mountain é http://mountain2mountain.com. Consulte também Molly Hurford, *Bicycling*, 12 de fevereiro de 2015, "Afghan Cycles, Mountain to Mountain, and Pedaling a Revolution", disponível em www.bicycling.com/culture/afghan-cycles-mountain-mountain-and-pedaling-revolution.

340   OS AMANTES

8. Habiba Sarobi, governadora da província de Bamiyan, na época era a única mulher exercendo esse cargo no Afeganistão; ela abdicou para se candidatar a vice-presidente em 2014, mas não foi bem-sucedida.
9. Naquele ano, Ben Solomon dividiria o prêmio Pulitzer com o jornal pela cobertura da epidemia de ebola.
10. O caso de Amina foi discutido em detalhes no Capítulo 3.
11. *The New York Times*, 5 de agosto de 2010, p. A6, "Portrait of Pain Ignites Debate Over Afghan War", disponível em inglês em www.nytimes.com/2010/08/05/world/asia/05afghan.html. Veja também *Time*, 9 de agosto de 2010, "What Happens If We Leave Afghanistan" disponível em http://content.time.com/time/covers/0,16641,20100809,00.html.
12. Mais informações sobre o caso de Soheila estão disponíveis no Capítulo 14.
13. John F. Burns, *The New York Times*, 14 de fevereiro de 1996, "Cold War Afghans Inherit a Brutal New Age", disponível em www.nytimes.com/1996/02/14/world/fiercely-faithful-special-report-cold-war-afghans-inherit-brutal-new-age.html.
14.
شاار گلی شاار
شاار گلی شاار چه سینی درت پاار موکم
زلم خدپ هراکم موکم— زلم خدپ هراکم
15. Vídeo "On the Run in the Hindu Kush", disponível com legendas em inglês em http://t.co/9tJ29wsUqe.
16. As fotografias que Diego Ibarra Sánchez tirou de Zakia e Ali podem ser vistas no caderno de fotos. Seu retrato iluminado por feixes de luz solar pode visto na sobrecapa.
17. *The New York Times*, 22 de abril de 2014, p. A4, "Afghan Couple Find Idyllic Hide-out in Mountains but Not for Long", disponível em http://www.nytimes.com/2014/04/22/world/asia/afghan-couple-find-idyllic-hide-out-in-mountains-but-not-for-long.html.

CAPÍTULO 6

1. Por exemplo: o cargo com salário mais baixo do *The New York Times* é o de faxineiro, que ganha quinhentos dólares por mês, o mesmo que recebe um coronel da polícia nacional no Afeganistão. O jornal perdeu um jornalista afegão que recebia um salário de dois mil dólares por mês para o Ministério de Assuntos Internos, que pagava gratificações salariais feitas por doações estrangeiras que elevavam o salário de um relações-públicas a cinco mil dólares por mês — superior ao salário inicial da profissão nos Estados Unidos, mas uma verdadeira fortuna no Afeganistão, onde um salário de duzentos dólares é considerado um salário decente.

2. Relatório Trimestral do SIGAR (Special Inspector General for Afghan Reconstruction) para o congresso, 30 de janeiro de 2015, disponível em www.sigar.mil/pdf/quarterlyreports/2015-01-30qr.pdf.
3. Relatório Trimestral do SIGAR, 30 de abril de 2014, disponível em www.sigar.mil/pdf/quarterlyreports/2014-04-30qr.pdf.
4. BBC News on-line, 8 de março De 2013, "Zinat Karzai, Afghanistan's 'Invisible' First Lady", disponível em www.bbc.com/news/world-asia-21699353.
5. A ONG WAW tem escritórios nos Estados Unidos e no Afeganistão, onde administra uma extensa rede de abrigos e outras instalações dedicadas a ajudar as mulheres do país. Visite o site oficial da instituição em www.womenforafghanwomen.org.
6. Alissa J. Rubin, *The New York Times*, 3 de março de 2014, p. A1,"A Thin Line of Defense Against Honor Killings", disponível em www.nytimes.com/2015/03/03/world/asia/afghanistan-a-thin-line-of-defense-against-honor-killings.html.
7. Site do Alto Comissariado das Nações Unidas para os Refugiados (ACNUR), "2015 UNHCR country operations profile, Islamic Republic of Iran", disponível em www.unhcr.org/pages/49e486f96.html.
8. Agência de notícias Bakhtar, disponível em www.bakhtarnews.com.af/eng/politics/item/241-deadline-for-afghan-refugees-in-iran-will-remain-open.html.
9. ONG Human Rights Watch, "Unwelcome Guests: Iran's Violation of Afghan Refugee and Migrant Rights", novembro de 2013, disponível em www.hrw.org/sites/default/files/reports/iran1113_forUpload_0.pdf.
10. Joseph Goldstein, *New York Times*, 11 de dez. de 2014, p. A1, "For Afghans, Name and Birth Date Census Questions Are Not So Simple", disponível em www.nytimes.com/2014/12/11/world/asia/for-afghans-name-and-birthdate-census-questions-are-not-so-simple.html.
11. O Western Union também exige um sobrenome. Esse campo não pode ficar em branco. Os bancos afegãos aceitam o nome tribal dos pais nesse campo, desde que ele apareça no *tazkera* da pessoa. Então, no caso de Ali, seu primeiro nome era Mohammad Ali, e o sobrenome Sarwari.
12. *The New York Times*, 22 de abril de 2014, p. A4, "Afghan Couple Find Idyllic Hide-out in Mountains but Not for Long", disponível em www.nytimes.com/2014/04/22/world/asia/afghan-couple-find-idyllic-hide-out-in-mountains-but-not-for-long.html.
13. *The New York Times*, 31 de março de 2014, p. A6, "Afghan Couple Finally Together, but a Storybook Ending Is Far From Ensured", disponível em www.nytimes.com/2014/03/31/world/asia/afghan-couple-finally-together-but-a-storybook-ending-is-far-from-assured.html.
14. De acordo com uma fonte na secretaria da mulher em Bamiyan que prefere não ser identificada.

15. *The New York Times*, 4 de maio de 2014. p. A10, "In Spite of the Law, Afghan 'Honor Killings' of Women Continue", disponível em www.nytimes.com/2014/05/04/world/asia/in-spite-of-the-law-afghan-honor-killings-of-women-continue.html.
16. *Time*, 9 de agosto de 2010, "What Happens If We Leave Afghanistan", disponível em http://content.time.com/time/covers/0,16641,20100809,00.html.
17. Mensagem da ONU, 2011, "Afghan Government Cracks Down on Women's Shelters", disponível emwww.undispatch.com/afghan-government-cracks-down-on-womens-shelters.
18. Maria Abi-Habib, *The Wall Street Journal*, 3 de agosto de 2010, "TV Host Targets Afghan Women's Shelters", disponível em www.wsj.com/articles/SB10001424052748704875004575374984291866528.
19. *The New York Times*,15 de fevereiro de 2011, "Afghan Official Says Women's Shelters Are Corrupt", disponível em www.nytimes.com/2011/02/16/world/asia/16afghanistan.html.
20. Na época, a empresa era conhecida como DPK Consulting, mas agora se chama Tetra Tech DPK. É uma das inúmeras firmas que prestam ajuda, a maioria delas recebendo dinheiro, sejam oficialmente com fins lucrativos ou não. A ONU e a comunidade das ONGs não consideram nenhuma delas organizações independentes ou de caridade. Elas costumam agir como agências de implementação para órgãos governamentais, principalmente para o maior doador no Afeganistão, a USAID. Veja www.tetratechdpk.com/en/countries/11-asia/72-afghanistan.html.
21. O nível de alfabetização entre os recrutas da Polícia Nacional do Afeganistão é de 10%, menor até que a taxa de alfabetização da população afegã que é de 15% (38% entre esses têm mais de 15 anos). Consulte o artigo do *New York Times*, 2 de fevereiro de 2010, "With Raw Recruits, Afghan Police Build up Falters", disponível em www.nytimes.com/2010/02/03/world/asia/03afghan.html.
Os dados sobre alfabetização podem ser encontrados em *CIA World Factbook*, "Afghanistan", disponível em www.cia.gov/library/publications/the-world-factbook/geos/af.html.
22. *The New York Times*, 25 de setembro de 2010, p. A4, "Afghan Equality and Law, with Strings Attached", disponível em www.nytimes.com/2010/09/25/world/asia/25kite.html.
23. *The New York Times*, 26 de maio de 2013, p. A10, "Foreign Projects Give Afghans Fashion, Skate Park and Now 10,000 Balloons", disponível em www.nytimes.com/2013/05/26/world/asia/western-aid-finances-afghan-projects-from-silly-to-sublime.html.
24. *Ibid*. Uma nítida correção apareceu no artigo: "Uma versão anterior deste artigo identificou erroneamente o personagem da *Vila Sésamo* que apareceu na

foto com Ryan C. Crocker, o ex-embaixador norte-americano em Cabul. Era Grover e não o Come-come".

25. Uma típica coletiva à imprensa em Cabul, como uma apresentação de uma ação contra drogas feitas por um ministro, ou a apresentação do governador da província de Khost, contaria com a presença de mais de vinte equipes de televisão, sendo apenas uma ou duas de canais estrangeiros.

26. دتفا ابص تسد رد تناشیرپ فلزرگ
دتفا الب ماد رد دشاب یلد مکاجره
دتفا ابص تسد رد تناشیرپ فلزرگ

CAPÍTULO 7

1. Esse assunto é mais discutido no Apêndice I, A *jihad* contra as mulheres.
2. Huma Ahmed-Ghosh, *Journal of International Women's Studies*, vol. 4, número 3, p. 2, "A History of Women in Afghanistan: Lessons Learnt for the Future". O autor culpa a ausência de igualdade entre homens e mulheres no Afeganistão pela "natureza patriarcal de gênero e relações sociais profundamente incutida nas comunidades tradicionais" e pela "existência de um estado central fraco, incapaz de implementar programas de modernização e objetivos diante do feudalismo tribal".
3. *Ibid.*, p. 14.
4. *Ibid.*, p. 7. "Dessa forma, as duas eras chamadas de progressistas, as décadas de 1920 e de 1970, ao tentarem melhorar o status da mulher, não apenas foram malsucedidas como também provocaram uma violenta reação fundamentalista pelos governos subsequentes. Em ambos os períodos, líderes tribais que eram contra a redefinição das mulheres pelo Estado e a diminuição de sua autoridade geral interromperam o processo de modernização."
5. Consulte o Apêndice I para ler uma discussão mais abrangente sobre o assunto.
6. Em várias ocasiões durante a guerra civil do Afeganistão, os *mujahideen* tentaram destruir os Budas de Bamiyan, lançando bombas de artilharia e maculando os antigos túmulos budistas nas proximidades.
7. Matthew A. Goldstein, *Politics and the Life Sciences*, vol. 21, número 2 (2002): pp. 28-37, "The Biological Roots of Heat-of-passion Crimes and Honour Killings".
8. Thomas Barfield, *Afghanistan: A Cultural and Political History* (Princeton, NJ: Princeton University Press, 2010).
9. Assista também a *Death of a Princess*, documentário britânico de 1977 sobre a morte de uma princesa saudita executada por ter tido relações sexuais fora dos laços do matrimônio. O assassinato foi ordenado pelo avô da princesa e é dis-

cutido em um estudo de Harvard disponível em http://pirp.harvard.edu/pubs_pdf/white/white-p83-9.pdf.
Em um caso de 2009, a Grã-bretanha concedeu asilo político a uma princesa saudita que seria condenada à morte por apedrejamento por ter cometido adultério. Consulte o artigo disponível em http://news.bbc.co.uk/2/hi/uk_news/8158576.stm.
10. Departamento de Justiça, Canadá, Monografia, 7 de janeiro de 2015, "Preliminary Examination of So-called 'Honour Killings' in Canada".
11. Apenas 38 por cento da população com mais de 15 anos sabe ler e escrever. *CIA World Factbook,* disponível em www.cia.gov/library/publications/the-world-factbook/geos/af.html.
12. Relatório Especial das Nações Unidas para o Afeganistão, Comissão de Direitos Humanos, 2006, disponível em http://daccess-dds-ny.un.org/doc/UNDOC/GEN/G06/108/09/PDF/G0610809.pdf?OpenElement. "A tendência atual de violência contra mulheres no Afeganistão não pode ser explicada apenas pelos aspectos culturais e tradicionais sem levar em consideração a situação de conflito e após o conflito. Além disso, os limites da estrutura normativa tradicional colocados no exercício do poder masculino sobre as mulheres, mantido por mera arbitrariedade, foram, em grande medida, lavados por 23 anos de guerras sem fim, que desintegraram o tecido social da sociedade. Quando a regra do poder, esteja ele nas mãos de agentes do Estado ou não, substitui o Estado de direito, o preço mais alto é pago por aqueles com menos poder, principalmente mulheres e crianças. Nesse contexto, muitos agentes deformam o Islã e a cultura como fonte de justiça e equidade em uma justificativa para atos tirânicos contra as mulheres".
13. Isso também se aplica ao Paquistão, principalmente na província que fica na fronteira noroeste, com população predominante de tribos *pashtuns* as quais se identificam bastante com a pluralidade *pashtun* no Afeganistão. Também existem altas taxas de assassinatos em nome da honra em outros setores da sociedade paquistanesa, indiscutivelmente tão terríveis ou piores do que os que acontecem no Afeganistão.
14. Era a palavra de Gulnaz contra a do homem, e ele afirmava que o sexo fora consensual, e não estupro, mesmo que na época ela contasse apenas 15 anos e estivesse com os pés e as mãos amarrados durante o episódio. O juiz acreditou no homem.
15. Alissa J. Rubin, *The New York Times,* 2 de dezembro de 2011, p. A1, "For Afghan Woman, Justice Runs into Unforgiving Wall of Custom", disponível em www.nytimes.com/2011/12/02/world/asia/for-afghan-woman-justice-runs-into-the-static-wall-of-custom.html.
16. European Union External Action, "Factsheet", 8 de março de 2015,"EU Support to Promoting Women Leaders", disponível em www.eeas.europa.eu/factsheets/docs/150308_01_factsheet_promoting_women_leaders_en.pdf.

17. Os destaques do jantar de gala promovido pela World Values Network em 2014 estão disponíveis em https://youtu.be/YnxEEeuC2RM.
18. ONG Human Rights Watch, *World Report 2015*, Ruanda, disponível em www.hrw.org/world-report/2015/country-chapters/rwanda.

CAPÍTULO 8

1.
مخروغ مگذشته
گذشته اه گذشته
هرگز به هم غصه خوردن
گذشته برنگشته
به فکر آیندنی باش
دلشاد و سر زدنی باش
به انتظار طلوعت خورشید تابندنی باش

2. O caso de Amina é discutido com mais detalhes no Capítulo 3.
3. O caso de Siddiqa é discutido com mais detalhes no Capítulo 3.
4. O caso de Khadija é discutido com mais detalhes no Capítulo 2.

CAPÍTULO 9

1. A palavra *hejab* é usada no Afeganistão para se referir a uma túnica negra que cobre a mulher dos pés à cabeça, exceto o rosto, ou, às vezes, os olhos. Em outros lugares, essa vestimenta é chamada de *abaya* ou xador, enquanto o termo *hejab* ou *hijab* costuma se referir aos lenços islâmicos usados para cobrir os cabelos das mulheres.

2.
درد بالات غصه تاه به جنون
نزار بیشتری از این چشم برات مامنه
درد بالات غصه تاه به جنون
نزار بیشتری از این چشم ر تا مامنه
مجنون ام - مجنون ام
عاشقانه میخونم
مجنونم - مجنونم
بی تو من نمیتونم

3. "His Juliet thinks she is pregnant with her Romeo's child. So much for the good news". *The New York Times*, 8 de junho de 2014, p. A14, disponível em www.nytimes.com/2014/06/08/world/asia/for-afghan-lovers-joy-is-brief-ending-in-arrest.html.
4. Uma delegacia da Polícia Nacional Afegã é muito semelhante a uma delegacia de polícia em uma cidade grande dos Estados Unidos. Cabul conta com 16 delegacias.

5. Embaixada do Afeganistão, Washington, D.C., comunicado à imprensa, "Afghanistan Ministry Designates First Female Police Chief in the Country". Disponível em www.embassyofafghanistan.org/article/afghan-ministry-of-interior-designates-first-female-police-chief-in-the-country.
Veja também Forças de Ajuda e Segurança Internacional, comunicado à imprensa, 7 de julho de 2014, "Afghan Police Academy graduates 51 female officers". Disponível em inglês em www.isaf.nato.int/article/isaf-news/isaf-generals-attend-female-anp-academy-graduation.html.
6. Alissa J. Rubin, *The New York Times*, 2 de março de 2015, "Afghan Police Women Struggle Against Culture". Disponível em www.nytimes.com/2015/03/02/world/asia/afghan-policewomen-struggle-against-culture.html.
7. Site da Good Afghan News, 10 de março de 2010, mostra Shafiqa Quraishi recebendo o Prêmio Internacional para Mulheres de Coragem das mãos de Hillary Clinton e Michelle Obama. Disponível em www.goodafghannews.com/2010/03/10/shukria-asil-and-shafiqa-quraishi-of-afghanistan-at-the-the-2010-international-women-of-courage-awards-event.
8. Consulte o Apêndice I para obter mais informações sobre o caso de Jamila Bayaz. Ela foi demitida do seu cargo em 2015.

CAPÍTULO 10

1. A maioria das outras organizações que administra abrigos para mulheres no Afeganistão, incluindo a organização ONU Mulheres, evita publicidade, não importando o nível de horror e desespero dos casos em suas mãos.
2. O principal ponto da sra. Ghazanfar era que a violência contra a mulher constitui um problema secundário, não muito diferente da violência contra a mulher em países desenvolvidos, e que a LEVM estava funcionando muito bem para melhorar a situação mesmo não havendo tanta necessidade para melhorias, e assim por diante, seguindo sempre nessa linha.
3. *The New York Times*, 19 de maio de 2014, p. A10, "Afghan Lovers' Plight Shaking Up Lives of Those Left in Their Wake". Disponível em www.nytimes.com/2014/05/19/world/asia/afghan-lovers-plight-shaking-up-the-lives-of--those-left-in-their-wake.html.
4. O presidente Karzai concedeu uma entrevista para a jornalista *freelancer* Elizabeth Rubin para a *The New York Times Magazine* em 2009 (9 de agosto, "Karzai in His Labyrinth"), mas não para o jornal em si. Disponível em www.nytimes.com/2009/08/09/magazine/09Karzai-t.html. O sr. Karzai foi finalmente entrevistado pelo jornal em 16 de junho de 2015, p. A4, "Karzai, Vowing That He's Done, Discusses His Afghan Legacy". Disponível em www.nytimes.com/2015/06/16/world/asia/ex-president-karzai-vows-he-is-out-of-afghanistans-politics.html.

5. Como esses esforços foram abandonados no meu caso e subvertidos no caso de Azam Ahmed, usando procedimentos legais do próprio governo, o *Times* optou por não provocar o Governo ao não levar a questão a público relatando seus esforços. No meu caso, diplomatas norte-americanos convenceram funcionários governamentais de que expulsar o editor-chefe do escritório de Cabul, que era o meu cargo na época, seria algo imprudente. O sr. Karzai mais tarde aprovou pessoalmente a expulsão de Matthew Rosenberg.
6. *The New York Times*, 21 de agosto de 2015, p. A4, "Calling Article 'Divisive,' Afghanistan Orders Expulsion of Times Correspondent". Disponível em www.nytimes.com/2014/08/21/world/asia/afghanistan-orders-expulsion-of-new-york-times-correspondent.html.
7. Exemplos de páginas no Facebook dedicadas ao casal (a maioria em *dari*): www.facebook.com/pages/Campaign-for-Supporting-Afghan-Lovers/1498540123693615 e http://on.fb.me/1BaiRht.
8. 11 de junho de 2014.
9. Zakia e Ali, para se encaixarem no esquema de asilo político, teriam de primeiro solicitar o status de refugiados em um país vizinho (ou qualquer outro país ao qual conseguissem chegar). Então, precisariam provar um temor comprovado de perseguição, com base em pelo menos um destes critérios reconhecidos: perseguição por motivos políticos, raciais, étnicos ou religiosos ou por fazer parte de um grupo social perseguido. Encaixavam-se em quatro desses critérios: perseguição étnica e religiosa, uma vez que a oposição ao casamento deles se baseava no fato de que ela era tadjique e ele *hazara*, e ela era sunita e ele xiita; racial, porque os *hazaras* são racialmente distintos dos tadjiques; e membros de um grupo social perseguido (neste caso, os afegãos que insistiam em escolher os próprios cônjuges). Então, provavelmente o processo deles seria bem rápido e eles recebiam asilo em um dos países vizinhos, que poderia ser Índia, Paquistão ou Tadjiquistão. Não poderia ser o Irã, pois o país não aceitava mais pedidos de asilo para refugiados.

   Quando estivessem no país vizinho e registrados como refugiados, tecnicamente ficaria a critério do ACNUR decidir que país seria mais adequado para realocar o casal, e os funcionários norte-americanos insistiam que seria mais adequado um lugar como a Suécia, que possui programas generosos de idioma e alfabetização, assim como apoio da previdência social para refugiados analfabetos. Nos Estados Unidos, os refugiados não têm muita alternativa; mesmo os imigrantes legais só recebem uns dois mil dólares e um voluntário para lhes mostrar o lugar. A situação do casal era diferente, porém, uma vez que havia voluntários nos Estados Unidos dispostos a ajudá-los, e voluntários com meios substanciais, que poucos refugiados têm.
10. Serviços de Imigração e Cidadania dos Estados Unidos, "Humanitarian Parole". Contém um resumo da lei sobre livramento condicional humanitário em www.uscis.gov/humanitarian/humanitarian-parole.

11. Comunicado à imprensa do Grossman Burn Center de 31 de agosto de 2010, "Mutilated Afghan girl comes to L.A. for treatment". Disponível em www.grossmanburncenter.com/mutilated-afghan-girl-comes-to-la-for-treatment.php.

CAPÍTULO 11

1.
گنجشکک طلایی به من نذر آی مایی
گنجشکک طلایی به من نذر آی مایی
من ما به انتظار تا
بگو مک یم آیی – بگو مک یم آیی
بیازپیشی دلبرم
خبوان تو به دور و برم – حوال بیار لوبر
قاصدک خوش مروام – قاصدک خوش مروام

2.
من نگویم که مرا از قفس آزاد کنید
آزاد کنید – آزاد کنید
قفسم برده به باغی و دلم شادکنید
ملد شادکنید – ملد شادکنید
ای دا از این مرغ گرفتار کنید ای صیدا
ای دا از این مرغ گرفتار کنید ای صیدا
بنشینید و باغی و ارم دای کنید

3. O site oficial do cantor, www.ahmadzahir.com/sub/biography.html, inclui um relato do seu assassinato. Um texto publicado pelo *The New York Times* em 20 de março de 2003, por Amy Waldman, conta uma versão diferente para a morte do cantor. Disponível em www.nytimes.com/2003/03/20/world/kabul-journal-the-afghan-elvis-lives-24-years-after-his-death.html.

CAPÍTULO 12

1. BBC News, "Afghan 'Romeo and Juliet' Still Fear for Their Lives", 11 de agosto de 2014, vídeo on-line. Disponível em www.bbc.co.uk/news/world-asia-28662822.
2. Azam Ahmed e Matthew Rosenberg, *The New York Times,* 19 de janeiro de 2014, p. A8, "Deadly Attack at Kabul Restaurant Hints at Changing Climate for Foreigners". Disponível em www.nytimes.com/2014/01/19/world/asia/afghanistan-restaurant-attack.html.
3. Organização Internacional de Migração, mapa mundial de migração, 2014. Disponível em www.iom.int/world-migration.
Visite também o site Statistics Canada, National Household Survey, 2011. Disponível em inglês em www12.statcan.gc.ca/nhs-enm/2011/dp-pd/prof/de-

tails/page.cfm?Lang=E&Geo1=PR&Code1=01&Data=Count&SearchText=L
angley&SearchType=Begins&SearchPR=01&A1=Ethnic%20origin&B1=All&
Custom=&TABID=1.

4. عشاقی آنست کم بلبل باب خرگ لمد
صدجفا از خار میبیند تحمل میکند

5. Ali fizera uma assinatura com a operadora de celular, pagando a Etisalat uma taxa de cinquenta afeganes para entrar no plano de toques de celular que permitia downloads ilimitados de ringtones, e, depois, cinco afeganes (cerca de dez centavos de dólar) para renová-lo todos os meses. Os menus eram por voz; então, ele conseguia usar o serviço mesmo sem saber ler.

6. جگرم

7. Tecnicamente, isso não é uma hipoteca, porque o empréstimo a juros é considerado algo não islâmico e a maioria dos devotos afegãos não faria uma coisa dessas. Em vez disso, os credores detêm o direito de usar a terra e ficar com os lucros decorrentes de tal uso, o que, na prática, pode ser bem mais do que os juros, mas isso depende do trabalho que fizerem e da colheita. Então, essa prática é considerada religiosamente aceitável. Quando o devedor paga o valor principal da dívida, a terra volta para ele sem nenhuma taxa de juros.

8. Um ocidental deve estremecer ao pensar no quanto a corrupção é comum em certos países, mas os afegãos não se espantam com isso. O suborno faz parte da vida pública. Grande parte das pessoas sem estudos deve pensar que essa é a única maneira de agir. Para elas, o suborno faz parte do estilo de vida: não é visto como um crime.

9. مسافری عجب دلگیر و راز است
اگر شاد مدازه باش خوار و راز است
مسافری عجب دلگیر و راز است
اگر شاد مدازه باش خوار است
هزاران توشک و قالیچه باش
هب زیر پایکیاش منندن خار است

10. بیا کم برم هب مزار مالحمدم جان
سیل لگ لاله راز هاو هاو دلبرجان
سیل لگ لاله راز هاو هاو دلبرجان
*
برو بایار گبو رای توآمد
لگ نرگس خیرادی توآمد – لگ نرگس خیرادی توآمد
*
سری کوی بلند فریاد مرد
علی شیر خدا را دای مرد
علی شیر خدا درد او نک
مناجات مرا پیش خدا نک
*

شور وت مش چ وگـب رای اب ورب
دمآ وت رادافـو راب نامه – دمآ وت رادافـو راب نامه

11. O Afeganistão aparece na 172º posição entre os 177 países estudados em 2014 e o Tadjiquistão, na 162º. Consulte o infográfico de transparência internacional, índice de percepção de corrupção. Disponível em www.transparency.org/cpi2014/infographic.
12. Matthew Rosenberg, *The New York Times*, 17 de março de 2014, p. A3, "Facts Elusive in Kabul Death of Swedish Reporter". Disponível em www.nytimes.com/2014/03/17/world/asia/facts-elusive-in-kabul-death-of-swedish-reporter.html.
13. Não conseguimos descobrir a fonte desse poema.
14.

تـرادیـد ز مرود رگـا
تسـین یـیاف یب لـیلد
مراد بـل ریز مش‌یمه ار تـمان مک تسـنآ افـو

CAPÍTULO 13

1. Telegramas do Departamento de Estado, descobertos pelo Wikileaks, foram publicados on-line pelo *The Guardian*. Disponível em www.guardian.co.uk/world/us-embassy-cables-documents/248969.
2. Além disso, o empresário que me pôs a par desse fato pedindo sigilo absoluto, pois ainda tinha parentes morando no Tadjiquistão, foi obrigado a pagar os impostos em uma conta particular do fiscal. Depois, foi acusado de sonegação pelo governo. Quando reclamou, acusaram-no de extorsão e difamação. "São as pessoas mais gananciosas que já vi", disse ele. "Fazem com que os afegãos pareçam suíços." Ele conseguiu pagar suborno para cruzar a fronteira, deixando para trás seus investimentos. Eu o conheci alguns meses depois de sua fuga.
3. Relatório de notícias on-line Eurasia.net, 25 de agosto de 2011. Disponível em www.eurasianet.org/node/64092. Os telegramas vazados do Departamento de Estado podem ser lidos em https://wikileaks.org/cable/2006/12/06 DUCHAMBÉ2191.html.
4. Piedras Negras, no México, Doha, no Catar, e Jeddah, na Arábia Saudita têm bandeiras maiores do que a do Tadjiquistão. Consulte o site do Guinness World Records em www.guinnessworldrecords.com/world-records/largest-flag-flown.
5. De acordo com as leis do Tadjiquistão, as determinações do status de refugiado não são feitas pela ACNUR, conforme acontece na maioria dos países, mas sim pelo governo tadjique, operando por meio da ONG Rights and Prosperity. A alegação é de que a organização funciona de forma independente do governo, o que não consta como verdade. Isso permite que as autoridades tadjiques limitem muito o contingente de refugiados que recebem o status legalmente.

NOTAS

351

Além do mais, oferece muitas oportunidades de extorsão e abuso dos refugiados e de quem procura asilo.
6. Os funcionários da ACNUR estavam cientes dos problemas com os pedidos de status de refugiado no Tadjiquistão, segundo Babar Baloch, um porta-voz. "Em alguns casos, os que buscam asilo podem sofrer assédio, detenção arbitrária e deportação. Já levamos essas preocupações às autoridades tadjiques, de acordo com a ACNUR e continuamos comprometidos a apoiar o Tadjiquistão no procedimento de pedido de asilo, de acordo com a Convenção de Refugiados de 1951 e dentro da lei tadjique adotada para refugiados."

CAPÍTULO 14

1. *Takfiri* é um epíteto usado para se referir aos extremistas sunitas que acusam os xiitas de serem renegados e não verdadeiros muçulmanos. Além do Talibã, outros *takfiris* incluem o Estado Islâmico (ou ISIS) e extremistas da Al-Qaeda.
2. A taxa de natalidade do Afeganistão era de 3,88% em 2014. Consulte *CIA World Factbook,* Afeganistão. Disponível em www.cia.gov/library/publications/the-world-factbook/geos/af.html.
3. Visite o site da ONG Development and Support of Afghan Women and Children. Disponível em http://dsawco.org/eng.
4. *The New York Times,* 9 de março de 2015, p. A7, "Back in Afghanistan Modern Romeo and Juliet Face Grave Risks". Disponível em inglês em www.nytimes.com/2015/03/08/world/back-in-afghanistan-modern-romeo-and-juliet-face-grave-risks.html.
5. *The New York Times,* 20 de outubro de 2014, p. A6, "Bartered Awayat Age 5, Now Trying to Escape to a Life She Chooses". Disponível em www.nytimes.com/2014/10/20/world/asia/times-video-presents-to-kill-a-sparrow.html. Esta não é a mesma Soheila, a moça de Cabul que fugiu para o Paquistão e mencionamos antes neste capítulo. Ambas só têm o mesmo nome.
6. Sua família considerava que o casamento ocorrera quando ela contava cinco anos, mas a consumação do casamento só aconteceria depois da cerimônia de casamento, quando chegasse à idade legal. Em muitas famílias, isso aconteceria logo após a puberdade, embora no caso de Soheila fosse aos 16 anos, a idade legal para o consentimento. E isso garantiria para a outra parte que ela não desistiria do negócio quando ficasse mais velha, porque, aos olhos do Islã, ela já estava legalmente casada.
7. A expectativa de vida saudável no Afeganistão é 48,5 anos para homens e 46 para mulheres, de acordo com o índice de desenvolvimento humano do programa de desenvolvimento das Nações Unidas publicado em 2014. Disponível em http://hdr.undp.org/en/content/human-development-index-hdi.

8. Center for Investigative Reporting, *To Kill a Sparrow*. Vídeo disponível em http://cironline.org/feature/kill-sparrow.
9. Ninguém pensou em mostrar para Soheila o vídeo da produtora iraniana. Ao que parece, ofendida pelas restrições impostas às filmagens, a sra. Soleimani não fez qualquer menção à ONG Women for Afghan Women, mesmo que a organização tenha salvo tanto Soheila quanto o marido da prisão, ganhando o caso judicial, abrigando a moça por quatro anos, protegendo-a de ameaças e ataques e, por fim, tornando possível eles se casarem formal e oficialmente. A jovem assistiu ao vídeo pela primeira vez em um iPhone, quando a entrevistei no escritório da WAW. A princípio, ela ficou hipnotizada e interessada, embora surpresa ao ver como parecia jovem quando as filmagens começaram no abrigo — e percebendo o quanto da sua juventude ela passara lá, protegida contra o pai e o irmão, mas não realmente livre. Ela assistiu por trás de um véu que cobria a maior parte do seu rosto, por modéstia e em uma tentativa de ocultar as próprias emoções. Há uma cena muito comovente no início do vídeo quando seu pai, Rahimullah, depois de mandá-la para prisão, junto com o filho pequeno, com a falsa acusação de bigamia, vai visitá-la. Enquanto brincava com o neto, que estava começando a andar, ele fala grosseiramente sobre como o Islã determina que as filhas devem obedecer aos pais, que são os únicos que podem escolher um marido para elas. Enquanto brinca com o filho dela, era como se a moça estivesse vendo como as coisas poderiam ter sido se o pai tivesse algo além de misoginia no coração. Por isso, ela chorou. Mais tarde, o pai exigiu que ela matasse o próprio filho se quisesse se reconciliar com a família. Então, seu meio-irmão Aminullah aparece na tela jurando matá-la. Ela afastou o aparelho e se recusou a assistir ao restante do filme.
Veja também *The New York Times*, Times Video, *To Kill a Sparrow*. Disponível em www.nytimes.com/2014/10/20/world/asia/times-video-presents-to-kill-a--sparrow.html.

EPÍLOGO

1. O ano persa de 1394 começou em 21 de março de 2015.

APÊNDICE I

1. Todos os funcionários importantes do país, desde os governadores dos mais de trezentos distritos até os chefes de polícia das províncias rurais, eram escolhidos por Cabul, e ainda são.
2. O reinado de Amanullah Khan foi discutido com mais detalhes no Capítulo 7.

Consulte também Abdullah Qazi, Afghanistan Online, 24 de abril de 2011, "Plight of the Afghan Woman, Afghan Women's History". Disponível em inglês em www.afghan-web.com/woman/afghanwomenhistory.html.
3. Atualmente, as linhas aéreas afegãs contratam mulheres estrangeiras ou homens como comissários de bordo.
4. George Crile, *Charlie Wilson's War: The Extraordinary Story of the Largest Covert Operation in History* (Nova York: Atlantic Monthly Press, 2003). Relançado com o título *Charlie Wilson's War: The Extraordinary Story of How the Wildest Man in Congress and a Rogue CIA Agent Changed the History of Our Times* (Nova York: Grove Press, 2007).
5. Visite o site do Instituto Nacional de Música do Afeganistão em www.afghanistannationalinstituteofmusic.org.
6. Consulte o site da ONG Razia's Ray of Hope Foundation, "Women and Girls in Afghanistan". Disponível em https://raziasrayofhope.org/women-and-girls-in-afghanistan.html. O site do Banco Mundial em http://datatopics.worldbank.org/gender/country/afghanistan afirma que 17,8% dos trabalhadores em setores não agrícolas são mulheres, mas que essas informações têm como base dados estatísticos da década de 1990, e o Ministério de Assuntos da Mulher do governo afegão diz que não possui os dados atuais sobre o emprego de mulheres em setores não agrícolas, o que não parece plausível. Mais de três quartos das mulheres são trabalhadoras agrícolas, quase todas sem receber pagamento pelo trabalho, enquanto, entre os homens, metade daqueles que trabalham na lavoura recebe pagamento por isso, de acordo com os dados do Banco Mundial e da ONU. A impressão que tenho, por ter observado frequentemente pessoas indo para seus empregos em Cabul, onde o número de mulheres que trabalha é maior do que em qualquer outro lugar do país, é que menos de 10% dos trabalhadores urbanos é de mulheres, mesmo na capital.

Veja também a monografia do Ministério de Assuntos da Mulher e do Programa de Desenvolvimento das Nações Unidas, "Women and Men in Afghanistan, Baseline Statistics on Gender", 2008, p. 32. Disponível em www.refworld.org/pdfid/4a7959272.pdf.
7. Em dezembro de 2014, um homem-bomba atacou um concerto de alunos do dr. Sarmast, no Instituto Francês de Cabul. Posteriormente, o Talibã declarou que diretor fora o alvo. O concerto se chamava "Batimento do coração: silêncio após a explosão" e tinha a intenção de condenar o uso de homens-bomba. Uma pessoa morreu, um alemão que estava na plateia. A audição do dr. Sarmast foi afetada por causa da explosão, mas ele voltou a lecionar e a dirigir o instituto de música, entre as cirurgias para a recuperação dos ouvidos.

Veja BBC News on-line, 11 de dezembro de 2014, "Kabul suicide bomber attacks French school during show". Disponível em www.bbc.com/news/world-asia-30431830.

Veja também: Sune Engel Rasmussen, *The Guardian*, 25 de maio de 2015, "He was the saviour of Afghan music. Then a Taliban bomb took his hearing". Disponível em www.theguardian.com/world/2015/may/25/he-was-the-saviour--of-afghan-music-then-a-taliban-bomb-took-his-hearing.
8. Sergey, o prisioneiro russo de guerra, detector humano de minas terrestres e vítima de estupro dos *mujahidin*, ficou seriamente ferido na explosão, mas não morreu. A bomba que acionou era mutiladora. As minas que matam tiram apenas uma pessoa do campo de batalha, as que têm o objetivo de mutilar tiram três, a vítima e as duas pessoas que o retiram dali. As vítimas mutiladas também servem como propaganda para desmoralizar os companheiros.
A seu favor, os *mujahidin* levaram Sergey para receber atendimento médico e salvaram a sua vida. Disseram que ele merecia isso por ter dito a verdade e que realmente não sabia onde as minas estavam.
9. Global Rights, março de 2008, "Living with Violence: A National Report on Domestic Abuse in Afghanistan". Este amplo estudo das afegãs, a maioria casada, e o mais abrangente já realizado, revelou que 11,2% delas foram estupradas, 17,2% sofreram violência sexual, 39,3% foram espancadas pelos maridos no ano anterior, 58,8% foram obrigadas a se casar (casamentos arranjados contra a sua vontade ou que aconteceram quando ainda eram menores de idade), 73,9% sofreram abuso psicológico do marido e 82,2% foram submetidas a violência física, sexual ou psicológica. Consulte o *link* a seguir para mais informações. Disponível em www.globalrights.org/Library/Women%27s%20rights/Living%20with%20Violence%20Afghan.pdf.
10. *Ibid.*, p. 17.
11. Departamento de Justiça dos Estados Unidos, Agência de Estatística da Justiça, "Female Victims of Sexual Violence, 1994–2010, Special Report", março de 2013, disponível em www.bjs.gov/content/pub/pdf/fvsv9410.pdf.
12. Missão de Ajuda das Nações Unidas no Afeganistão, relatório do Escritório do Alto Comissário das Nações Unidas para os Direitos Humanos, abril de 2015, "Justice Through the Eyes of Afghan Women". Disponível em http://unama.unmissions.org/Portals/UNAMA/UNAMA-OHCHR/UNAMA_OHCHR_Justice_through_eyes_of_Afghan_women_-_15_April_2015.pdf.
Veja também Ministério de Assuntos da Mulher, março de 2014, "First Report on the Elimination of Violence Against Women (EVAW) Law in Afghanistan". Disponível em inglês em http://mowa.gov.af/Content/files/EVAW%20Law%20Report_Final_English_17%20%20March%202014.pdf.
13. Escritório do Alto Comissário das Nações Unidas para os Direitos Humanos, "Report of the Special Rapport on Violence Against Women, Its Causes and Consequences", 23 de maio de 2012, pp. 73-75. Disponível em www.ohchr.org/Documents/Issues/Women/A.HRC.20.16_En.pdf.

14. Gabinete da Presidência, República Islâmica do Afeganistão, comunicado à imprensa, 30 de maio de 2015, "President Ghani: Women's Rights Shall Not Be Compromised for Peace". Disponível em http://president.gov.af/en/news/47135. Veja também: Sune Engel Rasmussen, *The Guardian*, 6 de novembro de 2014, "Rula Ghani, the Woman Making Waves as Afghanistan's New First Lady". Disponível em www.theguardian.com/world/2014/nov/06/rula-ghani-afghan-first-lady.
15. Durante os dois governos de Karzai, só houve três mulheres em seu ministério: Husn Banu Ghazanfar, ministra dos Assuntos da Mulher, que não era casada; Soraya Dalil, ministra da Saúde; e Amina Afzali, ministra da Juventude.
16. Margherita Stancati, *The Wall Street Journal*, 5 de julho de 2013, on-line, "Afghan Women Fear Rights Slipping Away". Disponível em www.wsj.com/articles/SB10001424127887324853704578587491774651104.
17. Dr. Massouda Jalal, Asia Society, "Women's Leadership in Afghanistan's Reconstruction", 8 de setembro de 2005. Disponível em http://asiasociety.org/womens-leadership-afghanistans-reconstruction.
18. A LEVM está detalhada em um livro em inglês intitulado *Know Your Rights and Duties: The Law on the Elimination of Violence against Women*, 1º de agosto de 2009. Disponível em www.humanitarianresponse.info/system/files/documents/files/Know%20Your%20Rights%20and%20Duties%20-%20The%20Law%20on%20Elimination%20of%20Violence%20Against%20Women%20(English),%20.pdf.
19. No mesmo ano que a LEVM foi promulgada, o sr. Karzai também promulgou uma lei limitando os direitos das mulheres xiitas. Leia o relatório do Human Rights Watch, "Law Curbing Women's Rights Takes Effect", 13 de agosto de 2009. Disponível em www.hrw.org/news/2009/08/13/afghanistan-law-curbing-women-s-rights-takes-effect.
20. Veja também a discussão do artigo 398 do Código Penal do Afeganistão no Capítulo 5.
21. Relief Web, 21 de outubro de 2002, IRIN, "Afghanistan: Focus on the plight of widows". Disponível em http://reliefweb.int/report/afghanistan/afghanistan-focus-plight-widows.
22. John F. Burns, *The New York Times*, 4 de outubro de 1996, "Walled In, Shrouded and Angry in Afghanistan". Disponível em www.nytimes.com/1996/10/04/world/walled-in-shrouded-and-angry-in-afghanistan.html.
23. Jason Burke, *London Review of Books*, vol. 23, no. 6, 22 de março de 2001, "Diary", disponível em www.lrb.co.uk/v23/n06/jason-burke/diary.
24. O vídeo da execução de Zarmeena pode ser visto em www.youtube.com/watch?v=G4l267pCGdA, ou no site oficial da ARMA em www.rawa.org/temp/runews. A gravação da execução em si em http://www.rawa.org/zarmeena.htm.

25. Barbara Crossette, *The New York Times*, 2 de dezembro de 2001, "Afghanistan's Women: Hope for the Future, Blunted by a Hard Past". Disponível em www.nytimes.com/2001/12/02/weekinreview/the-world-afghanistan-s-women-hope-for-the-future-blunted-by-a-hard-past.html.
26. Oxfam, Briefing Paper, "Behind Closed Doors", 24 de novembro de 2014. Disponível em www.oxfamamerica.org/static/media/files/behind-closed-doors--afghanistan-oxfam.pdf.
27. BBC News on-line, 4 de janeiro de 2004, "Afghans endorse new constitution". Disponível em http://news.bbc.co.uk/2/hi/south_asia/3366455.stm.
28. BBC News on-line, 18 de dezembro de 2003, "UN guarding loya jirga delegate". Disponível em http://news.bbc.co.uk/2/hi/south_asia/3331751.stm.
29. *The New York Times*, 23 de julho de 2012, p. A1, "Key Afghans Tiedto '90s Carnage". Disponível em www.nytimes.com/2012/07/23/world/asia/key--afghans-tied-to-mass-killings-in-90s-civil-war.html.
30. Consulte o site do comitê de defesa de Malalai Joya em www.malalaijoya.com. Veja também Malalai Joya, *A Woman Among Warlords: The Extraordinary Story of an Afghan Who Dared to Raise Her Voice* (Nova York: Scribner, 2009).
31. *The New York Times*, 21 de julho de 2013, p. A1, "Despite Education Advances, a Host of Afghan School Woes". Disponível em www.nytimes.com/2013/07/21/world/asia/despite-education-advances-a-host-of-afghan-school-woes.html.
32. Relatório da Comissão Independente de Direitos Humanos do Afeganistão, "Violence Against Women in Afghanistan 1392 (2013–2014)". Disponível em www.aihrc.org.af/media/files/PDF/Violence%20against%20women%20Eng.pdf.
33. Ministério de Assuntos da Mulher, Afeganistão, "First Report on the Elimination of Violence Against Women (EVAW) Law in Afghanistan", março de 2014. Disponível em http://mowa.gov.af/Content/files/EVAW%20Law%20Report_Final_English_17%20%20March%202014.pdf.
34. Veja também este estudo da ONU, que descobriu que, mesmo dez entre 110 casos da LEVM que resultam em condenações, as penas são quase sempre pequenas, em geral, abaixo do mínimo exigido por lei. Missão de Ajuda das Nações Unidas no Afeganistão, "Justice Through the Eyes of Afghan Women", abril de 2015, disponível em http://unama.unmissions.org/Portals/UNAMA/UNAMA-OHCHR/UNAMA_OHCHR_Justice_through_eyes_of_Afghan_women_-_15_April_2015.pdf.
35. Relatório da Comissão Independente de Direitos Humanos do Afeganistão, "Violence Against Women". Veja nota 32.
36. O caso Gulnaz é discutido em mais detalhes no Capítulo 7.
37. Das 176 prisioneiras do presídio Badam Bagh em novembro de 2014, de acordo com Qazi Parveen, da Comissão Independente de Direitos Humanos do Afeganistão, entre 75 a 85% delas foram condenadas ou acusadas de crimes

morais. Das prisioneiras da estatística da sra. Parveen, 7% estavam grávidas, 3% tinham dado à luz durante o encarceramento e quarenta crianças viviam com suas mães na prisão (as crianças não foram incluídas na estatística). Quando fui ao presídio Badam Bagh em 14 de novembro de 2014, a população carcerária naquele dia, de acordo com a lista de detentas fornecida por funcionários a serviço naquele dia, contemplava 76 casos de adultério, 22 de fugitivas, sete de consumo de álcool e cinco de tentativa de adultério; ou seja, cerca de 65% de prisões por motivos morais. Observe as acusações de fugitivas, apesar da anulação da acusação de se fugir de casa ser um crime conforme a lei LEVM de 2009.

38. Consulte o site oficial da organização Research Institute for Women, Peace & Security em www.riwps-afghanistan.org.
39. O site oficial da ONG Afghan Women's Network é www.awn-af.net.
40. Alissa J. Rubin, *The New York Times*, 2 de março de 2015, "Afghan Police Women Struggle Against Culture". Disponível em www.nytimes.com/2015/03/02/world/asia/afghan-policewomen-struggle-against-culture.html.
41. O caso de Lal Bibi é discutido em detalhes no Capítulo 4.
42. O caso de Soheila é discutido em detalhes no Capítulo 14.
43. Alissa J. Rubin, *The New York Times*, 3 de março de 2014, p. A1, "A Thin Line of Defense Against Honor Killings". Disponível em www.nytimes.com/2015/03/03/world/asia/afghanistan-a-thin-line-of-defense-against-honor-killings.html.
44. Missão de Ajuda das Nações Unidas no Afeganistão, Comitê de Monitoramento e Coordenação Conjunta, 29 de janeiro de 2014, "Co-Chairs' Statement, Tokyo Mutual Accountability Framework". Disponível em http://unama.unmissions.org/Portals/UNAMA/Press%20Statements/JCMB-29Jan2014-joint-communique.pdf.
45. Missão de Ajuda das Nações Unidas no Afeganistão, Cabul, dezembro de 2013, "A Way to Go: An Update on Implementation of the Law on Elimination of Violence against Women in Afghanistan". Disponível em http://unama.unmissions.org/Portals/UNAMA/Documents/UNAMA%20REPORT%20on%20EVAW%20LAW_8%20December%202013.pdf.
46. Ministério de Assuntos da Mulher, Afeganistão, março de 2014, "First Report on the Elimination of Violence Against Women (EVAW) Law in Afghanistan". Disponível em http://mowa.gov.af/Content/files/EVAW%20Law%20Report_Final_English_17%20%20March%202014.pdf.
47. Owen Bowcott, *The Guardian*, 14 de junho de 2011, "Afghanistan worst place in world for women, but India in top five". O artigo cita um estudo feito pelo site Thomson Reuters Foundation's Trust Law Woman sobre condições comparativas para mulheres. Disponível em www.theguardian.com/world/2011/jun/15/worst-place-women-afghanistan-india.

48. Programa de Desenvolvimento das Nações Unidas, Índice de Desenvolvimento Humano, ferramenta comparativa on-line disponível em http://hdr.undp.org/en/content/human-development-index-hdi.
49. Para obter mais informações sobre o impacto internacional dos esforços dos direitos das mulheres, consulte o Capítulo 7.
50. Veja os comentários de Nasrine Gross sobre o assunto no Capítulo 7: "O Afeganistão ainda é um grande campo de batalha na luta pelos direitos da mulher no século XXI".
51. *The New York Times*, 20 de maio de 2013, p. A8, "Effort to Strengthen an Afghan Law on Women May Backfire". Disponível em www.nytimes.com/2013/05/19/world/asia/efforts-to-strengthen-afghan-law-on-women-may-backfire.html.
52. Women News Network, site de notícias on-line, 20 de maio de 2013, "Law to protect women and girls in Afghanistan stalled in parliament". Disponível em inglês em http://womennewsnetwork.net/2013/05/20/law-to-protect-women-girls-afghanistan-stalled-in-parliament.
53. Ali M. Latifi, Al Jazeera English, site de notícias on-line, 30 de maio de 2013, "Afghan women in fight over rights". Disponível em www.aljazeera.com/indepth/features/2013/05/201352711108360922.html.
54. *Qazi* significa juiz da lei islâmica e costuma ser transliterado como Qadi em inglês.
55. O mandato do parlamento afegão terminou em 21 de junho de 2015, mas foi estendido, talvez indefinidamente em decorrência de um impasse sobre as eleições.
Mujib Mashal, *The New York Times*, 20 de junho de 2015, p. A6, "Afghan Parliament's Term is Extended", disponíveleminglêsemwww.nytimes.com/2015/06/20/world/asia/afghan-parliaments-term-is-extended-after-squabbles-delay-elections.html.
56. Embaixada dos Estados Unidos em Cabul, comunicado à imprensa do departamento de estado n. 2010/612, 13 de mai. de 2010. Disponível em http://kabul.usembassy.gov/remarks_130510_2.html.
57. Alissa J. Rubin, *The New York Times*, 31 de julho de 2010, p. A1, "Afghan Women Fear Loss of Modest Gains". Disponível em www.nytimes.com/2010/07/31/world/asia/31women.html.
58 Departamento de Estado dos Estados Unidos, Arquivo, "U.S.-Afghan Women's Council" 20 de janeiro de 2001 a 20 de janeiro de 2009. O conselho alerta que o "conteúdo deste arquivo não é atualizado, e links externos talvez não funcionem".
59. Facebook, "U.S.-Afghan Women's Council". Disponível em inglês em www.facebook.com/USAfghanWC.

60. Feminist Majority Foundation, http://feministmajority.org. Quando visitei o site em 2015, não havia comunicados à imprensa sobre o Afeganistão com datas posteriores a 2013, sendo que muitos eram bem mais antigos.
61. O site oficial da ONG Equality for Peace and Democracy é www.epd-afg.org.
62. O site oficial da ONG Empowerment Center for Women é http://ecw.org.af/empowerment-center-for-women.
63. Joseph Goldstein, *The New York Times*,17 de dezembro de 2014, p. A16, "E.U. Confirms Wide Fraud in Afghan Presidential Runoff Election", disponível em www.nytimes.com/2014/12/17/world/asia/afghan-voting-fraud-detailed-in--new-report.html.
64. *The New York Times*, 22 de setembro de 2014, p. A1, "After Rancor, Afghans Agree to Share Power". Disponível em www.nytimes.com/2014/09/22/world/asia/afghan-presidential-election.html.
65. *The New York Times*, 2 de julho de 2013, p. A4, "Critics Question Karzai Choices for Human Rights Panel". Disponível em www.nytimes.com/2013/07/02/world/asia/karzai-choices-for-afghan-human-rights-panel-raise-questions.html.
66. A produção periódica desse tipo de documento é uma exigência do congresso norte-americano, das Nações Unidas e de algumas de suas agências e pela União Europeia.
67. O caso do estupro de Breshna é discutido em detalhes no Apêndice II.
68. Human Rights Watch, 25 de novembro de 2013, "Afghanistan: Reject Proposal to Restore Stoning". Disponível em www.hrw.org/news/2013/11/25/afghanistanreject-proposal-restore-stoning.
69. Margherita Stancati, *The Wall Street Journal*, 5 de julho de 2013, edição on-line, "Afghan Women Fear Rights Slipping Away". Disponível em www.wsj.com/articles/SB10001424127887324853704578587491774651104.
70. O caso de Soheila é discutido em detalhes no Capítulo 14.
71. Consulte o site oficial da International Development Law Organization em www..int/where-we-work/asia/afghanistan.
72. Recusei a condição que a IDLO impôs de só falar comigo sobre Zakia e Ali se eu garantisse o anonimato da organização e das pessoas entrevistadas. Entrei com um pedido com base na lei de liberdade à informação (FOIA), que está pendente, para descobrir quanto a IDLO recebeu do governo dos Estados Unidos para trabalhar no caso de Zakia e Ali, se eles fizeram alguma coisa e o quê (em apenas um episódio conhecido, a Idlo, por meio de funcionários afegãos, entrevistou o casal, de acordo com Zakia e Ali), e quanto a organização recebeu para trabalhar em outros projetos relativos à LEVM, já que se trata de um programa bastante criticado para treinar juízes afegãos a aplicar a lei.
Veja também John F. Sopko, inspetor-geral especial para a reconstrução afegã, carta ao secretário de Estado John Kerry, 22 de julho de 2013. Disponível em

www.sigar.mil/pdf/alerts/SIGAR-Alert-13-6%20IDLO.pdf. A carta questiona a capacidade da IDLO de lidar com um programa de cinquenta milhões de dólares para o treinamento do Estado de direito por meio de uma subcontratada e reclamava pelo o grupo ter falhado ao responder às preocupações do inspetor-geral de que aquilo tinham conseguido praticamente não tinha valor. A IDLO respondeu, de acordo com um comunicado à imprensa de 25 de julho de 2013 (disponível em www.idlo.int/news/highlights/sigars-letter-secretary--john-kerry-incorrect), que a crítica do Sigar se baseava em "informações incorretas ou incompletas", e cita dois casos: um de um advogado treinado pela Idlo que ganhou a absolvição de uma mulher acusada de fugir de casa; e o de um juiz treinado pela IDLO que sentenciou um homem que espancou a mulher à prisão. Não citaram nomes, datas nem qualquer outro detalhe para a verificação dos fatos.

73. Consulte o site do Departamento de Estado dos Estados Unidos, "2009 International Women of Courage Award". Disponível em www.state.gov/s/gwi/programs/iwoc/2009/index.htm.
74. O general Allen foi substituído no Afeganistão após se envolver em um escândalo de supostos e-mails obscenos que ele teria enviado para uma *socialite* na Flórida durante o tempo em que dirigia a guerra do Afeganistão, embora as investigações do Pentágono o tenham absolvido de qualquer delito. Em 2015, ele foi indicado pelo presidente Obama para coordenar a coalizão internacional na luta contra o Isis no Iraque e na Síria.
Thom Shanker, *The New York Times,* 23 de janeiro de 2013, p. A13, "Pentagon Clears Commander Over Emails". Disponível em www.nytimes.com/2013/01/23/us/pentagon-clears-general-allen-over-e-mails-with-socialite.html.
75. Os dados estatísticos nos quais o general Allen baseou a afirmação de incidência de 4% de comportamento violento por parte das unidades da Polícia Local Afegã treinadas pelos norte-americanos nunca foram publicados e, dessa forma, não é possível verificá-los. Com base em relatos, a conduta violenta cometida pelas unidades da Polícia Local Afegã, a maioria treinada pelas Forças Especiais norte-americanas ou outras unidades de operações especiais da coalizão, permanece incontrolada e endêmica.
76. Consulte também o blog de Wazhma Frogh, Towards the Light. Disponível em http://wazhmafrogh.blogspot.com.
77. Agência de notícias Associated Press, *Daily Mail,* 8 de março de 2014, "Frustration in Afghan women's rights struggle". Disponível em www.dailymail.co.uk/wires/ap/article-2576176/Frustration-Afghan-womens-rights-struggle.html.
78. *The New York Times,* 8 de fevereiro de 2014, p. A5, "Taliban and Government Imperil Gains for Afghan Women, Advocates Say". Disponível em www.nyti-

mes.com/2014/02/08/world/asia/womens-rights-seen-as-vulnerable-to-reversal-in-afghanistan.html.
79. Alissa J. Rubin, The *New York Times*,17 de setembro de 2013, p. A4, "Afghan Police women Say Sexual Harassment Is Rife". Disponível em www.nytimes.com/2014/02/08/world/asia/womens-rights-seen-as-vulnerable-to-reversal-in-afghanistan.html.
80. Consulte o site do Departamento de Estado dos Estados Unidos, "2010 International Women of Courage Award". Disponível em www.state.gov/s/gwi/programs/iwoc/2010/index.htm. O exílio da general de brigada Quraishi foi-me confirmado em segredo por funcionários do Ministério dos Negócios Internos do Afeganistão.
81. *The New York Times,* 8 de fevereiro de 2014, "Taliban and Government Imperil Gains", "Tenho certeza de que nossos amigos internacionais não vão nos abandonar", dissera a então coronel Bayaz. Os diplomatas compartilharam a informação sobre o pedido de asilo político no Canadá feito pela atual general de brigada Bayaz em sigilo.
82. O caso de Breshna é discutido em detalhes no Apêndice II.
83. Como não há como verificar a identidade da pessoa que responde às perguntas dos meus e-mails, eu me recusei a fazer tais entrevistas.
84. Glyn Strong, *The Telegraph,* 29 de setembro de 2007, "Malalai Joya: courage underfire". Disponível em www.telegraph.co.uk/culture/3668254/Malalai-Joya-courage-under-fire.html.
85. De acordo com três diplomadas sêniores da União Europeia entrevistadas por mim confidencialmente. Na verdade, muitas embaixadas ocidentais em Cabul fecharam as operações de concessão de visto no Afeganistão, obrigando os afegãos que querem vistos a irem às embaixadas em Islamabad, Paquistão; entre elas, estão a Grã-bretanha e a Holanda.
86. De acordo com outros funcionários da embaixada dos Estados Unidos que entrevistei confidencialmente.
87. *The New York Times,* 21 de julho de 2013, p. A1, "Despite Education Advances, a Host of Afghan School Woes". Disponível em www.nytimes.com/2013/07/21/world/asia/despite-education-advances-a-host-of-afghan-school-woes.html.
88. ONU Mulheres, resumo por país, Afeganistão. Disponível em http://asiapacific.unwomen.org/countries/afghanistan#_ednref2.
89. Programa de Desenvolvimento das Nações Unidas, índice de desigualdade entre os sexos, 2014. Disponível em http://hdr.undp.org/en/content/human-development-index-hdi.
90. Programa de Desenvolvimento das Nações Unidas, relatórios de desenvolvimento humanos, índice de desigualdade entre os sexos, 2014. Disponível em http://hdr.undp.org/en/content/table-4-gender-inequality-index.
91. CIA, *CIA World Factbook,* Afeganistão, 2010. Disponível em www.cia.gov/library/publications/the-world-factbook/rankorder/2223rank.html.

92. Geoffrey Chamberlain, *Journal of the Royal Society of Medicine*, novembro de 2006, vol. 99, n. 11, pp. 559-63, "British Maternal Mortality in the 19th and Early 20th Centuries". Disponível em www.ncbi.nlm.nih.gov/pmc/articles/PMC1633559.
93. ONU Mulheres, resumo por país, Afeganistão. Disponível em http://asiapacific.unwomen.org/countries/afghanistan#_ednref2.
94. Para quase todo país na Europa Ocidental, tirando o Reino Unido, esta nação de apenas trinta milhões de habitantes é o maior beneficiário de ajuda estrangeira e vai continuar sendo, pelo menos, até 2016.
Emla Fitzsimons, Daniel Rogger e George Stoye, Institute for Fiscal Studies, 2012, p. 142, "UK development aid". Disponível em www.ifs.org.uk/budgets/gb2012/12chap7.pdf.
95. Geoff Dyer e Chloe Sorvino, *Financial Times*, 15 de dezembro de 2014, "$1tn cost of longest US war hastens retreat from military intervention". Disponível em www.cnbc.com/id/102267930.
96. Por exemplo, o seu depoimento no comitê de relações internacionais do senado em 2011, citado por Chris Good, na edição on-line do *Atlantic*, 15 de março de 2011, "Petraeus: Gains in Afghanistan 'Fragile and Reversible'". Disponívelemwww.theatlantic.com/politics/archive/2011/03/petraeus-gains-in-afghanistan-fragile-and-reversible-afghans-will-take-over-in-select-provinces/72507.
97. Fawzia Koofi com Nadene Ghouri, *The Favored Daughter: One Woman's Fight to Lead Afghanistan into the Future* (Nova York: Palgrave Macmillan Trade, 2012).
98. Estudos de caso de outras mulheres vítimas de violência doméstica são apresentados no Apêndice II, "Outras batalhas da guerra dos sexos no Afeganistão".
99. Seu nome foi trocado por questões de segurança.
100. Sharif Kanaana, um professor de antropologia na Universidade de Birzeit no território palestino, questiona se os assassinatos em nome da honra na cultura árabe originam-se do ponto de vista árabe das necessidades tribais. "As mulheres para a tribo eram consideradas uma fábrica de fazer homens. O assassinato em nome da honra não é um meio de controlar o poder ou o comportamento sexual. O que está por trás disso é a questão da fertilidade ou do poder de reprodução." Veja também: Departamento de Justiça, "Preliminary Examination of So-called 'Honour Killings' in Canada", p. 380, fn. 9.
Veja também Alto Comissariado das Nações Unidas para os Direitos Humanos, "Harmful Traditional Practices and Implementation of the Law on Elimination of Violence against Women in Afghanistan", 9 de dezembro de 2010. Disponível em www.afghan-web.com/woman/harmful_traditions.pdf.

APÊNDICE II

1. Notícias iniciais sobre este caso suprimiram o nome de Breshna, assim como fiz nos primeiros artigos que escrevi sobre a história para o *The New York Times* na época. Logo depois, porém, os noticiários afegãos começaram a usar o nome da menina regularmente, e até pessoas do gabinete presidencial davam declarações mencionando-a, em ambos os casos com total e aparente descaso com a proibição da LEVM de revelar a identidade de mulheres (ou crianças) vítimas de violência sexual.
2. Ir para o abrigo da WAW e caçar as mulheres de lá foi praticamente a primeira coisa que o Talibã fez após tomar o controle de Kunduz. No entanto, Hassina Sarwari já tinha fugido e levado todas as mulheres do abrigo para a segurança de uma província vizinha. Veja o artigo de Joseph Goldstein, *New York Times*, 2 de outrubro de 2015, p. A10, "Taking Hold in Kunduz, Afghanistan, New Taliban Echoed the Old," disponível em http://goo.gl/G0Oqq5.
3. *The New York Times*, 20 de julho de 2014, p. A4, "Struggling to Keep Afghan Girl Safe After a Mullah Is Accused of Rape". Disponível em www.nytimes.com/2014/07/20/world/asia/struggling-to-keep-afghan-girl-safe-after-a-mullah-is-accused-of-rape.html.
4. ONG International Crisis Group, relatório da Ásia n. 268, 4 de junho de 2015, "The Future of the Afghan Local Police". Disponível em www.crisisgroup.org/en/regions/asia/south-asia/afghanistan/268-the-future-of-the-afghan-local-police.aspx.
5. Tecnicamente, não existe idade de consenso sexual na lei afegã, já que qualquer ato fora dos laços matrimoniais é considerado crime. No entanto, 16 anos é a idade mínima legal para o casamento.
6. O caso de Gulnaz é discutido em mais detalhes no Capítulo 7.
7. Foi no Hospital Internacional CURE onde, no mês anterior, um policial afegão chamado Ainuddin assassinou três médicos norte-americanos. Ainuddin tinha sido designado guarda das instalações e matou os médicos assim que eles entraram no hospital. Apesar do horror, semelhante a de muitos outros episódios, o caso jamais foi explicado ou resolvido, mas o CURE continuou levando médicos estrangeiros para trabalhar lá em nome das mulheres afegãs.
8. O abrigo da Women for Afghan Women em Kunduz administra uma instalação em separado chamada Centro de Apoio à Criança, responsável pelo cuidado de cinquenta menores de diversas idades. É um tipo de orfanato, embora a maioria dessas crianças tenha mães, muitas delas na prisão. Outras têm mães que foram vítimas de assassinato em nome na honra, e as crianças estão lá para serem protegidas de pais que talvez não as queiram. O Centro de Apoio à Criança é um lugar profundamente comovente. "Esta menina tem dois anos e meio", contou a dra. Sarwari, responsável pelo local, apontando para uma me-

nininha animada que ficava se escondendo atrás da saia de uma das mulheres. Ela apontou para outra. "A mãe daquela foi queimada viva na frente dos filhos depois de o marido estuprar a filha e ela o pegar no flagra", disse a médica em voz baixa para as crianças não ouvirem. A doutora mostrou também para um menino de camiseta amarela, de cerca de dez anos. "O pai dele tentou vendê-lo depois que a esposa morreu". Indicou, ainda, duas meninas, uma de nove e a outra de dez anos. O pai das meninas estuprara ambas.
"Cada uma dessas crianças tem uma história assim. E se os subsídios pararem? E se os mulás fecharem as nossas portas? O que acontecerá com elas?"

9. Kim Motley também faz parte da diretoria da Women for Afghan Women. Consulte também Kimberley Motley, TedGlobal 2014, outubro de 2014, "How I Defend the Rule of Law". Disponível em www.ted.com/talks/kimberley_motley_how_i_defend_the_rule_of_law?language=en.
10. A sra. Geyah falou sobre um madraçal de meninas que as doutrinou na ideologia extremista pró-Talibã, bem debaixo do nariz do governo e com financiamento do próprio.
11. As meninas a quem a dra. Sarwari se referia eram aquelas que estavam no Centro de Apoio à Criança dirigido pela WAW, descrito em mais detalhes na nota 8, citada anteriormente.
12. Kim Motley é uma das poucas advogadas norte-americanas que exercem a profissão no Afeganistão. Embora ela não tenha sido aprovada na Ordem dos Advogados do Afeganistão, trabalha por meio de colegas coligados. Assim, tenta tirar o máximo de proveito do seu perfil público e conhecido — e história um tanto exótica. Ex-miss Wisconsin, filha de uma refugiada da Coreia do Norte e um afro-americano, ela é uma negra em um país que raramente vira negros norte-americanos que não fossem soldados e que tem dificuldades em lidar com advogadas de qualquer cor. Kim Motley causa um pequeno rebuliço em qualquer lugar a que vá e, em geral, usa isso em benefício dos clientes. Ela é uma das poucas mulheres no país, mesmo entre as estrangeiras, que dirige o próprio carro e se recusa a usar lenço na cabeça.
13. Missão de Assistência das Nações Unidas no Afeganistão, "A Way to Go: An Update on Implementation of the Law on Elimination of Violence against Women in Afghanistan", Cabul, dezembro de 2013. Disponível em http://unama.unmissions.org/Portals/UNAMA/Documents/UNAMA%20REPORT%20on%20EVAW%20LAW_8%20December%202013.pdf.
14. *The New York Times,* 26 de outubro de 2014, p. A12, "Afghan Mullah Who Raped Girl in His Mosque Receives 20-year Prison Sentence". Disponível em www.nytimes.com/2014/10/26/world/asia/afghan-mullah-who-raped-girl-in--his-mosque-receives-20-year-prison-sentence.html.
15. Durante a identificação dos suspeitos no caso dos estupros de Paghman, uma das vítimas inicialmente acusara um detetive de polícia e, depois, um cozi-

nheiro, antes de indicar o verdadeiro suspeito com a ajuda dos policiais. *The New York Times*, 8 de setembro de 2014, p. A9, "Afghan Court Wastes No Time Sentencing 7 to Death in Rape Case". Disponível em www.nytimes.com/2014/09/08/world/asia/afghan-court-sentences-7-men-to-death-in-rape-case.html.
16. *Ibid.*
17. O texto completo do comunicado emitido pela assessoria de imprensa do gabinete do presidente Ghani no dia 19 de novembro de 2014:
Vítima de estupro, Breshna não corre perigo com a família
Mediante ordem do presidente Ashraf Ghani, foi feita uma reunião no palácio esta tarde com a presença da família da menina de dez anos, estuprada por um mulá na província de Kunduz. Na reunião, participaram a família de Breshna, o representante do Ministério de Assuntos Externos e o diretor da Anistia Internacional para o Afeganistão [*sic*; ao que tudo indica, estavam se referindo à Comissão Independente de Direitos Humanos do Afeganistão, uma vez que a Anistia Internacional não havia se envolvido]. Abdul Ali Mohammadi, o conselheiro-legal do presidente Ghani, exigiu uma explicação do pai e do tio da menina sobre as ameaças à vida da criança. O pai e tio negaram qualquer tipo de ameaça por parte da família, e disseram que a garota havia sido vítima de "estrupro" [*sic*], e que ela não corria nenhum risco com a família. Afirmaram que os rumores contra ela foram inventados por oportunistas que tentavam explorar ocaso em benefício próprio em defesa dos direitos da mulher. Nessa reunião, a família da vítima pediu que o estuprador recebesse a pena mais alta. Eles também asseguraram o seguinte: "Breshna não apenas está segura conosco, mas nós também queremos protegê-la contra quaisquer pessoas interessadas em explorar a situação."
18. Informação de acordo com Manizha Naderi, diretora executiva da Women for Afghan Women. Manizha teve a seguinte reação quando ouviu sobre a declaração do palácio presidencial sobre o caso de Breshna: "Gostaria que o palácio olhasse o quadro geral. O estupro de crianças é um problema atual. Temos uma criança de 3 anos no hospital que foi estuprada em Takhar. Ela acabou de passar por uma cirurgia. Houve um caso de outra criança de 12 anos estuprada por um grupo durante seis dias também em Takhar. Um garoto de 12 anos foi submetido a um estupro coletivo durante um mês inteiro em Ghazni. Um menino de 5 anos foi brutalmente estuprado e morreu em Kandahar. Outra criança de 5 anos morreu em decorrência de um estupro violento em Herat. Esses são apenas alguns exemplos que eu conheço. Tenho certeza de que existem muitos, muitos outros. O palácio precisa olhar para este problema como um todo e fazer um forte pronunciamento sobre o assunto."
19. A dra. Sarwari não pediu demissão e, com o apoio dos seus colegas na WAW, continuou no seu trabalho em Kunduz até meados de 2015. No fim de setem-

bro, ela foi obrigada a fugir de Kunduz com as mulheres e as crianças do abrigo, após o Talibã dominar a cidade.
20. Farangis Najibullah, Radio Free Europe/Radio Liberty, "Afghanistan: Marriage Practice Victimizes Young Girls, Society" 4 de janeiro de 2008. Disponível em www.rferl.org/content/article/1079316.html. A UNICEF estima que 15% das mulheres afegãs tem 15 anos ou menos quando se casam; consulte a nota 14 do Capítulo 2.
21. Karim Amini, *Tolo News*, serviço de notícias on-line, 30 de agosto de 2014, "8 Year Old Girl Married Off to 12 Year Old Boy". Disponível em www.tolonews.com/en/afghanistan/16174-8-year-old-girl-married-off-to-12-year-old-boy. Veja também Sayed Arif Musavi, *Tolo News*, serviço de notícias on-line, 15 de fevereiro de 2015, "10-year-old Girl Victim of Baad in Balkh". Disponível em www.tolonews.com/en/afghanistan/18222-10-year-old-girl-victim-of-qbaadq-in-balkh, para ver outro caso de uma menina sendo vendida como noiva para resolver disputas entre os adultos.
22. Alissa J. Rubin, *The New York Times*, 1º de abril de 2013, p. A1, "Painful Payment for Afghan Debt: a Daughter, 6". Disponível em www.nytimes.com/2013/04/01/world/asia/afghan-debts-painful-payment-a-daughter-6.html.
23. *The New York Times*, 30 de dezembro de 2012, p. A12, "Winter's Deadly Bite Returns to Refugee Camps of Kabul". Disponível em www.nytimes.com/2012/12/30/world/asia/deadly-bite-of-winter-returns-to-ill-prepared-refugee-camps-of-kabul.html.
24. Em uma entrevista de maio de 2015.
25. Comissão Independente de Direitos Humanos do Afeganistão, "Violence Against Women 1390", 2012. Disponível em inglês em www.aihrc.org.af/media/files/Research%20Reports/Dari/Report%20on%20Violence%20against%20Women%201390%20_English-%20for%20hasa.pdf. O caso de Shakila é discutido na p. 29.
26. Comissão Independente de Direitos Humanos do Afeganistão, "Violence Against Women 1391", 6 de janeiro de 2013. Disponível em www.aihrc.org.af/home/research_report/1319.
27. Muitas unidades *arbakai* posteriormente se tornaram formações da Polícia Local Afegã, após terem sido treinadas pelas Forças Especiais norte-americanas.
28. Consulte o site oficial da organização Development and Support of Afghan Women and Children em http://dsawco.org/eng.
29. Zarghona Salehi, *Pajhwok Afghan News*, agência de notícias on-line, 24 de setembro de 2012, "Kabul rally condemns lashing of Ghazni girl". Disponível em www.pajhwok.com/en/2012/09/24/kabul-rally-condemns-lashing-ghazni-girl, é um relato atual do ataque a Sabira.

SOBRE O AUTOR

Rod Nordland é um correspondente autônomo do The New York Times. Ele trabalha no Oriente Médio e no Sul da Ásia, e passou mais de três anos como chefe do escritório do jornal em Cabul.

Ele recebeu um Pulitzer como repórter nos Estados Unidos e foi finalista do mesmo prêmio como repórter internacional. Também fez parte da Nieman Fellow em Harvard e recebeu muitas honras, incluindo dois prêmios George Polk e alguns do Overseas Press Club awards.

Ele trabalhou por três décadas como correspondente estrangeiro em mais de 150 países.

Publisher
Kaíke Nanne

Editora de aquisição
Renata Sturm

Editora executiva
Carolina Chagas

Coordenação de produção
Thalita Aragão Ramalho

Produção editorial
Marcela Isensee

Copidesque
Rafael Surjek

Revisão
Aline Canejo
Daniel Borges

Diagramação
Abreu's System

Capa
Maquinaria Studio

Este livro foi impresso no Rio de Janeiro, em 2016,
pela Edigráfica, para a HarperCollins Brasil.
A fonte usada no miolo é Minion Pro, corpo 11,5/15.
O papel do miolo é Chambril Avena 80g/m², e o da capa é cartão 250g/m².